含羞草

巫和平 著

北方联合出版传媒（集团）股份有限公司
春风文艺出版社
·沈阳·

图书在版编目（CIP）数据

含羞草 / 巫和平著 . — 沈阳：春风文艺出版社，2022.3
ISBN 978-7-5313-6136-7

Ⅰ．①含… Ⅱ．①巫… Ⅲ．①中国文学－当代文学－作品综合集 Ⅳ．①I217.2

中国版本图书馆CIP数据核字（2021）第251271号

北方联合出版传媒（集团）股份有限公司
春风文艺出版社出版发行
http://www.chunfengwenyi.com
沈阳市和平区十一纬路25号　　邮编：110003
三河市嵩川印刷有限公司印刷

责任编辑：韩　喆	助理编辑：平青立
装帧设计：四川悟阅文化传播有限公司	责任校对：于文慧
字　　数：360千字	幅面尺寸：145mm×210mm
版　　次：2022年3月第1版	印　　次：2022年3月第1次
印　　张：13.25	书　　号：ISBN 978-7-5313-6136-7
定　　价：88.00元	

版权专有　侵权必究　举报电话：024-23284391
如有质量问题，请拨打电话：024-23284384

一棵并不含羞的草
——巫和平《含羞草》读后

◇黄剑国

　　巫和平何许人也？论其出身，乃湘北平江县农家子弟；说到职业，系人民子弟兵。此君身板难得孔武，舞枪弄棒差一点儿，曾把一颗手榴弹投出不足三十米。搞文学创作他倒是蛮合适、蛮勤奋的，报刊上常见到他的小说、散文、杂论、诗歌，一心只为人民群众奉送精神的食粮，赏心的韵律，这是有目共睹且不争的事实。

　　我是一口气读完《含羞草》散文、小说部分的，掩卷又翻起，有话要说。我无论怎样感动，也还是觉得《含羞草》并不"含羞"，满纸的生活艰辛，命运多舛！巫君的人生之旅大多跌跌撞撞：他无奈两读军事院校、两地分居、两度提干、两度转业……也许就是不公平的生活际遇，反而玉成他努力笔耕不辍，并有了这么丰硕可喜的收获。这哪里有"犹抱琵琶"的影子，分明是顽强的再生之草，坦然面对野火春风的熬炼。我想，大凡立志拼搏者，读巫和平的作品，是可以有所收获的吧。

　　收入《含羞草》中之文，我以为最为精彩的，还是散文。我们看巫君写风："风吹大自然的呼响声，也是千姿百媚的，多是你懒得去悉心地记述罢了。""那劲风袭来时为什么竹林一起摇摆而绝不倒下?为什么那竹叶一同淙滔而绝不掉落?"问得多好哇。在他笔下,"冬瓜虽然没结,瞧着这架上一片浓绿不也够了,古今许多文人志士,并不个个都是衣绶弘带的",这是他的自况,也是示人。我尤为推崇《母亲的躯体》,这是巫君写得最为感人的一篇,我愿摘引一节,与读者共飨。

"医生催我快些将母亲抱到透视台上放好。于是我伸手抱起母亲,准以为得托承百来斤,可是,惊悚、诧异猛然撕咬着我嗡嗡作响的脑袋,母亲瘦小的身子,在我的臂弯里竟是恁般轻盈孱弱,轻得不可思议,弱得泾渭分明。"

"这是我平生第一次托起母亲的躯体。"

"母亲,我用什么来奉献给你!"

"春蚕到死丝方尽"的母爱,"为伊消得人憔悴"的母爱,"寸草心"的母爱,巫君通过这么一个细节,是纤毫无遗地写出来了。读之,确确实实催人泪下,其中深情,令人久久不能忘怀。

我说《含羞草》并不"含羞",还在于巫君拒绝污秽的勇气。他的小说,大都是对不正之人事的讽喻和鞭笞,且入木不止三分,刻骨也摄魂。

巫君还擅长古典诗词,这在当今青年中稀见。一首《花怨》述说两地相思之苦,道是"夜半梨花初试翅,撞落池边三更雨。揽手惊醒桃花梦,方知夫君从戎去",很亲切感人的,又是借了妻子口吻,有点儿杜工部"今夜鹿州月,闺中只独看"的笔法。

巫君也有值得注意修正的文字,比如大量使用古旧生涩的词句,像蔚荟、滢密、苕蕻等。这非是创新的办法,以平实的文风,抒写不平实的作品,当成大道。此说非我说,千古大家早就这么教导的。巫君，然否？

  我写到这里，感慨一花为了独放，耗尽了一岁一枯荣的精力，当然它也将呈现万紫千红的景致，这是值得庆贺的。

2010年9月16日于郴州

（作者系湖南郴州天湖律师事务所律师，散文家、诗人。）

鸟群涂黑了潮湿的远方
——巫和平《含羞草》诗词小札

◇黄福高

尽管带有与传统诗歌决绝的巨大冲动，我仍然看见了——关于诗歌疼痛的艺术魅力以高度兼容性见长。对于诗人以外来说，诗歌之所以醉人，之所以疼痛，之所以震撼，是因为其中渗透着诗人内心的滴滴血泪和呼救的信号……而且，对于诗人来说，血泪和呼救的信号就是生活本身，如同石匠手中的锤，唯一真实的东西，就是他作品的本身。

存在，就是一位诗人的最高自尊心。除存在之外，他不想要另外的天堂，当人们（读者）谈论他的诗歌时，他只会苦笑一下，因为他知道一种更加深层的生活现实。一个数学家不假思索就能算出一个九位数的二次幂，这场面让人惊诧不已。但人们常常忽视，一个诗人也能求出一个现象的二次幂。诗歌作品简朴的外表时常给我们以假象，使我们无视它所具有的血泪和呼救信号。

和平的诗，是一把犁。它翻耕时间，使时间的深层黑土面朝上。在形式上，和平的诗又不仅仅囿于诗，它更像词，像宋代那些婉约派大词人一样，怀念着过去，像个农夫似的渴望着时间的处女地。诗的革命不可避免地导致古典主义，不是因为大卫夺走了罗伯斯庇尔的收获，而是因为诗人有着这样的渴望和冲动。

常常听到这样的话：这固然好，但这已是昨天的历史。而我要说：昨天还未陌生。令人吃惊的是，所有人当真与诗人纠缠在一起的时候，怎么分也分不开，仿佛读了就得到了。对于我来说，不，绝不！请读他的《不如》：与你相逢风雨中/转眼秋来露重/常在梦中忆芳容/难去留/惊落桂花无重数/无重数/可叹晨来枕边泪/不如飞向露丛中/空等待/白皓首/一纸薄命傲寒冬。

和平的诗，比任何未来主义的谜语更加强烈地折磨人，惊扰人。对于一个诗人以为是的东西，对于所有诗人亦为是，没有必要去创造任何一种流派，没有必要在形式上去捡拾诗歌大师的牙慧。和平在这方面做得极其富有个性。

一

每个人都有些朋友，诗人为什么就不能朝向朋友，朝向天然地与他亲近的人们呢？一位航海者在危急关头将一只密封的漂流瓶投向大海，瓶中有他的姓名和他的遭遇记录。许多年后，在海滩上漫步的我，发现了这只瓶子。我读了信，知道了事故发生的日期，知道了遇难者的愿望。我有权这样做，我并非偷拆了别人的信。密封在瓶子中的信，就是寄给发现这瓶子的人的。我发现了它，这就意味着，我就是那隐秘的收信人。

读着和平的诗，我就觉得有这么一只漂流瓶落到了我的手中，海洋以其巨大的能量帮助了这只瓶子，帮助它完成其使命，一种天意的感觉控制了捡瓶人。航海人将瓶子投进波浪，将和平寄发的诗给我，同样明确表达出的时刻效果。那信和诗均无确切地址，但是，两者又都有接收人。信的接收人是那个偶然在沙滩上发现瓶子的人，诗的接收者就是一位"同代中的读者"。我很想知道，在那些突然读到和平诗歌的人当中，有谁与我一样，会感觉到一种血泪的、撼心的震颤？当突然有人从我背后高喊我的名字时，我常常会感觉到这样的震颤……

二

中国不是美洲，我们没有语言文学的舶来品。

诗的流派不是靠观念而活着的，而是靠情或血而活着的。如果诗只带来了一大堆新观念，而没有带来新的情感与血泪，这并不意味着建立了一个流派，而只意味着奠基了一种诗学。反过来，仅仅依靠情与血，而不要任何观念，就可以建立一个流派。据说信念可以移山填海，可我要说，对于诗人而言，是情与血在动摇山和海。正是基于这一点，在我国，在20世纪之初，出现了新诗的情与血，像郭沫若、徐志摩、刘大白……如今，几阵风翻过了古典主义和浪漫主义的诗页，它们在漫无目的地自由飞翔，但我认为，即使是航天飞机逆风飞翔，最终还是要回到地面上来……完善的理想的勇敢精神，取决于我们时代的风格和实际需求，一切诗和诗人变得更为沉重，更为巨大了，诗人与诗比世界上其他所有的东西，都更将人性化。

曼德里·施塔姆的诗歌说：鸟群涂黑了潮湿的远方……我们爱着，丧失了一切……女友在轻声细语，她是一把爱生活的吉他……

和平的诗是在"鸟群涂黑了潮湿的远方"，撒下了情与血的花朵。一个盲人刚用能见的手指触摸上亲爱的脸庞，就立刻记住了这张脸，于是，欣慰的泪水，相遇的真正欣喜的或悲戚的泪水便会在长期的别离后，从他的眼中潺潺迸出。一首诗靠内在的形象存活，靠先于写就的诗出现发声的形式模块存活，尚不存在一种情与血，那么，诗就是一头野兽，一阵穿堂风，抑或黑夜和冬季。

不知大家读懂了和平的诗没有？是为序。

(作者系《人民日报》华南分社记者、散文家、诗人。)

目录
CONTENTS

散文

雨　怨	/ 002
寻　路	/ 003
含羞草	/ 004
月亮桂	/ 007
年关雪	/ 008
竹林风	/ 010
无瓜蔓	/ 012
太阳雨	/ 013
惊蛰露	/ 014
纡山雾	/ 016
垒天云	/ 018

蝉鸣断想	/ 020
檐前滴水	/ 021
难忘月夜	/ 022
寄语蓝山	/ 024
不是萧瑟	/ 026
南塔冷烟	/ 027
老村油坊	/ 028
秋雨连心	/ 030
龙骨井的传说	/ 032
黑夜乡情	/ 034
剑泉的传说	/ 036
一代王殇——义帝陵	/ 038
账本人生	/ 039
地瓜往事	/ 041
永州的面的	/ 042
那山·那树·那梅	/ 045
四角围往事	/ 047
永远的塔魂	/ 049
竹筏，从山溪口游出	/ 050
想起那年过渡槽	/ 051
外婆家的葡萄架	/ 053
童年的铁环与链子枪	/ 054
山坳里有座城隍庙	/ 056
那远去的木排	/ 058
夏天·秋天·冬天	/ 059
母亲的心愿	/ 061
母亲的躯体	/ 063

父爱深深	/ 064
娇妻怪招频出	/ 067
爷　爷	/ 068
忘不了你的那份情	/ 071
父爱无语	/ 072
与肝疾的痛苦对峙	/ 074
四清洞探幽	/ 078
采竹笋	/ 080
伐薪烧炭南山中	/ 082
过年不能没有雪	/ 084
在母爱的最后日子里	/ 086
善待逆境	/ 089
月照中秋	/ 091
莫被烦恼所左右	/ 092
土味屋	/ 094
阳春三月走桂东	/ 096
莽山行	/ 097
一起走过的日子	/ 099
一棵柿树的悲哀	/ 104
赴湘潭答辩记	/ 106
陪妻上夜班	/ 108
潮州工夫茶	/ 109
搅嘟噜·串荤门·搭社火	/ 111
雨伞的变迁	/ 115
初育小女情趣多	/ 116
提影戏	/ 119
不想当会计	/ 121

小　说

有惊无险	/ 124
意　外	/ 126
新兵童勇	/ 128
喝错酒	/ 131
炒鱿鱼	/ 133
摩托车风波	/ 135
情断水巷	/ 137
打　赌	/ 142
弟弟进城	/ 144
钓　鱼	/ 146
另类缘分	/ 149
土鸡屋	/ 152
野鸭买卖	/ 154
院内那家小商店	/ 156
人生本息	/ 158
蕉林遗梦	/ 161
枝外缘	/ 165
兵　魂	/ 169
情短路更长	/ 171
情缘风景线	/ 176
微小说	/ 182

杂　文

吃什么与补什么	/ **186**
换一种方式过年	/ **187**
给孩子一些磨炼	/ **189**
莫让孩子丢失了朴素	/ **194**
善待孩子的自尊	/ **195**
误导孩子令人忧	/ **197**
呵护孩子的棱角	/ **198**
来之不易的东西才美	/ **200**
善为"芝麻小事"	/ **202**
商机在第三只眼中	/ **204**
常回头看看	/ **206**
有感于刹车坡道	/ **207**
加压也须讲艺术	/ **208**
重提"三老四严"精神	/ **210**
莫将"亲情"当"敌情"	/ **211**
养就韧性	/ **214**
"新龟兔赛跑"的启示	/ **215**
"买土豆"的几点启迪	/ **217**
个性与市场	/ **219**
四两拨千斤的应用	/ **221**
市场拒绝"宰牛禁令"	/ **223**
莫以成败论英雄	/ **225**
且说"正宗"	/ **226**
给子孙后代留块净土	/ **227**

顺手之劳与顺手之推	/ 228
用心做事与有心做人	/ 230
信念创造奇迹	/ 232
关羽败走麦城谁之过？	/ 233
说嫉妒	/ 235
执着的善良可敬也可爱	/ 236
生活还是节俭好	/ 238
让"雷锋精神"日常化	/ 240
清明说孝	/ 241
拿于成龙照照自己	/ 243
热血个性著人生	/ 245

诗 歌

长相依	/ 250
溪边	/ 250
泪怨	/ 250
你走了	/ 251
一直	/ 251
灯下人家	/ 251
不如	/ 252
但愿	/ 252
香花岭	/ 252
爱无期	/ 253
留不住	/ 253
心灵犀	/ 254
灯下影	/ 254

不要问我	/ 254
一剪梅	/ 255
误　入	/ 255
爱的支流	/ 255
拂晓等你	/ 256
晚　秋	/ 256
始　终	/ 256
一路忧伤	/ 257
宁　愿	/ 257
有你真好	/ 257
风　筝	/ 258
风飘忧伤	/ 258
夜来枕边泪	/ 258
思念的痕迹	/ 259
枉悲戚	/ 259
未了缘	/ 259
酬　勤	/ 260
相遇三月	/ 260
昨夜梦	/ 260
今夜生情	/ 261
缘分的注脚	/ 261
雾　化	/ 261
从这个季节开始	/ 262
不　管	/ 262
温一壶感动下酒	/ 262
我宁愿	/ 263
一笔怨悔	/ 263

涟　漪	/ 263
思念如伤口	/ 264
月光梦	/ 264
长发韵	/ 264
我请求你	/ 265
你奔向远方	/ 265
与岁月分手	/ 265
月夜相思	/ 266
别后可有梦	/ 266
莲台恨	/ 266
一线情缘	/ 267
牵　挂	/ 267
早倾情·山有约	/ 268
爱应表白	/ 268
如果·你我之间	/ 268
遗　愁	/ 269
不忍·不愿	/ 269
长空月	/ 269
月光漏思念	/ 270
莲荷夜约	/ 270
好　想	/ 270
于　是	/ 271
愁绪无人抚	/ 271
东边日西边雨	/ 272
云断秋·愁思	/ 272
道听途说	/ 273
今夜雨	/ 273

夏雨的哭泣	/ 273
公　猫	/ 274
问雨季	/ 274
你奔向远方	/ 275
思念是什么	/ 275
望南天	/ 276
暂约中秋月	/ 276
秋雨徘徊	/ 276
冬　恋	/ 277
牵　系	/ 278
秋展愁肠	/ 278
爱的追忆	/ 279
我存长恨君存痛	/ 279
花开无期	/ 280
难遇知音	/ 280
请不要	/ 281
泪的约定	/ 281
半壶月光温梦	/ 282
将冬天交给你	/ 282
昨晚开始	/ 283
半斗情缘	/ 283
走　近	/ 283
身影·声音	/ 284
冬天的相遇	/ 284
呐　喊	/ 284
十里长裙	/ 285
风儿不情愿	/ 285

重逢有期	/ 285
枝头百梅	/ 286
绝地思梅	/ 286
零星倒影	/ 286
我宁愿	/ 287
我多想	/ 287
你的传说	/ 288
挽紧我的手	/ 288
急滩浪花	/ 289
三月道春	/ 289
独影入梦	/ 290
母爱的时光	/ 290
缘分小路	/ 291
伞 遇	/ 291
一梦淅沥	/ 291
沁园秋·言志	/ 292
暂 锁	/ 292
古 亭	/ 292
思念湿了	/ 293
相 思	/ 293
我从你梦中醒来	/ 293
四月成忆	/ 294
为 你	/ 294
月光下的相思	/ 295
相拥千年	/ 295
我依然	/ 296
相思笛	/ 296

夜深深	/ 296
泪筛武水	/ 297
遇上你	/ 297
我的眼泪	/ 298
三月故乡天	/ 299
爱的空港	/ 299
迢遥	/ 300
十里情	/ 300
半沓相思	/ 300
爱的平衡	/ 301
忍	/ 301
孤独的灯	/ 301
独自	/ 302
渴望	/ 302
说美	/ 302
勿忘我	/ 303
何苦	/ 303
爱的终结	/ 303
你从南边来	/ 304
半窗等待	/ 304
千里来郴	/ 304
请你留下来	/ 305
夜深深	/ 305
缘的孕育	/ 306
午夜寻医	/ 306
思念兑换	/ 307
在初秋怀上你	/ 307

爱的相拥	/ 308
双重牵系	/ 308
弦　断	/ 308
不要在春天说再见	/ 309
爱的雨季	/ 309
路的尽头	/ 309
有你真好	/ 310
我梦中走向垂柳边	/ 310
十月寄情	/ 311
那一夜	/ 311
我　愿	/ 312
情倾月亮湾	/ 312
早晨起来	/ 313
独立山林・寒秋	/ 313
一嫁千年	/ 314
新月起重阳	/ 314
春在岁岁年年	/ 315
小桥下的思念	/ 315
你我之间	/ 316
我从你梦中醒来	/ 316
昨夜凝重	/ 316
这个冬季	/ 317
昨日开始	/ 317
风雪夜	/ 318
湖　边	/ 318
春满龙山湖	/ 318
月色衣裳	/ 319

龙山湖夜语	/ 319
三月记忆	/ 320
桃林遐想	/ 320
反　复	/ 321
抒　愁	/ 321
谁懒起	/ 322
独醉半山腰	/ 322
你·寄仁军	/ 322
你长大了	/ 323
叹息草	/ 323
回来吧，我的魂游	/ 324
其实你不用去远方	/ 324
昨日太匆匆	/ 325
登高思女	/ 325
今夕又何年	/ 326
我走了	/ 326
背上樱儿回故乡	/ 327
十五岁的等待	/ 327
莫　朝	/ 328
劫后余生——四十五岁随感	/ 328
深　冬	/ 328
残　泪	/ 329
偶　然	/ 329
谷雨初识	/ 330
我在晚风中接你	/ 330
千年珍藏	/ 331
五月也悲哀	/ 331

今晨早起	/ 332
雨夜情	/ 332
你走后	/ 333
你的影子	/ 333
内流河	/ 334
我和你	/ 334
小溪情	/ 335
清晨醒来	/ 335
我在午夜醒来	/ 336
你在那年去了远方	/ 336
这一条小路	/ 337
我在约定的季节等你	/ 337
我是你村边那条小河	/ 338
穿堂风	/ 339
你几时归	/ 340
思念故乡	/ 341
问　月	/ 341
秋水湖面	/ 342
守候你的归期	/ 342
爱如云烟	/ 343
预　兆	/ 343
野蒺藜	/ 344
青石板路	/ 344
你的模样	/ 345
请你猜	/ 345
半瓣落叶半瓣花	/ 346
你快回来	/ 347

不要再离开	/ 347
爱上了山花爱上了你	/ 348
雨　心	/ 349
故乡好月光	/ 350
古井序	/ 351
远　望	/ 351
拱桥序	/ 352
新二月	/ 353
失眠人	/ 353
静夜愁苦	/ 353
你不理	/ 354
黎明恨泪	/ 354
夜访柴上小村	/ 354
又住东江湖	/ 355
家乡有条汨罗江	/ 355
小村午夜	/ 356
你从白土出发	/ 356
赶　路	/ 357
瑶岗晚思	/ 357
雨夜心	/ 357
你给我最多	/ 358
母　亲	/ 359
我不要	/ 360
不要再来到我的梦里	/ 360
水漂漂	/ 361
石拱桥	/ 362
婚　慨	/ 362

一　叶	/ 362
悔　情	/ 363
悲	/ 363
欢	/ 363
离	/ 363
合	/ 364
心　死	/ 364
无瓣花	/ 364
相　逢	/ 364
清明雨景	/ 365
大禹愿	/ 365
残冬读春	/ 365
愁　怨	/ 365
咏　梅	/ 366
随风雨	/ 366
一　瓣	/ 366
落日红·登王仙岭	/ 366
前　缘	/ 367
重阳品秋	/ 367
山静一盅	/ 367
别时无约	/ 367
残花恨泪	/ 368
莫再错	/ 368
秋夜慰·感复爱女	/ 368
枫叶语	/ 368
露　重	/ 369
星　缘	/ 369

石潭忆	/ 369
再遇难	/ 369
榕树忆	/ 370
梨花情	/ 370
思　君	/ 370
不了情	/ 370
风雨读妻	/ 371
夜知音	/ 371
初夏之后	/ 371
子归啼	/ 371
梦里芭蕉	/ 372
一梦醒来	/ 372
如烟往事	/ 372
转头之间	/ 372
月下情侣	/ 373
深秋咏	/ 373
游子回	/ 373
何　必	/ 373
北望南岳	/ 374
半壶月光	/ 374
不　忍	/ 374
相思愁	/ 374
爱的参悟	/ 375
爱亦难	/ 375
夜　醉	/ 375
千种祈愿	/ 375
浮　萍	/ 376

枝头思念	/ 376
花　怨	/ 376
一枝红杏	/ 376
秋夜雨	/ 377
枉度阴	/ 377
端午即景	/ 377
晚　秋	/ 377
忆故乡	/ 378
重阳登高	/ 378
月光星子	/ 378
月下逢友	/ 378
空沸腾	/ 379
黎明泪	/ 379
月照中秋	/ 379
一腹忧伤	/ 379
别后云烟	/ 380
煮月光	/ 380
半生飘零	/ 380
落花流水	/ 380
一尺月光	/ 381
激情过后	/ 381
一醉野林	/ 381
爱恨一锁	/ 381
畅月夜遇	/ 382
二月天	/ 382
黎明泪	/ 382
黎明笑	/ 382

媒妁夜	/ 383
相逢雨浓	/ 383
夜半一花	/ 383
半夜雨起	/ 383
谁与同醉	/ 384
夏　遇	/ 384
梨花泪	/ 384
不尽相思	/ 384
葬　歌	/ 385
折皱一恨	/ 385
葬　山	/ 385
相逢七月	/ 385
一枝思念	/ 386
空思念	/ 386
夜半一梅	/ 386
谁未归	/ 386
不尽情缘	/ 387
鹏　程	/ 387
十月思女	/ 387
微风涟漪	/ 387
挽　留	/ 388
归　期	/ 388
野渡孤烟	/ 388
枝头独蕾	/ 388
望　断	/ 389
一竿残阳	/ 389
无　题	/ 389

水上轻功·操作冲锋舟　　　　／ **389**
水上天兵·应急救援训练　　　／ **390**
东江夜雨　　　　　　　　　　／ **390**
桃　嫂　　　　　　　　　　　／ **390**
河舟品夜　　　　　　　　　　／ **390**
春　思　　　　　　　　　　　／ **391**
水乡相送　　　　　　　　　　／ **391**

散 文

雨　怨

　　3月，你走了，但你不忍带走全部的情意，你用一颗受伤的心，一滴怨恨的泪，为我织好了那件毛衣，你咬着梦尾，蘸着委屈，一字一顿填好那张落满茫然的包裹单。你甩头撞断3月淅淅沥沥的小雨，你将我们曾经共撑的那柄花伞搁在掌中，很执着，张脸迎那斜飘的小雨，然后慢慢地撕碎那张包裹单的底据，让那随风扬起的片片痴情，留在一个无限期的雨季。

　　放任多少个日夜流逝，在对你固执的误解中，我走入凛冽的冬季。那天有雨，也有云，北风呼呼地割来了朋友的来信，任我幡然悔悟，任我捶胸顿足，依然只听到院前老榕树上老鸦凄厉的一声声嘶鸣。我木呆呆地一伸手，竟然不小心接住了最后一飘——残留在桐树上的落叶。我泪眼模糊，颤声念着落叶上面镂刻的春的楔子，夏的插图，秋的故事，冬的结尾。雨，不知什么时候落湿了我的思绪，抬手一抹顺着额发欲穿透脸颊的滴雨，又一阵凄楚的暮鸦掠过敲窗的冷雨，掠过我的心头。

　　至今，我仍深深地记着那年冬天的那幕凄风苦雨，那段刻骨铭心的初恋。

/ 散　文 /

寻　路

　　人生如路，每个人要走路，但并不是每个人都能拥有一段属于自己的路。

　　家连在一迤逶山脚下，我常常攀爬，便常常走出一条条自己亲手掘开的弯弯山路。有时与朋友们一起爬山寻找乐趣，他们总要取笑我与众不同的"怪癖"，放着好端端的山路不走，偏偏左手一截棒，右手一把刀，专挑那杂木丛生的荒疏处东砍西戳地寻路走。

　　人到中年的我，足迹几乎踩遍了屋后那一片青山的沟坎胳肢窝，山的腰背腹各处哪里有几棵杨梅，哪儿有几棵野橘，哪儿有几兜蕨藜、几道暗沟，我都了如指掌，住在如此雅致的市郊，便有了住几十层楼房的城里人遍寻不到的舒闲酣畅。

　　当我用那长棍往杂木丛一拨扫，突然呼啦一声，扑闪着翅膀的雉鸡呼地飞起，留下几声受惊的尖鸣，又落到对面山坡有古松那个方位的野竹丛里，脑中顿浮捉那野鸡的几许幻想，忙不颠地拨开草丛，果然捧出几只野鸡蛋来。拾野鸡蛋多了，我居然发现那蛋总是成双的，要么四只，要么六只，小巧玲珑圆溜溜的煞是可爱，吃不到野鸡尝尝蛋也咂舌。有时碰上孵蛋的野鸡，先惊飞的是放哨和报警的雄野鸡，离着十几米远的雌野鸡快速地扒些枯叶浮枝盖好正孵着的儿女们，才跟着哀鸣几声，飞到别处藏身去了。如果你有耐心，在野鸡蛋几米远的地方藏匿着，必定能捕到重来孵蛋来不及躲而将头深深地钻进草丛里的野鸡，它还以为藏起自己的头你就找不着了，这是极有趣的等候。

劈开一线杂枝,忽然意外地拾到灰白的野蘑菇,那是地地道道的野蘑菇,吃下去让人回味无穷。

最使你惊喜的,是无意的一刀砍在一棵杨梅树或柿子树的边枝,猛抬头,鲜红的杨梅抑或秋天里红得有些泛黄的柿子令你惊讶得口水横流。顾不上害羞,脱下一条长裤,将两个裤脚扎紧,便是可装得下二三十斤野果的一条天然袋。于是,晚上常常走入采摘杨梅、野柿的幽梦,直到梦醒还在舔着嘴唇咂着舌头,也惊醒了揽搂的爱妻。

碰到水沟、背阴的灌木丛,先得用长棍扫拨几下,稍停一会儿,确实没有动静,才可以去砍枝寻路,因为那些地方是山蛇歇脚的地方,必定要等到它受惊窜跑后,才可以去辟路,眼睛也须张开些,不然很危险的。在那杂木交错的阴凉之地,稍有不慎就会被毒虫咬伤。

沿着自己亲手辟寻的山路到达目的地,顿感从来没有过的轻松云聚心头。放眼山下,心旷神怡,这是人生的最高境界,即使偶尔身上沾触些毛毛虫灰,奇痒难禁,也霎时被探寻成功的心情所淹没。

故而我对自己说,不断探寻属于自己的路,才是真正的人生和真正的幸福。

含羞草

认识含羞草是在潮州市郊几十公里远凤凰山上的一个哨所。

那年,我与狗娃从同一个山村乘同一趟专列做着同一个梦入伍来到同一个新兵连。当半年的新兵生活在一阵哗啦啦捆绑背包的声音中结束时，我们又肩靠肩地坐在同一辆开往老兵连的解放牌汽车上，将半年的酸甜苦辣同手上磨就的那层厚厚胼胝，一起默默地遥寄于无尽的祈祷中，我们相视良久，又慢慢地紧紧握住对方的手，心照不宣地彼此祝愿当一名汽车兵的愿望能实现。

几天以后的一个早晨，在师部的大操坪上，战友们陆陆续续被接走了，我与狗娃悬着一颗鹿跳的心耐心地等待着。狗娃的眼神和我一样流露出许多忧愁，他终于忍不住碰了碰我的衣角：平伢子，我说最后分下去的肯定会是在汽车连。我眼茫茫地望着远处的一棵桉树：或许是吧！

当汽车嘎的一声停在一片大山腹地时，我与狗娃都哭了，接我们的大个子班长眼一瞪：哭什么，我在这儿不也熬过了三年！

哨所终日冷冷清清的，就大个子班长带着我们几个新兵蛋看管着几幢空闲的营房和一个仓库。依旧是山，依旧是鸟鸣，唯一不同的，那就是我们身上穿的是绿色军装和手中那支枪，还有几只壮实的军犬，我俩的希望被现实碾轧得粉碎。

在写给家里的信中，我们不敢如实地写上"××部队××山哨所"那么一个偏远的通信地址，所有亲朋好友的来信都是汽车连的老乡帮转过来的。木棉花开时，我失落的心终于平静下来，与狗娃一道发奋攻读那堆从家里带来的复习资料，准备来年考军校。

那天黄昏，班长带我和狗娃到山窝尽头空旷的草坪上散步。说是草坪，其实已长满萋萋的荒草，晚风一吹，便扑簌簌作响。突然，我看到草坪边缘有一溜一溜开着粉红色小花的矮草，小花上还附着一层灰白灰白的细微茸毛，茎秆上有小刺，叶片呈椭圆形略带红，当我们的脚一碰触到那草时，叶片迅速卷拢，像一个忽地受惊羞得用双手急忙去捂住脸庞的少女。我高兴极了，折根野枝去拨扫那草，顷刻间，那一片一片的小草耷拉着叶片蔫瑟瑟地静立荒原，可怜兮兮的模样令人顿生许多爱怜。班长说那东西叫含羞草，他说

含羞草

三年前他刚来到这个哨所时，常常一个人踱到这片荒原独坐望远，好多回，泪水吧嗒吧嗒地滴落在含羞草上，那叶片最怕眼泪，收缩的叶片一直要等到半夜时分才慢慢张开恢复宁静。

随着日月嬗变，我们从往日爱说爱笑爱闹的一对逐渐变得像大山一样深沉。大山的静谧在胸中钩织起一道厚厚的城墙，除了站岗便是散步看书，不多说一句话。

三年后，踌躇满志的我又从军校分配到离哨所不远的一个连队，老乡告诉我，狗娃在哨所因工作成绩突出荣立三等功，还获得了二级厨师证书，听说上级要狗娃留队转志愿兵。老乡还告诉我，狗娃的女朋友虹今年来了一次哨所后便再也没有来信了。

当我用双手极力按捺着一颗激动无比的心见到狗娃时，他痴望着我双肩鲜红的学员牌，双目倏地一折，头一垂，脸颊顿时飞上两片红晕，恰似黄昏时分那荒草地上默默无闻的含羞草。

人世间不幸的事往往来得太突然，令你意想不到，我们还未来得及畅叙分别了三年的兄弟之情，狗娃便匆匆忙忙地走了，走在那个多雨的夏季。

7月，韩江流域遭受百年不遇的洪灾，狗娃因抢救被洪水冲入韩江的小女孩而被翻腾的洪峰淹没，再也没有出来。

哐当——哐当——列车车轮撞击铁轨的沉闷声猛烈地震撼着我的心扉。秋风乍起，当我与政治部的杨干事一起双手虔诚地托捧着含羞草相伴、红绸覆盖的烈士骨灰盒和一枚闪光的二等功奖章送回老家时，狗娃的女友虹一手搂着骨灰盒一手抱住我失声痛哭……

月亮桂

中秋的月亮圆，中秋的桂花香，透过桂花漫开的月亮更是又圆又香。所以，我敢称中秋前后的月亮为桂花月，而谑呼桂花为月亮桂。

院子里栽着四株千叶桂，每棵有三米多高，树影婆娑，浓郁苫茂，像四朵庞大的蘑菇，又像四把撑开在院子里的绿伞。我平常是无心去观赏她们的，无论她们多么枝繁叶茂，荫翳铺地，仅仅偶尔擦身而过时甩两眼也是乜斜着的，并没有觉得到她们是在孕育着醇香，她们正为院子装潢一个飘香的秋季。

桂花是中秋前几天怒放的，开始时，只觉得院子里的空气有些异样的醇熏清鲜，但绝对闻不到花香，故而谁也没有提起她们。秋风不多，只几丝几缕，不时地从窗户透进，又从窗户流出，少顷，人们鼻翼歙了歙：这空气不错。

桂花辐射浓香的那个晚上，我与妻子携手月下，月光又圆又娇，光芒四射，我们踩碎了一团又一团的树影，坐在一棵桂花树一侧的石凳上，月光便也不走了，陪着我们坐在桂花树下，在星星斑斑的一棵千叶桂上，盛了几爿碎影缀在我们身上，一丝秋风荡来，那碎叶便在我们的衣裤上游来悠去的，甩手一压，那影儿又跳到你的手背上。

夜空不知什么时候飘来许多薄薄的灰云，一丝一块的，游鱼一般地去吃那圆浑的月亮，刚吃进去又从那云腮吐出来，这块云吃了，那块又将月亮囫囵吞下，吞来吐去的，这时候，我似乎听到从

含羞草

天籁飘来的唛喋声，但鱼贯的浮云怎么也嚼不烂这毕芒的月亮，月亮辐射的光芒更加晶锋。

突然，一股异香沁入我的鼻子直灌心肺，妻子也同时抬手，轻轻地扇了两下：什么香？好浓！

我一抬头，呀！是桂花开了！

妻子顺我的手指一抬眼：还是月亮桂呢！难怪今夜的月亮又圆又滢又璨，我说呢。我觉得妻子好哏，但细一忖度，她说这是月亮桂还真浪漫，那树丫、叶腋、枝背、杪巅无处不绽冒出一簇一巅的含苞桂花孕，有少量的桂花已趁着今夜的月色祥和地绽放，看上去淡白淡白的。小小的花朵在泼泻的月光下悄悄地瓣开，大自然真是神乎，谁也没有去想过这么细小的花朵竟然能溢放出如此绝美的酢香。

那晚我做了一个梦，月亮桂变成一个美丽的少女，洒泼着一身的桂香和衣躺在我的身旁。我躲闪着用手猛地推那树精女妖，妻子呀的一声惊叫把我吓醒，我这一推差点儿将妻子推下床去，原来是妻子染浇得一身的桂花香。

我推开门，月亮喷洒出万束粼光，依然热烈地窝孵着桂花。

年关雪

那是一个斜织冷雨的冬天，我终于几经磨难调到湘南的郴城，见到阔别几年的爱妻。

她走进站台，撑开雨幕：你回来了就好。

我说：雨好浓！

腊月的天气总是微雨飘摇，凛冽的北风，将冷雨斜织成一张细若游丝的罩网，稀稀散散的行人似乎是扑网的飞蛾，飞来飞去，我也最终还是撞落到湘南的这张雨网上，一伸手割落满脸的雨滴。

天开始冷了，于是我关严了窗牖，架起了火炉，留好一扇通风窗，端坐火炉边读着一本书，想读走这深冬，快些进入新年，但思绪总是游走蛇龙静不下来。

我又跳到床上披件大衣打起坐来，合掌阿弥陀佛，于是没有恁般心乱，无论如何，该挥别那些狰狞的漫漫长夜了。

终于在微雨飘忽的腊月走入年关，天更加出奇地冷，黑夜里，北风呼呼地刮，谁家的窗玻璃嘭嚓一声脆响，划破寒峭的冬夜，少顷，冷夜里，从肆虐狂舞的北风中传来叮叮咚咚的敲窗声。

风儿无趣，终是慢慢地寂静了许多，偶尔有两声狗吠从窗缝罅隙挤了进来。那当儿，我分明还听见石棉瓦上杂乱的沙沙声，静耳细聆，节奏愈来愈浓，是霰雪，没错的，我心里一阵阵激扬酣荡，这两年来从未有过的愉悦。大年三十的雪，明天准个儿一片银装世界。妻揉推我一把，看你一身忘情得意样，谁个不喜欢下雪。

我推开一扇夜窗，噫！纷纷扬扬的絮花团飘悠而下，有几朵还闪进窗内。孤零零的路灯站立街衢两侧凄寞地迎着洒落的飞雪，可以依稀目睹到树丫慢慢地盛不下那密匝匝的团絮，地上准有两寸厚了。

雪越下越浓，我拉紧了窗帘，呵了呵冻僵的手，揣度今晚准滑落几帘幽梦。

妻比我起得早，睡眼惺忪的我瞧着她一脸清丽的笑靥。看我从被窝里懒洋洋地爬出，她手攥篦梳，一甩长发：你还不快点儿，雪有尺把厚了，哥说叫我们过去吃早饭，然后拍照去。

踩着咔嚓作响的柔雪，搀扶着妻阵阵开心地嬉笑，我们一行踏雪郊外小山。妻调皮地扑倒在雪地上，冲我撒来一把飞雪，见我傻笑，又猛然在我的后颈窝窝塞上一把，凉飕飕的。这雪是我二十几年来见到的第一场浓厚的年关雪！站在山头落目郴城，一片洁白素裹，好多的常青树被雪压弯了腰，街道纵横出一条条雪毯，路上杂乱的脚印昭示着人们琐碎的憧憬。我从一个一个新踩的脚印忖度：人们的希冀不一，我不是圣人，读不出他们今年的孕梦，但无论脚印多么杂乱，路永远是朝着某个目标的，正像我们爬郊外小山的雪路，虽然我们要自己去费劲踩出一串脚印，甚或藏雪的匿枝弹破了我们的手脚，我们终归爬上了山巅，饱瞰了满城的年关雪，将大雪压青松的胜景摄入我们的镜头。

我和妻紧靠着站立在一棵雪松的腋下，遥望着无限的白雪永恒！

竹林风

风一蹿到院子外的那一片竹林便不再是吹，而转成泛、筛，它再不敢吹，更没有胆量呼啸狂野，起先我没有发觉，是立秋后那个昏暮在竹林边踯躅遐思的间隙，偶尔不小心聆听到的。

衍息繁孵在围墙外头的那一大片占地七八顷的楠竹林，青、翠、直、耸、密，青一律是稔青，翠一律是碧翠，直一律是笔直，耸一律是高耸，密一律是纱密。还有一大奥秘，就是它们拥抱得如情侣一般，这也是竹林风在那一时刻告诉我的。

这些楠竹虽比不上井冈翠竹那般用处多，但湘南的大多数竹器是这楠竹剖编的，挺朴素美观。

风是每天都有的，穿梭于芸芸众生，就像妻子每天早上梳头，丈夫早就没在意罢了。

风吹大自然的呼响声也是千姿百媚的，多是你懒得去悉心地记述罢了。

睡梦中有飕飕的风声，有沙沙的风声，有呜呜的风声，有涛涛的风声。

院子外的楠竹林拔节于市郊的回云山脚下，飕飕山风是从那边山坳吹过来的。

先前的风依旧轻轻款款地拂撩，又有几片颤悠着在灰蒙蒙天空中悬浮的竹叶。

早到的一溜儿风和楠竹林外的哨竹打了个照面，没有盘桓，瞬间就被已列阵的竹林吞啃得无影无踪。

竹叶偷偷地在交头接耳，俄尔，复归沉寂，趁着暮雾的掩护，大队的风又扑来了。

这时候的风是成队成队的，掺杂着几丝复仇的激扬，因为我在这个时候听到的是飒飒唰唰的践踏声，像野鸭戏水的扑腾。

风从竹林的缝隙间、竹叶的交错处灌进去，整片的楠竹林奏起了一阵阵江河流水般的筝乐，引商刻羽响遏行云。

我索性赖着盘腿坐在一习枯浮的竹叶上，远眺那一脊山梁上薄薄暮云漂流得贼快。

又起风了。

抬手擦了个响指，惹来了呜呜作响的此起彼伏大群的风在竹林里外怒号。风跟竹林的低语最是悦耳，竹林蓊蔚，竹叶青翠欲滴，加上它们从小就在襁褓中养成了搂抱一团的习性，盘根错节，它们根本就不在乎风霜雨雪。

数不清的竹叶喧哗不止，仿佛千百台箜篌在齐奏，哀丝豪竹穿云裂石，万千楠竹相互紧紧地搂腰抱背在万家燃灯中一齐摇摆，如若此时你侧耳辨听，竹林里的风正发着呼呼咻咻的喘息声。

噫，那劲风袭来时为什么竹林一齐摇摆而绝不倒下？为什么那竹叶一同摇晃而绝不掉落？

竹林风，你一定奈何不了这片古老的魂。

无瓜蔓

春日，我在屋前的葡萄旁栽上一棵冬瓜苗。

为了能吃到自己亲手种植的冬瓜，在这株小小的瓜苗上我可谓费尽心血，每天早上第一件事便是给瓜苗浇上一勺水肥。那瓜苗长势可凶，蓬勃向上，不几日，我就砍来几根竹竿给那小小的藤蔓当拐杖，让它沿着长长的竹竿往葡萄架上攀爬。瓜藤也实在很为我争气，一尺两尺，到芒种时节就已拼力爬上高高的葡萄架。冬瓜藤缠葡萄藤，冬瓜叶吻葡萄叶，相互间做起了露水夫妻，洒泼着一片醉人的新绿，毛茸茸的叶片绿得发黑，微风拂来，还不时地晃荡几下脑袋，一副春风得意的尽情样，我的心也像瓜蔓一样探空神往。

当我的双目在一片醉绿中迷乱时，从那藤蔓的根部开始节外生枝长出无数根子藤，我折了好几次，但那子藤越发前仆后继，你折它它再长，一次比一次长得疯，一次比一次长得茂，我想反正有的是养分给你们，让着你吧。

不久，母蔓子藤上渐渐开出了一朵一朵黄色的冬瓜花。我高兴极了：种瓜得瓜，有付出就有收获，这应该是理所当然的事。

然而事与愿违，我栽的这兜冬瓜被邻居一语道中：养分太足，只怀孕不生息。但我依然痴情地企盼着结出冬瓜，那么多的花，一两个冬瓜总会结，我不求多。

一天一天急不可耐地等候到大暑，眼看邻家的冬瓜藤没我这么狂茂，却陆陆续续吊起了毛茸茸的冬瓜，一份热热烈烈的种瓜情终被一架空藤叶冲淡稀释。

那日恰逢心情不好，蹲在冬瓜架下发愣，一回神又瞅着那无瓜的藤蔓，没好气地找来一把菜刀，正欲结果那冬瓜藤时，妻子冷不丁地从里屋走出：何必这么小气量，那冬瓜虽然没结，瞧着这架上一片浓绿不也够了，古今许多文人志士并不个个都是金印紫绶的，何况你呢？

听着妻子这意味隽永颇值玩味的话语，刚才还郁结着的一腔烦闷片刻就烟消云散。

再后来，每当沉思后甩头，总觉得雨后的瓜蔓更加繁茂！

太阳雨

大暑那天，留给我而立人生的是一场太阳雨。

不知不觉就到了盛夏，燥热难禁，忍不住要蜷伏打盹，便伸了几下发麻的手脚，走出办公室。

知了使劲地嘶鸣，空气似乎凝固了一般，淫热渗流到每一束草缝。一只土蛙盘腿坐在那芋盖下，灰白肚皮一张一鼓的，任是我挥了数下赶它的手，它也懒得跳离。太阳毒辣辣地炙烤着大自然的每一个细胞，走在水泥道上立即感觉到煎锅一样的热浪。我抬头下意识地仰望天穹，眼里霎时落满光环，再转头那株古樟荫腋下，全是那飞溅的金星，实在想歇息一下，想等天边那些浮云，那云若能通人意一定会卷来的。云是雨的灵魂，既然有了云，为什么不可以生雨呢？如果有些雨，人们的脾性也许会驯温些，我就这么烦躁地祈祷着。

　　真的从山那边飞来浓浓的一片乌云，朝火热的太阳鱼贯扑来。这当儿，不知从哪里也蹿来几丝风，虽然吹到人身上一股习习热浪，有心的人分明可以触摸到风后的一丝凉沁。不多时，我居然踩着了一片一片的云荫，又踏碎了一束一束的太阳光。这时，风儿明显多了密了，也是一阵接一阵的，还卷起一两片落地的浮叶，衣袖也钻入一注一注的凉风，生些舒爽，太阳不时在云缝里跳来跃去的。

　　我已然加快了脚步，但豆大的雨点打着了我的睫毛，阳光在雨中时断时续，雨便在阳光的涂抹下变得色彩斑斓，粼粼闪闪地碎在地上，那地面被雨击起一层薄薄的烟尘来。不大会儿，地面落满了一种湿润润的雨意。再抬眼间，雨便不再下了，只那么一阵子。云是从山那边陨落的，只是在云陨落的山边多了一道弯弯的彩虹。听老人们讲，那是天神在吸吮小河的水，以备下一回的雨魂，不信，只要你待会儿到山那边小河滩去找，一定能找着天神吸完河水后遗落的一只金碗。

　　太阳雨无法冲洗这盛夏的燥热，却让我抚摸到一个完整的夏天，但愿中年人生也下场太阳雨。

惊蛰露

　　那一天早晨，有雾，太阳出来后将它们撵走了。

　　我在营房外的小路上悠闲地踱步，发觉今天的草地到处粼光闪烁，七彩耀目，心里一阵狂飙悖动，露！雾洒落的泪，好多好多的碎泪珠儿。

我对事物的观察素来是百年松树五月芭蕉——粗枝大叶。今天，这草地上的常客朝露却攫取了我的灵魂，在这沟沟坎坎的边缘，不由得细细翻阅起这本倏忽间即被太阳收走的天书。

这一带小山坡上是大片大片的萋草地，长着大片大片的丝茅草，大抵是今年要翻种菜地的缘故，去冬一把野火，将这老暮的枯槁丝茅草焚燔出一簇簇的黑兜，参差不齐的黑兜中冒出一撮一撮鲜嫩嫩绿油油的小丝茅草，还有许多芨芨草、爬地节，芨芨草是三片两片自成一家，爬地节却是你中有我我中有你的家族。大约小丝茅草姓族杂多的因由，尤其引人注目，它们刚拔出身子不久，不能算得上苕蕨繁旺的，大多数的小丝茅脚上还羼杂着淡白色，得瞪着眼睛才能透视得到。小丝茅的叶片上笼罩着一层乳白色的毳毛，星星点点的露珠便像珍珠玢子，一会儿撒遍这小丝茅的全身，附在这密匝匝的毳毛上，欲坠不落的样子。偶尔有只小虫跳过草丛，磕碰着一两根丝茅草，那细珠就借着太阳的彩色，在那几片小丝茅上有节奏地抖悠，而后渐趋平静。露珠忽闪的粼光，使我想起古代妇女们佩戴的琰珈，晶莹剔透。

最有趣的是那些可爱的草蜘蛛，它们在相邻的丝茅草之间织结着一张又一张的小网，小飞虫没有网着，却罩得一网的碎露珠。定睛细看，一只小蜘蛛正在网上寻找着什么，触摸这颗碎珠，碰碰那颗滴露，皆不是食物，于是继续爬探着。

微风拂来，小小珠网连着露珠一起摇晃，淡泡起来，这时的情景令人神驰和心酥，先是蛛网的飘腾，露珠有几颗大点儿的灵光一闪，趁机蹦到泥土上，立时不见了，想必它们一定是化作了露魂。

绝大多数的露珠似成串的璎珞，又似散乱的碎银，搽蘸着刚出襁褓的太阳光，折射出黄红绿蓝橙紫等多种色彩，上下扑腾，我的眼球便有痒痒的纷攘，又极是舒熏的。我的视野掺溶着无数道天虹，一眨也不眨地睁大了双眼，想象着这些天虹怎么样储存在我的

含羞草

双眸中就好？可是这幕美丽依然只属于大自然的。俄尔，微风净了，露珠也静伏在蛛网上凝结成一种静态美，没有摇曳时的那种绚烂玲珑。

一只小青蛙鼓着腮帮坐在蛛网下，又从网上滑落一颗晨露，正好被张嘴的小精灵囫囵吞下。

草地上慢慢地升起一丝丝的雾气，云蒸霞蔚的，我不知道那是不是晨露的魂儿在归天。

又有几丝晨风骤至，这时丝茅叶上蛛网中的露珠有稀息的滑落声，得倾耳细听，丝茅叶似乎又翘起了许多，蛛网有些颤动，草蜘蛛惊悚得来回爬动。露珠依旧舔舐着阳光涂幻色彩，只是随着太阳的腾升，露珠点缀的彩虹愈来愈淡，愈来愈薄，我的眼中仿佛有泪花渗出，我可以感觉到视野逐渐泛起一层溟蒙！是的，人世间美好的事物往往只是瞬间的美丽辉煌，人生的时光不也正如霭雾晨露，逝者如斯！

猛然记起今天正好是"惊蛰"，难道也有好露知时节？

纤山雾

又是一阵春雨，淅淅沥沥的！
在床上赖着复翻几转身，总也不想起来。
雨渐弱，转而成为一种悠闲的淅淅沥沥，天已渐晴，分明雨雾。
平房后面山窝处时而传来一两声叫春鸟清脆的尖鸣，鸡叫过了——赖皮鬼——鸡叫过了——赖皮鬼！窗外古樟上的鸟伴们也跟着呼应对号和鸣起来，一声比一声嘹崃，这时我再也赖不下去了，懒洋洋地费力睁开双眼。

打开窗户，几缕乳白色的轻雾立时便跻身而入，外面呈现的一幕天籁仙景顿时揉摄着我，赶紧趿着鞋，劈门搅入这翩跹曼舞的神雾中。

心境为之一阔，一份数倍于往日的爽朗遄速倾注于我全身血液，好一个灰雾溟蒙的世界。

这是一种湘南常见的雨后雾，有山的地方便有这雾，我敢称它为纤山雾。

今天早上的纤山雾尤其迥异独匠，大约是仙女们下凡嬉戏刚飘走时遗落了许多肤露香、舞纱，飘飘悠悠的白练拖挂在树梢山巅，吸入心肺的空气让我的全身骤觉轻捷旷洁。

身在山雾中，似乎感觉到的不是雾而是仙霭紫气，分明远山有一脉轮廓脊梁依然可辨，稍近，一片朦胧迷惘的松林，连对面山坡上一些老榆也只略现躯干。

这一牵山并不很高，但青松苍郁葱翠，密如牛毛，于是一缕一缕的雾趁机在林间、松隙、岩缝、石罅撒娇游荡，穿梭悬浮，如果你稍微眯上眼睛去梦幻遐思，绝对是迦蓝大仙、太乙真人、元始天尊等一帮众仙家手执拂帚，带着青衣童子在雾堆上飘腾，分辨这些老松的年岁，傲比谁的坐雾蔚洁、滢密。

雨后的雾极缠绵妖媚，一团晨雾扑面罩来，我惬意地抬手撕扯两肩的雾，可越撕越纤，越扯越密，最终我无法抗拒它的缠绵缱绻，只得从雾中偷出身子，但顷刻又被另一袭晨雾所束盖，任被它们浑身抚摸着，痒痒酥酥的，一张手有湿润的感觉，显然是雨的灵魂。

猛然发现一团一团的纤山雾正在松林间拉拉扯扯，推推搡搡，它们变化得极其微妙，如若不极力扩大瞳孔，你根本无法看清。我聚眸于不远处两棵偌大的古松上，先是两老松中间的雾空稍许偏离往左移步，绝对地说只是那雾空里的雾稍淡些。

　　一刻钟后，这个雾空已粘住了左边古松的衣袖，霸道地撵走了左松上的盖雾，似乎它在显露一下自己的薄薄威严和力量，右边古松上的那一团盖雾，同一时间也被另外的一团纤山雾推搡得打了好几个趔趄，愤怒而又无奈何地朝右松压来，它知道准是晨风在推波助澜，不一会儿，接踵而至的雾团又霸占了右边的古松，继而又往左边那棵古松滚滚淹来。

　　我兴趣盎然地鼓起了双掌，惊动了旁边树上一只叫春鸟呼啦一声蹿飞而去。

　　远山的纤山雾一片连着一片，一缕结着一缕在林海追逐，我想它们一定是在争夺那旷古幽禅的森林。

　　妻在呼唤着我回房吃饭，我只得兴犹未尽地移动双脚又踱回去，慢些儿，不然我会后悔的。

　　纤山雾，你能罩缠树巅，萦绕山腰，但你能留住我的春天吗？

垒天云

　　对于云，自小我的心态便是很矛盾的，我讨厌雨，自然累及云，云多雨亦多，这是因为家乡的屋古旧漏雨，在乡下老家就这样吃顿饭也在被云雨戏谑的困惑中走过了十八年，心中早就镌刻见云就是雨的阴霾和悲哀。

　　时过境迁，也值5月的多雨天，虽然还爱不起云，今天的黄昏却让我突生一份驻足的兴趣，伫立院中，痴情几许仰望着天空许久，许久。

这几天老下雨，下得田庄菜畦的蛙鸣也潮湿了，噪不夺声响不清莹，我心便跟着凄寂沉溺。今早一阵阅兵式的滂沱雨，下得一院的花叶成了落汤鸡。雨霁，终于拱出了太阳，便以为今天至少是大晴了，谁知下午便起风了，漫步那一片碧绿的小山，吐纳着清新润肺的初夏风，胸臆间顿时酣荡无比。

一转头望天，才发觉此时已流云阵阵，风车一般地卷来，我睁大了双目，已没有了畴昔防雨的惧怵，因为是风卷来的滚云，一时不会有雨，大可不必拔腿而遁，此时我方才醒悟，风车卷云是大自然的一幅上乘速写。

先是浮云阵阵像浓烟团一样飘悠着，起初是淡灰色的，形状如狗、如兔、如马，不断变幻着姿态，交叠掺杂，散散收收，缀补拼织，勾填着一张张千奇百怪的图案。

云块在空中疯跑着，霎时又被风儿撕烂，刚才还像一头怪兽，片刻又什么都不像。我便想象着七岁髫鬓幼童小手捏一支彩笔，随意在一张宣纸上涂了又画，画了又涂，很不郑重的。

有一路云奔到天际很默契地垒拼起来，分成一团一块相互紧紧地挤靠在一起，像垒砖头屋子，一时间就垒满了天际那一层。

紧跟着第二梯队的流云色彩仿佛磨浓了几成，成了一团团深灰色的霭云，奔跑得也似乎更急更快，而且令你有些目不暇接，脑海中像放电影一般变幻着，稍一眨目，就来不及记忆。我想自己要是一个杰出的画家，便不惜花费无数的宣纸来勾勒这变幻莫测的飞云图。

已堆砌了半边天空的云块，慢慢地又被天籁放射出的一种什么回光网罩点染，有些像月下的古钟，乌黑发亮。少顷，大面积的云层都落染着这一圈一圈的回光，然后有连续不断的闷雷声在为满天的垒天云喝彩，偶尔有几个炸雷在那最密的乌云处轰响，但还是没有雨。

前后只半个时辰光景，风将云块垒砌得错落有致，严丝合缝，我从来没有注意过像今天这样精巧的缀云图，这司空见惯的暮云图一定孕育着斑斓的雨梦。

也许，今晚会有雨。

如果有雨，就让这雨再返升为云魂，留给人生几分思考，几分成熟吧。

蝉鸣断想

时光飞逝，转瞬间已近而立年岁，近些天，心情烦闷几多，推开窗，不想推出一窗蝉鸣。

中秋将至，该是秋蝉了吧。那一阵滚一阵、一波盖一波的蝉涛勾引我对童年往事的无限追忆和缅怀。可爱的蝉，你的嘶鸣记载了我童年的梦幻，我的梦幻呢？至今依然藏匿在你薄薄的蝉翼下，待我刚一触树身欲去捕捉我的梦幻时，你却噌的一声飞走了。

家乡、童年被连绵的小山包围着，树密蝉也多，夏天炎热，蝉也忍耐不住一个劲儿地趴在树干杈枝上闷嘶。那声音是令我厌烦的，本来就辣热的天，沉燥的空气，加上田间泥土的热瘴，已足够令人窒息的了，耐不住走向河边那片果园中，嘶呖嘶呖的沉啾声蓦地朝我双耳贯来，一段童年的时光便被蝉声尽情地戏谑。

秋天的蝉鸣我是留意的，常常邀几个顽皮的伙伴用罩网去捕蝉，将它关在空火柴盒里，那蝉就知了知了地鸣叫，有点儿哀伤，像是抗议失去自由的禁闭。将扒掉翅膀的蝉往前排女孩的长发上一放，那秋蝉因为无翅飞不动而拼命钳紧了女孩的头发，女孩尖叫着用手慌乱地去拍打那东西，我乐得拊掌开心。

群蝉最热闹的时候莫过于秋天的垂暮时分，太阳刚跌下西山，园林中哪只母蝉率先尖鸣，知了……知了……群蝉便起哄般地一阵吟奏，谁都唯恐落后似的，那时我暗想，蝉恐怕是在举行鸣唱比赛，瞧它们争先恐后，斗劲鼓腮的较真劲和嗝吟出的不绝于耳一潮盖过一潮的大合唱，它们一定是在歌唱这遍野的金黄和满园的果香。是的，秋桂飘香的季节值得歌赞，谁说人们辛劳收获的笑靥里没有深藏一种讴歌生活的愉悦？秋蝉此起彼伏的歌声不正是人们对生活的憧憬？

开学了，我常常侧棱在校园细软的草地上，静读蝉鸣的隽永，细嚼那悠扬旋律的余韵，突发遐想：几年后，蝉将脱壳好几代，鸣声依旧；我呢，从童年走入少年，是否依旧热恋着那个捕蝉梦、听蝉图？这莫不是我步入中年人生后的第一份悲哀？又或许人生本来就如此呢？

檐前滴水

又听檐前滴水，滴出的是你无尽的缠绵，缠绵中有你往日的沧桑，沧桑里掺杂着最心痛的故事，故事的沟窝窝其实是你断肠的思念，无语的默然。

又听檐前滴水，滴出的是你二十三载的点缀，点缀里蕴藏着你天真的梦思，梦思里埋藏了不如意的梦魇，梦魇的狰狞给你镶嵌了无尽的恐惧，止不住的抽搐。

又听檐前滴水，滴出的是你踏入人海的幼稚，幼稚里裸呈了你没有防范的回眸，回眸的焦点洋溢着你幸福的陶醉，陶醉里写满了模糊的视线，塞满了朦胧的企望。

于是你哭了，哭声里荟萃了你痛哭的呃噎，于是我便发觉那檐前滴水原来是你的泪水！我天生爱听那檐前滴水，自然我便喜欢上你了，于是我便有了新的故事，你也有了新的故事，从此，你我都有了新的故事，那就是属于我们两人的故事。

我只晓得，我这一方故事的主题：我爱你，永不反悔。当我们心灵对话的时候，你下集的主题是否依然如这七个字？

难忘月夜

那夜的寒月足令我相思一辈子。

到如今，方明白古人为何都喜欢月都写月。

树影婆娑、薄雾轻烟、朦胧俪影、疾剪寒风、缱绻夜鸟、擦月灰云、沉潋栖息……引人诗意纵横心下醺醒，诗人徜徉月下无须推敲斟酌，挥墨成绝；画家徘徊月下不用构思遴选，点墨成幅。我不是诗人也不是画家，却有的是忧伤悲苦，无尽的追忆和彷徨。

多少个圆月的冷夜，翠儿提议说一同去月下散心，我总是慵懒至极，心中知道属于我俩的圆月一年中毕竟只有几个晚上，仅仅是几个晚上，碰上晦涩的阴雨天，云中月也躲避着我的落囿庸俗，归队时方知流失了翠儿的默默温情。

翠儿终是一个人独坐窗前揽月，神情极是恬淡，从窗户漏进的一束月色涂匀了她微启的笑靥、憧憬、梦幻、祈祷，从窗口旋进的月夜冷冷清风，送来夜露的醪香后，又裹走了她的痴情。她一定在想，纵然是千山万水阻隔，无怨也无悔。

高洁、洒洒、浩瀚、冰清，天穹似乎在向我昭示着什么。于是，下一个月夜，我翻出两件大衣，下意识地拉紧了她的纤手。草坪上早偎依着一对恋人，大抵是情到深处，他们并没有感觉到月下的草坪又增添了一份情愫，我们的谈话终是冲淡了他们的热烈缠绵，似小鸟受惊般地向我们投来羞赧目光，少顷，又恢复了如痴似醉，绞成一团，旁若无人。"他们在接吻！"我轻轻地告诉翠儿，翠儿无限深情地瞥我一眼："你说呢，小傻瓜！"我似领悟翠儿的心思，说翠儿我们得往那一头走。

沿着青石铺垒的一截小径踱到草坪的那一头，有湿漉漉的雾沉寒成一串串水珠洒在草坪上，我们只好在青石上垫些报纸，也还是坐着了浸肤的凉意，可谁也不在乎，翠儿一会儿躺倒在我的怀里，偶尔又抬头望望悬挂天穹的冬月。

夜色中有一片黄叶飘零，有弥漫开来的冬意，还传来几声夜鸟的尖鸣。

抬起头，依然是一轮水洗样的皎洁之月，无根无系地悬挂于影影绰绰的天幕之中，天幕下那幽淡淡的山群，驻足走近，有些触动而已，眼前孤零零的树影溟蒙，草坪旁公路上开来一辆汽车，车灯从很远的尽头就乱涂这月色，画烂了铺泻的月幕。月夜其实很静，很幽静，我听得到翠儿静静的心跳不停，仿佛要挣脱那具胴体去融入冰肌玉骨的月色。原来静谧确是一种享受，静中可以想任何也可任何都不想，静中可以掏尽心中的爱意去尽情承受翠儿的柔情。

月，就这样高高地待悬着，没有一点儿抽搐，我俩也就这么懒怠地半仰着，丝毫没有意识挪动回家，宛若冰块遇春而化为水，水遇太阳而化为气，于是一切尽融于灰蒙蒙的夜空而失去了自我，人生最辉煌、最快乐、最幸福的时刻就这样不知不觉地降临于彼此的心海。

这以后，每逢家事郁结，我总会想到古城草坪上的月夜，于是心下便释然。

寄语蓝山

汽车过连县不久，向左一扭，蹿上一条沙土公路，我想这恐怕是蓝山的地盘了。

又过了两小时，好像才真正来到蓝山脚下，因为月夜朦胧，只隐约觉着一大片一大片黑黝黝的山影滚滚而来。

隆冬的山风贼冷，像蚊孽一般由车窗玻璃缝隙透进来，骚扰着我的腋下，还不时地有几丝风从裤筒直穿下腹。玻璃窗震开的缝一大，残戾的山风又鬼头鬼脑地从衣领、袖口处滑进体肤，恣情趱入心窝，冻得身子瑟瑟发抖。手随着车的颠簸触到那袋行囊，猛记起走得急忘了在袋中压件毛衣，无奈，只好不情愿地缩回那只有意无意伸出的手，实在冻，只得绞紧衣服，包住那丝尚存的体温。

长途行驶的汽车玻璃窗早已披上一层薄薄的尘土，直到引擎发出沉重的轰鸣，车速骤然降下，我的心一悬，打开窗户，汽车确实贴在群山深腹处的峭壁上了，蜗牛似的蠕动，眼光随着吊悬的心跃出车窗，月下静谧的大山恬淡深邃，诱惑着一双双痴迷惺忪的睡眼，吸引着旅客们的双眸，心也早已被昏蒙的薄纱夜雾所笼罩。

我从没有在晚上欣赏过名山大川，这时倒被蓝山旖旎的月夜所沉湎，灵魂禁不住酩酊大醉。蓝山吊壁陡峭，盘旋在山腰一圈一圈的公路像一条缠人的可怕蟒蛇，有时，公路沿山脊飘下，落入山岙，遇上对开过来的汽车，得停下让对方擦身挤过才能复行，俄尔，又跻入另一座山的褶皱，许久方能穿出山结。

汽车就这样在磨切出的公路上盘旋了一个多小时后，又穿进一溜儿山沟。

我突然看到被几截山巅压出来的扁月，本应是十八九的圆圆朗月，让这些崴嵬大山一挤，顿时成了一张烙得变了形的烧饼，透过夜色极力漶泼出幽冷的清晖，我仿佛看见吴刚握着利斧在挥汗如雨地砍那山顶的古松，看见恨泪潸然的嫦娥在蹉跎岁月，期待吴刚砍倒古松，她好在山顶筑庙修炼，寻求自己的幸福。

月色下一缕缕的氤氲紫霭袅袅浮起，游离于密林古树的顶巅，穿插于山壑沟坎，再涂上一笔月色的浑清，更加点缀了蓝山的幽深，古刹一般的岑寂，晓拂前那一阵黑黢被月色抽掉脊梁，又被晨雾揭去一层皮，最终是无法弥漫这神秘的蓝山。

忽地车身剧烈一倾，我的身子不由得向前一撞，头上撞得昏蒙，旅客们也摸着头啊唷乱叫，原来司机一样被蓝山的夜月迷惑，汽车撞着靠山内侧一棵碗口粗的柏树，险得很，公路另一边是万丈悬崖，如果换个方向，恐怕我们都得与蓝山月夜长眠。

撞烂了右车灯的汽车在旅客们一片怨恨声中又起动着朝前开。

天下起了微雨，月色也逐渐被雨刷器掸尽。

淅淅沥沥的山雨断断续续地迎来了又一个黎明。

蓝山在旅客们一个个哈欠中渐渐被抛在车后，越来越迷惘的一片山。

汽车一抛离那种翻肠倒肚的颠簸，我的眼前便被一片怅惘模糊，仿佛缺少一种只有在穿山爬岭时才体会到的惬意释然，离蓝山越远，心变得愈朹陧，不知不觉中我进入了梦乡。

不是萧瑟

初游岳麓山，正是满山枫叶红了的时候。

早慕麓山之盛名，却一直无缘踏上伸向麓山的那崛盘山路。

我似乎想象不出它的囫囵之状，心中依稀迷迷惘惘的一片山。于是乎，我不管缺乏伴侣的那份憾独如何，那份怅惘如何芸聚心头，终是慢慢地钻入半山腰那青石铺陈的拾级路。透过那不太障眼的薄雾稀霭，张口接几缕山上清凉的秋风，逐渐地舒展胸中憋了好久的闷气，鸟瞰湘江，那股浓烈的郁闷随着一曲江水悠然而去。

盘坐在那块乌亮而四周布满青苔的黑石板上休憩，突然从密林间传来一阵呐啸滚涛，紧接着，石旁的几株枫树扑簌簌地洒落好多片枫叶，随着眼前那稀落的一簇红色闪过，蓦地一惊，这不是红枫叶吗？

麓山的红枫叶，我早就听说过。

这一片片的红枫叶从千枝万杈间飘落下来，在风中滑悠得好萧瑟，偶尔在空中转旋两圈，那情景，那画面恰似痴情恋人不愿远去，一阵徘徊后最终无可奈何。

一片红得有些泛黄的枫叶停靠在我的膝上，那叶柄刚好向着我。我爱怜般地抚摸着那片可怜的红枫叶，细细地端详着，我能从薄薄的叶片中透视出它那悲哀空旷失落痴情而又灼伤的内心，意念中突萌遐想帮它走回往日繁茂的世界，但绝情的秋风给它留下了重重的一刀。那痕迹那伤痛太深了，以至让人咀嚼到它与秋风与母树的缘分已绝，最终我亦挽留不了它，手一松让它滑落在秋色相伴的峰巅野岭。

倏然间,不知从何处飘来的浓雾把麓山遮罩得严严实实,仿佛要将那绵绵的失落、苦涩隔开,领你步入极乐世界。

这时候,我心里倒豁然开朗起来,油然从心底升起一股未曾有过的酣荡。霎时,一种天下唯我独存之感氤氲在我的周遭,痛快使我无心再留恋那山那树那景,沿着弯曲蜿蜒的盘山公路一阵小跑下山。

也许,我永远无法跑出这片秋色。

南塔冷烟

塔文化在我国源远流长,特别是名塔,兼容我国古代建筑艺术之精华,很多古城常因有塔而名声远噪,如西安的大雁塔,杭州的六和塔、雷峰塔,北京的白塔,福建的双石塔等。记得刚到郴州时,我问朋友的第一句话是:"郴州有古塔吗?"答曰:"有南塔,不过很萧败。"尽管当时心里有如浇了一盆冷水,但我还是慢慢地走近南塔。

从郴州城南、城西几处进城,纵目文明山,第一眼便是那古朴粗犷的南塔,像个落寞的孤身老人伫立山头望远,又像一位疲倦的守城哨兵。正值深秋时节,沿着那荒凉萋萎的野路七弯八绕地沿山而上,南塔在稀疏的杂林中时隐时现,渐渐地,整个阁楼式的塔身便耸立在你眼前。落目细看,那塔的上半身呈暗灰色,愈觉到一片黑黝黝的乌杂感缠绕着塔脚,四周苍凉静穆,不时有一两只孤鸟从塔顶的上空掠过,那凄切的鸣叫穿透南塔。仰望十来层的塔身,斑驳欲脱破旧颓废之状,伸手一触,一把古旧幽亘的浑尘落掌,令人悲悯。由于长年无人修管的缘故,塔周遭遍野枯枝蔓草,残屑飞叶铺地,一片邋遢。山风一吹,一些碎纸枯叶绕塔飘悠几圈又随风而去,沉涩涩的酸楚感便扑面而来。心里顿生疑窦,这么一座旷远古塔为何就没谁去修缮维管?是塔太普通平凡不值得去问津吗?幽幽怨怨地敛眉聚目沿塔内回曲梯道而上,每一层塔楼都不堪入目,或者坑坑洼洼,或者断砖狼藉。突然,一缕冷烟从塔窗荡入,是谁家的放学顽童蹿到南塔就近的阔地上燃起了几堆野火,纵炊取乐,那青烟随着旷野山风袅袅绵绵地闪进塔内,与塔内那清冷的气息掺杂在一起,飘进鼻孔的是完完全全的一缕缕凋凉荒袤,令人无限忧伤。

就这样凄凄迷迷地登上塔顶,倚窗放目,这时候的景观倒令我耳目一新,郴州城的角角落落尽收眼中,那星罗棋布的楼房,纵横交错的街道,熙熙攘攘的集市,川流不息甲虫似的车辆,蚂蚁一般的街道行人,还有街头巷尾一片片一线线的茏葱树木,全在这一屏息的眺目中浮想联翩,凝神永恒。

江岸南峰对古城,僧房高在乱云层,台前天阔秋多月,塔上风微夜有灯。这是宋末诗人郴州知军阮阅写的《南塔寺》,可见,郴州南塔从宋时起就是一座美丽的古塔,这座峥嵘雄浑的古建筑在呻吟了无数个风雨之夜后,依然傲立青山,这座古塔应是郴州人的财富和骄傲,我想,梳扮南塔的日子一定不久了吧。

老村油坊

秋夜思乡,静坐葡萄架下摇着蒲扇,思绪如脱缰的野马跃向故乡那遥远的油坊。

故乡在湘北，因山多而盛产茶油，20世纪80年代前的油坊一直是原始的榨油台，一到冬天，油坊便集市般热闹起来了。

我不晓得那古老的油台出自何年何月什么人的首创，我只知道那叮咚叮咚的油泉就是从油坊那卧巨人样的榨台肚脐下喷射而出的，每每此时，缓如吊奶似的黄澄茶油从那横躺的油榨下汩汩流出。

榨油是冬天山里人一种悠然的收获，要是碰上冬雨连绵的日子，更是平添几分情调，各家各户从四面八方挑来一箩筐一箩筐的茶核米，扁担一闪一闪的，闪出一份份开心的微笑，有时那顽皮的孩童还赖皮地坐在茶核米上让他爹两头挑着，荡着。我们村的油坊刚好贴在村中央的小河边上，油坊大抵有几十年上百年的历史吧，因为未进油坊就先看到那土墙底层的石块上长着暗绿的青苔，然后是那挂满蛛网落满灰尘的陈旧乌黑的雕梁画栋，不知不觉一袭古老的牵绊慢慢地流入你的心扉。

榨油常常让山民们的喜悦溢于言表，茶籽多的人家可压到二榨油，少的也有上百斤的一榨油。淳朴的山里人按次序的先后烘籽、压粉、蒸粉、包饼、上榨，随后相互知照一声，你帮我上籽，我帮你踩粉，上完榨后，大家就一起帮着撞榨，之后，山民们一个个盯紧那清黄黄的流油，咂了咂带着口水的舌头：你家的核粒饱，蕴油多，啧啧！好运气！刚才那甄粉是谁家的，怎的那般香，蕴油也一定多。一句句相互称道的话语洋溢着各自内心的愉悦。

榨台四米多长，倒横在厅尾，一律用一截两三人合抱那么大的柞树挖成，将油榨腹内凿空成一个两米多长的圆形槽，榨腰前后对空，然后是一根五六米长、头大尾小的撞锤被一个活动的木夹轴连着，一条碗口粗的麻绳吊在对着油榨中段几尺远的空间，撞头套上厚厚的铁壳，当双铁圈圈踩的粉饼一块连着一块紧叠在榨槽之后，留好适当的空隙以便插挤同样用柞树做成、铁壳包头的五六根长短不一的榨塞，这时便可以撞油了。

执掌撞锤方向的是一个三十多岁的牛高马大的黧黑汉子，只要他一声哼！——唷！——撞锤两旁四个拉着一长一短翼绳的伙计东家便和着他一起哼！——唷！——用力拉绳，那撞锤带着五个人的合力猛地朝长长短短的榨塞呼啦呼啦地撞去，灿黄灿黄的茶油顿时一骨碌顺着粉饼边缘一节一线地带着热乎乎的醇香吭哧滚向榨槽，汇成一股骤急的油柱从槽底漏孔中喷射而出。只一袋烟工夫，便有人利索地从榨肚下换下满满的一盆茶油，咧着嘴将那香喷喷的茶油一勺一勺地灌进油壶，偶尔惬意地哼上两句"哥呀妹呀"一类的情歌，惹来男男女女一阵阵的浪笑。看着那逐渐转小的油路，黧黑汉子便三下两下松开已撞入油槽的榨塞，换上一两根大些的榨塞又大声叫起了号子，如此三番五次……

一阵秋风拂来，吹开了我微合的双目，抚腮望夜，笑看清风明月，突然觉得故乡那古老的榨油台莫不是一把开启希望的钥匙？是的，我不能再恹恹欲睡，活着就得学那榨油台，不断榨出大脑中深藏着的心感来。

秋雨连心

这几天，天沉甸甸的，心也跟着沉甸甸的，一层一层的阴霾弥漫整个天空，浓浓的掺杂着几丝凉意，不由得抻了抻衣角，似乎能抻出些暖意来。

今天中午，单衣薄屐地坐在办公室，不觉得冷也不觉得暖，抬头看窗外，并没有起风，怎的细如毳毛的凄雨能从窗外天空灌飘进来，趴在我的头发肩坎睫毛上呢？窗外这株枫树孤零零地张开繁累的枝叶，欲遮擎灰蒙蒙的一方天空，但天还是天，枫树依然是枫树。

我伸手撑住窗沿，那软绵绵的霪雨便立时跳在我的手臂上，毛茸茸湿润润的感觉。我的思绪倏忽复杂起来，想到已临近一年一度的中秋，连日间竟陨落许多绵绵的秋雨。匆匆行路人拢络了几下飘飘的头发，伸伞撑出自己的一方天空，谁也没有觉得这润漉漉的东西是秋雨，他们相互点头招呼一两声从院内进进出出，大约是擷采中秋的醉酒什么的。

心里忽地酸酸的，总感觉到周而复始的日子太明显重蹈了，今年的今天完全是去年今天的灵魂，我没去记载那些逝去的岁月一点一滴的色彩，生命是活跃的，不管是几百几千个日子，每一个旧日的风雨痕迹我都可以于同日的今天捕捉得到。我故意让自己糊涂起来，是的，你还拥有着这秋这雨，去年的今天看样子根本没有离我而去，去年今天做什么想什么？有什么喜怒哀乐？我都不去苦苦地记忆，我只要能嗅出今年今天的飘雨秋云，就是去年那日的飘雨秋云就行，一样的风味，一样的感觉袭罩在我心头，我便认为我并没有从这个世界上消失，没有蹉跎岁月。

一伸手碰到额上的几条皱纹，猛地一惊！撞醒了我刚想拷贝的糊涂思绪网，心啪地跌在地上，响响的。日子确实周而复始，甚至一年的每一天都有一个相同的楔子和筋络牵引，从今年的今天想到去年的今天，前年的今天，我是再不敢去细细地检索了，虽然是重重的日子，窗外的这株枫树却一年比一年大，遮盖面一年比一年宽。我记得前年在这间办公室里偶尔望它时还没有超过我这三楼的楼面，我当时还暗想，等枫树超过我的窗牖时，我大概已剪贴了一本厚厚的有我铅印名字的东西。如今，枫树已冲出窗牖，权枝上已有了不少的红枫叶，我的剪贴本却远远地还没有贴满我的愿望，找不到搪塞枫树的理由，也掩盖不住内心的觳觫唏嘘，我是虚度了年华,岁月是无法饶恕我的。

眼前逐渐蒙眬起来,窗外那株枫树慢慢地漫漶了我的视野,伸手一抹双眼,有几滴泪水顺指下滑,我是深深的忏悔和心痛,岁月为什么要到秋天才揉推一下我的梦幻?

眨眼间,扑簌簌一片枫树顶端的红枫叶伴随秋雨飘落在我的窗台上,依然没有起风。

我舔一丝飘悠的毛毛雨,是的,这确实是秋雨。

龙骨井的传说

龙骨井是郴州城内一口古井,提起这个井,还有一段感人的传说哩。

明初,郴州城南一条巷口生长着一棵老态龙钟的古樟,当时,老巷的里正看到这样古樟枝叶芊绵,四季麦绿如酽,知这树底必有甘泉,就命人掘土探水,果真冒出沁凉的清泉,于是,这井就叫樟叶井。

到明朝万历年间,郴州地区突遭百年不遇的大旱,庄稼尽枯,许多树木也奄奄一息,人们纷纷逃外地求生。

传说,引起这场旱灾是一条在骑田岭修行了九十九年的巨蟒。这家伙看中了离郴州城不远五盖山的风水,想在那里蜷伏下来修炼成仙龙,于是巨蟒便学龙一样,将郴州城方圆二三十里以内所有河水井水地下水一股脑儿全都吸藏于五盖山的肚肚兜兜沟沟壑壑,做脱胎换骨最后一年的修炼。

郴州城内一位叫龙武的后生听说此事后,非常气愤,决意要杀死这条夺人水源的孽障。

那天，龙武背上龙星宝剑来到五盖山，几经探寻，终于在一条深长的山沟找到了正悠闲吐纳泉水的巨蟒，他怒不可遏，挥剑就搠。巨蟒见状倏地腾起，扫尾吐舌张开血盆大口向他扑来。一人一蟒，杀得山摇地动日月无光，一直杀进郴州城来。所过之处，房屋皆被巨蟒劲尾卷得砖土飞扬遮天蔽日，龙武与巨蟒鏖战了九九八十一回合，巨蟒被逼到巷尾的樟叶井附近，这时候，龙武瞄准一个空隙挺剑就奔巨蟒下颚猛刺，巨蟒见这一剑已无法躲过，就恶狠狠地顺势一摆头，愤怒地错开弯刀样的毒牙朝龙武咬来。龙武情知不妙，退闪也已来不及，就干脆咬牙死心一横剑尖，连人带剑被巨蟒吞入口中，那剑尖刚好斜着从巨蟒的喉咙刺出，巨蟒一声惨叫头朝下栽入几十米深的樟叶井中，顿时，从干涸的井底突然喷出泉水，一会儿，泉水就溢出井外，并且不到一个时辰，郴州四周河床枯井全都哗哗地流淌着甘洌的清水。

人们从四处奔来，悲痛地围在樟叶井旁呼唤龙武。里正找来几名水性好的后生，费了好长时间也没找到龙武和巨蟒的尸首，却意外地打捞起一具完整的龙骨。

后来，人们为了纪念龙武为民除害的英雄壮举，就将樟叶井改名为龙骨井。

这个故事反映了古代郴州人民战胜自然灾害的美好愿望，虽然它未必是龙骨井的真正来历，但长期以来，龙骨井一直以它甘甜的乳汁，滋润着四周的人们。

今天，人们用上了自来水，但龙骨井附近的居民还总爱来到井边担水洗衣提饮用水，龙骨井已成了他们生活中不可或缺的一个部分。

黑夜乡情

第一回徒步按图行进三十公里地形学训练时,我们迷路了。

记得那是6月下旬,离毕业还差半个月时间,军校照例推出每学期学员的必修之课,也是难度最大的一场实习课——晚间长距离找点行进。

黑夜长空,萤火点点,南海县的乡乡村村沉浸在一片夏夜的爽风之中,在一个叫那坡坳的小山村,队长将我们分成若干个行进小组,每隔半小时放出一组。轮到我跟应叶子、安卞时,已是午夜时分,天似乎也在给我们出难题,本来上半夜还有稀稀疏疏的几点繁星,熬到此时,突地没落了那对于黑夜来说可是指示目标的引路星,不一会儿,又从哪个地方席卷来一团团的乌云填满整个夜空,现出夜雨的征兆。

抱怨叹息之余,我们三个很无奈地拿着手电、地图、计算用具及一截壮胆防身的哨棒,从那坡坳出发了。

开始我们还能铺开地图对照地形踩点,极力一段一段地搜寻着行进,慢慢地,我们远离了村庄,穿插在一重又一重的山腋壑谷之中,探采着一条似路非路草木茂盛的野鸡小径,小径两边的荆棘不时地抽扎着我们的全身,夜风中摇曳的树枝像无数根伸向我们的魔爪,每每一抬头望那坎底沟际,心觳觫得要抖出胸膛。黑夜深山,林密路杂,除了风唳,山野四周静谧幽深,一簇簇山影是一张张等候捕猎我们的鬼网。我们三个人衣袂相接相互跟得紧紧的,三只手电也紧紧地攥在手心,谁也不肯撅灭一下。安卞、应叶子不时将手中的那截哨棒扫得乱草拨浪响,密林里一只猫头鹰怪叫几声,总要吓得我们彼此回望一眼相互壮胆,然后又拖着发软的双腿越沟跃坎往前疾赶。

这当儿,在前面开路的应叶子突地怔住脚步,大呼一声:走糟了,没路啦!我和安卞趋近来一看真是,他手电一照,前方几米远是一片漆黑无边的峡谷悬崖挡住去路。

我们迷路了。

在这前不着村后不挨店的茫茫黑夜里,问路也没个人,有的是无尽恐怖和狰狞。

我按着一颗提到嗓子眼儿的乱心,建议往回走一里,再往右朝另一个山头依稀有楠竹的垄上斜拐,凭感觉我猜那儿附近不远准有居家。

这下,我成了开路的,安卞和应叶子慌慌乱乱地尾随,我提着疲沓的腿深一脚浅一脚地走开了。猛然,扑通一声我脚下一滑,头重脚轻地跌进一个齐人深陷阱中,阱中捕兽的铁夹子咔嚓将我一只脚夹得皮开肉绽,一阵钻心的疼痛透身,安卞和应叶子慌忙将我从陷阱中救出。

脚夹伤了,我只好在安卞和应叶子的搀扶下朝山垄上走。

果然,一线微弱的灯光从竹林深处漏出。

有人家!我们三个不约而同地叫喊起来。

开门的是个膀大身粗的人高马大剽悍汉子,一张挂满胡楂儿的黧黑脸庞,看上去四十来岁。他掌着油灯拉开门,听说我们是迷路的军校解放军时,连忙将我们让进小茅屋。这时女主人也起来了,汉子对她说了几句我们一点儿都听不懂的土话,那女主人就默默地走进柴房里面去了。

汉子低头仔细地瞧了瞧我受伤的脚踝,转身手脚麻利、不声不响地捣弄来一些草药,端过一盆温开水用棉球濡湿,轻轻地替我擦洗伤口，末了便敷上草药。汉子话不多，只告诉我，过几天就会痊愈的，这是他家祖传专治跌打损伤的草药，还包上几服让我带好换用。

不一会儿，女主人从柴房里端出三碗热气腾腾的荷包蛋煮面条。

汉子摆上碗筷、烧酒，示意我们坐拢来：黑夜里喝杯烧酒驱驱疲倦，好走出这片岔魂岭。汉子憨厚地伸出一只粗手，慌得我们三人睁大了眼睛，定定地望着这对言语不多淳朴温和的深山夫妻感动不已。

临走时，汉子也跟着起身：我路熟，送你们出山，这位兄弟刚上了药走不开，你们两个也累浑了，就莫霸蛮啰！说完就不由分说地走过来驮起我，安卞和应叶子也架不住那汉子的大气力，只好作罢，跟在汉子后面赶路。

黑夜里，那敦厚的山里汉子硬是背着我一步一个脚印走出了那叠迷乱的群山，走出了那个黑暗的长夜。

剑泉的传说

在郴州市的西街水巷，有一泓常年冷清见影的古井，名曰"剑泉"，这口古井的来历几乎家喻户晓，一段传说广为流传。

秦末，项羽将领九江王英布追杀楚怀王至郴，打过一场"五月之战"。据说，当时英布授项羽密令率领精兵一路追楚怀王至郴州，适逢初夏五月，英布士卒中流行着一种俗称"狼痧"的皮肤病，士兵们身上长起一颗颗黄豆粒大的红疮，奇痒无比，一挠就烂，恶臭难闻。军医们用尽各种方子就是无法治愈兵营中流传开来的"狼痧疫",且愈治愈烈,大有洪水猛兽之势。眼看着军队无法行军作战,英布心急如焚。

一天晚上,英布正蜷伏于帐内打盹,突然青灯火苗一闪,进来一位白发皤然的耄耋老人,附着他的耳朵说了些什么又飘然而去。英布醒来后好生惊诧,莫非是什么神仙来助我?于是连夜命军士找到郴州城内一条叫水巷的旧街,找寻那股清泉水。数百名军士将一条水巷凿得千疮百孔,就是找不到英布说的什么清泉。英布听说后就亲自来到水巷察看,他依稀记得梦中那位老翁对他说什么"旋叶无声井无形,风起剑舞风静停。卓剑破土扬手处,水巷清泉哪须寻……"老仙的一番话语依然在自己耳旁清晰回响,可军士们确实掘遍水巷之土并未找到什么清泉,难道这梦不可信?英布向来信奉神灵虔诚至极,不由将再次细细地回味起老仙耳语的诗话来,旋……风……卓……水……前两句藏头一字联起来就是"旋风",是自家的宝剑名,后两句诗头字为"卓水"?莫非掘井要用自己的宝剑不成?想至此,失声大叫:"妙!"军士们被英布那一声炸雷般的吼叫吓了一跳,不知主将又要鼓捣些什么来,都僵僵呆呆地望着英布。这当儿,英布朝梦中老仙飘去的方向跪下,口中念念有词:您若真是哪路神灵,还请成全我……话未说完,果真荡起一股旋风,风儿裹着一片飘飘忽忽的树叶。英布猛地拔出身上佩的"旋风"宝剑迎风起舞,少顷,风静叶落于地,英布信手插剑于叶落处,登时,一股冷清透骨的冷泉呼地喷出一丈多高。英布喜出望外,命军士围泉取水擦身。奇怪得很,三军将士一个个全都精神飒爽,战斗力也比往昔徒增几倍。

英布兴奋至极,又亲自指挥官兵修起一口够得上气派的水井,并立了一座雄伟的庙堂以谢神灵。自此,"剑泉"名声远噪。

可惜,历史的岁月不知何故慢慢尘封了郴州城有名的剑泉井,历经多年风雨,庙宇也早已荡然无存。多少朝之后的今天,"剑泉"

之水并非祛病之圣水，但"剑泉"古井引凤筑巢，古井旁已矗立起一片高大的建筑，那就是如今的市第一人民医院，郴州最大的创伤急救中心。冥冥之中，"剑泉"似乎已附身于这家得天独厚、医术精湛的医院。人们在现在的西街水巷立了一块井碑，将这口古井修缮保护起来。如今，"剑泉"井水照旧清澈。早上，偶尔还能看到井面上袅娜着雪白的氤氲雾气，久久萦回不散，行人伫立，皆称奇迹。

一代王殇——义帝陵

　　翻过有关汉史的几本书籍，方知郴州的历史渊源旷古深邃，义帝陵便是郴州早期久远历史的佐证。

　　义帝陵圈围于和平路尾的市煤炭工业局院内，占地上千平方米，似公园，又若庭院。时值寒冬，义帝荒冢萧飒之茔，并无谒者，只有无尽的凄风冷雨在号啕，凭吊这位生逢乱世烽火的落拓帝王。

　　义帝，名孙心，秦末楚王槐之孙。秦二世暴政，致使天下大乱，群雄逐鹿。范增计说项梁立楚怀王，到后来，顶梁之侄项羽颇有挟天子以令诸侯之图，在汉高祖元年（206）别有用心地尊之为义帝，等到自己势力强劲、羽翼丰腴之时，项羽遂过河拆桥落井下石。他定都彭城后，决意剪除这位有碍自己手脚的傀儡帝王，于是在同年夏，项羽借故驱逐义帝，强令其迁都郴县，暗地里却密令九江王英布及衡山王、临江王一路追杀义帝至郴，可怜一代帝王，乱世落魄，放着好端端的山野牧童式逸日不度，偏要处身纷争战乱之巅，横遭戮弑，落得个魂野郴州，终不归故里，千古冤屈。嗟乎！

刘邦之将樊哙立义帝陵后，遗下一块碑文昭世。此后分别于宋嘉祐四年（1059）、元至正五年（1345）、清乾隆十二年（1747）、1992年先后四次重修义帝陵，义帝才得以安息郴州。最怜惨之日却是漂洗多少风雨之后的1944年，垂载义帝之魂的煊赫古碑又无端罹遭日寇之劫，弹痕累累，义帝游野怨灵终未能幸免于异邦暴徒的"三八"大盖。直到而今，在政府的重视下，义帝陵才作为郴州的重点文物古迹得以修缮保护起来。

温义帝陵，实在可于荒冢深处温出那段尘封的帝王梦，挖掘出岁月长河浸浑的那段古汉史。汉土虽然糅杂了义帝的枯骨，掩埋了义帝的一帘幽梦，却给古城郴州泥酿了一段古朴厚重的开城史，透过陵前"原上无人更牧羊，楼头有伴应归鹤"这样一副书写历史凝凝穆穆的碑联，郴州源远流长的文化古迹便定格在三湘大地，升华永恒。

今天，当我辈凡夫俗子醉心于功名利禄之时，是否还幸存一点儿落目古迹遗风的豁达隽永？

因为，你能从这一出历史掌故中猎寻出生命的真谛。

账本人生

或许是曾经当过会计的缘故，至今，我对个人的收支保持着一种记账的习惯，自诩为"账本人生"。熟悉我的人说我有经济头脑，会计划开支，不熟悉我的人嗤之以鼻，骂我小家子气，只会掐着手指头发穷狠折腾那几个小钱。工薪阶层的我，还真靠那一个账本打发穷日子哩，其中甘苦也只有我自己才品味得出。

没有这部个人账本时，我压根儿不知道什么叫过日子，总觉得一个月那几百元钱花得冤枉，一下子就无影无踪没有着落，常常入不敷出，手头拮据寒碜至极，往往月初发的钱支持不到月底就空囊如洗的。面对这周而复始的经济危机，真没辙，只得硬着头皮一脸愁云惨雾地跟玩得好的同事"贷款"。钱借多了还得咬紧牙关还，闹得本来就不宽绰的日子更加雪上加霜，箪食瓢饮。家里人也一天到晚对我唠唠叨叨有怨言，无论怎样辩解我没有赌钱、打牌、抽烟、喝酒，但舌头卷了卷就是说不清楚那几百元钱的去向。

窘迫之后，在经济上总当这"混世魔王"，自己也深感这样下去确乎不是个良方，害得自己凄凄惨惨的。痛定思痛，我从1996年起，个人的经济收支便全输入账本，开始盘算着过紧日子，每一分钱都分斤掰两从长计议。工资、奖金什么的一发下来，就先记入账本的收方，因为我这家庭的开支大部分要靠这工资、奖金的，而后再详尽地造个开支计划，这个月要不要还"贷款"？还多少？然后是估算必要的人情应酬，采购柴米油盐酱醋等一些生活必需品的支出，最后是存多少钱准备添置尚缺的家具电器什么的，具体到计划每个时间支付的一分一厘，我就及时记入这本流水账。这么一来，繁缛是繁缛些，有时甚至似乎觉得有一份累赘感，但这样做，每月的开支当花则花绝无滥用，账本上面显示得清清白白一目了然。一年下来，我总收入多少，总开支多少，开支到哪去了，一翻账本的累计栏和明细栏，澄澈见底，时时刻刻心中有数，了却了从前那种混乱不堪的日子。

作为工薪阶层者，几年来，我始终保持着记个人经济账的习惯，也自始至终将收支记账奉为生活圭臬，因为它确实带给我一份恬淡和安然，使我捉襟见肘的日子倒也过得井然有序、毫厘皆爽、不亦乐乎。正所谓凡事预则立不预则废，我的家庭经济虽饮冰茹蘖，但总归能勉强凑合着过。

嗟乎！献上凡人一叶账本人生，愿金针度人，与我辈安贫乐道者共勉。

地瓜往事

生在那个黄泥疙瘩垒铺的小山村，记忆里最有趣的莫过于"袭击"那满山遍地的地瓜，这是那个年代里山里孩子梦里依稀的伊甸园。

红薯，俗称地瓜，到20世纪70年代还一直是山里人的主粮，每年的三四月份，家家户户在各自开垦的荒坡、自留地甚至田埂边栽满了地瓜。一俟秋末冬初，地瓜地里常常荡漾着一片片的欢笑声，山里人常以地瓜的收成来咬舌各家的殷实勤懒，谁家收了几担地瓜？晒了几斛地瓜干丝？滤出几升地瓜粉？储藏着几窖生地瓜？因为那时家里穷，常邀上几个顽童去糟蹋他人的红薯地，无论放学还是上山砍柴火，必定偷他几个硕大地瓜吃了，抹几下猫馋的嘴打个呼哨上路。我们偷地瓜时很恶绝的，留一二人坎埂处望风，便一呼啦蹲伏于瓜地中间，蹲趴在瓜垄旁，看准那裂开一条缝的蓬松软土，三下二下迅疾用手掘开地瓜兜，然后伸手攒力一提，那饱实的黄瓤地瓜便捏在手里。要是碰上路边那一抬眼便被发现的红薯地，干脆连兜一拔，从那根部的地瓜兜断裂口去分辨地瓜的位置、大小及深浅，从而迅捷挖出地瓜。然后鬼头鬼脑一合计，寻找一疏僻之处，分头弄来柴火，不大工夫便煨烤出一个个香喷喷的地瓜，火一灭马上转移，往山坳那杂木成林的土坷垃上一躺，狼吞虎咽地吃起来，一边还不停地扮着鬼脸打手势窃笑。一到晚上，常听见谁家的大嫂嘭地打开门,掌灯亮嗓地对天詈骂来,哪家的孽种刚从地牢里放出来,偷了老娘的地瓜还不算,连苗儿也一块给端掉了。每每这时,我就绷着一颗颤抖的心接受父亲严厉的盘问。

常走夜路必撞鬼。有一回我们几个顽皮小子正在偷队长李大叔家地里的地瓜时,被他发现撞了个满怀。跑,已经来不及了,一个个耷拉着脑袋,以为准得挨李大叔一顿臭骂,回去还得咽尝父母的鞭笞。李大叔扯起怨怒的双眼狠狠地瞪了我们一阵后,又舒展了一字眉,伸出粗大的双手宽容地拍拍我们肩膀:要是今晚你们几个小东西能再偷到我的地瓜,我便不告知你们爹娘。我们这才心一松,抓起书包狼狈地逃了。

记得那夜有冷月,似乎还有薄薄的擦月灰云,晚上的朔风一吹,我们打了几个寒噤。按照我出的鬼点子,几个腿长跑得快些的小伙伴猫着身子开始幽幽地往李大叔的瓜地蹲。突然一声断喝:抓住你们几个小毛贼!伙伴们撒腿就跑,李大叔便呼啦啦地追去。趁这机会,我领着另外几个顽童从草丛中跃出,很顺利地偷到了李大叔的地瓜。

那以后,李大叔再不敢小觑我们,拿我们无可奈何。一到冬天,教室里,双腿紧夹的手提炉火底灰中不时煨烤着香喷喷的地瓜。

永州的面的

10月,我因事终于又一次踏上了去永州的列车,算来已隔三年了。

从冷水滩一下火车,已是晚上11点了,我的心便立时袅浮起一层薄薄的紧张，担心从冷市到永州的破旧中巴半路上抛锚，又怕坐夜半的私人车被人狠宰一刀。这还不算，要是运气不好，工薪阶层的口袋被穿梁之辈觉得太绷而用刀片给划个艺术口那就更惨。

一出站，我就警惕而又小心地朝站口张望。一定要选那司机慈眉善面、年岁大些的中巴才上，最好是新车，千万不坐那赶到站口故作热情帮你提袋背筐、留着胡楂儿而又油头粉面状司机的旧车……我就这么想着走着，心下渐觉蹊跷，一直到站外的街道上也不见什么毛小子拖你上车，更没有见到中巴的影子。

冷市的街灯雪亮，街边的卡拉OK正一曲一曲地吼个不停，消夜摊点上坐着一部分不急于赶路的旅客，几台面的从远处开来，被四五个抬手的旅客招停，瞬间又疾驶而去。正在我踌躇间，一中年女摊主和气地扬了扬手：老弟，您不用来碗螺粉？很便宜的。尽管那表情自然大方、声音不亢不卑，我还是窃笑着提起袋子匆匆朝车站三百米开外的中巴停车场走去。慢慢地，我的心里开始纳闷，怎么没有一辆拉客中巴穿过街道？又陆陆续续地开过一些面的和出租车，这些高消费的交通工具我是不敢扬手的。终于咬紧牙关提着这几十斤重的袋子来到冷市原来去永州的中巴停车场，奇怪的是停车场一辆中巴也没有。莫不是因为我出站太晚中巴全上满旅客走了？抑或是中巴停车场另设他处？正在我惊愕间，一辆绿色面的慢慢驶停我身旁，司机是个四十开外的中年汉子，未说话先从玻璃窗探出半张略显乌黑的国字脸，面带微笑地询问我：老乡，看样子您像到永州去吧，坐不坐我的车？我忙不迭地将头一甩：不坐不坐，我再等一下。看我一脸狐疑之样，国字脸干脆打开车门，抖出两支香烟来，很温和地问我抽不抽，我一味地连摆手拒绝，他自个儿点上火：这时候已经没有中巴了，大部分中巴也已改为市内交通，到永州全是面的与计程车，不贵，才五元钱……未待他说完，我急忙提起行李，出于礼貌，我还是笑了笑：不急的，我到前面路旁再等一下,要是没有中巴,我待会再坐你的车。国字脸关上车门扬了扬手;我的面的在前边路口等着,不过坐满六个人就得上路了。我的心咯噔一下,无可奈何地继续等车,但真的良久不见有中巴,心下不免酸涩涩的有些焦虑不安。

终于,我决定坐国字脸的面的。

就让你敲一回吧,十来块就当是抽了两包烟吧,我这么自言自语地一比算,便步履沉重而又仓促朝面的走去。面的里面已坐了三女一男,看样子是从外地打工回来的,一脸长途跋涉后的疲惫之状。

国字脸很热情地下车帮我把行李放进车内,但我依然关闭着一颗心不领情,连句谢谢话都没给,想到那拉着脸要你给十元车费甚至更多的粗长的手,便觉理所当然。

面的上道了,朝冷市江北驶去,看我一脸疑惑,国字脸仍温和地笑了笑:这是新路,沿江北上永州的一条去年开通的高等级公路,半小时就可到达永州,比老路缩短了二十多分钟。我偏了偏头,速度表上显出每小时八十公里。面的在高等公路上箭一样往前飞射,一盏盏杆灯像珠串一样朝车后飞弹,瞧着司机小心翼翼而又沉着冷静的驾车之状,我不知不觉放松了些戒备,打了两个哈欠。快到永州时,国字脸突然问了声:你到永州的哪一处?我懒洋洋地答:人民医院。

话未说完,面的就嘎的一声停在永州车站旁,我正要抬脚下车时,国字脸打开车内灯,转过头来:等一下,我送你到人民医院,他们几个是到车站的。我似信非信地又坐好。

还未从迷乱中回过神来,面的就开到人民医院,我快速掏出十元钱就走,身后一声:慢着。心一惊,看来十元钱还打发不了国字脸?当我睁大双目从司机手中接过找回的五元钱时,我的脸颊不自然地泛起了一层红晕,静立在医院门口,痴望着这台小小面的消失在茫茫夜色之中。

那山·那树·那梅

一个偶然的机会，我在后山腰的茂密丛林里发现了一棵杨梅树。5月初的一天早上，太阳刚刚喷薄而出，我便同勘察地籍的几位同志一道爬上后山那葱郁的杂林。后山坐落在郴城南郊，一牵起伏的山峦摇头摆尾地游成一个不规则的半圆形，与107国道一起，将我们这家驻军医院大大小小的房屋一呼啦网得紧紧的。我们的大部分房屋都背靠几百米的主山，故而我随意称那最高的山为后山。

大概是很少有人光顾后山，山上的杂树拔地冲天，繁密得让你有钻得进去出不来的惊恐。我们一行人拿着单位的老版地图爬一步停一步，不时地指指点点，舔舐着那漏下的阳光斑点，分辨着各自的见解，好半天工夫才气喘吁吁地钻入半山腰，在一棵老松膝下休憩。憋久了的我独自着急弓身钻进山腰另一处密织的灌木隐秘处出小恭。蓦地，一缕山野的暗香流入我的鼻孔，有一丝什么意念忽地掠过眼前，头便不在意地顺着脚前筛下的一线阳光抬起——杨梅。那一爪爪一簇簇青青杨梅使我全身血液陡地沸腾，双目为之一亮，抿了两下从舌头根部滑出的口水，差点儿叫出声来。

发现杨梅的心情异常激奋，未及细看那千叶万枝间三个一吊、五个一撮的青青杨梅，就跌跌撞撞地赶紧踅回，大抵有一半的心情被那累累杨梅勾挂着，任我深吸几口气，故作姿态般整了整衣角，终是无法收回那一半的心情。千万不能让同伴们知道我发现杨梅，更不能因激动而脱口"泄密"。若是他们知道后等不到杨梅成熟就定会摘光的，搞不好伸手够不着的杨梅枝也会被砍掉，我要让杨梅

含羞草

独自留到成熟，然后叫上妻子一道来采摘，那该是多么浪漫而幸福的采撷呀。自从十八岁于大山走向军营，我还是第一回与野果萍水相逢……

"喂，你那泡尿还真难产，去那么久才回来，我们还以为漂亮的狐狸精将你拿住了呢。"小李一句哏语惹来大家一阵谑笑，但我可以感觉到双脚因过分激动的抖软，心也不再倾注于地形、地图，恨不得立即带他们爬上后山再从那边下去。大家只以为我歇息后劲头足了，他们哪里能窥探到我那份已然亢奋的心情。

妻子听完我绘声绘色的激昂述说，高兴得孩童似的拍手直跳，看那模样比我还急：好极了，真有你的，明天周末你先同我去看看杨梅的具体位置。

接下来的连续几个星期天，我与妻子一道牵手爬那后山，看杨梅又红了几个，熟了几成。尽管妻子还怀了孕，但她爬起山来并不比我慢，一副永远春风盈面、活蹦雀跃、笑脸舒眉的天真女孩状。我俩每次都磕磕绊绊地手拉手爬着走着，那后山被我俩爬出一飘依稀的路影，我们就像是在重拾初恋的时光。杨梅陆陆续续泛红，妻子也陆陆续续有杨梅吃，尽管不多，只那么几个，但我们吃下的何止是杨梅。

5月底的一个星期天，妻子不知怎么违背诺言，约上两位非常要好的同事来我家玩。我们四人吃完早点就开始爬那后山，一幅全副武装的出征图，带着镰刀、袋子、小背篓一类的工具。因为季节，杨梅全都熟了。

朋友间平常的聚会无非是卡拉OK、跳舞打牌、郊游运动一类的老调，而今天，妻子选择摘杨梅，实在是去摘取那一份妙不可言、过分夸大情绪的情愫，仅仅叫了两位知心。我反而嘲笑她的心是由大方和小气两瓣合成的，她不服气地翘了翘嘴角，你的朋友呢，一个都没吭声，我总算约了朋友呢。我愕然！

因为有朋友在一起的缘故，妻子显得很愉快活跃，像一只轻捷的快乐小鸟，导游似的滔滔不绝，脚步声里已没有了往日爬山的喘息，言语中也没有了往日上气不接下气的呼呼。我们一行四人不知不觉地已爬到那杨梅树下。朋友们顺着先一步蹿到树底下妻子的手指望去，不约而同地哇哇大叫，口水横流。我也抵挡不住那熟得鲜红发紫杨梅的诱惑，痴望着那点缀在绿叶缝中，丫叶枝杪摇摇欲坠的杨梅。妻子与朋友们呼地漫开的一张张幼稚的脸庞，一句句天真的话，一声声爽朗的笑，吸引着我，猛然回神，猴子一样率先爬上那蘑菇云般的杨梅树。

我们摘回一袋一篓熟透了的杨梅，也摘回一袋一篓熟透了的情意。

四角围往事

那是八年前的一段往事，像从高空慢慢扬落的雪絮越来越清晰地飘入你的视野时，雪魂顷刻间又皈依了大地，最终，我收视到的只有大地那宽广的胸怀。

我们连队驻扎在花都一个叫四角围村不远处的山下，是执行专项军事任务的独立连。山东籍战友方维从新兵连分到我们班几个月后就常常外出，每次都能找出诸如买日用品、找老乡、上邮局一类的理由，这使我这个当班长的对他的印象大打折扣。有时他干脆开溜，等个把小时你发觉时，他又一阵风似的气喘如牛跑到你面前：报告班长，我跑步去了。望着他一米七八膀大腰圆的黝黑个子在你面前点头哈腰又是赔笑又是发烟的滑稽相，真让人哭笑不得，尽管他在训练上从不落后，每次的班会我还是点名不点名地批评他，半夜我掖被子时还常掖着他挂在腮边的泪痕。

有一天晚上，他偷偷地跟我说要去几里外的特务连会一位老乡。晚间外出，连队肯定不会批准的，出于那包"红双喜"的诱惑，我让他在就寝前保证赶回。然而，俗话说常走夜路必碰鬼。那晚正好遇上团首长突然来连队点名搞紧急集合，我知事态严重，脚一跺，方维可怨不得我了。

第二天，团部通报批评方维不请假外出。方维挨了连队的警告处分后不几天就要调往十几里外管理严格的教导队。这时，我似乎感觉喉咙卡着一根鱼刺，一种推卸责任而极端难受的刺痛和负罪感从喉咙一直延伸到肺腑。

方维嗫嚅着嘴唇几次走近我，似有话说，我竟然全没觉察。好一会儿，他的眼里已然快溢出泪水：班长，你能答应我一件事吗？

我负疚地点了点头。

他的声音有些哽咽：班长，四角围村的孤寡老人黄爱莲阿婆这回病得不轻，你能抽空到医院去看看她吗？方维的话语炸雷般在我的头顶轰响：多好的战友，原来这些日子发生的一切那么真实宏大，你忍辱负重变成了一棵无人知道的小草。

漫步黄昏郊外的田埂，仰头间有一丝向西的灰淡游云，没有风，那如马状被夕阳点染的双尾暮云在我眼前逐渐漫溢，夕阳一落，那云恐怕便成了天空的一块记忆。尽管明天依旧有云，至少也没有完全一模一样的形状性格吧？我这么牵强地遐想着。老阿婆后来临终时捏着方维从军校寄去的几十元钱，嘴里断断续续念叨着方维的名字，那催人泪下的情景正如黄昏那抹霞云一般长留在我心中。

/ 散　文 /

永远的塔魂

　　只求一隅一青山，一方巅地，五百七十五级台阶，一圈大理石栏杆，漩水回廊，一围纹花象石兜栅，便奋臂托起一耸二十八点八米高的灰白塔身，长年空守着飘零的风雨缄默无闻，那就是湘南起义烈士纪念塔。
　　那么朴素、典雅；那么自然真实；那么大方、高洁。回眸烽火岁月，朱德、陈毅同志领导的湘南暴动一声惊雷震开了古城郴州的英雄史，数百位烈士的鲜血将我的思绪卷入一幕幕黑夜幽灯吠犬的恐怖岁月，泪眼蒙眬中，逐渐升腾起一缕缕血红的火雾。外婆曾对我说过，红火的是神，绿火的是鬼。待我瞑目稍一回神，那红火球便立时从四面八方收敛结聚于塔顶，垒成镇守郴城南门的守护神。
　　无须烟火供奉，无须斋果雕梁，那塔神常游野于郴州的每一寸土地，附身显圣，轮番看护着郴州的山山水水，庇佑着英雄的郴州人民，郴州人便延续着英雄的香火，刘志艳、郭虎平……
　　于是，湘南起义纪念塔成了我踏入郴州这片热土的第一个去处。那日，我与妻子携手沿着弯弯曲曲的嵌山小路攀上山顶的烈士塔，山上清风阵阵，徐徐浪吹，洗濯着一身的倦怠，一切的烦恼暂时被川流不息的凉风揉搓着，渐渐地忘乎所以，浑身顿时轻松许多。肃立烈士塔俯瞰郴州，那是品茗郴州山水的最高境界，是读塔后顿然抬足间的若有所悟。郴江悠悠水静流，我敢说郴州是一个激滟的秀湖，它被四周牵绵连叠的群山环绕拥抱着。我站在城南的纪念塔，喃喃自语，如果有一张仙网，我一网撒下去，准把郴州城罩网得严严实实。妻掩嘴扑哧一笑，郴州城原来是这么个有趣的地形，像一个绿色花边的大浴盆。

来回默念着塔上遒劲的石刻，是的，英雄虽逝，青山长存，忠骨化土，绿水长伴，不觉有些困倦，滑身靠在一棵古松下侧棱着，一会儿飘飘然竟从山下信步走来一美髯老者，笑盈盈地对我说：跟你对弈一盘棋，输了可得爬上树巅哪。举棋不久，我真的输给老翁，便猴子一般爬上松顶，回头一看，老翁正眲目用拐杖指责我：谁让你爬那古松的，你难道不知道那是看护郴州的古松，你怎能轻亵我们的圣松？我受惊手一松从树上摔下来……原来是南柯一梦，我揉了一手凉汗便捷步下山了。

那以后不久，妻子就有了身孕。

竹笕，从山溪口游出

身在外，每逢看到楠竹，便油然怀念起故乡的竹笕。

故乡在连云山深腹的群山怀抱之中，家家户户喝的是山泉水，山泉水甘洌，滋润着山里人，饮山溪水长大的姑娘一个个水灵可爱，小伙子结实精壮。

竹笕在老家的山里充当古老而又原始的自来水管，就像水车，也正经历着水车一样的命运。山里人门前屋后都长有大片大片的楠竹，居家落户又都在山口溪旁，天生的水源和地势，于是便有了竹笕。

随意砍几根大楠竹对剖，凿去竹节，于那山口溪流处，砌上若干块山石拦垒个溪涡，再嵌入那竹笕，在每一段竹笕接口处打个三角杈撑笕，那笕便首尾相连一笕压一笕径直闪进那被烟尘熏得黑乌乌的窗户。

　　山民们只需在窗孔下置几个偌大的水缸，珠玉似的山溪水便沿着那长蛇般的竹笕迅捷溜下，欢快自如地滑泻入屋，呈一串串璎珞似的坠进水缸。随着水缸的落满，溪水由起先蹦跶的叮咚落缸声渐渐转入执着的吟哦梵呗声，前前后后唱出一首隽永的无字禅曲。要是哪家没有及时移笕换缸，那山泉水便咕嘟着蹿将于你的屋里房内地上，让你吃不了兜着走。也有些山里人沿那缸底挖暗沟出墙，以备溢出的山溪水流到墙外水沟。天长日久，山里人一般都不会让那玉液琼浆般的山泉白流浪费，由是根据那笕头的高低、搁置水面的深浅程度来选择入笕山泉的大小。有时几家的笕头共接那山口就近的截溪，多余的溪水便流向山下那边别家的竹笕或是灌溉农田，物尽其用，恰到好处。

　　去年探家回到大山深处，我一放下行李就忙着去找寻左溪右溪沿溪而下枝丫似的竹笕，然而很令我失望沮丧，至今一直袭用那古老竹笕的已剩为数不多的几家了。

　　我呆望着自家屋檐下那长满青苔的竹笕出神，妈妈告诉我，山里人大多已在自家厨房里挖上了摇井，很方便的地下水。她舍不得那竹笕的细水长流，才没让老爸掘那摇井什么的。

　　十几天后，我又走出大山，心灵深处却无端浮泛着失落和惆怅。

想起那年过渡槽

　　真正启蒙人生，恐怕得益于孩提时那年斗胆过渡槽。

　　老家有座两百多米长的渡槽，渡槽横跨一条田沟峦叠的坡谷，连接着巍巍两座青山,跨度最高处在中央,有一百来米高。槽面宽一点一米,由于槽面没设栏杆,无遮无挡的,站在坡底的小溪抬头向上望去,渡槽恰似一条腾空的白龙,狰狞而剽悍,煞是吓人。

尽管那渡槽悬在半空,也还是成了山这边人去山那边的天然桥梁。

渡槽两边的山里人家长年累月不知不觉地竟然练就了过渡槽如履平地的信步胆魄,碰上收割季节,山两边的老老少少在渡槽上晒满稻谷、高粱、番薯一类的农产品,他们在渡槽上运耙自如,挥摆若风,有时挑着百多斤重的担子颤悠悠的,头不低眼不眨从上面走过,全无半丝惧色。

看别人过多了渡槽,小小的我也萌生了过把瘾的念头。

那天放学,我约上两个刚换下开裆裤不久、稚气未脱的顽童一道去"试个鲜"。我们提了提裤子,哼着老师刚教的《我爱北京天安门》,壮胆去过那渡槽。两个小伙伴才走了几十米就吓得哎呀呀直叫着往回撤,我因为在他们面前说了大话,只好硬着发麻的头皮继续往前走。越往中间,心里也越发怵,只觉得眼花缭乱,心猿意马,双腿发软!

我又试着弯起腰往前移步,两腿中风一般无力迈起,眼睛的余光不经意地往下一瞟,哇!那坡底的山溪立时变成一根细小的钩索向我掼来,只觉心儿悬到了嗓子眼儿,眼发花手发抖,走到正中再也不敢往前挪半步,欲往后退也是恍惚,着实胆寒魂出窍,心一急扑倒在渡槽上哭将起来。最后是同伴们叫来我父亲,才把我抱回去,挨了爹娘一顿狠打。

这之后,我还是不死心,又单个儿偷偷地去尝试着过那渡槽,不过人却学乖了些,走一段熟悉了便又倒回去,习惯着循序渐进去适应渡槽的高度,许多次后,我终于成功了。

凭着山野孩子特有的一副卧薪尝胆的秉性,多少年后,我毅然走出了大山,成了山村里第一个"吃公家饭"的年轻人。

外婆家的葡萄架

儿时的我喜欢去外婆家，特别是夏秋季节，外婆家有好多好多令我嘴馋的梨树、橘树、杨梅，而这一切又尤以屋子旁不远处那三兜爬满池塘背上的葡萄令我最为向往。

暑假一到，便告诉母亲一声，到外婆家去。

还没等母亲点过头来，就迫不及待地一溜烟跑了。

顺着外婆家院墙右边是一畦畦郁郁葱葱的大菜园，园中点缀着各种大大小小的蓊郁果树，靠着菜园边有一片水凼，水凼边缘均匀排列着还是母亲在娘家做少女时亲手栽下的四棵葡萄树，长得满塘藤叶。

每当我去摘采葡萄而遇着外婆拦阻时，便鬼脸儿一唬：那是我娘栽的葡萄。总要气得外婆去那柴垛上抽一枝杉丫来吓唬我，而我早已猴子般爬到葡萄架中央对着外婆学猫叫，外婆也只得无可奈何地摇摇头作罢。

葡萄架是外公编织的。于水凼六七米处的水面上均匀打紧钢丝绞紧的四股三剪叉，每一股都由四根腿粗的杉树撑起，与水凼边缘四兜葡萄遥遥相对，然后再架上横七竖八的大小杉树，都用铁丝将大大小小的树枝绑紧，绾扎实。踏上偌大的葡萄架如履平地一般，没有半点儿晃荡。

四兜杯口粗的葡萄带着各自粗粗细细的孙儿子女分别沿着东南西北、四面八方哄抢着逍遥雅致的别墅，它们藤藤交盖叶叶相融，像都市里的交易会要，又像小镇的赶集日。春天，叶儿葳蕤，青翠欲滴，碧绿碧绿的一片。春风拂来，荡起一层一层的绿波，连续不断久久不愿散去，这使我不禁想起朱自清的《荷塘月色》。夏夜，那一片叶浪更加令人神驰，似乎趁着那皎洁的月色狂舞，尽管叶儿再如何苷茂拥挤，也无法遮挡裎露的丰满。一串串葡萄紫红得发抖，紧凑凑一个挨一个叠得密密匝匝，仿佛如来沐浴时卸下的那一堆念珠，侧棱在叶儿腋下，酩酊醉态，睡美人一般摄魂。每每那一段时间，跟我亲近的顽童们忒多，我于是有些飘飘然地摇头晃脑，傲态填胸，鬼点丛生，睥睨平时同我淘气的孩子。秋冬季节，葡萄架上只剩下一条条光秃秃的身子，似乎在为我天真的童年诉说着一份悲哀。

一飘雪终于洒落，给冬天寒碜的葡萄架盖上一床厚实的白被，葡萄架，果园总算安静下来了，悄无声息！在母亲的呵斥下，我只得不情愿地抱着课本去外婆家拜年。

童年的铁环与链子枪

接近而立年岁，心境不似往常一样静谧，加上成家后的艰难萦绕，诸多烦恼总盘掠心头，常常独自沉坐，油然而生一种缅怀孩提的凄凉回忆，如一阵阵游云袭来，将我捎入那儿时的梦境。

我不知道到底是如何走出这穷苦而又雅趣的童年的，也许当时我曾萌生几分憎恨儿时境遇的悲哀，在父母的鞭笞之手下长大确实囿存那么股坏心情，如今，我方知童年的忧悒并不似现在的怛伤那么深沉。童年是人生的花蕾，幡然留恋的今天，却只能回味到一个个幼稚的童年之梦。

我略知世事的那年，调皮捣蛋的我的保护伞老奶奶便溘然长逝，记得那时我正上小学二年级。

读书时，我最怕数学，常被当教师的父亲的教鞭抽得鼻青脸肿，不知被父亲打过多少回，游野的童心依然无法在父亲的教鞭下驯服。在一群贪玩淘气的伙伴中我最先发起铁环运动，是一次上外婆家时一个邻居小家伙教会我的，于是我将家里一只大米桶靠底的铁箍偷偷地卸下，用粗铁丝拐个弯钩镶进小竹竿中，率先在学校里推起铁环来。同学们在我的带动下，也纷纷从家里找来铁圈学着推起来。一时间无论下课放学，无论在操场还是回家的路上，都铁环滚滚地闹嚷。父亲从母亲口中得知我干的坏事——把一个好端端的米桶脱去一个铁环，他痛打了我一顿后，没奈何我的玩劲，只好重新给米桶加固一个圈作罢。

同桌的一位小伙伴不知从哪儿弄来一把链子枪。那枪是用粗铁丝绾一个枪架，然后再装上活动的自行车链子，套上橡皮筋，原料是带药的火柴梗倒插进链子孔，拉上撞针，一扣枪机即打响了，火柴杆向前方四五米的地方飞去。一下子全班同学又主动与我的同桌接近了，都想一试枪瘾，尤其是我，近水楼台，越玩越有劲，以至成天想得到一把这样的链子手枪。同桌答应托他的亲戚为我做一把，那时因我们没有自行车，不知道这种手枪需要的链子在五金商店可以买到。我的同桌神气得很，说是看在淘气的关系上答应给我弄一把，但他要我将心爱的铁环交换并找给他四元钱。为了得到一支枪，铁环我心疼也舍得，可这四元钱从哪儿去弄呢？终于我想起了翻找衣服穿时，大概看到母亲在箱底藏着十元钱，于是我一发狠便解了朝思暮想之渴，还买了一打火柴。我与同桌一时间成了全班同学的焦点，同学们都羡慕得流涎，给我们许多好吃的，让我们也借枪给他们玩玩。校外的小树林成了我们的靶场，还常拿枪吓唬那些平时与我合不来的同伴们。

一天妈妈去取钱购布料时，怎么数也只找到剩下的几元钱。吃饭时，她严厉地责问我们兄妹是谁偷了她的钱，不招就一起打。看着弟妹无辜因我受牵连，我只得如实招了。

母亲气得鞭笞了我一顿后，我只得不情愿地将链子枪转卖给别的同学。

不久，与我玩得合拍的另外一位同学搞来了许多链子，我就与他凑在一起，在他爷爷的帮助下做了好几把漂亮的链子枪。我得到一把，因为枪多了老师收缴，我们只得偷偷地背着老师到很远的树林里去瞄鸟儿，父亲奈何不了我们的玩劲也只得作罢。

山坳里有座城隍庙

我的幼年是在大山里度过的，那个年代，每到一个山村总要见到一两座城隍庙。

我们村的城隍庙刚好在过村山坳处的一口井边，那儿生长着一株特别古老、五六人合抱不过的老槐树。村里没有人说得出那古槐树是哪朝的种子。乌黑斑驳的树皮胡乱地贴满千疮百孔而又虬枝招展的枝丫、树身，一条大藤抖着蜈蚣爪似的藤足阴幽幽地攀附而上，还上上下下地吊起一个个青碧的无名果，于是，村里上了年纪的老人便说那树孔里无端走出一撑杖的长髯老者入了他的三更梦。这么一来，那株古槐就渐渐地被蒙上了一层神秘色彩，山坳那树、井旁边偌大一块风水地便自然成了城隍老爷的别墅。20世纪年代，尽管好多人家穷得揭不开锅，破屋里天窗点点，那山坳里的城隍庙却异常兴旺，青砖琉璃瓦，再嵌上花梁漆木，雕琢上飞龙舞雀，木刻的城隍菩萨盘腿一坐，面前便长年累月香烟袅绕，斋果不断。朝叩暮拜的山民们虔诚之至，将案龛前的地面上跪出一个个凹窝窝来。

记得有回我生病了发着高烧,母亲急得从箱底揣出那一角一分的血汗钱于山外小镇购回几样水果,却舍不得让我吃,哄着我说吃了对神灵不恭敬,径直虔诚地端到城隍庙里去求圣水。我嘴馋馋地看在眼里,鬼在心头,待病稍好些,趁母亲不在意,带上几个顽童一呼啦蹿到山坳的城隍庙里,秋风扫落叶般地将母亲及别家供奉的斋果扯开肚皮咽了个饱。吃完一时性起,与伙伴们爬上城隍庙老爷的肩膀玩起骑马来,我一使劲,咔嚓一声脆响,冷不丁掰下城隍老爷的一只耳朵,末了还对着那偌大的香灰炉撒了几泡尿,把个城隍庙糟蹋得飞屑落土,脚印交错,香灰满堂才一呼啦跑了。

族爷们铁青着脸追查到我家,母亲气得拿棘刺抽我还不解恨,罚我跪了半天荆条,村里老妪翁太们一把鼻涕一把眼泪咒骂我们几个亵渎神灵的顽童没得出息终究要落染怪疴早死。

奇怪的是我们这帮顽童不光没病,却出落得一个个棒棒的,还陆陆续续地走出了大山吃上了"公家饭",老人们你看看我我看看你,相互间不再言语了。多少年过去,山村里的年轻人也前前后后地走上了通往山外的那条路,不断地有打工仔打工妹按着鼓囊囊的腰包返回山村办起小型工厂、种植园什么的,日子一天天殷实起来。时过境迁,日月嬗变,村里除了些耄耋老人还在念叨着那城隍庙外,忙碌的人们大多渐渐淡忘了它。庙里香火日见衰败,蛛网挂满庙堂,不时地有黑蝙蝠飞来蹿去的,庙屋破旧不堪。偶尔有行人进去庵堂避雨,只抬眼读了读那副风雨剥蚀、劝人信奉的香火楹联,却并不见人去屈腿躬身。人们对老人的指戳已习以为常,仰起了头付诸一笑,又迈开了坚实的步伐。

今春回大山老家,放眼望了望那山村,人们的居室都讲究几层了。一天忙颠下来,再无暇顾及去顶礼膜拜那城隍老爷,听说几年前修公路进村时差点儿推了那城隍庙,城隍老爷恐怕早就吓得跑回玉皇那儿去了吧。

那远去的木排

在湘鄂赣三省交界的肚脐处,有一牵崴嵬蜿蜒的连云山,从大山深层的千沟万壑罅缝隙腋跃蹿出一股股溪流,一节一节媾汇成一闸滩倾流急的河水,我的家乡就贴扣在连云山口的沟老河畔。

春上探家,适逢水涨,公路塌方,于是有幸重睹家乡那尘封的木排。

沟老河分明是哪位神仙无意中遗落的一条绫练,从山腹中飘飘悠悠地腾出,山溪水一路涡旋着流向山外三十多里的小镇,每逢春夏,便从大山深层啸聚一床混浊的河水。那年头,要到小镇才有一条简易公路拖回县城。在出产大量木材的家乡连云山,这唯一的河流便长年驮伏着一剪一剪的木排,源源不断运往镇上的林场。

说起家乡的木排,那已是一个遥邈的梦幻。放排是一宗叼衔着危险的重体力悬活,湍急的流水曾经无情地吞噬过几个熟悉水性的汉子,但勇敢的山里人依然凭着智慧和经验一索又一索地将木材吐运到山外的小镇。

春夏的老沟河奔腾着汹涌的河水,混浊的山洪将一条宽不过四五十米的窄河挤得爆满,于是便开始了山里人放排的旺季。

木排是在上游千山口缓水处绑扎的,一剪二排三梢四节不等,这要看放排人的力气、经验及合伙的人数而论,一般是单人放单排,两人或多人可放到三剪排,一梢排由十几根偌大的十多米长的杉木结成,一律树尾朝前,将两端、中间几处用粗硬的枕木和钢丝绞得贼紧,木排便呈一个箭头形骑水随流钻入接近镇上的平缓水面了。排手们垂手松了一口气,全身筋疲力尽,沐浴着雨后迷茫的暮霭,凝望着沿排嬉戏打着漩伏的水花,如一尊活雕塑般伫立排头笑了。

突然排上一位壮汉率先亮起了粗犷的大嗓:哥点竹竿妹坐排,红红的杜鹃两边开。遇滩撑开一线浪,三篙划破妹胸怀。哥立排头妹不惊,问天问地问君心。若得与哥同排梦,一脸红颜任哥亲……排手们前前后后地跟着唱起来,一时间,歌声在宽绰绰的河面上一串串划过,此起彼伏,夜色天水间渐渐地弥漫着一缕缕山野气息。

这是一首古老遥远的大山情歌,也许我只能听到那么一次了,但这并不是生活的悲哀,我就这么长久地想着……

夏天·秋天·冬天

我总是说冬天好,也常常称羡夏天的真实,却又总是在深秋的悲凉中扼腕人生,慨叹无力收获秋色。

蓦然回首,夏天实在是一个缠绕的幽梦,等我从梦中醒来时一伸手再也够不着夏天了。

厌倦今春的涟涟雨水,便总盼望着夏日的脚步,在这份企盼的翘首中,雨水渐渐地稀少,脚丫有些窝热,踩着青石上扑闪的艳阳,膝下确实有缭浮的热浪气。不知是谁不小心被出洞的长虫咬了脚,家人紧张地将他送到医院急救;又有几个被爬进房来的蜈蚣剪扎了几口,几只公鸡立时便尖叫起来,头上的锯齿形红冠被撕出血来涂在蜈蚣咬着的伤口上。于是靠底楼的人家临睡前总神经质地掖掖被子,落座时习惯地敲三两下凳子,生怕那些毒虫盘踞在不起眼的地方突地蹿出。

　　天气变得燥热室闷，人们把希望寄托于远天那抹流云，在田间劳作的庄稼汉不停地仰望着上空，是有些云了，从山那边飘来的，凉爽多了。另一个说，要再来几堆云仔接连不断地填塞那烈日，至少还得生几点风才好。果真有几滴小雨落到人们的头上，一个便拖起那月牙镰刀就往家里急奔，人们也跟着起哄。还真有一阵过路雨短暂地调侃了一番，又是云开日出，不过太阳似乎没先前那么爆了，田间却多了一层热浪。

　　夏夜，葡萄架下的人们三三两两地摇着蒲扇，驱赶着游游荡荡的野蚊，不时传来飘飘悠悠的几声短笛，几个稚童嬉嬉闹闹地在玩捉迷藏，被哪家严厉的父母训斥着溜到那边去了。

　　这时，从一阵阵此起彼伏的蛙鸣中渗出不太远处飘来的绵悠笛声，聆耳细辨，还可听到如诉如泣的歌声：江南的夜呀！……虫儿叫……情哥哥唱哟！……小妹妹跳……

　　那日不经意地从窗户飘进两片红枫叶，猛记起医院后山窝窝杂林中的一棵橘树，还是夏日我与妻子到山上拾野菇时发现的，便匆匆忙忙找了个袋子去摘。还好，满树黄灿黄灿的野橘，只是有一半已老落在地上，妻子手舞足蹈：摘橘子那个哟比吃橘子香，趴哥的肩膀哟比爬橘树的枝杈甜……听得我禁不住扑哧一声捂着肚尖儿笑。

　　眼前一片枯萎荒草，院墙的爬山虎只剩下一条光秃秃的藤蔓，叶子全枯落了，那交叠的藤条似一张钢丝网罩罩在花园的围墙上，这些爬山虎给我们送来了春的碧绿，夏的墨绿，如今又抖落一地的秋色，然后又萧索着去孕育又一个春天。我不禁想到人也不正如世间万物新陈代谢，可是我深觉到三十而立的我却比不上小小的爬山虎，就算结不了果实也要为世间奉献一把青绿。

　　这应是生命的一份悲哀吧。

　　挥挥手送走了高飞的秋雁，等着我记起该折褶这个秋天一点儿什么时,已经是落了好几场霜的严冬了,我关严了窗户,燃起了火炉。某日天气预报说近日有飞雪,妻子从市场上买回一大筐蔬菜,一进屋就喋喋不休,我说不多买点儿,霰雪一铺,青菜就贵得翻倍。

起风了,冬天的朔风沍寒而冷啸,路上的行人们不时地圈缩几下被寒风吹滑的围巾,然后双手作抱拳状去接纳口中呼出的热气,顷刻天地间织起了疙瘩冷雨,雨幕中人们陆陆续续撑开了一方属于自己的花花绿绿的天空。

冬雨后,肯定有雪。

母亲的心愿

我的名字本不叫和平,和平是参军前母亲为我改的。

记得小的时候,妈妈对我说过的一句话:岳峦,读完初中后,若考不上中专就参军去。

家乡坐落在湘北的一个山旮旯里,抬头是山,低头还是山,贫瘠的黄土翻来覆去地吃力养育了祖祖辈辈的山民。因为父亲常年疾病缠身,年耕人扛的重活,我从小就学会了。母亲咬牙背负着一家人的重袱,受尽凄风苦雨之沧桑,含辛茹苦地既要照顾农活,又得到山林杂树中去捡些桐子野果一类的山货到山外小镇上卖掉,以凑足我们兄妹的学费,添置一些粗布衣衫。我是老大,目睹着母亲劳勤的背影,每每总想弃学,帮助母亲操持家务。有几次,我编谎骗母亲说学校老师开会,放我们的假,后来不知怎的让母亲知道了,操起柴垛上的野蕨藜狠狠地抽打着我,直到我向她保证再不逃学才作罢。

依稀记得在我十岁那年,母亲一时没能凑足我的学费。为不耽误我读书,母亲四处筹借,竟因疏忽照顾弟妹,双胞胎的弟弟在池塘边玩耍时不幸溺水失去了一个。母亲抹去眼泪,抹去心中无限的哀痛,将那过肩的两条辫子咔嚓一刀剪去,顺手一圈络齐耳的短发,踯躅着往田间走去……凝视着母亲憔悴不堪的身影,那身影深深镌刻进我的脑海,年幼的我第一次懂得了什么叫坚强。

十四岁那年,我没能如愿考上中专,痛哭了好几场。一天,母亲买来了很多的鱼肉酒菜,待弟妹们争抢着母亲烹制的美味时,她将我拉到父亲的病榻前:岳峦,我已跟你父亲说过了,让你参军去。今天我到镇上征兵办为你报了名,并把你的名字改为和平……母亲说着就哽咽了,我的心也一酸,紧紧地抱住母亲的膝盖抽泣。

那天,母亲送我到小镇,郑重地交给我一个红布包裹着的厚厚日记本和几双她日夜为我赶做的布鞋,有些红肿的眼睛注视着我:和平,上部队后多给妈写几封信,妈盼着你的好消息。

我坐在即将开动的汽车上,颤抖地翻开那精致的日记本,几行有些歪斜但写得清晰的字迹映入我的眼帘:

　　酷暑冷暖,岳峦别忘勤添衣,一路多保重。春夏秋冬,和平谨记多报国,娘盼,喜讯归。

母亲挥手的身影渐渐远去,我终于止不住放声大哭。

/ 散　文 /

母亲的躯体

母亲来广州军区总医院住院已经两次了，前一次是在1987年的10月，那一次因为有父亲的陪伴，我倒没有很深切的感觉。去年3月份这一次，我真真切切完完整整而又愕然地枨触到母亲的躯体，不禁潸然泪下，感慨万千……

在医院那密隔幽静的透视室里，医生让手术后不久的母亲脱去上衣，我于是小心翼翼地替母亲一件件解开，局促不安的母亲在儿子面前十分难为情而又无能为力。

依稀追忆到幼年时在母亲怀抱里吃奶，在母亲宽绰的胸脯里拱眠，记忆中，那是一个多么甜蜜多么温馨多么安全的乐园。此刻，母亲裸裎着上身，褐黄色的肌肤箩箩圈一样层层叠起，那从右乳（左乳在前一次手术中已切掉）一侧一直伸到腹部一长串的刀口因纱布与药物的浸沤而略显乌肿，偶尔可见到纱布连接处黧黑的线脚头缝系着母亲收缩颤抖的躯体，那唯一的曾经哺育过我们兄妹三人的右乳像秋后屋檐下挂着的一只留种风干了的葫芦瓜。

我目不忍睹，呆愣在母亲面前，任噙满的眼泪在眼眶里涌动。

医生催我快些将母亲抱到透视台上放好。于是我伸手抱起母亲，那挓挲的双手准以为得托承百来斤，可是，惊悚、诧异……猛然撕咬着我嗡嗡作响的脑袋，母亲瘦小的身子在我的臂弯里竟是恁般轻盈羼弱，轻得不可思议，弱得泾渭分明。

这是我平生第一次托起母亲的躯体。

不禁又想起外婆家左邻右舍说母亲出嫁前是方圆十几里出色的

水灵女子，红唇杏眼，眉清目秀，长发如瀑。如今，儿女们吸干了母亲的乳汁和灵脂长大成人，母亲却无法阻挡岁月的衰老和病魔的侵袭，是岁月偷去了母亲的容韵，是风霜将恶病的种子撒播在母亲贫瘠的躯体中，我恨岁月的无情，怨风霜的歹毒。

母亲在我孩童时曾无数次拥抱过我，揽搂过我们兄妹，那是一种怎样的幸福，怎样的伟大。如今我头一次抱起母亲，心情竟是这般沉重，感慨是这么艰涩，追溯又是这般怅惘。

抱起母亲，一个强烈而真切的念头攥撞着我澎湃的心灵：母亲，我用什么来奉献给您！

父爱深深

父亲来信了，写的是一梦。

春日里，在几丝悠悠晃晃的艳阳下，他牵着家里那黄牛牯走向后院，突然，老牛牯呼啦一声挣脱缰绳从他手中蹿出，跃向正趴伏在不远处柴垛上打着瞌睡的那只懒猫，未等那猫来得及做出半丝反应，便被老牛牯一口吞下……

惊醒后，父亲靠在床头怔忪到天明才告知母亲，他说做的梦不可在日出前说破，道穿了日出前的梦就会应验的。牛吃猫是不吉利的梦魇，有"吃跤"之意，他说那梦又恰巧聊生于三更时分，是不可不信的，再三叮嘱在外头的我，近段日子无论是走路还是坐车，务必多加小心，末了还打上三个粗浓的"！！！"。

那年冬天，天气鬼一样的凛冽，父亲揣度我不日就要撑破母亲的肚皮，便乐颠颠地挑着一担筐箩到十几里外的深山沟里挑木炭。

不巧，一阵凛冽的北风过后，天空就变得混混沌沌，不一会儿就颤悠悠地扬起了鹅毛般的雪片，待到傍晚时分，父亲一步一个脚印将百多斤的木炭挑回家时，我被裹在暖洋洋的包裹中已有了半天的号啕历史。母亲后来告知我这是她第一次看见双眶饱噙着内疚泪水的父亲。

父亲说我的命不好，雪天坠地，他又不在身边，因而一直深深自责歉疚至今，于是乎我从襁褓中开始就得到父亲百倍的疼爱。邻舍说父亲的臂弯里揽搂了我的一切喜怒哀乐，常常看见父亲驮着我下地，抱着我抖悠悠地串门。长到五六岁的孩提之年，我就率先玩起了父亲自制给我的"火柴炮""钢管枪"，火柴炮是用一段近尺把长的粗铁丝绾成一个门弓形，一端铆好钉头，手略抬起铁丝弓，让钉尾往石头上一撞，那火柴药急剧受压啪的一声响。火柴炮玩腻了，我又磨着父亲玩新花样，父亲那么抬手比试了一番后，就锯来一截三寸长的无缝钢管，将钢管一端熔满铅，靠近有铅的管身处开了一个小缺口，将钢管镶嵌在做好的木制手枪胚管上，套上撞针、针座及橡皮筋，然后在钢管缺口处灌上两根火柴药，一扣扳机就叭的一声引来许多顽童。我特别钟爱那钢管枪，常抱着入梦，自然我成了小伙伴们的"孩子王"，吆三喝四地领略着周边孩童们羡慕的目光。

尤记得那次生病的我，吃了几罐中药不见效，胡吔在床浑身虚汗。在姑姑家帮工的父亲听到母亲捎来的口信，急忙连夜跑到几里外的仙姑岩去乞求菩萨的草香灰、圣水。一阵祈祷之后，跪在山脚下井边，鸡啄米似的低头虔诚地用瓶子去盛那井水。不妨咚的一声，什么东西落到井里，父亲毛骨悚然，心一紧，难道儿子的病情恶险，菩萨不愿意去治？又壮胆默念着再次低头去舀那井里的圣水。突然，又是咚一声水花四溅，父亲吓得撒腿狂奔到家，一把抱住我，菩萨翻脸了，有鬼，得赶紧送医院。一气把我背到医院急诊，医生诊断我患的是急性肾炎和肺炎，必须立即住院治疗。父亲怜恻而又深情地抚摸着躺在病床上脸色惨白、额头发烫的儿子，颤抖的手忽地收回，翻来覆去也只从衣兜里搜出两个鸡蛋，还有两个呢？一定是舀水时掉落到井里，原来是自己吓自己，儿子的病会好的，会好的……

父亲对我既宽慈又严厉，十四岁那年中考我没能如愿，便编出理由对抗着父亲送我复读的念头。父亲紧锁双眉，收拢着额上一条条的皱纹，坐在墙壁一隅，吧嗒吧嗒深吸几口那细长的喇叭筒，若有所思地沉默，而后缓慢地一吐烟圈：好吧，你不愿意读书，当农民是要吃土坷垃的，从明天起就跟我学犁地去。

背负着一身的杌陧和无奈，吃力扶着那吱吱扭扭左摇右晃不听我使唤的犁杖，我第一次咀嚼到父亲的辛苦，当农民的艰难，晚上不时翻滚着散了架似的身躯，阵阵嗡鸣在耳畔引缠，心中一片片的渺茫袅娜，我就这么扶犁一辈子，沿袭祖祖辈辈的犁耙故事？

每天我咬牙拱顶着炙烤的太阳与父亲一道早出晚归，几个月下来，手上磨起了一掌的胼胝，肩头泛起了一层疙瘩。这天，我木呆呆地愣坐在田间的土塄上，揉搓着被山蚂蟥啃噬得满是疤痕的双脚，双目愣怔，眼泪止不住扑簌簌地落下。蓦地，我腾起身子飞也似的冲回家中，重新拾掇起我的那几本旧书……

掬捧着父亲一句句的挚爱叮咛，我的眼圈洋溢着湿漉漉的泪水，记起今年刚好是老父六十岁的年轮，心中陡地交织着一缕缕的感慨，父亲，就让风儿捎传我向您低吟的一泓敬爱：

六十年的风风雨雨，您乳水舔犊常朝天地暗祈祷。
三十回的花开花落，儿时光蹉跎总对苍穹空许诺。

/ 散文 /

娇妻怪招频出

　　与妻结婚三载,我依然学不会如何去攫取她那颗芳心,所以,妻子一直戏称我为"憨夫"。

　　当初海誓山盟,浪漫写了一封又一封,追求她的男人也不少,反正,我不知她是凭什么彻底选择了我,婚后曾傻乎乎地问她,她一指戳着我的鼻尖:就因为你憨傻得可爱,憨痴得出水。婚前我们相隔两地,自然纸上谈兵式的恋爱发挥得淋漓尽致,花前月下却是天狗吞月难得几回,妻子戏谑我是"恋爱小气鬼,感情粗心佬"。一点儿不假,我没给她买过一件上档次的衣服,上街不晓得敷衍她天生爱嚼零食的嘴,一直记不住2月的情人节……对此,妻子不以为意,偶尔噘两下嘴,之后付诸一笑,他会慢慢学会的。

　　今年的情人节,有朋友提醒了我,但我又错记为2月15日,14日的那晚上,妻掭挡完家务,深情地拉着我的手:陪我去看场电影好吗?别老写呀画呀的。

　　春雨淅沥,满街有卖花的,我觉情况有异不便多说,待看完电影,街景已然稀淡了许多。妻倏地一怔,原来街衢一个角落丢弃了一大堆蔫软了的鲜花,被春雨一浇,令人有些怜香惜玉之感。妻弯腰小心翼翼地拾起一束玫瑰,小心地捧回家中盛水养起来。我一翻日历,糟糕,果然是今天,又记错了。于是匆忙跑到一家钟表店为妻补上一块女表,妻子莞尔一笑:学乖了。

　　那天是星期天,刚好是妻子的生日,妻笑盈盈地端上早点:待会儿陪你到一家鞋店去定做双皮鞋,你不能老是穿这一两双旧鞋。

067

拗不过妻的坚意，被她拉出门，还未跨入鞋店的门，老远就看到紧挨鞋店的是一家有名的偌大生日蛋糕店，心里一惊：今天不正好妻子的生日吗？难怪她七拐八弯地拉我到这儿来做鞋。不及多想，我赶紧买了一盒漂亮的生日蛋糕祝福妻的生日，买来了妻甜甜的笑。

一日，有朋友上我家玩，自然少不了一场豪饮，眼见两瓶白酒见底，为了表示朋友间的盛情真诚，我不顾刚做手术不久的弱躯，提议喝个一醉方休，示意妻子再去购酒。妻子知道此时劝阻的徒劳，一声不吭地出去买酒，少顷，妻子被她的同事搀扶着走进屋来，说她不小心摔了一跤，手磕破了一块皮，酒也摔烂了。此时的我酒意全无，痛心地为她敷擦些家里备用的止血消炎药。后来，才获知是妻子为避免我烂醉而不惜想出的"苦肉计"。

妻操持家务更是井然有序八面玲珑，而且人缘相当好，我从没感到衣食起居的亏欠，虽然我们的生活并不富裕，我常想，遇上这么个好妻子恐怕就是男人的福祉吧。

爷　爷

经过太多的坎坷，便常在静夜里思念引我踏上人生路的亲人——爷爷。

爷爷读过几年私塾，在那个笨拙的年代自然做了生产队的会计，那时我没有读书，当然很钦佩爷爷。爷爷常抱着那古老的发黑的铜质烟筒蹾在家那老土墙的阶梯上，就着那凹凸不平，潮湿长霉的乌土吧嗒吧嗒吸几口，而后慢慢挪开那烟筒，有意无意地盯着不远处的瓜棚，脸部不自然地扭动着，等那连珠炮似的发自肺部的咳嗽。那时我还小,不晓得爷爷长年抽烟落了肺病,见爷爷上下身子因咳嗽剧烈而扯在一起时,我还趴在爷爷的背上驼巴背,挺好玩哩!

爷爷问我同不同他去山旮旯的鸡咀坑看管生产队的茶籽,说那儿有好多山雀蛋,还说可爬树捣那一窝窝的山雀蛋,够开心的。这样哄我,于是我跟在爷爷屁股后面踏云踩雾,边走边好奇地左顾右瞰,看那浮在脚下的晨霭,看那忽高忽低忽远忽近的山巅,看那高耸入云的参天古松。爷爷边走边滔滔不绝地给我讲故事,说那枝叶平敞的已成了树精的古松,有土地老住在树下,常常晚间出来活动,树下还有几块砌垒的平板青石,说那土地老有时变蛇,有时变一个挺温和的银须飘忽的拄着拐杖的美髯公,不像山沟静谧处的那些蛇精,百年狐狸专变成美丽少女提着花篮,篮里盛几个忒大鲜嫩的水蜜桃要喂给樵夫吃,让你迷蒙后再抽吸你周身的元气好快些成仙。那时的我穿开裆裤,常常尿一来就蹲在地上一泡了事。爷爷说尿不能对着那些参天古树撒拉,应换个方向,离古树至少得三四丈开外,并用手遮住那东西,不然土地老生气后会害人生病的。于是乎,我真的怕土地老要害人,再也没敢随地拉屎了。

生产队的茶场在一块较开阔的杂坪上,那烧过木炭的破窑便是爷爷的窝。爷爷将那窝整修一下,砍几棵大杂树一架,再拉上几截子红藤将那一捆捆的东茅散开往棚上一披盖,那窝便挺像回事。那床也是木桩打的,上面铺些山竹片,丝茅床便是暖和和的草窝,窝旁边一簇簇山椒树特别香,我爱闻山椒树的野香,常常折几截小椒丫凑在鼻翼下长嗅。

只爷爷跟我在那儿看管,队里的人白天摘完茶籽就回去了。爷爷将装上硝和散珠的木铳放置床头,以备晚间野兽的侵袭。那时我胆子好小,听着猫头鹰叫鸣便当是山神魈来了,吓得不敢吱声。

一天晚上,天下起了滴答答的山雨,半夜醒来的我一伸手没有摸着爷爷，吓得屏息闭目，少顷，见四周没有动静，战战兢兢地摸下床，倚在茅棚口，绷紧一身的鸡皮疙瘩喊爷爷。夜雨朦胧的茶子坪上，爷爷的影子在山雨中一耸一弯地疾速收扫着茶籽，斜飘的雨帘中隐约传来"毛崽不怕，爷爷扫完这坪就过来"这么利索简短的一句后，任是我再哭喊，也不见爷爷往日疼爱孙子的匆匆脚步，直到我不知不觉地倚在棚边睡着。

我极喜欢爷爷煮的冬瓜，好香，是爷爷上山时挑来的，偶尔别人进山时也顺便捎来几个，那滋味儿直到现在还能回味起。不久我读书了，爷爷伸出落满老茧的手拍拍我的肩膀：懂事了，爷爷老不！我依偎在爷爷的腋下：爷爷不老，爷爷的胡须还未掉，接着便是爷孙俩捏鼻子掌嘴巴一阵戏谑。

那次，我跟弟弟争那碗蛋炒饭，不慎将饭碗摔碎，白花花的蛋炒饭泼了一地。爷爷拿起扫把就追，我终于在井边挨了爷爷一顿好打，幸亏邻居奶奶夺走了爷爷手中的扫把，不然还得抱着脑袋抵接爷爷高擎的扫帚，那是爷爷唯一生气打我的一次。

爷爷留给我最后的印象是我上小学三年级的一天下午，我放学回家看见爷爷两手颤抖着摸到墙角木桶上坐恭，之后又蹒跚着拐回床前，无力躺下。翌日下午，当我雀跃着回家时，眼前的一幕让我惊愕：门上，爷爷身上覆盖着红丝绸绣花寿衾，安详而从容，手中还紧攥着生产队的一本账簿。

儿时的我极不懂事，"道魂"那晚上，我趁着道士们休憩，和几个顽皮小伙伴去抢那锣鼓来敲。

送爷爷上山安葬那天，因爷爷是党员，我们全校师生都去送葬，当"八大仙"呼噜一声丢下棺材跑下山去后，亲人们缓缓启开棺椁盖，我目睹爷爷留给我的最后一抹慈祥的脸庞，想起以后真的要永远离开爷爷时，不由得也哇的一声哭了。泪眼蒙眬中，我看见父亲从棺材里拾起爷爷左手旁边的两个鸡蛋丢掉，又掰开爷爷的右手,取出那根桃树枝扔向远方,后来老人们说,那是爷爷刚瞑目时,去阎王爷那儿报到时,防狗咬的喂狗蛋和打狗用的桃枝丫。

爷爷死时刚好五十岁,这以后,我真的再也见不着爷爷了。

忘不了你的那份情

4月,对于我来说,是一道黑色的人生驿站,一场肝病折磨得我死去活来,值得庆幸的是,患难之时,一份独特的情谊降临在我的4月,让我深深地体味到"有朋自远方来,真情尽在不言中"的深一层诠释。

在广州一家新闻单位担任记者的黄福高,从亲友口中知道我住院的消息后,双休日特地从广州赶来郴州看我,这已经是难得的人间情谊。说内心话,我与他虽然天各一方,平时接触并不是很多,但因为志趣相投秉性相合,在一起时总有聊不完的话题沾不完的味道。

黄兄大老远跑来看我,让我感动不已。阴差阳错,星期日那天,已能下床走动的我被另外几个朋友扶进车内,情真意切地一定要陪我到郊外一旅游景点去散心,纳些新鲜空气。没料到我这一出病房不要紧,却将黄兄的深情厚谊关在房外。

住在亲戚家的黄兄准备乘星期天下午的列车赶回广州。那天一早,他便借了亲戚的摩托车风风火火地跑到二十公里外的郊区农村去买了一只农家豢养的土鸡,到中药铺配好补药,手忙脚乱地在亲戚家宰杀褪毛,用炭火慢炖好。中午时分,他心急火燎地提着一瓦罐香喷喷的土鸡补药汤送到我的病房,一问护士,方知我一早便被朋友拉出去了。这位老兄情谊笃深，东询问西打听，颇费周折地找上我家，希望能在家里头找到我，我家里依然是铁将军把门。他拨打电话，我在山野岩洞中又收不到信号，失望无奈的他只得将鸡汤寄在邻居家。等到我与朋友们在外面玩够了再吃完晚饭返回医院时，才知黄兄为我煞费苦心的前前后后。我赶紧打他亲戚家的电话，他亲戚说他劳累了一天，骑摩托车时，在乡间坑坑洼洼的土路上不小心还摔伤了手，已乘下午六点的火车走了。感动之余，我懊悔不迭。

茫茫人海，世事沧桑，人一生难得逢到几份真情，有时候，朋友间看似不经意的一句话一个表情，一举手一投足，都可以被有心人记在心里，进而演绎出感人肺腑的真情故事。正如黄兄，无须表白，无须思量，细微之处见友谊，不惜长途跋涉车马劳顿，决意通过既特别又平凡的方式亲手为我献上不平凡的一幕。

真难为了有心的他！

父爱无语

三年前，我回老家探亲见到父亲时大吃一惊，由于病魔染身，父亲的身体过早地衰竭苍老，夜晚，我暗自流着伤感的眼泪写了一副对联献给父亲：

绿水长流，因何独我严父知命便佝偻；
青山依旧，只求望我爹亲花甲存残烛。

三年后的2001年，没想到父亲在母亲刚好去世一周年的那个凛冽的隆冬，也狠心地丢下我们兄妹，溘然随母奔天堂而去，从此，我们兄妹仨双亲皆失。

父亲不像母亲爱唠嗑，生性沉默寡言，从不多说一句话，从他满脸深沉中细细咀嚼才能读懂他的耿直、厚道、朴实、温和，很难轻易从他的言谈举止中找到温暖的感觉。所以，父亲在我心目中是地地道道的严父。

从十三岁那年冬天开始，我早去晚回，每天来回跑二十公里山路到乡中学读书，苦不堪言，加上湘北大山深处一到冬天就天寒地坼，浓霜如刀，冻烂了我的双耳，脚上也生了严重的冻疮，外痛内痒。父亲看在眼里，叹在口里，剜在心里，到处奔走求医问药，照着草药方子攀岩越谷采集治冻疮的特效草药，还跌伤了腿。这些，母亲直到后来才告诉我，说是父亲特地交代不要在我面前提半个字，以免我分心。

看我求学来回赶得急，还因为赶路影响睡眠又影响了成绩，父亲私自做主将母亲当年嫁妆中唯一值钱的一只老式立柜卖了，换来一辆单车给我赶路，这在20世纪80年代初始算是够奢侈的交通工具了，令村里一起赶学的几个同学眼红了一阵后也争相效仿。

在我上小学的那些岁月里，每到收割时节，学校规定每个学生要拾一定数量的稻穗交校，那时还没有分田到户，其他同学都是跟在自个儿父亲的后面颠忙，因为大人们在抱一堆堆稻穗进打稻机时，总要故意多多少少留下几棵稻穗给自己的孩子拾，而我父亲抱稻把时就是收拾得干干净净一穗不留，因而我上交学校的稻穗总是最少，受了不少委屈，唠叨的母亲也被父亲"公家的东西就是不能动，别个要动是别个的事"的斥责给挡了回去。

父亲病重时几次都是被妹妹"逼"到医院去的，他反反复复说自己晓得他的肺功能已经不行了，住院白白浪费我们的钱财。医院化验出来的结果也是如此。

父亲在弥留之际自始至终没有要弟妹打电话给我，只是艰难地指着自己枕头底下我平时零零星星给他买衣服的一千多块钱，微微噘翕着嘴唇暗示弟妹等他瞑目后让我们兄妹各自拿回，还有就是交代弟妹说，我十五年来从戎在外写给他的一箱子思念笔迹别忘了墓前焚烧给他，他说我在外头工作至死让他担心和牵挂。

父亲去了，我是流着恨泪伤泪扼腕叹息一口气写完这些往事的，收笔后我已是哽咽不止，不忍卒看，对于父亲的百般疼爱，百身何赎？我更害怕再度流泪悲伤，害怕心灵异常沉寂的窒息。

父亲给我留下了太多的伤感往事，唯一使我感到半丝安慰的是，父亲去年夏天总算在我反复劝说下来湘南住了两个月，我最终挽留不住，他回故乡时没给我留下任何遗物，我猜想他一是预感自己将一去不复返，二是他深晓我是性情中人，怕睹物思亲伤感过度不能自拔。

与肝疾的痛苦对峙

天有不测风云，人有旦夕祸福。今年4月份，当我在体检中被B超照出肝部的阴影时，我不得不面对一场住院手术的痛苦现实。从医的妻子比我更加焦急和恐慌，她兴师动众地将我老家的弟妹全叫了过来，那一刻，我隐隐约约中似乎预感到了什么。特别是主任专家们将单位领导请进了"密室"，我有一种大难临头的感觉。说实在的，虽然检查结果证实我肝部确实存在橘子大的肿块，但我觉得曾当兵行武十几年的我应该不能得肝癌。

/ 散　文 /

不管怎么说，人一旦患病，总也逃不过一场痛苦的折磨。

既然怀疑到肝癌，我只得接受各种检查，妻子说肠胃等身体其他部位都有病灶转移的可能性。最初的痛苦是胃镜和肠镜，当那一根带着白色电焊火样的长长胃镜管从我惊恐的口中直插进胃里时，我一辈子也忘不了那杆长长的武器搅进胃里给我带来的痉挛和抽搐，还有瞬间剧烈的呕吐。肠镜就更不用说了，从屁股一直探到大肠深处似软还硬的偌长肠镜管道，带给我的不仅仅是撕心裂肺般的绞痛，更有一种肠肚被连根拔出大小便失禁的虚脱。男儿有泪不轻弹，那一刻，我的泪水、汗水、口水、鼻涕水却重弹在检查台上。

手术前，妻子怕我太紧张痛苦，便自个儿给我插胃管，这是手术前的必要准备。一根一米来长一端带着胃液袋的黄色塑料管从鼻孔透喉咙再进入胃中，呛鼻、呕吐、剧咳和翻肠绞胃的种种痛苦不适，至今令我心有余悸，以至于现在我有些患"恐管症"，属硬汉的我最终还是从那道"鬼门关"中挺了过来。后来，我看到39床、37床两个和我一般年纪的男人无法忍受插胃管的恐惧和抽动，术前将护士插了一半的胃管强行从鼻孔中愤怒地拔出扔在地上，痛苦得直号哭：我不做这个手术了。

手术室，我是直着进去横着出来的。上午八时，我走进手术室，在护士的引导下躺在手术台上，两眼只看到护士们忙碌地为我肌注和麻醉，两耳只听到护士长一句"陈院长、曹主任来给你动手术了"，之后便什么都不知道了。

我朦胧中睁开眼时，已是手术当天下午三点，胃管、氧气管、引流管、导尿管全在身上牵了藤开了花，胸腹部撕心噬骨一样的剧痛，身子无法动弹。妻子告知我：从手术室出来，弟弟跟文平两个一直在压着我的两只手，要不然，我的手早就将伤口抓裂了。

麻药散后，人就清醒了，最难忍受的要算伤口的剧烈疼痛，还有全身到处插着管子的敏感反应，再加上喉咙早被管子反复抽插后的烧灼感，疼痛折磨得我精神近乎崩溃绝望，尽管我有着超乎极限的忍耐力，术后终究是气息奄奄痛透骨髓。妻子脸上却露出了多天不见的笑容，她说我是不幸中之大幸，化验结果终于排除肝癌，得的是一种罕见的肝病——肝局灶性炎性增生。

肝胆外科的曹文声主任在我清醒后有些逗笑地跟我说："左肝整个儿切出来了，差不多可以来一大盘辣椒炒肝，内面的肿瘤有椪柑那么大，跟癌症的肿块一模一样，让我们也替你捏了一把冷汗。这下好了，保证你三天后能下地，不过，从此后你有心没肝了，不会怪我吧。"

术后我整整痛了三天三夜，第四天，我在妻子的搀扶下果真能下地踱步，疼痛当然还在，但比起三天来躺在床上身子痛得麻木靠数着一分一秒过日子自然强多了，加之开始能喝下一点儿汤和粥，我的身子渐渐恢复好转，无论怎么说，我是好了伤疤永远忘不了那个痛。

与我比起来，28床的肝脓肿病人刘湘年就糟糕多了，他的肝脓肿由于未及时手术治疗，转到肝胆外科时持续高烧不退，已近昏迷状态。肝部手术后，他一直躺在病床上痛苦呻吟不止，伴着咳嗽，伤口扯牵得锥心裂肺般疼痛，脸色灰白，额上不时冒出豆大虚汗，四十岁的男人在病床上一躺就是二十多天，身子被拖得骨瘦如柴虚弱不堪，惨不忍睹。我跟他闲聊时，他一味地摇头："生不如死，没病是福，真羡慕那些健康人的身体。"27床的肝破裂病人徐永则也跟着感叹："刚那牛奶一样颜色的什么针就打了我一个半死不活，那股酸胀从手臂一直传至全身，手术后伤口痛就更不用说了，以后再得病，说什么我也不动手术了，要死也罢！"

我告诉他们："我们都还是算幸运的，昨天晚上，一个六十岁的老太婆送来肝胆外科时，还未来得及进手术室，临床抢救时就因肝功能衰竭而死，肝、肺到处都有蔓延开来的大量癌细胞肿块。还有11床、13床、21床等好几个患肝癌手术后又做放疗的病人,头发都掉光了,皮肤被放射线照得干皱黝黑,瘦得不成人形,那才叫生不如死呀!"

不知什么原因,肝胆外科的病人特别多,四十张床位不够用,还在室内走廊上临时添加了五张病床。肝胆外科四十五个病人中有三十个患的是肝脏病,肝癌、肝囊炎、肝血管瘤、肝结石、肝梗阻黄疸、肝脓肿、肝破裂、肝结缔组织增生、肝细胞变性坏死……肝脏中稀奇古怪的什么病都有,而肝脏的病又尤以肝癌最多,三十名肝脏病人中有八人患的是中晚期肝癌,肝癌占了肝脏病的百分之二十六点七。郴州市第一人民医院院长、肝胆病专家陈亚光和肝胆外科主任专家曹文声告诉我:肝脏是人体最大的解毒解酒精器官,我们吃进去的所有食物中都或多或少含有微量毒素,是肝脏的解毒作用才使我们安然无恙,但肝脏的解毒解酒功能是有限的,经常酗酒的人肝脏比正常人大,容易导致肝硬化、脂肪肝直至肝癌。现在生活中许多食物都在人为地加毒,如吊白块、保鲜剂、防腐剂、残留农药、甲醛、硫黄等有毒物质和化学药品,加上环境污染,引起五脏六腑的疾病增多,尤其是肝脏病中的肝癌。已由原来每十万人中四十至六十人的比例上升至今天每十万人中九十至九十六人的比例,而且还在逐年上升。肝癌病人患病年龄也由原来四十至五十岁占多数变为今天三十至四十岁的占多数,肝癌的发病率在五脏六腑中跃居首位。对于这类疾病,中晚期的治愈率低,而早期又发现不了,预防的方法一是靠我们经常运动,增强肌体的抗疾病功能;二是尽量以自然食品、绿色食品为摄食原则,防止取食有毒霉变受污染的食物和暴饮暴食;三是要定期到医院普查,及早发现疾病,及时接受治疗。

四清洞探幽

在郴州市苏仙区邓家塘乡与宜章县接壤处的平南村，有一片曲肠似的群山，站在村口乍看，这片群山与湘南常见的青山相连，大抵也就二三百米高，山上生长着常青的灌木丛、松杉柏槐，可谁知道，就在这片逶迤的群山内，长期的地壳运动不知什么时候造就了成千上万的溶洞石穴，群山早已腹空肚穿，山内溶洞连连叠叠，纵横交错，像一张人体血液循环图，除了长年流淌的阴河水，至今尚未有人彻底摸清洞内环环套套结结节节的路径。

因为是未开发旅游的溶洞，我们一行十人不敢贸然进入，请来了熟识一些洞内路径的村支书段春芽、村主任杨寿国当向导。两位五十开外的热心肠村干部二话没说就找来了六支应急灯和短楼梯等物，领着我们沿着田野阡陌间的石板曲径摇摇晃晃一路来到一座山前。段支书一指山脚缓坡毛竹掩映处："瞧！那就是四清洞的南洞口。"我们的探险长队迅速穿过那片竹林聚集到洞口，果然是世外桃源之地！刚刚还在艳阳底下越塍跃沟汗水直流的我们，一到洞口，全身立马就凉爽下来了，只见丝丝缕缕的雾气从洞内袅娜飘出，朝竹林氤氲开来，我们就像置身于传说中老君的神洞前，格外心旷神怡，飘飘欲仙，感觉那雾气透过肌肤在浸心润肺。

入得洞来，我们先是循石级斜下百米，突地又沿着陡壁攀登百米，来到一古城堡前，古城堡与洞口遥遥相对，若横空隔着一个无水深潭。段支书说，古城堡是旧时村里人为躲避战乱而筑造的，守住这个仅供一人进出的堡口，只需一把大刀，足可以将千军万马挡在堡外，更兼洞中有洞，岔洞迷魂，不熟悉洞径的，就是进得来也出不去。

在雪亮应急灯的照射下，我们迎着透骨凉气鱼贯而入，小心翼翼地踏稳每一块垫脚石，抓牢每一耸石崖，依次紧跟着段支书缓慢进洞，村主任杨寿国则断后压阵。大自然似在刻意雕琢，又似是随意拼凑，洞内忽而怪石嶙峋，悬泉叮咚，忽而钟乳对接，错石断落，狭窄时得猫身弓背从石林石笋犬牙交错的缝隙间探头而出，瞬间又是厅堂般的大洞。大寨式的梯田缩影，小桥流水古庄，挥戈厮杀的古战场，应有尽有，稍一立足凝神，人便仿佛置身于远古时代。一些怪石的造型若猫虎狗兽，多数的则像傲然怒放的冰花，还有些宛如腾云驾雾的神仙，惟妙惟肖，栩栩如生，一幅幅天上人间、一幕幕原野仙踪呈现在你眼前。当我们还在沉迷于众仙赴会的神来之作时，蓦地又传来沉如闷雷的水声，以为洞中的阴河暗流就在眼前，谁料，不知道我们七曲八弯闪身穿过多少钟乳石花交叉的空间，才看到那水花飞溅的阴河劲流，俯身摸摸水中石，但见纹络清晰线条幽美光滑无泥，阴河水则清澈见底，人影倒叠其中，身心似被这潺潺的阴河水洗濯了一般，格外舒爽惬意，难怪村里人说这四清洞是气清、心清、水清、石清。

正当我兴奋得屈膝弓身趴在一块偌大的洞石上，侧头去看洞顶一对悬着上下对长的石笋时，不留神口袋里的车钥匙掉到一米半深的阴河潭中，虽然钥匙在水中清晰可见，但无法下水去捡，急得我抓耳挠腮不知所措。这时，段支书急忙将一条绳索往自己腰上一缠，让我们几个拉住绳索，就扑通一声跳入水潭中，一手掌灯一手探水，费了好大的劲才从潭底的石缝中将钥匙摸出来。

瞧着段支书湿漉漉的一身，我嚅动嘴唇有些过意不去。他挥了挥手："像这种阴河潭，虽然水不深，但你们不熟悉水流，千万不能随意下水，有些潭底的暗流好急，相当危险！"

不知踩过多少突兀的青石，滑过多少陡立的洞壁，整整五个小时，我们一行才饥肠辘辘地摸到北洞口。段支书说，这还是路程最短的一个出口，要是从虎形山顶的天洞出，从百灵溪的崖洞出，从桃花坝的观音洞出，从狮子崖的水洞出，哪条径一天都走不出来。

听至此，我们不禁都倒吸了一口凉气！

采竹笋

乡间山林采笋，已是多年前的趣事了，那滋味儿如今回味起来，依然朗朗上口，比起溪流独钓郊野纵炊山麓寻菇来，别有一番特味。

山间春笋最多的时候是清明前后，在我的老家湘北山区，山高林密竹遍坡，竹笋就自然成了本地的一大土特产，春片、榨笋、烟笋、泡笋……应有尽有，品种齐全风味独揽，每年的清明节，人们最忙的除了扫墓，就要数采笋了。

忽而一夜淅沥春雨，孕得万颗笋头蠢蠢攒动，但见泥土嗞嗞哧哧处，醉听那数不清的剖宫产床。春雨稍一停，三三两两的人们便忍不住脚步匆匆，踏遍千山万壑挖采竹笋。每每这时，我也竹篓一背，蹦蹦跳跳地随母亲一路进山凑热闹。有时雨下久了，家里还等着我们的中饭菜哩。

采春笋相对于采冬笋来说要容易多了。冬笋深埋在泥土里，全凭泥土的松软缝隙和竹根走向、竹尾倒向、竹叶繁茂来判断冬笋的大概位置，那是经验的日积月累和技巧的精娴臻熟，再加上一丝运气的糅合。采春笋就简单些，只需寻那叶片墨绿浓稠的楠竹，当然

/ 散 文 /

春雨后的竹林里哪儿都有笋，遍地是宝，只不过青茂楠竹身边的笋子更多些而已。青竹蔸部附近，凡泥土裂缝处必有笋，有时笋尖笋身早已让春雨催露在外了，尽管挖就是。

因为来山里挖笋的人一拨又一拨，有时，明眼处的笋早已给他人捷足先登采了。那你就得专寻茅草乱角杂枝丛林枯叶深处阴沟翳蔽蒺藜一隅，因为那些地方人们往往没注意到，山民们采笋多是走老路闯开阔地带，很少有人自个儿开路辟荆棘砍蒺藜，那样既不划算又耽误了时间，自然那些荒丛暗草之地成了被遗忘的角落，往往投胎在这种野地的春笋能幸运地长至好几寸甚至一尺二尺还不被发现，等到你看得见时，都快成竹，老了。好几次，我在阔土净地粗粗糙糙找不着竹笋，便专拣那无人涉足的尺幅疏地搜寻，结果人被尺把高的春笋绊倒，才偶然挖到几棵笋。严格地说，像我这样采笋，应该称掰和拾更确切些，手中的锄头没派上几下用场，都是拿刀齐地面将笋砍断。对于我来说，很少有挖到土缝深处未见天日的黄芽笋的机会以及那份倏然惊喜的心情，倒是愣坐在一旁常看着母亲怡然自得地在泥土深处尽情地挖那一只只带着山野泥土芳香白嫩硕大的黄芽笋，末了，母亲朝我笑笑："看咱都挖了两篓，你才撞到几根瞎眼笋。"我瞧着娘的累累战果，很有些自惭形秽，口中还有几许不服气的狡辩："你是大人我是小孩，当然是娘挖得多喽。"

雨后挖笋，动心之处还是在凭着经验的千里眼发现和小心翼翼地挖，而不在收获的多少以及后来的吃呀加工啊什么的，就像钓鱼的只在鱼上钩时斗技巧的那一瞬而不在吃鱼一样。慢慢地，随着年龄的增长和经验积累技巧娴熟，我也逐渐学得跟大人一样能看穿泥土，从那泥土爆裂的蛛丝马迹去搜寻、采挖到一棵棵肥墩墩的春笋，那一锄一锄激动地挖采厚实泥土的心情，仿佛咀嚼一枚橄榄，只能意会不能言传，趣味尽在其中。

多年没赶上清明节回老家，但每年一到清明节，我回味得最多的不是扫墓而是雨后进山挖笋。

伐薪烧炭南山中

　　投胎于深山旮旯，自小就捏着土坷垃攀着山崖爬着古树长大的我，幼年起过早地尝遍了乡村山野那说不出滋味的杂役苦力，伐薪烧炭是打我一懂事就触及的"徭役"之一，至今仍记忆犹新。

　　伐薪烧炭南山中，满面灰尘烟火色，两鬓苍苍十指黑……这是对烧炭之脏苦的绝好写照。深山老林、峭谷绝壁、猿啼狼嗥、瘴缠雾断，伴之以山林特有的出奇静谧，此情此景，令人顿生几分恐惧和好奇。记得我刚跟父亲进山烧炭时也不过才十二三岁，别看小小年纪，已是能扛得起百把斤重树木的半个大人。穷人的孩子早当家，山里人素有的粗犷斗胆和吃苦耐劳的秉性老早就在我身上移植了。

　　入冬后初霜乍上云雾弥漫山林小溪的那段日子，是山里人烧炭的上好季节，每天一早，我就跟紧父亲容身于山峦叠峰间。烧炭并不像常人想象的砍树—装窑—点火—封窑，那般简单明了，无论哪一道工序都糅合着人们经验的积累和技巧的沉淀。若是现成的炭窑，那倒省事，但往往现成的炭窑附近便当的好杂木绝对砍得差不多了。那就打新窑吧，得先选地形，土质得不松不紧，松了容易塌窑，太结实的难挖而石块多，且要选坡沟坎塄处，利用带坎梯的天然地形挖窑门，既省工又顺手，窑肩、火门、侧穴、窑膛、烟囱，以至于炭窑周遭排水沟的尺寸、位置都相当讲究，小不得大不得，方圆深浅高矮长短等参数都须适当，要不然，点不旺火、杂木不能充分燃烧甚至是窑塌等，前前后后一连串的问题会伤透你的脑筋。

炭窑挖好后，接下来还得继续卖苦力，由近而远将窑四周山上的杂木砍来装窑。杉松等烧不出好炭的软质林木不成，得砍杂木。杂木一般又硬又大，震得我两手虎口出血，至今，我手上一直无法消退的厚茧就是那时砍杂木过分的吃苦而给我留下的长久印记。

一窑木炭一般要上万斤杂木，杂木砍够后，接下来就是装窑。父亲弓着身子装窑，我在外面将一根根四尺来长的杂木递给父亲一层层地叠装于炭窑膛内，除留下适度的几个烟道外，一律用泥土将炭窑密封好，然后捡来许多干柴堆在窑门灶口内，点火后不断添柴，直至引燃窑内杂木。听到毕毕剥剥呼啦作响的噬噬杂木燃烧声从窑内传出后，方能用泥土将灶门封实，让窑中杂木阴火慢慢闷烧两三天后才可以开窑出炭。这里最关键的就是得掌握燃烧火候，一定要看准燃烧火候才水到渠成地封窑，要不然，烧出的木炭要么未充分燃烧藏烟多，要么过火了有不少灰化了的阳炭。这般风餐露宿吃尽了千番苦才烧出一窑木炭来。别急，还没完，还得咬紧牙关吃力挑回那一笸箩一笸箩上百斤一担的木炭，沿着被茅草荆棘遮没的陡峭山路一步一个脚印、左肩换右肩地将一担担的木炭挑回家，我肩胛骨上的皮肉常常磨烂，钻心裂痛。

每到这个时候，最要命的是那沉沉的重担压得我气喘吁吁腿脚酸软，常一不小心滑倒在笔峭的山路上、悬崖边、坡底坑沟，棘刺蒺藜划烂了皮、野枝枯桩戳破了肉尚算小事，要是崴了脚脱了臼，那个痛啊才着实让人苦不堪言，真不忍回味。

多少年过去，我依然怀念那段伐薪烧炭的悲苦岁月，那又痛又累的少年时代，但又感念那不近人情不堪回首的炼狱生涯和如烟往事，确确实实铸就了我吃苦耐劳的秉性，那是我一生的财富，使得我今天能以豁达乐观的心态直面人生道路上任何艰难困苦和险阻挫折。

过年不能没有雪

新世纪开年，人们庆祝春节的喜悦狂欢也似乎飙升到了极峰，到处花灯盛彩莺歌燕舞喜气洋洋，佳节浓厚稠酽之祥气在人们脸上绽放。然而在世纪之交的第一个春节里，惯于凡事都要琢磨琢磨的我开怀盏饮之余却在不知不觉中平添了几份凝重惆怅，总觉得迎来春节特别是这新世纪第一节不能没有雪。

俗话说：瑞雪兆丰年。湖南无雪不过年。湘北、湘中下了雪没有？据我所掌握的天气资料，老天爷没有正儿八经下上一场上档次上规模的雪，只是极不情愿地施舍了一点儿雨夹雪或零星的几点儿雪而已。咱们湘南郴州呢？一点儿雪也没下。倒是在旧年底的前两天淅淅沥沥地下起冷雨来。新年农历初一初二的寒雨更是仗着凄冷的北风耀武扬威地淫泄了两天整，直到初三早上才擂鼓收兵，逼得人们在春节年气最丰盛的头两天里徒坐家中煲电视粥麻将粥。确想出门游玩的，对不起，麻烦你打伞穿靴，这就是今年春节的气候特色，雨，完完全全地取代了雪。

若是哪位有心人向大众问卷调查一下：你是喜欢春节下雪还是下雨？相信大多数人都会异口同声地说当然喜欢下雪。雪给春节添光增彩，从自然界的季节角度来看，雪似乎天生就是为新年特备的嫁妆彩礼美酒佳肴。因为以前每年都下雪，每年都是在春节前下雪，一下雪，人们就条件反射地想到快过年了抑或正在过春节。如果说过春节是一年中身心最快乐无比的几天，那么，这快乐有一半来自雪，来自雪的及时驾临和神圣美丽。雪洁白无瑕，给纷纭世界无遗漏地披上了一层白皑皑的棉被,对谁都公平,对谁都瞧得起。雪是美的化身,白得一尘不染,不带任何其他色彩。你可以任意在它身上滑雪打雪仗堆雪人摄雪景纵情欢娱,雪给过年增添了一种特有的任何自然物无法取代的辞旧迎新的喜庆气氛。雪痛快淋漓毫无保留将所拥有的一切奉献给这个世界,奉献给新年,奉献给人们,没有半点儿索取,无怨无悔,直到无声无息地从苍茫大地消失殆尽。雪是吉祥瑞彩的象征,从科学的角度来讲,一场雪可以将自然界中许多害虫子孓恶物渣滓置于死地,正是"冻死苍蝇未足奇",有利于来年农作物正常生长,所以有"瑞雪兆丰年"之说。

  可是湘南跨年的是雨。春节不是农作物急需雨,更不是年节少不了雨,人们渴望雪的时候,偏偏没有雪迎来的是雨,相信人们冒着滴答瑟冷的雨,远没有踩着咔嚓作响的雪去拜年那么来滋来味有心情有氛围。春节,人们或许正投身融心于千年之喜庆的狂欢中,对大自然对雨雪的不协调,眼下并没有太多的忧虑深思,但已经出现的天气转暖、时旱时涝、雨雪不平衡、风沙虫害等大自然不满的事实,应该引起我们的警觉和正视。

  人们应该想到无雪的春节的雨给我们暗示了一个无法回避的现实,人们欢聚一场邀杯畅饮之时,是不是该多一份凝重的思索:悬崖勒马,赶快保护环境,维护生态平衡!

在母爱的最后日子里

母亲走了,走在那个天寒地坼的凛冽严冬。

母亲西去的当天晚上,开始下起了持续两天的倾盆大雨,似乎苍天也在为母亲的离去、为母亲一辈子含辛茹苦到头来却罹患癌症而哭泣。雨住后道魂的那个晚上,刺骨冷风又伴随着严寒疯狂了一个晚上,待到早上出殡送柩时,又一场严霜铺天盖地,老天真也动了悲恸,再次以它特有方式——出奇素白,替母亲挽悼哀号!

于是,我沉痛地铺开洁白的宣纸,颤抖着手为母亲写诗送别。

母亲是1987年在广州军区总医院查出乳腺癌的,是时癌病变已到中期,癌细胞开始扩散。听说中晚期的癌症可能无法切除干净,母亲怔怔了许久,沉沉地叹了口气后,毅然牵紧我的手,当着在场医生的面:"既如此,还是算了吧,留着那几个钱给他们兄妹成家。"我的心当即被母亲若无其事的一句震撼得怔愣不已。最终母亲在医生"我们尽最大努力帮你切除干净"的宽慰下才勉强走上手术台。

十三年,对于健康完整的人生并不算太长,可对于身染绝症的母亲却是何其漫长!母亲一面用苦汁熬炼过的身躯顽强地与癌魔鏖战,一面却无怨无悔地继续燃烧她瘦弱骨躯中天然酿存的最后一丝母爱。

她本来不只十三年的弥留岁月,仅我所知道的散淡往事就足以证明这一点。还是在我读中学时,母亲就常患感冒,因为怕给本就拮据的家庭经济带来拖累,母亲常常不让我们去请医生,总是硬撑着身子下地，实在支持不住了才躺倒在床。就这样，直到诊断出乳腺癌的前两年，好几回，我听见母亲犹犹豫豫而带些腼腆地跟父亲说乳房似乎有些隐约胀痛，还摸得到里面长的小瘤子，父亲有些神情黯然地对母亲说是不是到医院去检查一下踏实。

每逢父亲这样重复着同一句话时，母亲的语气不容置喙："查什么？估计无大碍吧，等家里殷实些再去医院也不迟。"

就在这种麻痹大意的观望中，母亲的病贻误了治疗良机，从疾在肌肤——疾入腠里——疾深骨髓，一直拖至乳癌开始蔓延恶化的中期才上医院。

双乳切除后的母亲，胸前皮下仅剩骨骼，常常畏寒惧冷，出院时医生也再三交代：宜加强营养，少操心费神，特别是劬劳奔波。可是母亲出院时为减轻父亲的负担，用她那羸弱残缺的病躯继续顽强地支撑起一个贫穷困苦的家，仍然风里来雨里去，低头忙碌于烈日下，穿梭于山林间，劳奔于乡间小路田野阡陌，无论播种丰收还是烧饭洗衣，她依旧是一马当先，用自己不屈的双手、惯于劳作的身心抗争着恶毒的病魔和艰难困苦的命运，恰如一支不灭的蜡烛，直至燃尽生命的最后一丝火花。特别是她在1993年、1999年病情恶化不得不又先后切除卵巢、皮上局部反复凸现的癌瘤后，还是放不下乡下那个家，连在自己最后癌入骨髓的剧痛日子里也困不住，我回乡下几次就遇到几次她顶着锥骨的冷水咬着痉痛的呻吟在村头的小河边浣洗。看到母亲朝外翻脱的手指甲，我更加心痛恐抖不已，吧嗒滴下的泪水直往肚里吞，母亲只是摇摇头，什么也没有说。最终我才从妹妹的口里获知母亲秋后忍着晚癌的剧痛去乡间拾稻穗时指甲无数次触钩泥土，因而翻脱裂烂，我多次劝说都无济于事，母亲勤劳操心的习性无法因病有丝毫改变，直到被癌症击倒，饮食起居无法自理，最后瘫痪为止。

可恨我从戎在外，无法切身感受到母亲切齿的苦痛及与癌症搏斗的勇敢，更是无法尽上一份哪怕是一回儿子替母亲喂饭送水、端屎端尿的孝心，可是母亲没有留给我任何机会，对我也没有任何索取，在弥留之际，母亲咬唇挺着瞌目归西的战栗，用微弱混浊的声音不断念叨着想见上我最后一面，这样理所当然的要求我都没有满足母亲。待我接到电话后急匆匆地赶回时，只看到母亲被癌魔侵蚀得近似骷髅的干躯。而更令我目不忍睹的是母亲从腰部到臀部以下，因双腿将近一年时间在病床上不断坐卧变换的长久摩擦，以至于可怜的薄薄皮肉都被磨烂透骨，让人一见就肝肠寸断，呜咽抽搐不止，不难想象母亲在病床上与癌魔激战三百个日日夜夜的惨烈。

　　一生最令人难忘的是母亲在我每次探亲回乡下时，总能奇迹般地出现在村口老渡槽下的古樟旁，尽管我每次回家并没有事先告知家人和亲朋好友，而母亲都能定时在老地方望眼欲穿地等着接我，正如俗语"母子连心"。母亲与我的感应是如此的灵敏，我一直捉摸不透母亲对我天生的感应和深爱是来自心灵还是冥冥中的缘分，这也是母爱的不解之谜。

　　母亲再也不会对我报以慈祥温暖的微笑和久别后激动的眼泪。我也再看不到村口古樟旁迎候我回乡的母亲那单薄瘦削的身影，我一生深深的遗憾将永远埋在古樟旁的泥土中，我好害怕梦回故乡，好害怕看见村口那老渡槽和古樟。母亲在天若有灵，就请接受儿子在您去世后才给您留下的这些笔墨和挽联，我将用心的焚化后请风儿捎带给您。

慈母绝情缘何不携大儿同去；
恨泪滂沱只求扯娘亲一衣袂。
哪忍望娘亲瞌目涅槃冷面笑容惨淡；
一朝别去悔失五十五载时光空留恨。
邈忆褴褛又孩提，千万次的揽搂霜雪喟叹无缝戏童身；

怨怼而立又不惑，几百回的梦里游魂涕泣空思报娘亲。
五十五个春夏秋冬您乳水舐犊莫大恩深难以报；
三十三回冷暖酷暑儿时光蹉跎总对苍天空许诺。
愿母亲在天之灵千古！

善待逆境

　　与朋友对酒话旧时，听多了许多人对自身遭遇过逆境的憾恨埋怨，三杯热酒下肚，身处逆境或曾经从逆境中走过来的人总是众口一词地无限伤感与哀叹，一些人怨天尤人之余免不了一番"假如咱今生这个跟头翻在优越的环境中，不碰到这么多曲折坎坷的话，应该早就功成名就出人头地了"的推卸责任之词，绝少看到面对逆境还谈笑自如、乐观豁达的强汉。

　　说实在的，愚也是曾几度从人生逆境挫折中挺过来的苦味人，对逆境挫折带来的痛苦无奈感触至深，也理解在逆境中挣扎的人彷徨苦闷的心情。那种身处凄风苦雨中的孤独无助惆怅失意，足可以击倒一个普通人的身心，崩溃一个正常人的思想。

　　逆境在我们的生活中随处可遇，每个人或多或少都经历过，但真正算得上大风大浪式可以磨炼人意志的逆境，并不是每个人都能遇得到的。从某种意义上说，逆境又是一块试金石，一笔人生财富。

　　认识逆境并善于化解逆境，在于人们对于逆境所持的态度，是意志消沉还是乐观向上。逆境对于硬汉子来说，是成功的催化剂和兴奋剂。自强不息的勇者往往能心情坦然地面对逆境，剧烈猝然的打击和连绵不断的厄运固然可以一下劈得你身心俱碎，但勇者的独特之处就在于抹去不幸的泪水之后,能很快地振作精神,调节思想,恢复心情,平衡自我,继而用自己的倔强和毅力去驾驭逆境化解逆境,从逆境中奋起。他们就像是一块被投到炼炉里的铁,取出后便成了一块更坚硬的钢。张海迪、吴运铎、李正海、韩素云……无数遭遇过这样那样逆境而在逆境中成才成功成名的强人并不少见,这些都是从逆境中崛起的最好例证。

逆境对于软骨头的人来说,是变形镜和磨棱石。一场灾难、一回失败、一次排挤陷害、一度人生不如意等,都可以将意志薄弱之人击垮,他们从此颓丧沉沦,甚至破罐子破摔,他们把自己意志消沉说成是命运不公,最终蹉跎岁月一事无成,庸庸碌碌游戏人生,成了逆境和挫折的殉葬品。

温室里出来的花草树木,只能充当供人欣赏的盆景而无法在山野莽原生根开花;悬崖峭壁中长大的青松就能傲雪抗霜,历经风吹雨打而依然青翠欲滴;山林中的野兽暴戾凶残,而一旦被关进动物园后再放出来时,便丧失了适应大自然的生存能力,很快被其他野兽吞食,这是大自然优存劣汰的规律,也是人们试验过了的事实。

人也一样,身处优裕环境的人一旦横遭挫折,就变得手足无措,随水流舟而舍弃了理想目标追求,也在颓废中失去了自我。而只有经历逆境并敢于搏斗的强者,才会最终立于不败之地,即使一时没有成功,但他们那种百折不挠的精神是人们所尊奉和敬仰的。

所以,善待逆境,其实就是善待人生。

月照中秋

中秋是一个桂花飘香、万家团圆、令人心驰神往的节日，中秋赏月历来是中秋佳节的高潮时分和压轴好戏。

月照中秋，于你，于我，于他，于大家，总是无限美好，充满琼浆玉液般的遐想和诗情画意。亲情如月永温馨，爱情如月长合璧，友情如月常圆满。置身于中秋月下，可以细细地体味到"心灵随月止于水，醉倒中秋八月天"的极乐人生。

中秋夜月，掸尽人间浮尘躁事，洗濯俗世鄙媚暗恶，澄清天地是非曲直，似乎使人顿悟人世间一切功名利禄不过若过眼云烟般轻渺，无数尔虞我诈终究逃不过生死一劫，从此明白自己该怎样去珍惜这良宵美景，善待这平淡简单。

月照中秋的意境只有有心人才能触摸得到。过于计较得失，一门心思托付于庸俗的人，是无法感觉到月照中秋天上人间融为一体时的广袤和绮丽。在一般人看来，只不过中秋夜之月圆些、亮些、清些。何不趁着此时好心情将该办的事办掉该摆平的东西摆平？亵渎月照中秋，是月之悲哀，还是人间之悲哀？

天宇浮云戏月，霭气氤氲。月下树影婆娑，夜鸟梭飞，微风轻拂，薄烟缭袅，落叶初上，霜露微酿，野童追趣，俪影双双，舟泊潋滟，水波不兴……道不尽无边月照时的景绝情幽，令人心旷神怡意酣兴醇。月下纵酒，对影成三人；月下放歌，烦郁顿失；月下揽妻携子，方觉情到深处泪油然；月下静坐，蘸一滴月晖小酌，始感忙忙碌碌一辈子，是非成败转头空。

这是心灵独白,这是人生感悟,这是月照中秋之诠释。

每年的月照中秋,我都要伴月至三五更,与月低吟,作长久的月下推敲徘徊。晾晒一下自己的往事,过滤一下自己的思绪,理顺一下自己的心情,总扼腕叹息自己有愧于月照中秋,浑浑噩噩消度着自己有限的春秋,却又总是摆脱不了人生的喜乐哀怒悲欢离合。

一次次地禅悟,又一次次地失却,就这样周而复始。

又临月照中秋夜,又是每个爱月爱生活之尘世凡人复该心潮澎湃的时节,当你抬头痴望皎洁明月,欲用你的生命去挽留那轮悬挂天穹的中秋明月的瞬间,当是你该读懂中秋"不以物喜,不以己悲"的人生之旅之时分。

寄语夜空,愿每一个身陷名缰利锁的大地灵魂能于月照中秋的短暂时刻得到超度!

莫被烦恼所左右

烦恼在人之一生中随处可见,它是永远镶嵌在我们心灵深处一道无法解开的紧箍咒,烦恼像影子一样连体在人之前后左右,掸抹不去。一个人一生中遇得最多的是烦恼,斗得心力交瘁的是烦恼,总也走不到尽头的是烦恼。

人从懂事起,最先知道的是烦恼。读书不好有烦恼,生病遭灾有烦恼,先天缺陷有烦恼,升学考试有烦恼,找工作有烦恼,买房子有烦恼,结婚生子有烦恼,成就事业有烦恼,加官晋级有烦恼,生意场上有烦恼,就连为人处世不小心也有烦恼……一句话,除非你哪一天合目长逝离开这个世界,烦恼才会画上句号。

纵观人世间林林总总无休止的烦恼，一切皆因权欲钱欲情欲而生，所以说，欲望是人一辈子闯不过去的鬼门关。生活中经常可以看到一些人因权欲而谄上欺下利令智昏，因钱欲而辗转反侧疲于奔命，因情欲而惺惺作态神魂颠倒。

闹不清人们缘何总爱自贻伊戚，本来快乐俯拾皆是，一本书、一个朋友、一曲音乐、一瓢落叶都是快乐，而一些人偏偏不自量力，一生苦苦追寻原本不属于自己的快乐，活得累赘沉重，年年岁岁总也走不出烦恼的魔城。又如，本来简简单单的一件事，我们常琢磨复杂，以至于陷入深深的烦恼之中，将一个原本相安无事的世界搅拌得忙忙碌碌、纷纷扰扰、扑朔迷离，就像一只背着沉沉壳袱的蜗牛，直到死也撞不出欲望的怪圈。

常言说得好：深水行大船，肚浅端小碗。人贵有自知之明，在生活中，每个人应根据自己的实际能力摆正自己的位置，修正自己的人生航向，不好高骛远，不盲目攀比，不浮躁虚荣，而应该脚踏实地量力而行，宠辱不惊随遇而安，升华自己的人生观，才是驱除烦恼的良方苦药。须知，人因境遇才智之差异而导致欲望无法一一得到满足，加上人生也不可能一帆风顺，烦恼便始终存在于生活中不会消失，重要的是我们要善于从烦恼中解脱出来，剖析自我，树立正确的人生观世界观，理想目标切合自己的实际，诚诚恳恳为人，踏踏实实工作，不断加强自身的学习和修养，充实完善自己的生活圈，知足常乐，随遇而安，洒脱豁达，乐观向上。如此，生命才有价值，烦恼自会消逝。

天下本无事，庸人自扰之，人生路短，苦海无边。一个人能做到脱身于物外，不为名缰利锁所囿，不为情感所伤，也就等于脱身于烦恼之外。

土味屋

　　蓝天、碧水、环山、飞鸟,还有成群的牛羊,旷野特有的清新过山风,远离闹市的阒寂。当我在初秋一天信步走入市郊郴江乡乐仙铺村何家湾时,一片古朴脱俗而又浑厚雅致的青砖院屋吸引了我的视线。在这荒郊旷野的山村里,居然有乡人瞄准了这么一块独特的风水宝地,在风中大路边挑起一幅"何家湾土菜屋"的旗幡。

　　一律的乡野装潢,一色的农家土菜,整个屋院依山傍村,约有五百平方米。外表看来,有些像庙殿牌楼。楼分两层,入屋如入画,到处古色古香檀香袅绕,幽幽深深三十间厢房既独辟一隅又房房相通,若棋盘方格似八卦阵图,抬头见壁画,低首梦水乡。

　　囊中羞涩极少上馆子的我,因好奇心驱使加上饥肠辘辘,今个儿倒也要豁出去潇洒一回,看看这土菜土味到底是一些什么东西。

　　一位慈祥热情年近花甲的老人陪我坐了半天,方知他就是这"何家湾土菜屋"的老板程晓春。既然面前坐的是这么一位朴素温和的老人,料想不会杀我的"黑"……

　　正在我胡思乱想之时,门开处,随风飘来一阵阵多年未闻的农家风味醇香。清秀淳朴地地道道的山野姑娘,红着脸操着生硬的普通话,细声细语地一一告诉我端上来的土菜名,什么山鼠干、夫子肉、竹筒鱼,等等。我竖起筷子,味道果然是醇厚的正宗乡野感觉,特色独具。程大伯看我直咂舌,滔滔不绝地给我细细述说着野山鼠是怎么烟熏火烤配制成山鼠干,怎么用山乡火粉磨制夫子肉,竹筒里怎么烹制跳水鱼,怎么腌腊肉腊鸡,还有酿山螺、焖雏鸡、滚油黄鼠、爆炒山鸡、滚山菇等一系列土菜怎么做。他说这些土菜全都是就地收购的土味野味。饭一概是木柴炭火烧就的，什么顶锅饭、沙罐饭、竹筒饭、吊缸饭、红薯饭、南瓜饭，随客人挑拣，皆清香扑鼻味道异常浓酽，诱人唾水。程大伯还拿来几样竹筒坛子罐子盛装的土酒，有糯米酒、倒缸酒、水酒、自酿药酒、陈年烧酒等品种，亲手每样给我斟上几碗，让我一一品尝，并交代说到他这儿用餐土酒一分钱都不收。

何家土菜屋实实在在、时时处处、别出心裁地突出表现着"土、特、野"几字。所有的蔬菜从当地村民自种的菜地里收购，不洒农药只施土肥。鸡鸭鱼肉类绝大多数出自村民们自圈自养，不时还能收购到村民们狩猎的野味，就连饮用水也是用专门管道从对面高山湘坛岭上笕接过来的山泉水。

据附近几个七旬老人介绍，何家土菜屋这片廊楼与相邻一幢青砖老屋的屋宇都有一百多年的历史。清朝时，村里出了一位姓何的侍郎曾住过此屋。如今老屋屋主已搬到市区，偌大一片冬暖夏凉古朴典雅的空屋老院被程大伯一眼相中，因屋制宜采用古典装修，辟蹊径于今年开起了一家规模宏大的土菜屋，生意还蛮红火的。

一弯溪水门前歌，翠叠山影水中拖。数飘炊烟袅娜处，风吹土味香满阁。当我邀友人再入何家土菜屋时，我们不光享受到了山野小店纯正实在的土特味，享受到便宜实惠的消费，更重要的是我们能尽情地吮吸到远离喧嚣嘈杂、轻盈浓郁的山野纯清气息，享受澄静清爽的郊野洁净环境，欣赏令人心旷神怡的远山近水、古树老屋、小桥溪流。

阳春三月走桂东

我虽在郴州工作了好长一段时间，却未去过桂东，只知道桂东是一个革命老区，有高山有奔溪，哪承想到桂东真的山高路险、水清峰高、雾浓难化。

出资兴约莫一个半小时后，盘山公路便面山而来。一路蜿蜒逶迤扶摇直上，连绵不断的山峦峰壑也接踵而至。正是阳春三月天，一路上春意盎然，映山红忙引路，桃花盛装迎客，梨花处处相伴，还有那满山遍野一丛丛一簇簇粉红色的石崖花争奇斗艳。纵情视野，笕水凌空而过，飞瀑劈山而泻，白云磨山而越，悬崖破山而出，绝壁逢谷而断，嶂霭越脊而缠。山峰高耸入云，笔直削立；野水溪流淙淙，欢快闪耀。说不尽的自然造物神化美景。

这就是桂东，这就是革命老区，这就是罗霄山脉断尾时留下的天然杰作。

只在空中乘飞机时才有的失重感觉，竟然在桂东的盘山公路上也能找到，我的心跳也随着贴崖山路的陡动而陡动，一弯弯一浪浪，直扭得我晕头转向。

桂东的山势大体上分两脉群山南北走向。人言道：湘南山高数桂东，三天阴雨六天蒙。都说去桂东最怕碰上雾，我们就果真遇上了大雾。刚爬上第二重群山的半山腰时，突地漫天山雾朝我们铺天盖地而来，雾霭夹杂着飘零的小雨敲打着汽车玻璃窗滴答作响。山雾隆隆滚滚，笼罩着起伏群山，遮没了越山公路，八米以外就啥也看不见了。只隔了一道沟一座山，一边是溪流淙淙阳光明媚的阳春三月，一边是阴雨溟蒙嶂断雾锁的春雨季节。我们迷路了，好不容易蜗行着找到一户山里人家问询，一憨厚朴实脸色黑如铜钟的山村壮汉咬着我们勉强能懂的方言腔，双手很吃力地比画着告诉我们行车路线。他担心我们走错路，末了，还诚恳地自告奋勇为我们带路。当我们问他如何返回时，他爽快地一摆手："这不用你们操心，我送你们到岔路口，找近路回来就是。"考虑到无缘无故麻烦人家又山雾弥漫小雨丝丝路滑不好走，我们最终还是婉言谢绝了他的一番盛情。

正如同行一位朋友所称：桂东山好水好人亦好，茶浓酒浓情更浓。桂东人喝酒爽快，一仰见底，豪气冲天。桂东产茶，绿茶红茶云雾茶，峰尖毛片巅芽……数不胜数，地地道道一个茶的世界酒的世界山的世界花的世界。

东山飘雨西山晴，道是无晴却有晴。三月桂东行给我留下了无尽的感慨，正是：阳春三月走桂东，尽揽湘南自然风。

莽山行

百里莽山数溪牵，幽林怪石共芊绵。入山几度崖边走，出山犹似出梦甸。

5月，我陪几位朋友去莽山。之后，连续数回梦里尽是莽山横亘，抖出这几句七言绝句来。

莽山横跨湘粤边境，不光山奇峰险水澈流清，还荟萃我国大山南北和世界湿润亚热带常绿阔叶林区百叶青、五裂木、木莲、铁芎枫香、拟赤杨等古老原始植物两千七百种，生存着"烙铁头"异蛇、莽山龟等珍稀动物三百多种，被誉为湖南"最大的生物基因库"，并被国家定为"森林公园"。

因为莽山长达数百里的山路和独特的地理环境，步行进山十天半月怕也无法走到尽头，我们只好驱车进山。越野车从郴州宜章县一六镇出107国道不久，仅容一台车挤身而过的山路便愈来愈陡，盘旋道，走峡谷，入涧川，奔坡沟，时而逆溪而上，时而跃山而下。然真正进入莽山腹地，是在车行一个半小时后，我突然觉得山风异常清新。一小时前还因许多烦恼事缠心浮躁，此刻全被大自然风光洗濯殆尽，精神抖擞，方悟缘何山里人不似城里人怪病杂症多。

进得山来，发现一条偌大的山溪始终沿沟相伴着我们。那山溪溪流淙淙欢快无比，水花四溅，另有两道奇特的风景独辟蹊径引人注目，一是沿溪而上撒遍山溪河床的，无数大大小小被溪水常年洗雕得像卧牛、伏虎、斗鸡、蛤蟆跳水般奇形怪状的鹅卵石。二是沿河而上从鹅卵石缝隙中呼之而出点缀群山溪流的千百朵映山红（称之为"映石红"倒显得更生动些）。正是"万石丛中点点红，衬尽莽山绿葱茏"。

莽山最险峻峥嵘的山峰当数将军石。此山貌似一披甲将军，大自然鬼斧神工将它镌刻出将军悍勇威武的灵性，只见山峰四周尽是万丈悬崖绝壁耸突，莽山松青翠欲滴傲挺于石腋中，好一座笔直矗立的巍峨石峰，绝没有人上去过。与将军石峰紧挨着稍低一头的另一巨人状峭壁石峰，恰如将军随行的副手，加上将军石脚踩着若隐若现轰隆闷响的溪水声，交织出一幅"天门中断楚江开"的古情悠韵的山水画来。

来到将军石山峰下深涧处的鬼子寨瀑布，方证实我们在将军石对面蓬台上听到轰隆隆的闷响，原来发自这落差两百多米的山谷瀑布。我们被这条白练磅礴而铿锵的气势惊得目瞪口呆，飞瀑带来的疾疾劲风将同行的钟实兄推得连打了几个趔趄，摇摇晃晃站立不稳一头跌入溪流中,钟实兄"失身"于莽山瀑布也就成了我们回程的笑谈。

一起走过的日子

芸芸众生,匆匆过客,人在旅途中,缘分三生早已定,别小觑擦身而过的茫茫人潮,只要你是这个世界上的有情人有心人,总会于万丈红尘中与属于自己的姻缘相缝。

认识小惠是在1993年春节后我探亲从长沙回广州的列车上,这种相遇说起来还真有点儿罗曼蒂克。

记得那趟列车很挤,整个一车全都是密密麻麻去广州打工的男男女女,加上大包小包的行李,人头以下没有蚊子飞过的任何空间。

女孩是从衡阳站挤上来的,开始时,我被人们挤得喘不过气来,也就没过多地去注意她,直到列车开动后,女孩发出尖厉的一声惊叫"哇!糟啦,我的包被划开了"时,我才跟周围的人一样将目光投向她。

"这该死的贼!我到广州怎么办喽?"

我伸手将一位乘警招了过来,乘警问明了一些情况后,摇了摇头道:"别说你这几百块钱,就是再多些,人家恐怕早就下车溜了。"

看着眼前这个姑娘急得直跺脚快流泪的焦灼神色,我有些替她犯愁,得知她是去广州一个朋友家玩时,我便慷慨塞给她一百元,估计她到广州后上朋友家的车费钱也差不多够了。

也许是刚才的变故拉近了我与她之间的距离,抑或是人们所说的缘分吧，我们的话渐渐多了些。

姑娘要去了我在广州部队的通信地址，我也获悉她是一名从卫校毕业分配到零陵地区人民医院不久的护士，叫小惠。以我当时的感受，穿着一身绿军装与一个陌生的女孩攀谈过多，觉得有些耳红舌燥，有失身份形象，我努力保持着军人的严肃和正经样，没有过多去联想些什么，压根儿也没有意识到什么，但我与小惠的爱情却在这天的奇遇中开始了。

回部队不久，我意外地收到小惠寄来的挂号信，小惠呼我为"大哥"，信中感谢我军人的正义感和助人为乐，告诉我她在广州与中医院的朋友玩了几天后就回了零陵，并说从此后要认我当她的大哥。我以一份年轻男人对异性的兴趣和热情立马给小惠写了回信，也同样寄去一张照片给她。

都说军人的爱情是媒婆与信件的撮合。这话一点儿不假，我与小惠的感情就在左一封右一封雪片般的信件中拉开了序幕。随着信函的来来去去，我们的爱情种子也在不知不觉中萌芽，开始时只是互相说一些为人处世之事和工作生活经历，道一些理想和爱好。

随着时光的推移，我们之间的浪漫故事开始往纵深发展，信越来越长，话越来越多，情越来越浓。小惠在我心目中从最初的一颗流星转而变成我生命中美好的新月，我则成了她生命中永恒的太阳。信笺也从起先的一页变成后来编上页码的一沓沓，从一来一回的"呼应式"变成连珠炮似的"轰炸式"，有时一天三四封，半夜心血来潮也爬起来铺纸写信，我有生以来第一次陷入了感情的迷惘。燕来雁往，我们之间的称呼也在变，我对她从伊始的小惠改为惠妹，直至后来的惠、惠儿，她则从称呼我大哥——平哥——平。更有意思的是，通信两个月后有一天，我们互相间担心彼此到底是否能悉数收到各自写的信件，于是，我跟她不约而同地约定在信封的左上角位置互编号码。一年后，我们首次约定在零陵见面时，我收到小惠信件的编号刚好是第1000号，再后来的1995年年底，我们结婚时，我给她写信的号码已编到了第3033号，这是我三年来的爱情战果，是我们终生难忘的一个特殊号码，以至于我现有的电话、手机号码后四位数也全都是3033。

为了纪念我们之间来之不易的爱情，我还将我们的六千封信拿到印刷厂，按时间先后顺序装订成六集厚厚的爱情故事，取名为《爱的寄语》。

1994年3月，我与小惠私订终身的消息被她父母知道后，遭到她全家人的极力反对。她家里人的意思是，好不容易盼着女儿参加工作，以她的优秀，到城里找个各方面条件特别是经济条件较好的男人成家应该是轻而易举之事。可小惠偏偏反其道而行之，找了个两地分居经济基础薄弱的兵哥哥，违逆了她一家人的心意，令家里人大失所望，她一家人轮流从乡下赶到零陵反复劝说，逼她与我断绝关系。小惠处在两边都难以割舍的痛苦抉择中，整天以泪洗面，心情低沉而绝望。

一边是感情的苦苦煎熬，一边是家人的百般阻拦，夹在两难之中的小惠痛苦不堪。终于在1994年12月，小惠请了长假出走，与我及她的家人、亲友失去了任何联系。一连两周没收到小惠的片言只语，急得我跑到邮局到处打电话询问她的下落。她要好的亲友同事一个个都说不知道她的踪影，还以为她跑到我这儿来了哩。自打与我热恋后，小惠跟她家里人也联系不多，出走这事她家里人至今蒙在鼓里全然不知。我知道情况不妙，赶紧将这事向部队领导做了汇报，部队领导怕我出事，派了两个兵跟着我一路寻找小惠。我先是找到小惠单位打听她有可能去的地方，小惠的亲友同事一边安慰猴急的我，一边凑在一起帮着我出主意，后来听院方人事科的一位大姐称，小惠说是到韶关的职防医院自费学些技术。

按照小惠几位投缘好友提供的线索，我将电话打到韶关职防医院去问，可电话那头说找不到人。无奈之中，我心情惆怅十万火急地连夜搭上一辆拖煤往衡阳的卡车，在衡阳站转乘一趟南下的列车，到韶关时已是深夜三点钟。迎着凛冽的寒风，我冻得全身发抖，从韶关市区到郊区的职防医院，二十五里路程，我竟然一个小时便走到了，深更半夜，好不容易敲开了小惠的朋友小芳家的门。小芳的姐姐告诉我，小芳与小惠到广州起货去了，此时正在回程的列车上，说她们两个大概六点钟到韶关。此时，我心中悬着的石头才落下。紧接着，我又马不停蹄地赶到韶关站去接小惠她们。果然，凌晨六点整，我终于接到身背沉沉"雅芳"系列美容品的小惠与小芳。小惠这回悄无声息地出走做"雅芳"生意净赚一千多块，我却在焦急万分和茶饭不思中，加上几天几夜的疲惫奔波，身子掉了几斤肉。

1995年年底，小惠在郴州工作的一位哥哥通过各种关系将她调到郴州地区医院，以为从此可以结束我俩之间的关系。

小惠顶着家人的千般呵斥责骂，不忍违心就此放弃我们三年来爱的寄语和感情的承诺，铁了一颗心要将我们的爱情进行到底。1995年12月22日，她未让家人亲友知晓，在单位开了结婚证明，请了婚假，独自一人无声无息地南下广州。等我接到她的电话到车站去接她时，只见她一脸憔悴，独自在细雨中轻轻啜泣，她为自己执拗的艰难抉择感到幸福而又忧伤。

1995年年底，因为我正办理调动手续，来不及设宴摆酒，加上我们的结合怕遭到她家里人的阻拦，小惠也不愿张扬，摆几盘糖果花生，亲自下厨张罗一顿家常便饭将我要好的战友们叫到一起，小惠在战友们恍然大悟的钦佩中算是同我组合成一个小家。那晚，从小惠迷惘的几滴泪水中，我读懂了她甘心情愿将一生的幸福寄系于我的忍痛选择。

婚后不久，我从广州调到了郴州。按理讲，结束了两地分居的日子，经过了风风雨雨的我们，更应该感到百倍的幸福和甜蜜，珍惜来之不易的相聚团圆，但我与小惠同在一城朝夕相处后，反而找不到当初两地情书写思念的那种魂牵梦绕的渴望滋味。两个人经历千磨万难好不容易走到一起，小日子的艰难使小惠渐渐有了些脾气，我们之间第一次发生"战事"是在1997年的正月初四。那天，因为我给老家乡下的父母打电话拜年多唠了几句，小惠很不高兴，说我哪有那么多啰唆话唠叨个没完，电话是要钱的，你穷光蛋一个能赚几个钱？我与之争执说跟我父母多说几句有什么要紧。小惠来了火气，跟我大打出手。

1997年11月，孩子出世后，随着家庭负担的日渐加重，从戎十五年的我本没有多少积蓄，可转业开销和我父母身患绝症花费数万元的医疗费，父母最终医治无效又前后离开人世的厄运临头，使我陷入债务重重的绝境，小家雪上加霜。我一时无法买得起房子，小惠的父母加上我们，一家三代挤住在三十平方米的狭小空间呻吟着过日子。小惠心情越来越烦躁不安，常常蛮不讲理地冲我无端发脾气：人家的丈夫能给自己老婆穿金戴银，你呢？不哼不哈闷葫芦一个，指甲点儿也没表示，人家丈夫逢年过节给岳父母拎高档烟酒，你呢？百八几十元打发叫花子一般小家子气，我连婚纱都没披过图个啥？跟着你真是倒了八辈子霉。

瞅着小惠在气头上哭哭啼啼的小女人状，我有时气得饭也吃不下，又恼又恨，向来嘴拙舌钝的我被她折腾得哭笑不得，干脆胸一挺，任她"狂风暴雨"。

每回"战争"硝烟过后，小惠又觉得她对我有些过分，闹过之后，她有时学书上的笑话卷被子铺盖说要包起我带走，有时主动拿着书陪我写作到深夜。她说，不管怎么讲，女人都爱美都有些虚荣心，她也不是不食人间烟火的菩萨神仙，也不例外，虽然无怨无悔地愿与我共同分担忧愁疾苦，但看到同事们今天一套新装，明天一个花样，她的心里无法平衡安静，她唯一的寄托和安慰是每天从报纸杂志上读我的文章，每每我的作品一登出，她总是在同事面前喜形于色，她觉得只有分享我的精神食粮才能不断弥补物质上的空白，我理解小惠悲喜交加的心情。

为得使我们平淡俭朴的日子过得更加和谐饱满有声有色，使我们经历风霜雨雪后的爱情激情如初，多少次，我从家门口寄出，小惠又从家门口收到同城原地打了一个转的一束鲜花、一张贺卡、一袋她喜爱的零食什么的，带给她的一份意外的惊喜，提前给她买件衣服，订份生日蛋糕，预先给她准备一顿简便的生日晚餐。这一切，虽然简单朴素和随便，但一举一动都是我刻意带给她的一份浪漫、一份意外、一份惊喜、一份有心，让她时刻感受到她在我心目中的位置和价值。不光如此，一有空闲，我还经常带她和女儿到郊野乡村去看山望水，领略自然风光，回味一下我们一起走过的罗曼岁月，开阔各自的心情和视野。只要不加班赶稿子材料，我一下班就主动系上围裙，体谅她当护士的辛苦，时时让她过一过衣来伸手饭来张口的日子，以此来回报她不顾一切对我全心的垂爱。正如朋友们茶余饭后取笑我们之间的恩恩怨怨：吵三年，闹三年，缝缝补补又三年。

我常深思：夫妻间吵也好，闹也好，双方只要真心相爱真诚以待，哄争吵嚷何尝不是婚姻的调味品和润滑剂。

一棵柿树的悲哀

盛夏的早晨，笔者到居所附近的南塔岭爬山，中途休憩时，在半山腰的小路边发现一棵挂满青果的柿树，心里蓦然一惊，同时掠过一丝黯然，静立树下不无多虑地为柿树的命运担忧起来。当时沉思：既然小路已延伸到这棵六七米高的柿树脚下，恰巧又是满树沉甸甸的青柿，随着柿子成熟期的日渐临近，柿树的灾难也必然如期而至。

果然不出所料，等到秋后不久偶然想起那柿子再去爬南塔岭，沿着山腰小路走到尽头时，眼前柿树的光景让笔者瞠目结舌，一场浩劫将偌大一棵柿树折磨得不忍目睹，柿树被采柿者肢解得七零八落，树上的柿子一个不剩，原来盘虬交错蓬勃向上有着旺盛生命力的枝丫，或被取果的人掰断，剩下一线儿皮条垂挂于主干上，或被斜状刀口终结于树下。当初枝繁叶茂硕果累累的奉献昭示，如今变成一棵伤痕累累的独干残枝，在飒飒秋风中瑟瑟哭泣。不晓得这是树之过错还是人的悲哀。

扼腕叹息之余，笔者沉思：假如柿树不结果子或是不结那么多沉甸甸的果子，或许不至于落得今天这般痛苦呻吟；假如小路还没有延伸到柿树脚下，或是柿树长在远离尘嚣之地，命运可能就不会这般凄惨，要么任由花开果落，枝展叶舒，要么它受到的可能是另一种礼遇，至少也不会像眼前这般惨遭荼毒！

遍观山麓，除了松樟，满山遍野还有数不清甚至叫不上名儿的杂树乔木，它们一棵棵都完好无缺，唯独这柿树命运多舛。它没有招惹谁，也没有给谁添乱，硬要挑它的毛病，错就错在它应该像同林的杂木一样，不要去结果，结那令人们眼红而又有营养价值的果。

想起媒体中多次报道过的因为要获取鹿茸、象牙、犀牛角、羊角等珍贵药材，偷猎者灭绝人性般大量猎杀国家立法保护的珍稀动物梅花鹿、大象、犀牛、藏羚羊，正因为有了这一类目无法纪、缺乏道德之人存在，讲环境保护、生态平衡、人与自然和谐相处，显得任重而道远，平添几多艰难与忧愁！

任何一个地方有了这么一群为了一己私利敢于与道德法律叫板的群体存在，和谐、安宁、美丽、繁荣的来临就得伴随着高昂的代价！

赴湘潭答辩记

俗话说，多年的媳妇熬成婆。当我经历了将近三年的寒窗苦读过五关斩六将完成文秘本科自学考试的所有课程时，终于颤着心浪迎来了最后一道关卡——论文答辩。

3月的湘潭，春寒还未完全褪尽，人们大多穿着毛衣夹衣，我脱得只剩一件单衣却还感觉到浑身一阵阵的燥热，腋下沁出了细汗，不为别的，好几天来都是因了这场结局未知的论文答辩。

湘潭大学有些教授提的问题很尖锐、刻薄；有些教授则喜欢出刁钻、古怪的东西；更有一些教授专找你文中的漏洞，钻你文中的空子，问你想所未想翻你答所未答……种种传言令我这个嘴巴鲁钝的学员怵恐不已，更不利我的因素是我被编在第一天第一组第一人，枪打出头鸟，我真担忧自己上阵怯场。

16日上午，这个令我既心仪又惧怵的时刻终于不请自来，容不得我过多猜测，强压着一颗慌乱的心，头重脚轻地走上讲台。

按规定，每个答辩学员的时间是五至十分钟，当我用了三分钟的时间介绍完自己论文的结构后，有些可怜地闪眨着乞求的目光朝台下并排坐着的三位湘潭大学教授对视，口拙颤音：请教授们批评指正。说完这句话时，我的手心已然滑出许多细汗，心弦绷到了极限。

　　果然，第一位精神矍铄、有着一头花白头发的老教授率先发问：从介绍中得知你是干秘书工作的，请列举一个现实生活中，领导被动时你为领导解围的事例。

　　好家伙，还真是老的生姜辣，论文中的问题不问，偏偏拣出一个文外酸不溜秋的东西来，端到嘴边的饭总得吃，无论如何不能砸盘子。我强作镇静，略怔了怔，眉头一舒，有了，而且确实是我前不久碰到的，便抿了抿嘴说出一个事例来。今年初，一位来我单位检查工作的上级首长就餐前挺有兴趣地问我们主任：你们湖南的三湘四水指的是哪三湘四水？我一瞧主任被问住了，一旁赶紧插嘴打圆场：首长，主任上周给我们上政治课时还为这个问题数落了我们一通呢，看我们确实答不上才告知我们三湘是指湘水上游与漓水合流后的漓湘、中游与潇水合流后的潇湘、下游与蒸水合流后的蒸湘，也指下湘的湘乡、中湘的湘潭、上湘的湘阴；四水是沅水、澧水、资水、湘水。主任和上级首长一旁直点头颌首，气氛一下变得轻松和谐了。

　　教授们台下眼露微笑，我总算勉强应付过了头关，刚嘘了一口气，一位戴眼镜的中年女教授的问题又咄咄逼人：你是秘书，少不了交往，那么你用什么样的眼光去看饮酒？

　　我的天，又是文外的东西，就看你准备之外的临场发挥，让你措手不及自乱阵脚，无奈，急切之时，只得想到啥就说啥。重新调整好思绪后，我反而变得泰然自若不慌不忙了，脑子快速提神转了一下，稍顿了一下后张口就答：任何事物都讲究个适度，饮酒也一样，过多则醉，醉则出乱伤身，把握不住自己也就把握不住原则纪律党性。作为秘书，不光要深谙酒道，还要善于挺枪出马掩护领导撤下阵来。话刚说完，哗！台下一片喝彩，这第二位教授布的阵又让我三言两语给破了。

　　接下来第三位笑容可掬的老教授挑了我论文中的一个问题，论文中的问题任他怎么问,我是早稔熟了的,我润了润嗓,一语答中要害,轻而易举地冲出包围圈顺利过关。

走下讲台,我松了一口气,抬手抹了一把虚汗。

陪妻上夜班

妻是市第一人民医院外科的护士,晚夜班自然特别多。深夜一点半之前的晚班还好打发,跟平常夜里玩晚一会儿差不多,这从一点半至八点的夜班可就折磨人了。为得让妻子养精蓄锐,我便不可推卸地变成了妻子的"闹钟"和负责接送她的"车马"。

前不久的一个晚上下大雨,雷轰电闪的,我送她到科室上夜班,正欲撑伞离开,妻显得有几份惊悚地一把拉住我:今夜雷雨交加的,我怕,你不能陪我上个夜班吗?尽管我白天还要上班,瞧着妻子那楚楚可怜几近哀求的目光,我不忍心,默然地点了点头。

妻打开每个病室的灯,逐床检查病人,替熟睡的病人掖掖被角,为烦躁不安的病人摸摸额头,而后又取出血压计、听诊器、体温计等帮一些大概因疼痛呻吟不止的重病号仔细地检查,一边反复不停地安慰病人:没事,刚做完手术,麻药散了,有些痛不要紧的。

妻刚填完交接班记录,正忙着查看有关危重病人的医嘱,突然,办公桌头报警窗上好几个呼叫器的红灯亮了,发出急促的呼叫音乐,是几位重病号的药水吊完了,妻抬目迅速扫了一眼,让我帮着关掉呼叫器,她丢下手中的医嘱,匆匆走进配药室利索地查对了一遍病人的换用药品后,脚步仓促地来回奔走于几间病室,忙而不乱地挨个为打完药水的病人重新更换,末了,还微笑着对病人说:

吊完这瓶药水,你一定会觉得舒服多了。病人挺感激地努力挪了挪身,忍痛凄楚地笑笑,妻急忙摆手制止病人乱动。

妻刚疲惫地落座欲喘口气,一位病人的家属慌慌张张地跑过来说16床咳嗽厉害、阵痛难忍地在床上抖动不止。妻速诊过后,果断地给病人注射了一支止痛针,又取出吸痰器,在病人家属的协助下,手脚并用一点一滴地为病人吸出好多黏糊糊的浓痰来,我站立一旁恶心不止,妻却丝毫不嫌脏累,那动作麻利干脆,直到病人止住了剧咳渐渐安静下来,才罢手走出病房。

我紧张地陪着妻子一直忙了整整三个小时,估摸应该做得差不多了,妻似乎神色甫定,终于嘘了一口气坐到电脑前开始敲打护理记录。

过不多久,我在瞌睡中听见一片哭声从远而近,原来是几名肝肠寸断的男女送来一位昏迷不醒、全身血肉模糊的危重外伤病人。妻赶紧叫醒值班医生,帮着将重伤病人抬到急救室,病人的血污弄脏了妻子一身,她也无暇顾及去擦一把,就又陀螺一般与赶来的医护人员一道展开了抢救工作。

天明时,我从桌上直起身子,揉了揉惺忪迷蒙的双眼,褪下身上妻子不知何时替我披上的罩衣,朝妻子歉意而又深情地一笑。

潮州工夫茶

潮州地处粤东之檐,与汕头、揭阳齐称"粤东三镇",又剪着由粤入闽的咽喉,我在那个地方待过两年,最令我忆牵入梦的当数潮州的工夫茶。

含羞草

潮州茶缘何称"工夫茶",以我偏颇的诠释,大抵是得费些工夫方能沏泡得出,也要下些功夫才能品啜出其中甘苦的一种特色独具的地方茶吧。潮州人喝茶从不用口缸杯、玻璃杯、瓷性保温杯这些大而无当的盛茶器皿,一律是清一色的"酒窝杯",酒窝杯的外形如人脸上的酒窝一样浅小,玲珑别致,这酒窝杯质地轻而薄,纯白色,捏在手中感觉不出它是瓷窑里出的,也没有瓷器的厚重,它不像瓷杯那样落地就碎。

托放酒窝杯的是一个地地道道的厚实瓷钵,外围有各种花边图案,钵面扣着一个略呈窝形的轻盈钵盖,钵盖上均匀地排列着十几眼圆圆浅浅的茶杯凹槽,茶杯铺上去,杯底就刚好榫合着圆凹,丝毫不差浑然天成,轻微的震荡,杯身绝对纹丝不动。杯盖中心是一个酒杯大的漏孔,那溢漏出的茶水便沿孔流到钵中,干净又利索。也有用极精致细腻的竹条编织的钵盖,形状大体上跟瓷盖差不多,唯一不同的是它多了一个微微上翘的卷边,乌黑贼亮的,有一丝古朴的风韵,巧夺天工。

潮州的茶叶大都是本地产的薄荷茶、浑青叶、过山尖、仰天毛,晒干烘干的都有,一斤一袋的用透明塑料袋封装严实,再套上厂家引人注目风格独具的精美外包装,若是自产自用的茶叶便省却了那层外包装,简单揥封好,只要不受潮就行。

在潮州,不管你是来客也好自家人也好,工夫茶是绝对少不了的客套和消遣品。潮州人沏茶也从不用壶,开盏时,将一把茶叶置于一个五六厘米高的喇叭形祖杯中,倒入开水冲茶叶,盖一二分钟,将茶水注入每一个酒窝杯中,烫一下,倒掉,如此反复两次,这叫"冲叶洗杯",以去除一二道茶水的苦涩和浮杂,待茶叶舒展开来后,复倒开水闷茶,少顷,便用食指捺紧祖杯盖,其余几指圈住杯身,手腕略一翻,祖杯中乌黄澄澈的茶水便接二连三一呼啦滗入茶盏盖上备就的酒窝杯中,然后主人右手拇指弯内一伸掌做了个揖让的手势，声音也热情备至：来，请用茶。这时你大可不必拘谨，只管放心地去饮。

哇！那茶味好苦好涩！

我初饮潮州工夫茶时，只觉得饮茶如饮中药汤一般难以入口，天长日久，我才发现，喝潮州工夫茶确是生活中不可缺少的一大怡情消遣驱烦解累的乐事，尤其是工夫茶咕嘟咕嘟下肚后回荡到喉咙时那种酥心润肺的酣荡，令人咂舌舔唇浑身亢奋不已。

我跑过很多的茶乡，也品过不少的地方名茶，自多年前调离潮州后，就再也没有喝过像潮州那种回肠荡气激神的工夫茶，很多的时候我上朋友家玩，好想啜浓茗、话相逢、谈茶道，夜雨对床，却只接到朋友递来的一瓶矿泉水。

这不能不算是现代生活的一份悲哀！也正是：偷闲串友情至醇，一盅一叶总开荤。无须陈酒论长短，只望浓茗话情深。

搅嘟噜·串荤门·搭社火

搅嘟噜、串荤门、搭社火是我老家湘北山区多年前家家都引颈渴盼的开荤吃腥的日子，又曰"打牙祭"，只是按档次不同分为"大打""中打""小打"，恰如其分，在那红薯丝里抠饭粒的年月，哪家的孩子不眼巴巴地企望着有肉星的日子，我童年时光记忆里最刻骨铭心的莫过于搅嘟噜、串荤门、搭社火。

搅嘟噜。乍听起来，这名儿挺鬼谷仙师的，局外人准以为这是一道非常有趣的菜，抑或是一折什么畅心的事。然而，它仅仅是各家各户每逢初一、十五才让自家的孩子们放放肚皮破破肉荤的一顿

含羞草

"丰盛"餐而已。

20世纪60年代初,我才不过是个四五岁的顽童,我清楚地记得大山里每家每户都穷得屋檐下面吊猪胆——苦水滴滴。想买点儿东西又什么都讲票,布票肉票粮票,就连照明用的煤油也要凭洋油票,自家又不能多养殖种植,每顿吃的主食是地瓜丝,副食就更不用说了,全是清一色的青菜或是笋干、梅菜干、酸菜干、辣椒干一类的干菜,而且很少见到油星子。正长身体的我,常常磨着在田间劳作的爹娘直嚷肚子饿,娘就痛心地擦一把汗摸着我的小脑袋:别闹了我的小爷,离初一没有几天了,娘给你搅一大锅嘟噜,让你吃个饱。我无奈地点了点头,掰着手指焦急地等待着初一、十五。

临到搅嘟噜的那一天,爹便风急火躁地跑去大队部合作社砍那几斤肥肉,那时一个人的肉指标大概是六七两样子,而且肥肉比瘦肉要贵,谁家都要老早就跑去等肥肉,合作社也是初一、十五杀猪。

肉买回来了,我看着爹将大块的肥肉用盐腌好小心地放置在一具瓦钵里,只将不足一斤的小块肥肉用乱刀砍成肉末星子,待娘将一锅南瓜和剁成细丁的沙瓜(凉薯的俗称)炖得快熟时,才倒入肥肉末入锅,娘便将一锅南瓜搅烂成粥糊状,浓稠稠的,这时,一家人便揭开了锅。我常常和弟妹们一块选那白丁多的地方舀,吃到肥肉末,就咂弹着舌根大嚼特嚼,故意做出咽吞唾沫的样子,似乎要从这少得可怜的肉末中寻个饱,若是扒到口中的全是沙瓜丁,一个个便嘟噜着嘴巴说我没舀到肉末,还得舀。爹娘一旁便怜楚地看着我们摇头苦笑。搅嘟噜这奇怪的名儿大抵就是这么得来的。

串荤门。孩童时除了每月期盼着搅嘟噜,再就是同样倚头张目巴望串荤门的日子,山里人穷却好客,亲朋好友每逢节日必串门走动,主人家自然免不了买鱼砍肉地接待,在老家俗称"串荤门"。

山里人对过节也特别讲究,有"六节必串"之说,也就是在春节、清明节、端午节、中元节、中秋节、冬令(冬至)这六个节日之前，亲戚朋友必互相送节串门，空着手不行，但东西也不需多，一斤面、五毛钱、一斤肉，大方些的一只鸡，什么都可以。亲朋好友来，哪家的孩子都高兴得手舞足蹈，这时候，再穷的人家也是挺要面子的，将平时舍不得吃的腌肉腊肉拿出来，有鱼塘的还得借来网，大大小小地围着水塘网一两尾鱼，做一盏豆腐，差不多要热闹上一天。

  舔着唇好不容易熬到菜上桌了，我和弟妹有时就趁着爹娘对一大桌的亲戚朋友献殷勤攥菜的空隙，顺势一伸筷子，撬开上面的瘦肉，想要在碗底寻块肥肉吃，那时候哪家都是将几块瘦肉盖在上面，以示自家生活的爽润，不料肉底下全是清一色的梅菜酸菜，这一下可捅乱子抹面子了，爹娘一瞪眼凶凶巴巴地看着我们几个，但当着亲戚的面又不好发作，逢上这种尴尬，我便吓得手一抖，再也不敢往肉腥碗里伸箸，事后必招致爹娘的一顿臭骂。只有在碗里的肉招待过好几拨亲友后，爹娘才将蒸得快碎烂的肉夹到我们碗里，有亲友上门的节日，不管如何，我总归能一饱口福开腥解荤，虽然吃得不那么尽兴解馋。

  还有就是爹娘带上我们上亲友家回串的时候，按大人们的规矩，只能适当地吃一两块鱼肉表示意思，就算亲友盛情盛意地夹了很多肉给你，也得将多余的肉夹回菜碗里，碰上这种场合，我总是装傻，顶着爹娘的眼色将亲友夹到我碗里的肉吃个精光，大有赴死也要做个饱鬼的狼气。过后，爹娘总是虎着一张脸呵斥：不改那饿相，下回再也不带你去亲戚家了。

  如果说搅嘟噜、串辈门的日子能让我闻到一丝肉味的话，那么搭社火就是真正能使我泡在肉桌上尽意的良辰美景了。不光我，所有大人小孩都是如此，大家无所顾忌地开怀畅饮一饱无余，可惜，一年中扎扎实实吃肉的只这么一回，大约因为这是吃队里的，老老少少都可以放开手脚，一点儿也不客气。

  何谓搭社火？就是每年七月十五鬼节这天，全社队的人集体祭神聚会的日子,老人们说那顿的口福全靠神祇的福祉。

一到那天,全社(乡间将神灵管辖区称社)的人像过大节似的,由队长负责将全社队每家每户凑的钱收拢购酒,叫入社,哪家不入社就是对神灵的不恭敬,自然,大家都巴不得出那几元钱全家人出动吃它个够。

队里的全劳力在搭社火那天全都出动集中在一起,然后按队长的吩咐,赶出队里养的猪杀它个十头八头,大家分头褪毛、清肚,借桌椅板凳,忙得不亦乐乎,待收拾得差不多时,闲下来的人就一桌一桌地围坐在一起,或打牌或说书聊天,小孩子则到处追追打打地吵嚷不休,只有那些年岁较大的长者,挺虔诚地抬着猪头猪肉上庙集体敬神,一些好奇的孩子也屁颠颠跟在后面去瞅热闹,年轻汉子吆喝不动,族长们便一路骂骂咧咧指指戳戳:不敬菩萨不烧香,只晓得带张狗嘴来白吃,都是一帮不肖子孙。

待老人们敬完神,天一擦黑,每个人都守候的时刻终于来临,这恐怕是搭社火最精彩的时候了,每桌十二人围坐在一起,桌上全是大碗大碗的肉,一年中唯一一回带着油腻的肉,扣肉、红烧肉、蒸肉、炒肉,外加几大盘猪杂下水,愣得一桌老老幼幼的眼珠子挂在肉碗里收不回来。

烧酒一斟满,这时队长便要发话,杂七杂八说一些"搭帮神灵保佑,全社五谷丰收,人口平安无事"之类的陈谷子烂芝麻只有老人们才愿听的一大堆好话,说完便高声喊:开社。

这时许许多多早已按捺不住的筷子头齐刷刷地全伸进油花花透着热气的肉碗里,任是那油水中滚烫的猪肉粘住上下腭唇,烫得满口是泡,大家全然不顾,互相偷望着彼此痛苦而又亢奋的神色,心照不宣地一咬牙忍了,还是不顾一切重复着那快捷熟练有力的伸箸动作,直到猪肉塞满喉咙,方打着饱嗝儿作罢。

天地悠悠日月悠悠,一晃五十多年过去,去年我回老家时也正好碰上山里搭社火的热闹场面,但情景已然跟往昔迥然不同了。七月十五那一天似乎是村里人约定的一个比赛日,台球、乒乓球、羽毛球、卡拉OK都在激烈地角逐,还有武术、舞狮也精彩极了。村主任喜滋滋地告诉我:没想到吧,如今咱山里人也跟你们外头人接轨了,你出去十几年还是头一回碰上这个日子,今晚可得好好看看咱们搞的篝火晚会,提提指导意见,还有,尝一尝咱各个村办企业送来搭社火的蘑菇、木耳、鸡鸭鱼兔,看适合你们的口味不?

我好奇地问村主任:还集体敬神吗?

村主任诡谲地笑笑:你说呢?

雨伞的变迁

一提起雨伞,我童年的梦幻便打开了。

最苦的时光和最甜蜜的时光最令人镂骨铭心,人世间的事莫不是如此。我清楚地记得童年上小学的我,最惧怵每一个风雨飘摇的日子,幼年的凄风苦雨似乎也特多,比如我总是很不情愿地戴着娘压在我头上的斗笠,这玩意儿是用剖得极精细柔韧的竹丝条和山间采集的箬竹叶编织成的,活像一个扣顶的大锅盖,戴上去也就入了"孤舟蓑笠翁"的唐诗古画。

斗笠可不是那么好受用的雨具,大人们倒没什么,可是对于只有几岁的我来说,往头上一遮,就显得很笨重,无异于一道套在头上的紧箍咒。雨下得大时,那东西根本无法遮住身子,我也常常噘着小嘴,听任斜织的雨丝淋湿身子回家,执意要让娘看着怜楚,心下之意是想让娘早日替我买一把油纸伞,因为在同学中,有些家境殷实些的已经撑开了红红的油纸伞。我羡慕之余，便是不尽的渴望，继而跟娘吵嚷，赌气不上学。

其实油纸伞也是用细腻的竹丝条及小竹竿当骨架，以及桐油浸泡的特别防雨的硬纸的结合物，但总归比斗笠前进了一步，而且又轻盈盈的煞是好看，同学们都以此为殊荣。

一次又一次的失望，我被娘哄得死了心，将一叶虚荣的童心深深地埋在心底，依旧戴着我的斗笠，也依旧戴着同伴们的奚落讪笑，这份渴盼一直持续到我考上中学才如愿以偿。可是，等我们一些农家孩子用上油纸伞时，人家镇上家境富足些的同学又陆续用上了布制的钩把伞、自动伞，过惯了苦日子渐渐懂事的我，深知自家是无法跟别人攀比的，只有发奋读书去改变自己的命运。在这种永无止境的期盼和一次又一次的心驰神往中，我终于长大了，也坐刺顶锥终于走出了一条属于自己的路。

随着日月嬗变，雨伞也随着时代的发展而设计得美观新颖小巧别致，有布质的也有塑料的，有带按钮自动伸缩的大伞，也有能伸杆折骨叠到书卷筒样的玲珑之物。一到雨天，匆匆行客依依情侣，撑开各自的一方天空，拼织成一幅幅城市乡村的迷人雨幕。到如今，我方从这小小的雨幕中参悟出一个时代原来是一幕风雨，虽然都是雨，给人的感觉却迥然不同。

初育小女情趣多

小女樱子快满两岁，在相伴小女成长的日日夜夜中，一幕又一幕天真无邪的片段让我备感身心愉悦，女儿无忧无虑的天性、活跃吊趣的言行、无所畏惧的童心让我忍俊不禁、回味无穷。尽管亲历推燥居湿的育女艰辛，但小女带给我的笑声无时不在冲淡人生的苦虑。

抱巾入梦

小女出生在1997年的寒冬，我每回给她洗澡时总免不了点三四只火炉包围着，洗完赶紧用一条四尺浴巾裹紧她，再揩水穿衣。睡觉抱行时，外层也用浴巾包紧小女，天长日久，一条小小的浴巾竟然溶染着女儿特殊的气味，成了她酣睡的港湾、入梦的驾云。令人惊奇的是，小女开音时说的第一个完整的词是"毛巾"而不是"爸爸""妈妈"，每当入睡前，必四处寻找那条时刻伴随她幼小岁月的毛巾，一边找一边呼喊"毛巾，毛巾"，也经常自个儿爬上床躺在她的"地盘"上，用小手捏弄那条浴巾，用鼻嘴亲昵地嗅闻浴巾，似乎抱着一尊在她看来是最安全最温馨的精神支柱和寄托，直到醒来。

有时女儿耍小脾气无理取闹时，只要晃动一下毛巾，她立时便不再哭闹，温顺地抱着毛巾依偎在你的怀里。

我曾经找过一条同样大小、颜色、花纹的浴巾丢给欲睡的女儿，谁知她只要闻一下便丢在一边哭叫：不是不是，我要毛巾，我要我的毛巾。别的毡毯毛巾更是无法替代，其娇依之状令人喷饭失笑。

游戏玩学

女儿还在襁褓中时，我就急不可耐地施行了早教。开始时只是采取呆板的指读灌输教育，不厌其烦地教读，孰料女儿长到一岁半时，渐渐地产生了反感和对抗，于是我赶紧更弦易辙采取寓教于乐的招数，同女儿一块儿开小火车搞"运输"，将写好各种动植物名称的小卡片声形并茂地一一指给女儿识别，然后再装车、开车、卸车，女儿很乐意跟我这个当爸的大朋友玩，在不知不觉中学会了许多地名物名，两全其美。

无论出外游玩还是走亲访友，只要带上小女儿时，我一路上总免不了跟着她的兴趣转，小女儿看到哪儿指到哪儿，我便教到哪儿，随时随地当有心人。一次，带女儿上公园坐索道时，她突然指着前面一张无人乘坐的索道椅大叫：嘁！坏，不乖。我仔细一看，原来是细心的小女儿发现了唯一一把掉了座位的索道椅，因我进公园前对她说要爱护公共财物，这时，她以为是谁坐索道时不慎将乘椅弄坏了，故而指责他人坏。

在反反复复不经意地同小女儿玩堆房屋、当司机、骑马、射猎等一些游戏中，女儿自觉不自觉地已记住了五六百个汉字，启开了一份乐观向上的心理素质。

割据"疆域"

在家里，女儿有自己的专用小凳、口杯，固定的座位、床位，且很爱干净整洁，谁若是坐了她的小凳，她准噘着小嘴生气指责，然后抓过一块抹布来拭擦；别家的小朋友用了她的口杯让她瞧见了，她也会蹬脚摆手，叱斥他人"不讲卫生，会传染细虫虫（细菌）的"，她一本正经教训人和当着你的面拿杯到水里冲洗的讲究样，顿时让大人们品读到一份开心童趣，横生一股怆鼻爽笑。

每晚女儿睡前总要先爬上床玩一会儿，临睡时将她的布娃娃猫猫狗狗一类的玩具齐靠墙的床面围就她睡觉的一个小床位，以标示她的"疆域"领地，警告爸妈别压着她，"侵犯"她的"界土"，她小小的咫尺地盘更是容不得你随意丢放散乱的衣物，若如此，必招致小女"爸妈丢三落四"的指责。

有时，早晨起床稍迟，没来得及替她叠小花被，她必不肯上幼儿园，非拉着你的手帮她先叠好小花被才能走，其实她自己早已将小花被叠放一角，但她自己觉得不如大人叠的整齐美观，故而她要看着你替她重叠，她自己呢，站在一旁指手画脚地盯着你模仿，那神态引得你忍不住去抱她，亲她的嫩脸蛋，待你强行亲完，她又会嗔怪你吻在她脸上的细虫虫，事毕，她会急忙抓一条洗脸巾去揩擦你留在她小脸蛋上的唾沫，逗得你开怀感叹，一举一动让你咀嚼出一份弥足珍贵的、大人们渐已失去了的东西。

提影戏

提影戏，在我们老家的小山村里又叫影戏，它是靠在灯幕上提摆硬纸剪成的纸人来显示出戏情的。在我们那个远离城镇而又无马路进山、村村寨寨紧紧靠一条栈道曲通的原始小山村，在往昔那年月，能看上影戏已是老老小小一份相当不错的消遣娱乐，听说山村里花甲以上老人绝大部分的工余闲暇，就是靠影戏才打发了一生寂寞沉吟的时光。

唱影戏在我们那山村里有两个意思，一是还菩萨的愿；二是消闲寻乐。一般是三五邻居抑或更多些人合伙凑钱从山外请来戏班子，我依稀记得是五块钱一本的小戏，大抵相当于现在电影的一个片吧，若是《三国演义》《西游记》一类的大本戏，则是全村甚至几个村的人出资唱它十天半个月才唱得完。

临到唱戏那天，主人家早早地就约定在厅堂宽阔些的谁家，贴着古老的大门用树枝门板凳子搭好一个戏台，罩上帏帘，摆好锣鼓钹镲等一应道具，将各种各样奇形怪状穿着花里胡哨的轴连纸人挑挂在一根竹竿上。当然还有配器乐具，但很单调，清一色的高胡二胡板胡，仅此而已。

　　天一擦黑，远远近近的村村寨寨奔走相告、济济一堂，心切切盼着那唱戏的大师露脸，许久，唱戏的大师一抹嘴上的油水便钻进了戏台，待主人家朝神龛奉上几炷香，点响一串鞭炮后，影戏就在一阵喧唣的锣鼓声中开始了，戏子们拉胡琴的绷神蹙眉，和配着各种乐调；提纸人的手忙脚乱，一边翻腕扣指控制着杆挑的纸人变换各种不同的动作，一边唱台词演口技，纸人便在一个蒙灯散射着匀和荧光的长方形屏幕上坐卧打杀，有声有色声情并茂，投映到屏幕上的纸人穿着也是五颜六色，红脸黑脸的什么都有，将一个个远古朝代的故事活脱脱地搬到千家万户。

　　再看戏台底下的观众，最投入专注的当数那些上了年纪的老人，他们叼着烟斗，不时地吐着氤氲烟雾，眼睛像钩挂在戏台上，纸人打斗激烈时，他们的神情也跟着惶惶恐恐，如入其境，或点头或摇头或跺脚或击掌或叹息或垂泪，只是在戏台歇手的间隙才松口气，偶尔旁顾左右，妄猜争谈着戏情的发展。

　　影戏对于还只是孩子的我来说，最大的缺憾就是缺少场景。到后来，公社有电影队下乡轮番放电影了，我才彻底腻烦了乡间的那种影戏，跟着放映队走村串寨团团转，直到把一部电影的情节背熟，那时也打心里钦羡放电影的人。

　　多年后的今天，提影戏已渐渐尘封在我幽深的记忆里，变得愈来愈模糊黯淡，电影我也不喜欢看了，不愿投身那种空气混沌乌杂的场合，有时甚至嗤之以鼻。打开自己的影碟机，在那34寸的大屏幕电视机上，想看啥就看啥，任我选碟摆弄，音响色彩距离皆不亚于电影场，更不亚于提影戏，又避开了吵嘈喧嚣和那种令我害怕的烟雾腾绕的空间。

　　今天，我终于走出了一个父辈没有走出的时代！前后只几十年光景，有如一场梦。

不想当会计

人世间阴错阳差的事真是太多，譬如我，天生粗疏毛乱的性格，考上军校时却鬼使神差地摊上了一门精细慎重的专业——财务，而且一干就是七年的会计，对于我来说，那简直是吃力地背了七年的包袱，直到1996年调离原单位，才算彻底"净"了身改行。

人都说会计这个位子活愣愣是个令人眼馋的肥缺金档，掌握着一个部门、单位的财政大权，但我总是感到力不从心，倒不是我业务不熟，而是凡事疏忽大意的我常常搞出许许多多的差错，令我白忙活，那些看似不起眼的枯燥无味的蚂蚁一样的数码老是牵着我的鼻子兜圈圈，开尽我这个粗脑瓜的荒唐玩笑。单据上明明是"899元"，看准了，下笔记账时，一不留神却记成了"889元"。这个错误在专业术语上称作为"数码颠倒"，好家伙，你赶紧加班加点查错去。

有时，下意识地看得清清楚楚，没错，是"贷方现金899元"，有些谨慎地琢磨着，小心翼翼地慢慢握笔"投料"，落第一笔时绝对记谁了，等到同时将一笔账记入相对应的另一个异类科目时，却看花了眼，迷蒙蒙地将它记入借方，又是有意无意的错误，对不起，你误闯了"记反方向"的埋伏圈，月底累计借贷方对不上账，笔一扔，目瞪口呆，像个扎了针孔的皮球瘫坐在椅子上，瞧着这厚厚一堆原始凭证、一溜一溜在我面前跳着"迪斯科"奚落我的数码，恼恨不迭又有何用？再烦躁、心乱、乏味也得赔上几个小时甚至一个晚上的休闲来反复查对错账，直查得脑袋昏昏沉沉、满头大汗，查出来了还算幸运，一块石头落了地，精神也爽了，要是一时没查出差错，赔了时间又费了劲，那才叫磨煞人哩，叫你三天四夜焦虑失眠。

还有诸如毛毛躁躁一笔账只记了一方科目，相对应的另一方科目却成了被遗忘的角落，等到你穷尽心血逮住"纰漏"时，方恍然大悟捶胸顿足。

在进行折旧、材料成本核算等计算时的错误也足以使我没日没夜地"炒剩饭"，颠倒黑白，直熬得双眼布满血丝像个病人，翻来覆去旋转着笨查死对，猛然间真相大白时，方悟原来如此，便狠狠痛责自己怎么那么愣。记错科目的防不胜防、查出重复记账时的尴尬等等，不一而足，这些错误屡改屡犯，皆因了我潦草、粗糙、疏忘的本性，给自己带来许多苦恼和压力，劳而无功，令人哭笑不得，无端背负着一提提沉重的业务包袱喘息不止，心情老是开朗不起来。我也再不想干那当家理财的会计了。

小说

有惊无险

覃佟军校毕业后被分配到一座大山深处的喷火连当司务长，也许是心里不痛快的缘故，向来不端酒杯的他，从到连队报到的那一天起，在兵们连激带劝的盛情怂恿下学会了喝酒。开始时是兵们买酒请他喝，兵们都知道他酒量小，一个个都不把他放在眼中。

第一回喝酒，兵们对他说：到咱们这儿来的，不管你当官也好当兵也好，新兵也好老兵也好，没有一个不喝酒的。

覃佟张大了口："为啥？"

兵们说："山旮旯里除了花草树木，啥消遣都没有，不喝酒咋过？"

覃佟想想也是，一仰头咕咚饮下一杯酒，感觉到喉肚里火辣辣的。

兵们便点点头："这还差不多。"

第二回，第三回，兵们便拿话激他："瞧司务长眉毛不动眼不眨，斤把酒一定不在话下，他也绝不会当孬种。"

覃佟脸一红，果真一杯连一杯跟兵们干，结果他醉了一次又一次。

酒量有了，覃佟就跟兵们玩到了一块。

兵们有时好心提醒覃佟："司务长，你人是蛮好，就是脾气太倔了，有几次，因为连长老婆到炊事班拿了几根葱几头蒜，你板着脸跟连长干，我们都替你捏把汗！"

覃佟听后有几许得意："咱对谁都敢碰硬较真，牛硬损力，依

/ 小 说 /

我看人硬啥都不损。"

兵们便摇摇头:"你这牛脾气不改,这样下去,总有你损的时候。"

一天,连队接到通知,说管后勤的乔副师长要来连队检查,各连一定要把卫生搞彻底。

班排的兵们个个忙得一身泥水加汗水,擦窗洗地,剪草修路,清理垃圾,屋里屋外的环境卫生整理得干干净净一尘不染,唯独覃佟的炊事班无动于衷。

炊事班班长宋清见覃佟没有反应,就放下手头的活,买来硫酸洗洁剂等,招呼班里的兵一块行动起来。

覃佟看不惯,对宋清说:"花那么大精力做这等表面工作,有这个必要吗?咱们只要干净利索整洁就行,厨房里不可能戴着白手套也摸不到灰尘。"

宋清有些不解地望着覃佟:"我说司务长,乔副师长来检查,你也不当回事,到时我看你吃不了兜着走。"

那天,乔副师长一行来到连队,看到连队排房内外到处干干净净,他满意地点了点头。

乔副师长又来到炊事班,陪同的连长指导员一瞧乔副师长的脸色,心里直发怵,炊事班的卫生明显搞得不彻底,比班排差。

乔副师长闷不作声,偏偏哪壶不开提哪壶,看完厨房后又点名要看司务长覃佟的房间。

覃佟的房里虽然不算零乱脏遢,但并没有弄得面目一新来迎接首长检查,天花板上有漏雨过后留下的痕迹,特别是他的床底下还放着许多喝剩的空酒瓶。

乔副师长正脸问覃佟:"你酗酒?知道违反了《内务条例》中的哪一条?"

覃佟一脸镇静:"首长,连队里啥样娱乐器材都没有,咱们八

125

小时外总不能老看星星吧。"

乔副师长粗眉一敛:"你房间,还有炊事班里的卫生能打多少分?"

覃佟一口沉着:"首长,您喜欢表里如一还是喜欢花里胡哨?咱们炊事班不玩表面文章,领导来与不来在与不在一个样,没有半点儿虚假成分,这里地板墙壁虽然不是白得让您的手套抹不到灰,但咱们班里的卫生可以说您不来也照样有这个水平。"

乔副师长瞪大眼睛微微颔首看着覃佟,不再吱声。

一旁的连长指导员吓出一身冷汗,心想这小子完了,吃了豹子胆,不知天高地厚,敢顶撞首长!

几天以后,师里通报了师首长检查师直连队的卫生结果:喷火连炊事班卫生名列全师第一,师里还同时拨来了一批数十万元的文娱器材到连队。

意 外

鲁兴在单位办公室上班,他生性耿直率真,丁是丁卯是卯,九两九的东西绝对不说一斤,是非曲直一定要争个水落石出。因为天生这种不拐弯的牛脾气,鲁兴毕业参加工作十多年了,一直原地踏步,与他一块毕业的同学中有好几个上了处级,可他依然是多年的媳妇熬不成婆,都三十好几的人,连个副科级都没当上。好在他是单位里出色的笔杆子,善于根据每个领导特点写出口味千种的材料,所以,鲁兴虽然未当上一官半职,却还是比上不足比下有余,始终稳坐钓鱼台,单位里几次精简都圈住了他。

/ 小　说 /

　　这天下班后,鲁兴去菜市场买菜时,又与一个菜商争了开来,鲁兴当众将菜商短斤缺两的事实曝了光,惹得菜商冲他破口大骂。这事被不远处一位卖蛋的大嫂看在眼里,鲁兴经过她的店摊门前时,她叫住了鲁兴,钦佩的脸上带着温和:"小伙子,你真敢较劲,碰上这等歪着脑袋在秤砣上耍手脚的奸商,就得开他硬弓,好几次,咱都看见你跟那些心术不正的菜商们针尖对麦芒,有一回,为一两肉你还叫来了工商执法的。"

　　鲁兴被她这么一说,反而为自己分毫必争的小家子气感到几许羞愧。他瞧眼前这位卖蛋的大嫂面善心慈,又挂着一根拐杖,一股怜念正生,觉得她挺不容易的,也就顺便掏钱买了一些鸡蛋。女店主取出零钱找给他时,鲁兴一口大咧:"不用找了,大嫂,您也够可怜,家里负担一定蛮重吧。"

　　鲁兴说完,提起鸡蛋自顾走了,任那女店主背后呼喊不停。

　　这以后许多次,鲁兴一进菜市场,总要到那位卖蛋的大嫂店铺前停顿一下,拿不下的菜请她暂为保管一下呀,要几个大袋子装菜什么的。有时鲁兴顺带也买些鸡蛋鸭蛋,却总是不让大嫂找零,大嫂说你这人其实心肠蛮好,逢强不怕逢弱不欺,不怕开罪人,直来直去的性子很难得。

　　闲谈中,鲁兴知道卖蛋的大嫂是一家副食品公司的下岗职工,去年,腿又被车撞坏,她要自食其力,买了一辆三轮摩托车起早贪黑地到市郊养鸡场批蛋零卖。

　　一天晚上,鲁兴将一份材料连夜赶了出来,因为新调来不久管人事的艾副局长一早要带去省里开会。鲁兴按着地址找到艾副局长家,门开的当儿,他一眼看见客厅沙发上坐着那位卖蛋的大嫂,大嫂也一脸惊奇地微笑着拄杖欠身同他打招呼。要不是眼前艾副局长对鲁兴说这是你嫂子并示意他坐下,鲁兴还以为自己走错了门。

　　鲁兴心慌意乱地颤抖着手将材料交给艾副局长后,脑子里一片空白，他绝对想不到那拄着拐杖卖鸡蛋的大嫂会是副局长的下岗妻子。他自忖这下完了，自己吝啬小气，为毛把钱两把秤这种鸡毛蒜皮小事同菜商们斤斤计较争长论短，寸步不让咄咄逼人，为人处世一点儿也不忍耐，每回非盘赢不可地让别人下不了台，一副粒米不过筛箕的小家子气……点点滴滴，这下全让艾副局长知道了。

想至此，鲁兴一下脸红到脖子根，如坐针毡的他有些惶恐失态地赶紧告辞，尽管副局长两口子对他热情备至。

此后，鲁兴每次见到艾副局长，心里不自然多了几分拘谨窘迫，他总觉得艾副局长悉数知道了自己喜欢多事较真的丑陋相后，准没有自己的好戏了，为此时常有几丝忐忑不安。有时他又做自我安慰，天下本无事，庸人自扰之，转念细想也没什么大不了的，自己就这副德行，反正又没干啥坏事，怕什么？咱照样拿工资做分内事，又不求当官什么的。

令鲁兴意料不到的是，半年后单位一次人事变动时，他被提拔为局财务科副科长。

单位上下一片唏嘘哗然声，人们意外之余纷纷猜测：怎么能轮到鲁兴这小子，难道这样的直肠子领导也相中，要不就是他碰到什么关系了？

鲁兴自己也深感意外！

新兵童勇

新兵训练那阵，童勇眼巴巴地看着战友陆陆续续地被师里团里接走了，他心里很急，半夜里站岗回排房后再也无法入睡，他总是

/ 小 说 /

在半梦半醒中渴望自己幸运地被某个挑兵的干部相中。对于他这个农村兵来说,分到汽车连,是他参军入伍的最大心愿。

然而,命运不公,一回回残酷的现实带给童勇的是一回回无尽的失望,最后,他极不情愿被大卡车拖到挨着师部不远的工兵连。

眼瞧着一脸无奈忧愁的童勇,分到师长身边当公务员的老乡齐胜提醒童勇:"你别傻啦,就你这蛮膂力、粗嗓门和厚道样,管啥用?还是赶紧去'活动活动',或许还来得及,要不然,命运只好枉屈你这一米八的黑大个了。"

童勇暗忖:师里团里咱又不认识一个人,这条路能疏得通吗?事至如今,莫若干脆老老实实看书搞训练,等来年军校招生考试时听天由命算了。

想归这么想,但童勇还是禁不住齐胜的直言撺掇,心里痒痒的。

那天晚上,童勇一咬牙买好高档烟酒,依照齐胜提供的"师长一人在家"的信息立即行动,按捺着一颗扑通乱跳的心敲开了师长家的门。

师长不像他想象中的那么可怕,不但没有将他拒之门外,而且热情接待他。师长亲自给童勇倒了一杯水,温和的口气中略带几分威严:"你是哪个连队的?找我有什么事吗?"

童勇开始时有些不知所措,想想自己下了好大决心才换来眼前这个机会,若不开口,恐怕前功尽弃。

想到此,童勇心一横,直截了当地回答师长:"首长,我家里穷,想学个开车修车技术什么的,将来退伍回去好凭技术致富,特来求您帮我一把,我会对您感激不尽的。"

师长听完他的话,没有表态,只是微笑着以一种教导的口气对他说:"小伙子,你还年轻得很,以后日子还长着呢,既来到部队,就得爱军习武,训练之余多看看书,英雄总会有用武之地的。"

师长说完便拿出五百元钱:"东西我收下,这点儿钱你寄回家

129

给你父母。"说完，师长不容分说地将童勇推出了门。

完了！白跑一趟，这五百元钱分明是师长拒礼的一种方式。看来，只得死了这份心。

此后，童勇对学技术的事不再想入非非。每当黄昏时分，他心里烦躁时，便独自跑到连队后面的芭蕉林里喝几口闷酒。

一天下午，童勇收操后，照例一个人端着饭盒在芭蕉林里喝了两小瓶二锅头烈酒解烦。看看天色尚早，他便信步往附近的村庄走去。猛然间抬头，他看见一条龇牙咧嘴的断链大狼狗跃出一家农户的铁栅栏，扑向也在散步的一位学生模样的女孩，女孩吓得拔腿就跑。

童勇一见情况不妙，顺手拔出栅栏中一根三尺来长的竹桩，以迅雷不及掩耳之势对着张口冲来的狼犬就是一刺，狼犬禁不住童勇勇猛的膂力，竹桩整个儿从狗嘴直插喉咙。

狗主闻讯赶出屋门，见自家心爱的狼狗被当兵的刺死在地，嚷着拖住童勇，开口就要他赔五百块。

童勇与之争辩，吵声引来了许多围观的村民，有两个常去童勇连队捡剩饭剩菜的村妇认得童勇，经她们一边好说歹说地和事，童勇与女孩一道，将身上的钱悉数凑在一起，三百块钱才算勉强了断。

几天后，狗主又蛮横无理地告到了童勇的连队。

文书将童勇叫到连队，连长气咻咻地劈头就问："你打死了村民的狼狗？好大的膂力嘛！"

童勇理直气壮地反驳："狗咬人，难道不该打？"

连长粗声粗气地一转话锋："私自不请假外出，谁让你一个人到处乱跑的？"

那晚，连长在全连点名时，刚要宣布对童勇的处分决定，文书跑过来叫连长接电话。电话是团长打来的，连长忙受宠若惊地抄起话筒，只听团长不容置喙地问："你们连有个叫童勇的新兵吧，师首长点名要了。"

连长一脸惊愕!

童勇自己也有些莫名其妙,感到好事咋就来得那么突然!

师里的小车来接童勇时,齐胜对童勇竖起大拇指:"知道吗?你小子是时来运转,闹了个英雄救美。前些天,你从狗嘴里救出的那个女孩是师长的女儿,要不是她说这事,我还以为是你神通广大攻下了师长的关呢!"

童勇似想起了什么,望着车窗外摇头苦笑。

喝错酒

肖林的老婆娟这天正好出差,便吩咐肖林到枫林宾馆去喝朋友琴的结婚酒。

老婆的这个女友琴,肖林只听老婆说起过几回,他并没有与琴见过面。肖林心上心下犹豫着走到枫林宾馆的大门口时,门口一对新人笑盈盈地迎过来,新郎老熟人似的冲他打招呼:"哎哟,你老兄咋不带老婆孩子来?快请进。"说完就恭恭敬敬地递过来两支烟。肖林一怔:"这个新郎对咱们家怕是不知底细,抑或是在说笑吧,咱与娟虽结婚多年,但还没来得及造'希望工程'哩。"新娘这时也彬彬有礼地绽着笑靥一边说着"大姐怎么没来",一边还捧过一把喜糖来。

肖林受宠若惊地张嘴回应,一边忙说些"恭喜你们两个白头偕老早生贵子"一类的客套话,奉上自己的红包便被一位女士领进了一间包厢。

开席不久，新郎新娘进包厢敬酒，大抵因为包厢里头坐的都是些新郎新娘单位里的大小领导的缘故，新郎便左科长、唐主任、柳干事一个一个地挨着敬酒。轮到肖林时，新郎脸上依然洋溢着刚才那老熟人般的笑容，话中还有几许嗔怪："你老兄公事怎忙，把小弟忘了，也不见通个电话，如今该配'乌龟壳'了不？"肖林一愣："哪里哪里，咱普通跑腿的一个，够这等享受？"回话瞬间，肖林脑际掠过一丝疑虑：这新郎咋对咱异常热情？倒是新娘的话还算有分寸："大姐还好吗？她是不是出差去了？要不，咋不来为咱凑凑热闹助助兴？"

肖林与新郎新娘碰杯时，感觉到有几分不自然，到底为什么？肖林自己也说不清，但瞧着新娘神色听着她的口气，再细细咂摸新娘的话，倒也没有啥对不上号的。想至此，心里便顿时踏实许多。

肖林老婆娟出差回来后不久，一次找新婚不久的女友琴帮忙办事时偶然问起琴婚礼的盛况，并说真对不起，那天碰巧出差，只好让咱那口子来。

女友琴有些丈二和尚摸不着头脑："没有嘛。那天怎么没见到你家先生啊？我就猜怎么请大姐都请不动？咱肚子里一直都在犯嘀咕，连你都瞧不起咱啦？"

肖林老婆娟一脸狐疑："这就怪事？不对吧，难道这鬼日的打麻将打忘了大事，没去喝你们的喜酒？敢丢老娘的脸、出咱的丑、搁我的面子？"

肖林老婆娟急匆匆回到家，忙不迭地追问肖林："你死哪儿去了？那天叫你去喝酒你到底去了没有？枫林宾馆正门进，二楼餐厅。"

肖林一惊："什么？难道那天我进的是枫林宾馆的偏门？我记得在一楼的一间包厢喝的酒倒是没错。"

肖林老婆娟气咻咻指着肖林的鼻梁詈骂："你这蠢货……"

到此时，肖林方知自己那天真是喝错了酒。

炒鱿鱼

农民工章那天早晨闹肚子，在茅坑里头足足蹲了半个小时。

负责看工地管农民工的工头修很小心眼、很狐假虎威、很狗腿子气。这些，章心里清楚，平常干活时也特别小心，着实累了，瞧同伙伸直了腰喘气时，他才敢惊惊悸悸地做虾公挺水样舒展一下身子。别人就着树荫下点燃香烟时，他才敢畏畏葸葸地捣出半截子残烟来，而且，每每是抢在同伙前面先拿起了榔头撬杠，吭哧吭哧地干开了。

尽管如此，章还是时不时要挨上工头修几句训斥詈骂，章闹不明白缘何别人拌浆搅沙时磨洋工样折腾偏没事，而自己只要稍慢半拍，立马就被工头修瞅见，被他那流星一样的小圆眼逮个正着。章就猜想：大概是因为自己同工头修不是老乡的缘故吧。

章边提裤头边拖着拉肚子后疲软虚脱的身子一路小跑往工地上赶。当他远远地望见工地上已经闹腾开了时，他的心一阵咯噔作响，越发觉得他担心的事今个儿要兑现。

果然，工头修霍地从一棵大樟树后面跳出，叉着手横在他面前，把他吓了一大跳。

瞧着工头修一副凶神恶煞状，章的双腿一抖，脑袋嗡嗡作响，倒抽了一口凉气。

工头修气势汹汹不容置喙地指着他的鼻尖："你不用来了，到老板那儿去结账吧。"

含羞草

章一急,嗫嚅了半天,才低着头结结巴巴地小声嘀咕:"我……我……闹肚子……"

那语气,像是解释又像是自责。

工头修敛眉怒目:"你还敢跟咱顶嘴,不如干脆说你打摆子,说不准咱还会原谅你这贱骨头的东西。"

章便不再吱声了。

工头修哼的一声丢下他走后,章就不知东南西北深一脚浅一脚地拖着身子踱回到那简易的木板棚子里。

工头修炒了章鱿鱼的消息被大家知道后,同在一个工地上的打工仔们便七嘴八舌地议论开了。有的替他感到惋惜悲哀,有的替他愤愤不平,有的安慰他说此处不留爷自有留爷处,也有幸灾乐祸地躲到一边窃笑的。

章走时喝了几口烈性酒,当着同伙们的面边卷铺盖边小声地骂骂咧咧:"难怪长得贼头贼脑,总有一天要断胳膊少腿,求生不得求死不成,老子等着看你的下场。"

半年后的一天,当在另外一个工地上打工的章听到说先前那工地炒他鱿鱼的工头修被突然断裂横空砸下的水泥预制板压断了一条腿时,章感觉一口恶气释出:"真是老天有眼,咱无意间怎的就骂个准,看来应了恶有恶报,善有善报,不是不报时候未到。"

那晚,章醉得不省人事,被送往医院。

醒来后,章第一眼看到的是对面床上的工头修。

/ 小　说 /

摩托车风波

　　山弯村村民邝大从山外很远的县城学了种蘑菇的手艺,他这人憨厚又能吃苦,常常深更半夜才出蘑菇间,几年小打小闹下来,成了村里第一家万元户。在山外,万把元的农家算不上什么稀罕事,但在这个全镇最偏远最穷困的山村来说,邝大算是首富了。
　　邝大考虑到自家去山外送货跑腿什么的方便些,便狠狠心买回一台摩托车,也是山弯村唯一买摩托车的人。
　　邝大成了村里人人羡慕的焦点人物,口碑很好,村里谁家来了客人就乐颠颠地到他这儿称两斤蘑菇去炖肉汤。钱吗,有现成的就给,没有现成的挂着账也行,村里人也都喜欢到他那儿去瞧瞧蘑菇间,瞧瞧他的摩托车,有时他空车去山外小镇或更远的县城,左邻右舍张三李四就眼睛一闪,搭我到镇上行吗?我到山外亲戚家坐你的车得吗?每每这时,邝大总是鸡啄米似的很爽快地点几下头,不碍事,得。山民们就笑嘻嘻地攀上他摩托车的尾座,有时一个有时两个,大多的时候他捎着两个人,摩托车屁股冒出一线烟突突突地跑得贼快。村里百多号人坐过邝大的摩托车,有些还坐过好几回呢。搭邝大摩托车最多的当数邝大的左邻右舍,所以左邻右舍的张家李家郑家对邝大忒好,也时不时地拎两瓶白干烧酒,捉个鸡提几个蛋什么的给邝大,任是他邝大怎么拒绝都不行。张家说你种蘑菇方便了大伙不说,咱老是坐你的摩托没给过钱多麻烦你,这咋行?提个鸡给补补身子让咱心里也安然些。李家说,碰上我有个急事你都特地送我去,给你几块钱硬是不要,这车子烧的油,还得磨损,

135

又误你的工,拎瓶好酒仅仅略表咱心意,你要不受我都不好意思坐你的摩托了。郑家的话更白,坐你的摩托车为咱省了多少脚力多少工夫,要不然咱一年难得出几回山哪,几个鸡蛋咱本就拿不出手的,你就甭再推却了。

那一回,邝大到山外小镇去办事,张婶坐他的车一同去的镇上,回来时,车子翻入路边水里,张婶买的一包肥料成了水料,肥料化水过半,张婶背后还擦破一块皮,邝大要带张婶上就近的赤脚医生家中敷点儿药,张婶笑笑说没关系的,农家人磕掉块皮这是家常事。张婶回家后倒抓了只公鸡给邝大,说他的腿扭伤了得吃公鸡才复原快。

邝大总觉得心里亏欠,顺便捎搭人家一下本是不要紧的,这张家李家郑家三番五次送这给那的破费那么大,自家脸上有愧,这样下去总不是办法,搞不好一些人会以为我这般贪心,怎生了得?

不久,邝大在摩托车尾部绑一块小木牌,上写"摩托车,收费五元",按理讲,到山外小镇十多公里路程收那么五元钱只能算是油费了,邝大压根儿也不是拿车赚钱,而是以车养车,也免得老得人家的东西心里不安。

这么一来,没有几天,村里人对邝大陆续投来惊诧狐疑的目光,特别是左邻右舍的张家李家郑家再也不坐他的摩托车出山,宁愿自己走上一天去小镇也绝不坐他邝大的车。私下里邻居张家常犯嘀咕:这小子啥时学精了,变通了,竟然打起了摩托车赚钱的主意,也太不像话,都左邻右舍的。李家也啐了一口:呸!他嫌咱老坐他的摩托车,想出这种鬼点子整我们,都乡里乡亲的,你说他来个什么出租,啥玩意儿,这有多别扭,得了得了,大不了我们不坐他的车。郑家更是愤懑:这人商人味好浓,哦!想起来了,难怪以往我坐他的车多次,感到不好意思,提了几只鸡给他,他推推让让地总说不要,原来还是要钱哩。

又有一次，村尾的老谷有急事租邝大的摩托车上镇上，中途老谷要邝大开快些赶路，不期然摔了一下。老谷在镇上卫生院上药花了几十元费用，邝大说他出，老谷就没半句推让。

邝大瞧着村里人对自己不断投来的一束束异样的目光，听着一句句凉飕飕的咋舌声，忍不住三下五下卸下车尾那块木牌摔个稀巴烂，心里冲冲的。

情断水巷

铜城南端有一条古老的深巷叫水巷，说它老，是因为这么一条小巷全是用一块块青石板垒铺嵌合的，青石板古朴而浑旧，发出幽闪的乌漆古光，尤其是在皓月当空的夜晚，那光便粼粼跃跃地扑向每一个踹踏水巷的路人，夜色伴随着水巷两边高深莫测落满青苔的暗灰色院墙合身而来，于是，每一个出入水巷的人就总以为自己一半是古人一半是今人。

水巷深悠绵长，撒着飘带似的软弧抖人脚步，隔老远就先听到女人高跟鞋叩地的咯噔声和男人们铮铮的皮鞋声，给水巷平添几多苍衷。

水巷居住的人家自个儿没装摇井的，就全担巷东头那古槐树下的井水。

山子读完高中后，仍然每天天一亮就起床。他没有睡懒觉的习惯，如今不用温读功课了，这早晨的时光就无处打发，山子便接过母亲的挑水桶，到巷东头担水。慢慢地，他养成了担水的嗜好，他觉得担着一担水桶咯噔咯噔一个人走在静谧的石板上比扎在书堆中

含羞草

开怀多了,他喜欢哼歌,可一大早人家都睡在梦中,怕惊醒他人惹来闲舌,只好憋着嗓子,实在想唱,他就暗暗发笑。

一个漫着浓雾的早上,山子舀好一担水正想起肩时,晨中走来一位红衣少女。

咦,这少女怎的没见过,高挑窈窕,白皙清丽,该不是这条巷子里的人吧,不是巷子里的人如何又到这儿来挑水?山子眉宇间的疑惑似雾团一样朝少女身上卷,红衣少女见到山子,脸庞顿时飞上一片红晕,莞尔一笑。山子立时被咫尺之近的少女的美丽惊呆了,就直起身子,一时没有要走的意思,舌头嚅动了一下,想跟少女礼貌地打个招呼,蓦地又觉不妥,跟人家陌生姑娘谈话多冒失,万一人家不搭理那才尴尬哩。对,少女刚才不是朝我笑了一下嘛,既然人家对你笑,就表示人家对你第一印象默认了,在校时,同学们都这么议论的。看我,连个招呼也不敢跟人家打,还算个男子汉吗?想至此,就抿了抿嘴唇,涨红着脸对红衣少女笑了笑:小姐不是咱巷子里的人家吧,要不,从没见过你。

少女放下水桶,羞涩地对山子嫣然灿笑,声音轻而柔:我刚来小城不几天,租了巷西头赵家的两间闲房,二叔讲这儿的豆腐生意蛮走俏,爹就说在乡下反正闲时多,就带我和娘出来了,说话时,脸颊复掠过一轮羞赧,低头闪着余笑,有些吃紧地汲上一担水。

山子见少女答了自个儿的话,心头就酣酣畅畅的,肩上的劲头腾地铆足了许多,呼啦挑起水桶跟在少女后面,两个人就不好意思再搭话,一前一后走在水巷的青石板上。

接下来挑几趟水,山子故意放慢脚步,等着少女一起来回,想再问问少女的名字,和少女说话。哪知脸皮却不争气,愈来愈腼腆,越腼腆就越发不好启齿,嘴巴上打了一个结似的,张了张又闭上了,少女的脸上始终挂着迷人的笑。

这一夜,山子翻来覆去睡不着,眼前晃动着少女挑水的倩影。

他躺在床上胡思乱想，闭上眼，少女姗姗地朝自己走来，他就心醉醉地给少女穿上婚纱，抱起她走进鼓乐喧天的厅堂……

第二天，山子比往日醒得更早，他暗忖，自己这是怎么啦，魂不守舍的，他想快些见到那团红影，就在井边石上坐着，他不抽烟，昨天却买了一包香烟，他觉得抽着烟可以掩盖自己的慌乱和不自在，又可打发等她的时间。

一会儿，少女挑着水桶朝井台款款走过来。

山子看见少女老远就朝自己绽开两片红云，就立起身，憋足一口气跟少女搭话。他终于知道少女叫婉儿，今年十八岁，乡下还有一个哥哥，少女也是和自己一样的高考落榜者。

山子梗着脖子走到婉儿身边，说我劲大，我帮你汲水吧。少女就不推辞，亭亭玉立站在一边。山子绾住桶绳，熟练地将水桶倒栽下井，一挽手扣腕，满满一桶水就被提出井面，山子奇怪自己的手劲恁大，动作利索干净。

婉儿眼中漾出一丝特有的柔情：你好大力气。山子就实实在在地瞟了少女一眼：我的劲儿大着哩，你还没见我书房里那对百斤哑铃，那才较劲儿。婉儿就露出钦佩的神色。

山子这天买回几块白嫩嫩的豆腐，要娘煎，娘就闪着惊讶的目光说你这孩子从不吃豆腐的，今儿个发么子热？他不答话，只是一边嘻嘻地笑，娘云里雾里不再发问。

日子一天天地过去，山子与婉儿也一天天亲热起来，他照例早起，每趟水都帮婉儿舀好，顶父职后，下班回家必须捎回两块白豆腐，油豆腐干也开始吃。

家里接通了自来水后，山子固执地跟娘说，家里饮水还用井里的，自来水烧开后，壶底一层白垢，书上说饮自来水天长日久要得癌症的。娘定定地看着儿子，听你的，听你的。

自打跟婉儿相逢后，水巷里一早便有歌声飘扬，山子嗓音还算纯正，唱的又都是流行歌曲，水巷的人每天从他的歌声中醒来，就拉开了窗帷，让进一片晨曦。

婉儿是一启齿就害臊的少女，脸庞一片绯红，打瞄山子第一眼起从心底爱上了他，每回见着山子，心就咚咚跳。早晨过后，胸框里就猫钻样地痒燥，一天天过得丢魂一般，心煎煎地盼着亮的那一个时刻。渐渐地，她与山子说话也不再脸红心跳，火辣辣的目光开始放肆地射向山子，可心底就是咕噜咕噜温着一肚子要说又说不出口的话。

山子也一样，好几个早晨濡了濡舌尖，话到口边又咽了回去，最终未鼓起表白的勇气。直愣愣地瞅着在井里打旋的水桶，暗骂自己晦气。

终于有一天早晨，山子落落寡合，出神地望着婉儿，告诉她自己顺利地通过了征兵体检，不日就要走了。

婉儿低头默听完，那乌黑的眸子略一怔，缓慢地抬头，眼中喷出两缕凄迷的哀怨和幽恨。两人谁也不说话，挑着桶在水巷一前一后默默地走着，婉儿高跟鞋咯咚咚咚的凄清蹬音从水巷深处传出好远好远。

一进门，婉儿丢下一担水，失神地伫立在院门前痴望着山子的身影消失在水巷尽头，一行眼泪顺着她弯弯的睫毛直往下滑。

山子到部队后的第二天就给婉儿寄去一盒磁带。

多少天后，他望穿秋水，总也盼不到婉儿的回信。

婉儿绝对是另有所爱了，要不咋不回封信？山子迷乱思索着。

紧张的军事训练慢慢地冲淡了山子心中郁结的浓浓思念，既然她不爱我，思念她有什么用？许多日子过后山子倒平静下来了。

婉儿自山子走后，望眼欲穿，天天觍着脸涩涩地问邮递员，最终没盼到山子的来信。她想写信给山子，可又不知道山子的确切地址，常常倚窗无奈地叹气。

三年后，婉儿极不情愿地在二叔的撮合下嫁给了铜城的一个生意人。

山子军校毕业时，顺便回到铜城。山子仍然早起，跟娘说，我去挑水。娘爱怜地看着山子摇了摇头：你这娃还是老样子，记着顺手买碗你喜欢的水豆腐回来哟。

山子走在水巷那熟悉的青石板上，脑中又突然浮袭起一幕幕的往事来，婉儿到底怎么样了？他有些颓丧地坐在井台边那块青石上，睹物伤情，禁不住想起以前的那些日子。

突然，婉儿的身影出现了，他喜出望外，脑袋蓦地嗡嗡直响，激动地踅起身笑着迎向婉儿。

婉儿出落得比以前更加丰满了。

她也在同一时刻发现了山子，也是一惊，有些怨恨地看着他：你几时回来的？过得还好吗？

山子便瞪她，有些气急：还好，你不爱我也罢，干吗赌气连个回音也不肯给，我那磁带算是白录了……

什么磁带？你说详尽点儿，婉儿疑惑地追问山子。

山子仰头空叹一声：那年走得急，苦于不好意思当面说，只好将想告诉你的一点一滴都录在磁带上，到部队后才寄给你。

婉儿有些失望地摇了摇头：我天天流泪，没盼到你的来信，更没收到什么磁带，我以为你不爱我这乡下女子，就依我娘嫁了人。

山子似想起了什么，痴痴呆呆的，第二天就匆匆归队了。

山子怒气冲冲地找到当年新兵连的通信员追问那年帮他寄磁带一事。那个通信员，现在是一个连队的班长，他蹙眉想了想，就不屑一提地告诉山子，那次我骑单车上邮局给你寄磁带的途中不小心摔了一跤，磁带抛在公路中央，恰被一辆开来的汽车碾碎，我当时想，不就是一个不值几块钱的歌曲磁带？所以就没告诉你了。

山子气呼呼的，忍不住冲那班长当胸就是一拳。

自此，一向活跃乐观的山子忽然变得沉默寡言、忧郁锁眉，除了闷头带兵搞训练，从不多说一句话。

打　赌

解放路138号新开业不久"时代通信"营业厅的营业员成雅丽生得贤淑文雅，窈窕清丽，气质非凡响，一颦一笑无不令人着迷，加上这家通信代办所地处十字街口，手机品种繁多，款式新颖，又是通信公司指定的代办所，生意自然后来居上，盖过附近几家手机店。

这天下班后，我信步穿过解放路时，在"时代通信"营业厅前，我下意识地往里面一瞅，脚步鬼使神差地停住了，向来不爱赶时髦的我，出来时，手中多了一件彩屏翻盖带摄像头的"新式武器"，尽管我腰间原有一台在用的老款式"盒子枪"。

听我这么一比画，朋友中有几个至今孑然一身的来神了，一个个屏住气，跃跃欲试地说瞧瞧去。

天生丽质的成雅丽，听说还是这家营业所里公认的经营好手，服务态度是没的说的。朋友们光顾了"时代通信"，有几个还带着热血沸腾的冲动，口口声声"窈窕淑女君子好逑"，乘兴而去，最后，没有哪个再敢吹胡子拍脑袋称"与她接近那不小菜一碟"之类的话了。从成雅丽那儿买了手机的顾客，不管是谁，她给你办理完业务后，例行公事将店子里的电话留给你，方便为你售后服务，她本人的手机号码是绝对问不到的，约人家出来就更不是件容易的事了。

/ 小 说 /

一次听我们说到成雅丽时，戴着眼镜一直闷不作声的吕哥满不在乎地冲大伙笑笑，虚拳一紧："一个月后，要是我把人家成小姐约出来的话，你们等着请客好了。"朋友们瞪大眼睛摇了摇头后便相继"拉勾"，讲定了要是吕哥如约得到成小姐，大伙儿每人出三百块钱给吕哥"报销"彩屏手机；届时如约不出成小姐，吕哥只好破费同样多请我们大家撮一顿外加钓鱼泡脚一条龙消遣。

不晓得搞写作的怕打扰还是另有其因，吕哥一直没买手机，朋友们面前海口一夸，他便打算这个时候去买台彩屏机。

那天，吕哥拉住了我和小贝。

吕哥选好手机，圈好号码后，将填好的开户登记表连同身份证一并交给成雅丽，成雅丽一边启动复印机一边微笑着不停地回答顾客的咨询，接下来，便手脚利索地敲打键盘输单，运行程序开通吕哥的手机号码。

办完业务，就在我们转身离开营业台的当儿，吕哥突然一蹙足："还有，差点儿忘了，小姐，身份证你还没给我。"

说话的同时，吕哥双手自然而然地伸进自个儿的皮包和口袋里到处搜摸。

成雅丽有些半信半疑地回答："我记得身份证复印完后好像是给了你的呀。"

看样子，由于忙乱，成雅丽也记不准自己到底是不是将身份证原件给了对方。她脸庞微红，弯身低头在营业柜台内到处寻找起来，复印机周遭的地面上，桌椅缝隙中，也没见遗落身份证。

吕哥一急，干脆将内外衣服口袋全翻了过来，也还是找不到身份证踪影，越发急火攻心，甚至因激动变得有些结巴："这……这……这咋办？身份证弄丢了怎么出门？"

双方都翻来覆去地找了几遍后，最终还是没有找着，搞得我和小贝在一旁也替吕哥着急起来。

在顾客离开营业台前弄丢顾客证件，成雅丽自然不好交差。找又找不着，成雅丽一时僵了。

最后，还是吕哥收起从皮包口袋内翻出的物什，大度体贴地打破僵局："小姐，算了，怪你也没着，实在找不着我也只好费些周折再去补一个。这样吧，要是你在哪儿找到了，就及时打我的手机，要是在我身上的话，我也及时打手机告知你。"说罢，两个彼此留下了手机号码。

一个月后，当吕哥得意扬扬地打电话要我们践诺"出血"时，我们几个难以置信。瞧着餐桌上俨然与成雅丽混得厮熟的吕哥，朋友们好生费解。

事后，我们才从吕哥诡谲的神色中得知，吕哥上回在成雅丽那儿丢失身份证之事，不过是吕哥在寻找突破口接触成雅丽的做戏而已，当旁观者的我与小贝浑然不觉中帮着吕哥扮演了戏中的配角。

弟弟进城

弟弟刚过而立不久，三十多年来一直在乡下老家呼犁喝耙研究二十四节气，其间只去过几次县城。

看弟弟人诚实能吃得苦，我在单位里给弟弟找了一份装电话搞线路维护的差事给他，算是满足他多次提议到城里来打工的愿望。

从弟弟来后加入城市生活的这一天起，我就给他灌输许多在城市生活必具的"基本要领"，反复叮嘱他一举手一投足都要小心谨慎，多个心眼。譬如，我总结的城市生活"五莫一在意"：莫随便与陌生人打交道；莫在人多的公共场所挤；商品不买莫还价；是非场合莫围观；不属生死危难的闲事莫乱管；出门时刻在意自己身上的钱物。每每这时，弟弟听得如坠云里雾里，一脸疑惑。

由于弟弟从事工种的需要，上班不久，单位便为弟弟配备了小灵通手机和一辆新自行车。弟弟很来神，感到从未有过的满足，摸着小灵通兴高采烈地说："我在乡下三十多年来也没用过这'盒子枪'啊。"

瞧弟弟意乱神迷的劲儿，我便适时给他泼几瓢冷水：在外头做事时，要随时随地关注自己的物什，人多的地方手机要握紧在掌中，自行车不能随意支在没人看管的街边。

开始时，弟弟倒也谨记良言，从一举一动中，我看得出他在努力改变自己粗疏的性格。一天、两天过去，一个月、两个月过去，没有碰见什么事发生，弟弟绷紧的神经变得有些松弛有些麻痹，粗枝大叶的秉性又在不知不觉中暴露出来了。那天，弟弟在人头攒动热闹非凡的体育广场摸奖票，大抵由于摸了个五十元小奖的缘故，他热血一膨胀，便将所中的五十元悉数投入"再生产"，他的意识全贯注于中奖的亢奋之中，压根儿就忘了身上的物什，腰间那把"盒子枪"不知什么时候被小偷"缴了械"。

回来后，我没有过多去数落他，东西掉了就算了，只要他能理解我的苦心，能吸取教训就行。然而，弟弟是"好了伤疤忘了痛"，此后没多久，他在罗家井一居民宿舍排查完线路故障返回时，放在街边临时车位上的新自行车不翼而飞。弟弟连连跺脚懊悔不迭：咱瞧大白天的，街上人流多，估摸应该没有哪个光天化日之下敢撬单车锁，加之只十来分钟光景我就做完了事，哪会想到这挨枪子的小偷下手这么快！

尽管弟弟对我述说完情况后低头闷不作声，但这回，我是着实狠狠地将他训斥了一顿，末了，还激将般补了一句：再不学会细心，记住这个前车之鉴，你肯定还会再倒霉一次。

不出我之所料，愚人节那天，弟弟又扎扎实实当了一回愚人。那天下午弟弟下班回家，穿过一条步行街时，看见三五人围在一个角落吆喝着旋转几枚硬币卖双单，他一时瞧得兴起，便不甘寂寞地掏出十元八元钱押过去，连押几次都赢了，几分钟时间就净赚四五十元，自己不禁喜上眉梢。在聚赌者的撺掇和路人们羡慕的目光中，弟弟有些目眩神迷，他暗忖今天运气不错，索性将赌注押大些。谁料，风云急遽直下，不大一会儿，就连本带利栽了几张半百的"工农兵人头"，他心一急想挽回自个儿的本儿再走，红着眼倾囊兜底孤注一掷，结果，身上三百多块血汗钱瞬间就烟消云散。

带着恨铁不成钢的遗憾，当我掷地有声地告诉弟弟"你被人家'套了笼子'还蒙在鼓里犯傻不开窍"时，弟弟一脸迷茫落魄地自言自语：这城里人咋就这般没有感情？在城里生活咋就变得这么累？

钓　鱼

周末闲来无事，挚友小贺便常常盛情地拉着我一起回他白露塘乡下的老家去钓鱼。小贺家里有一口蛮大的鱼塘，凭着他兄长的殷勤打点，鱼塘的水面上不时跃腾着活蹦乱跳的鱼儿，特别是他一家人个个热情好客，我每回都是受宠若惊又恭敬不如从命。

俗话说，吃鱼不比钓鱼香，但小贺家用青草豢养出来的塘鱼，不光吃起来香，钓起来更有趣。瞧着自己亲手钓出塘的大鱼，又亲手刮鳞去鳃，再一锅辣椒紫苏汤将鱼炖得透香，一餐鱼下肚，那滋味儿足可以让我的肠胃蠕动七天七夜！

时间一长，不少朋友晓得我有这么一个周末消闲散心的好去处后,爱寻找刺激调剂生活的朋友便跟我说,要我方便的时候也叫上他们去热火热火。考虑到人去多了,人家小贺家难得招呼,加上他们跟小贺毕竟隔了一手,我没敢一一答应。

碍于面子,有一回,我还是吱喝着带了三个互相认识又说过多次要搭我"便车"的朋友甲、乙、丙去小贺家钓鱼。

朋友甲姓徐,是碳素厂的职工,长我几岁,我称他徐老兄。徐老兄家境不是很阔绰,老婆早几年下岗后做些摊头小贩一类的薄本生意。朋友乙姓常,比我小,从事建材销售行当多年,属于先富起来的一分子,手头没有百把万以上怕也买不起私家小车,这回上小贺家,开的还是常老弟那辆2000型桑塔纳。朋友丙姓袁,我习惯称他"袁大头",与我一样是"爬格子"的同行,归于"破笔头加直肠子配豪情义胆"那种常招惹某类爱对号入座人物白眼的酸迂角色。

那个周日上路前,我正在为徐老兄从我口中探听小贺家一些"内部情报"而一肚狐疑时,徐老兄让我们打开小车的尾盖,将数样水果和一些老年人滋补品什么的塞了进去。我数落徐老兄:"你跟小贺家又不沾亲带故,没必要跟我比厚重。"

徐老兄一脸正经地客套:"使不得,我们是寻开心找消遣,人家小贺家却要劳神费米来款待我们,再说你的朋友也就是我的朋友,待会见到小贺年迈的父母空着手时,我是有胆子没面子。"

常老弟一旁鄙夷不屑地抢白:"就你这玩意儿能值几个钱,真俗气!既然巫老兄的朋友是我们大家的朋友,还讲那么多礼数搞那么复杂做啥?君子之交淡如水,我们是去找玩,又不是去做客,随和自然点儿,大家都感觉轻快些。"

车过香山坪,一直默不作声的袁大头示意我们停一下,一脸神秘地双手一摊,然后伸出两根指头嘘的一声,说我去去就来,你们在车上稍等我一会儿。

手中烟头还未丢,转头时,只见袁大头怀抱一只大公鸡外加两匹老年人那种成色的布匹从香山坪菜市中走出来。

中午吃饭时，大家瞧着满当当的一桌酒菜直咽口水，大鱼虽是我们几个亲手钓起的，但羊毛出在羊身上，这还不算，小贺父母使出浑身解数，鸡鸭狗羊加腊味干货，叠了一盘又一盘。瞧着眼前这些地道的乡土风味，徐老兄一口一个"太麻烦"，言行间甚是歉疚不安！

回城时，小贺父母将钓起来的另外几尾鱼让我们悉数带回。徐老兄说什么也不肯接，说咱们清了心福饱了口福还要拿走，这么破费，下次就不敢来了。

袁大头一边也附和着极力推谢。

一路上，常老弟有些清高脱俗而又意犹未尽地抱怨："不就几条鱼吗？亏你们还推石磨拉风箱样地客套。今个儿在小贺自家水塘里钓鱼倒是别有一番情调，只是那一池鱼养得忒狡猾，一抛竿就晓得是喂饱了的家伙，不那么轻易上钩，要不然，咱三四个也不会一上午才钓到七八条鱼，再就是中午那桌菜是好菜，可惜一点儿也不讲究配料火候刀功的，没烧出正宗乡野味道来！"

徐老兄反驳："你是大鱼大肉吃腻啦，这么原汁爽口的农家土味，我是一年中难得吃到几回！搭帮巫老弟的面子，咱家是食之不安，受之有愧！"

只有袁大头依旧默不作声的，似乎在思考着什么。

这以后，有几回，小贺要我约几个朋友去他家钓鱼放松放松。邀徐老兄，他说这么多张嘴巴，又不是吃大户，太麻烦人家了，不好意思老去。邀常老弟，他说钓过一回的鱼塘第二回再去钓便没有初次的那份激情了，小贺家菜做得不合口味尤可，最恶心的是，他看着乡下鸡屎牛粪遍地就起鸡皮疙瘩。只有袁大头说感觉蛮好的依然乐此不疲跟着我去，依旧出发时在城里或路过香山坪菜市时捎些东西，有时蔬菜水果，有时老年人营养品生活品，他说我们尽兴了不能让人家倒贴。

另类缘分

　　卢俊广与何丽姣见面前，丽姣与苏进就已经好上了，但丽姣爹娘不同意，他们瞧不惯苏进是个纨绔子弟，不学无术，执意要卢俊广跟丽姣见个面试试再说，兴许丽姣会改变初衷重新选择也很难说。

　　卢俊广也从介绍人莲姨口中获悉了丽姣的一些情况，他之所以答应丽姣爹娘跟她见面，兴趣就在于他敬仰何家是武术世家，听说何丽姣拳脚功夫蛮好，还在县散打比赛中夺过冠，冲这一点，他这个武术迷来神了。

　　丽姣正如她的名字般，面容清丽姣好，身材窈窕，美中不足的是她皮肤偏黑。

　　在丽姣经营的药房里，瞅着她忙前跑后给顾客们号脉抓药，卢俊广坐在一边手足无措。丽姣爹借故走后，卢俊广几度涨红着脸欲言又止，神色局促尴尬。好不容易熬到顾客走得差不多了，未待他开口，丽姣落落大方地率先打破僵局：听我爹讲你手勤脚快，脑瓜子活泛极了，木工活、油漆活、篾工活、泥水匠你样样在行，又是呼犁喝耙的好把式，真不简单！可惜你跟我一样没考上大学。

　　看丽姣无拘无束一脸热情，卢俊广如释重负地接过话茬：其实，真正了不起的是你，会配药瞧病，还在县武术赛上拿过奖，好羡慕你！

　　丽姣微笑中略带些许歉意：难怪我爹喜欢你的踏实厚道，多才多艺，说实在的，我也挺愿意同你这种有奔头的直肠子交朋友，但

含 羞 草

我担心自己没那个命，更怕误了你，你也许摸着了我的事，君子不强人所难，我们两个恐怕无缘，所以，你千万莫拿我当回事，也莫信我爹的。

从丽姣似是而非的口吻中，卢俊广隐隐约约听出了什么，他转头避开丽姣正面的目光，忙不迭地折转话锋掩饰：我是觉得对不住你爹的一片深情厚谊，跟你认识认识而已，你也莫往心里搁，没别的意思。

丽姣送卢俊广出门时，远街屋檐下一双狐疑的眼睛正望着他们。

由于丽姣爹极力撺掇撮合，卢俊广又被丽姣爹生拉硬扯着来到她的药房。

坐不多时，丽姣爹照例借故走开了。这天，天正好下着雨，抓药的顾客又不多，丽姣便要卢俊广吃了饭再走，卢俊广答应了。这时，卢俊广与丽姣面对面双双站在柜台内的身影又让不远处张望的一双眼睛看了个分明，特别是当丽姣淘米烧饭的当儿，手脚闲不住的卢俊广也一起忙里忙外地帮着张罗，这幕"小两口"一唱一和的锅碗瓢盆交响乐，更加刺激了角落里那双眼睛。

自卢俊广来了丽姣药房两次之后，丽姣弄不明白苏进偏偏这个时候一下子就跟她翻了脸，他从哪儿晓得这么确切？丽姣越是对苏进解释，苏进越是愤慨，醋劲十足地骂她贱货，两人几次闹得不欢而散。

丽姣爹第三次带卢俊广去丽姣的药房时，有几分蛮力的卢俊广饭后接丽姣递上的茶时，想试试她的身手，微笑着顺手一紧丽姣的手，心乱如麻的丽姣一扣腕，甩手伤到了卢俊广的眼角。在她爹的责怪声中，丽姣也觉得自个儿晦气，态度生硬得有些过了分，赶忙拿来药水替卢俊广揉搽，尺寸之间耳鬓厮磨的镜头也被第三双眼睛偷窥。

丽姣与苏进彻底闹翻了。

这以后，丽姣对卢俊广依然停留在不冷不热的层面上，从丽姣深邃沉稳的眼神上，从丽姣规行矩步的行为中，卢俊广判断丽姣对自己似乎没有那个意思的跨越，卢俊广越想心中越发不是个滋味，脸皮薄的他说什么也不肯同丽姣爹来她的药房里坐了。

这时候，镇武装部的同志给卢俊广送去了入伍通知书。

丽姣父女俩去车站给卢俊广送行，汽车开动的那一瞬间，卢俊广流了泪，他清楚这泪是冲丽姣爹对他的欣赏和寄予的厚望而滴落的。透过车窗，他最终还是看到了慢慢落在车尘后面的丽姣把手伸向了眼睛。

到连队后，卢俊广分别给丽姣和丽姣爹去了信。

丽姣爹每次回信中充满了长辈的期盼，说卢俊广日后一定有出息。

丽姣回了唯一的一封信，并寄上自己的玉照，但信中只有一句意味深长的话：欢迎你归来，但不是现在的你。

此后，丽姣便没了音信，令他奇怪的是，每隔两个月，卢俊广必定收到一张丽姣的照片。所以，他还是断断续续有信给丽姣，尽管她从不回信。卢俊广守望着一份无根无系的慰藉在军营中勤学苦练，从丽姣爹的信中，卢俊广得知丽姣在攻读医学专业的自学考试。

果如丽姣爹所料，入伍第二年，卢俊广便提了干，进了军校。

几年以后，当探亲回乡的卢俊广与丽姣终于手挽手走到一起时，他俩方才明白当初从一见面起，父亲一直从中"作梗"的良苦用心。

丽姣是在父亲编排的缘分中爱上卢俊广的，她爱的方式也很特别，她将那份爱藏得很深，一是怕分他的心；二是她要考验他的真诚，直到卢俊广回乡探亲时，才读到一封封丽姣贴上邮票却没有寄出的情书。

土鸡屋

城东郊王仙岭新开了一家"满口爽"土鸡屋,店老板姓卓,四十多岁,给人的第一印象是热情好客,格外大方温和,臻臻至至,无论谁光顾他的土鸡店,门前最先迎迓到又最后送得远远的保准是他那清癯削长的身影。若不是从年龄上去猜测,第一回到"满口爽"的人,谁都准会把彬彬有礼的卓老板当成一名老练的店小二,而且卓老板总会在埋单东家因十块八块钱零头与账台小姐磨嘴皮子时,适时地走过来,正经地嗔怪着训斥账台小姐:人家客人大老远跑来咱们这儿吃土鸡,凭什么?还不是冲咱跟你们唠嗑多次的"二道"——味道加待客之道。去,利索些给客人去掉这零头不就得了!

自从发现这家招牌新颖独特的土鸡屋后,正如卓老板自我标榜的那样,起初,冲着"满口爽"土鸡屋的原汁原味,冲着卓老板的"地道实在",休闲日子里雅兴一来,我便邀上几个气味相投的"格子友"到卓老板"满口爽"店子里去打百把多块钱"牙祭"。第一、二次去"满口爽"时,殷勤不过的卓老板拍着胸脯掷地有声道:咱泥腿子开店,档次不敢说,实惠便宜倒是梆硬的,一盆土鸡外加七八盘荤荤素素,一般都不得超过一百五六十块;再就是这土鸡我是隔三岔五到马头岭乡下咱老屋里去捉一次,家里两个老人是一窝一窝地孵哇养啊,屋后一大片菜园子全都圈起来养鸡了,正宗地道的味儿咱敢打包票,偶尔应付不过来时,便从左邻右舍那儿去买,不用咱多唠叨,你们尝这味儿就晓得——真的假不了,假了真

/ 小 说 /

不来。

　　说实在的，从热闹的份儿上看，这"满口爽"土鸡屋真也名不虚传，一只只土鸡当着客人的面现宰现烹的场面更是令人深信不疑，加上这店子地处东郊一片起伏的小山弯里，环境幽雅清澈，倒也吸引了流水般的食客，"满口爽"的生意日见火红张扬。

　　我去过"满口爽"三四次后，与卓老板及他店子里里外外的帮手渐渐熟识了。一次，另外一位"格子友"做东，我去晚了袋把烟工夫，七八个朋友分坐两桌热乎开来，在一房子乌烟瘴气中"招商引资"。我打过招呼后便溜了出来，信步走进厨房，瞧着锅里正在烹制的"土鸡"，心里顿时纳闷不过：咦，几分钟前我绕过正门从厨房进来时，他们还在磨刀放血，怎么眨眼之间鸡就魔术般地跳到锅子里去了？因为我们到得最早，是这天中餐的开锅客人，十二点钟还不到，再快的手脚，宰杀、褪毛、开肚少说也得对付十多分钟，绝对没有那么快的动作！转头间，我无意中瞅见厨房一角的水池里泡着几只解冻的光鸡，心下顿时明白了几分，但宰杀的整个过程我没跟在那儿，又没看到刚才被宰的土鸡，也不好过多说什么。两个厨师瞧我东张西望一脸狐疑，用勺子翻动着锅里的"土鸡"：放心吧，这不就是刚刚宰杀的那只土鸡，保准不会搞错的哟。

　　我未开口问什么，他们倒先来"安慰"我了，这不明摆着有些做贼心虚嘛！听完他们不打自招的表白，我观察到他们略略泛了一圈红晕的脸上又增添了一丝不自然，我摇摇头，依然不声不响地退出了厨房。

　　深秋一个周末，几位朋友说要到我新居中去活动一天，因为妻子上班，一大早，我起床后就径直奔罗家井菜市转悠，在那片鸡摊前，一照面正好撞着"满口爽"卓老板一个伙计提了一笼刚过完秤的小脚"土鸡"。这一刻，我什么都明白了——真真假假，羊头眼前过，狗肉心中留。店伙计冲着若有所思愣在原地的我笑笑后便消

153

失在人流中。

还有一次,我在"满口爽"应酬时,看到另外几个精明的食客在埋单时,指着账单上两道高于菜谱价格的菜,说账台小姐分明在欺诈人,账台小姐一副不留神搞错价格的窘模样涨红着脸在更改。卓老板笑容满面地赶紧走过去打圆场:真是对不起各位!都怪这小姑娘一忙起来就毛毛糙糙,错几块钱事小,连累咱店子的招牌事大。

一旁的顾客一语双关地反问卓老板:上回我在你这儿吃饭,结完账后才偶然发现有一道菜也是错了六块钱,我估摸可能是你们这小姐疏忽大意,想想账结了就算了,没当回事去想,这回又错了两道菜,而且是只错多收不错少收,你们的小姐还真"毛糙"得有水平啊!

看得出卓老板脸上掩饰不住微微的慌乱,他稍做镇静后,佯装生气之状一把拿过账单看了看,之后一脸严厉地怨责账台小姐:你看,一百六十七元,咱早跟你们说过好多次,像这种情况就只收一百五十元,还在乎那零头做什么?

瞧着在"满口爽"出出进进的食客各自嘀嘀咕咕地相互议论:这店子里土鸡头几回味道还蛮正统的,好像吃多了也就那么回事,是不是真的什么东西吃腻了嘴巴也就娇贵了?

隐隐约约中,我感觉到"满口爽"卓老板笑容和地道背后深藏着的鄙俗后,对这家"物美价廉"的土鸡店,我是再也没有兴趣去了。

野鸭买卖

吃鸭,是我们一家人的共同嗜好,隔三岔五,帮我们料理家务的岳父母总要轮换着做出血鸭、芋荷鸭、仔姜鸭,给我们变换出不

/ 小 说 /

同花样的口味。因为有老人摒挡家事,我是只知鸭味不知鸭价,习惯了衣来伸手饭来张口沾老人光的生活,省却了长年累月跑农贸市场的烦赘。

不知不觉间,六七年过去了,眼见着小孩长大,岳父母便执意要走,说换来高中毕业后在外打工的外甥女来当我们家保姆。因为外甥女一时半会还来不了,我只得偷懒图方便,临时充当起三天两头就得从市郊进城到就近菜市跑腿的"半脚夫"角色。

茶余饭后一个偶然的机会,我从同事口中得知与单位邻近肖家村的村民肖老板利用自家池塘圈养起一批又一批的野鸭,单位里许多同事想吃鸭的时候,都到他那儿去买鸭。于是,我也找到肖老板。

有着生意人特有精明的中年汉子肖老板,看上去似乎不乏温和热情,说话也显出蛮爽快大方的:行,都水土相邻的,低头不见抬头见。我这野鸭肉质是不用说的,至于价格嘛,我拿到市场上卖十四块钱一只,给你就十三块算了,要吃鸭的时候,随时来个电话,我拣肥壮些的亲自给你送上门去,怎么样?

肖老板说罢,就利索地拿起笔,沙沙沙将他的手机号码留给了我。

我有些受宠若惊似的,也有些踏破铁鞋无觅处,得来全不用费工夫的感觉,加上菜地里有些蔬菜应急,这么一来,倒也确实省去了大老远进城往菜市场赶的麻烦事。加上野鸭的味道又着实比其他鸭子好,这下,我们家野鸭吃得更加频繁了。

就这样过去了三个月后,外甥女才从长沙赶来。我终于可以如释重负地将买菜做饭接孩子等一应家务卸到外甥女身上。

乡村出生的外甥女,属于细腻耐烦善于操家理财的女孩,一撮葱到她手上都可以砍下两毛钱价来!

外甥女来后没出一个礼拜,她便语气果断地告诉我:姨父,你不要再让邻村那个什么肖老板送鸭了,除了城边缘几个菜市的野鸭

155

贵一点儿外,在城中最大的罗家井菜市,一样壮实的野鸭,每只才十一块钱,要是一次买两只、三只的话,每只顶多也就十块钱,这是咱亲眼所见亲口打听到的。

我一愣:不可能吧!肖老板跟我们这么熟,人也挺和气的,有时候口袋里找不到零钱差他块把钱时,他都一口一个算啦算啦没什么大不了的,爽快得很!

瞧我这样说,外甥女急了:姨父,你要不信,明天正好星期六,你跟我一同到市中心的罗家井菜市跑一趟,你就知道了。

我怀着一肚子的疑惑点了点头。

因为周末刚好有一班朋友上我家来小聚,星期六那天我便与外甥女一同进城买菜。

正如外甥女所说的那样,罗家井菜市中几个卖野鸭摊点的价格还真是十一块钱一只!而且,外甥女花三十块钱买回三只壮实野鸭这个摊的女摊主还是肖老板的内眷,幸好她并不认识我这个"邻居"!

院内那家小商店

在我居住的院落内,有谁家将煤房出租给一位妩媚清秀衣着打扮入时的年轻女子,开起了一家日杂小商店。

因这间煤房刚好位于楼群的十字拐角处,上下班的居民们都得经过这个交叉口出出进进。大约是地理位置顺当便利的缘故吧,小商店的生意难得热闹非凡,加上女店主有头脑,看好店门至甬道旁一块七八平方米的空地,下意识地搭起了一方阳篷,放上两张方桌及一些板凳，引得院子里一些爱消遣的男人及老人呼朋引伴不分早晚地围坐在一起，嗷嗷吆喝着修"长城"。满当当的两桌麻将外加一搭子一搭子嗜好围观的男女老少，顿时闹哄哄地将个小小商店吵开了锅。间或三缺一时，也总有那么几张老脸孔一屁股烂坐那儿耐心等待。工休闲暇茶余饭后，还常有一些高谈阔论者在小商店门前聚散。

日子一长，小商店门前凉篷下麻将的洗搅声、下棋的争执声、小孩子的聒噪声越发激荡混沌，来来往往的人们也越发爱在小商店门前驻足。每每这时，女店主便精神百倍主动招呼人们，绽着一张桃花笑餍手忙脚乱热情异常地跑前跑后。打麻将的说买包香烟，瞧热闹的嚷来瓶饮料，下棋的男人眼前放着瓜子花生。手提滑板车的小家伙们更是缠着各自的大人要这个糖果那个玩具，就连准备出门去购买油盐酱醋的主男主妇们打这儿立脚久了，便也懒得到外面去讨价，顺便捎了这些生活用品回去应急。小商店的生意忙忙碌碌，火爆得不得了，女店主一时间忙得不可开交。

不久，女店主便招呼来一位中年男子帮着打点生意。

这中年男子一来，我观察到有意无意爱来小店凉篷下休闲娱乐的那群男人有了微妙的变化。除了离退休的老人们照例聚集在一块儿开场，小孩依旧打闹不休外，来这儿瞧热闹的男人们愣是明显地减少了。提着油盐酱醋等生活品从外面回来的男人们在小商店附近通道处撞见时，彼此有些怪不好意思地看着对方：这小商店里的东西还是比外面贵那么一两成！要不，咱还真图个省事。说的话大体上都是一个谱。

尽管那男店主温和厚道，但我发觉小商店的生意分明比以前稀疏了许多。

含羞草

人生本息

邢超刚当司务长不到两个月,连队的煤烧完了,得带车去拉煤。

炊事班班长自告奋勇:司务长,让我带车去吧,保证一百元内给你拉回一车煤。说完就挺不自在地冲邢超麻麻地干笑。

邢超听其他连队的司务长说过,到一百公里以外的煤场去拉一车煤回来,连烟带酒少说也得一百元以上的开支,你要是太小气了,汽车连的司机总会变着法子戏弄你,一会儿说车没油了要你掏钱加油,一会儿又是中途找人,让你好等。

邢超想着这些事,心中就很自然地上了气,看炊事班班长再次信誓旦旦地请缨去拉煤时,一股怒气不觉冲口而出:保证你个屁,我带车去拉还用得着花连队半分钱?这煤是军需科转账的,车油又都是公家的,明摆着不用连队掏啥钱,亏你还说得出要花上百把元,不信,你等着瞧我的好了。

炊事班班长吐了吐舌:司务长,犯不着跟我过不去,你不花钱能拉回一车煤,那你自个儿去就是,何必怒气冲冲的?

不大一会儿,汽车连的一台解放车就呼哧呼哧开到连队,司机是个有十多年兵龄的老兵,中等个头皮肤黝黑,不苟言笑,略显深沉。车一停稳,司机半个头伸出窗外,用例行公事般的口气朝炊事班喊:哪个带车?磨久了一天赶不回来呀。

邢超收拾停当,疾步朝汽车奔来:来啦来啦,我也急着呢。

司机看邢超手中拎着一袋馒头咸菜和两个水壶,拧弯浓眉疑惑不解地问:你这是啥意思?还没吃早餐吗?

/ 小 说 /

邢超关上车门，脸上掠过一片红晕，朝司机挤出一丝尴尬腼腆的微笑，拍了拍手中的塑料袋：中餐咱们两个差不多了吧？

司机顿时拉出一张马脸，布满阴涩晦暗，也不跟邢超再搭半句话，只顾独自驾车。

邢超被晾在一边，浑身怪不舒服的，他在闷声臆想，眼前这位拉着长脸的司机显然不乐意中餐同他一块儿啃馒头咸菜应付一顿，这么说来，今天他也必定要敲我一把，中餐一顿也罢，要是被他磨蹭到天黑才回来，晚餐又得到饭馆吃，那今天还得花上连队几十元？这家真不好当啊，看来我也难能幸免，真恼恨这些想方设法揩公家油水的人。

一路上，邢超几次欲张嘴同司机搭话，但司机只是一味机械地驾车，脸色始终凝重肃穆，并不正眼旁顾他一下。

两人就这样一直很不默契很不友好地对峙着。

一路无话，到煤场装好车时，已过晌午，邢超就硬着头皮对司机说：开到前面那家小店去吃个盒饭吧，怎么样？

司机轻轻地点了点头算是回答，仍然神色冷峻。

两人找个角落坐好，服务小姐递过菜谱。邢超摆了摆手，吩咐小姐炒五块钱的盒饭来。

小姐望了邢超一眼，露出惑然不解的神情，一旁的司机也同时朝邢超射来迷茫嗤嘲的一瞥，然后轻蔑地小声骂了一句：铁公鸡，真抠！

这一切邢超看在眼里，若无其事地自我解嘲：我这儿馒头咸菜都吃不完哩。言毕，有些憨傻而又邋乱地嘻嘻惶笑两声，低头咽嚼着冷馒头。

结完账，两个人又闷不吱声地坐回驾驶室。车过一片一望无垠的偌大橘园时，司机转头窗外望了望便嘎的一声刹车靠边停了下来，两人便寻了处掩蔽的果林边小解。

含 羞 草

邢超上车时,发现司机正坐在驾驶座上大口大口地吞云吐雾,似乎在深虑着一宗什么事,须臾,司机将快烧到指甲处的烟蒂朝外一弹,烟蒂流星般地在空中画了一道绝妙的弧线后落在橘园中。司机嚅了嚅舌尖,看起来像有什么话难于启齿,顿了一下,终于开口与邢超说了一个上午以来的第一句话:邢司务长,借我一百元到橘园中去批几件橘子,如何?

邢超心里咯噔一下,感觉到那张阴郁的黑脸仍然木无表情,如果要说稍有改变的话,那就是上下唇因张口说话而努力地牵动了一下,除此之外,就是司机总算转过头来正眼瞧紧邢超。

邢超的心急剧地绷紧了:这家伙好狡猾,不好意思开口点菜开荤、向我索要烟酒,也不借故要我加油什么的,却心生此计,要我借钱给他批橘子,名义上是借,实则是老虎借猪,过后哪会再还你?可他既然开口向我借,拒绝他面子上又难堪,看来我再紧手为公也逃不了这些司机的索要,没奈何,只得自己破财来满足这种贪婪之人。想至此,只得默叹着取出一百元钱借给司机。

乌飞兔走,转眼六年过去,已是部队"优秀红管家"的邢超年龄偏大提干无望,上级批准邢超转业。

那日,邢超准备停当正要启程回老家联系工作时,突然几辆高级小轿车开进营区,车内一位中等身材持手机的胖老板弓身而出,战友们都睁着好奇的目光盯住这一行人。

来人在营长的陪同下径直来到连队找邢超。

邢超闻讯远远走过来,觉得来人似曾相识。

营长与胖老板快步迎过来,伸出两双友好的大手,营长面露喜悦:恭喜你啦,邢司务长。

邢超正疑惑不解时,胖老板脸带微笑:邢司务长,可记得六年前和我去一百多里以外拉煤的那一天吗?

邢超恍然大悟:原来你是汽车连的高司机,我总猜在哪儿见过,怎么,你发了?

营长一旁喜上眉梢,故作神秘地晃了晃头:邢超,你知道高董事长为什么事来找你吗?

邢超一脸不解。

营长哈哈大笑了一声:邢超,高董事长,也就是咱团汽车连原来的司机,现在是深圳一家几千万资产的企业董事长,他特赶来营里高薪"挖"你去担任他们公司里的财务主管,你看,还有六年前他向你借的一百元钱也按高息连本还你好几百元哩。

邢超望着高董事长压到他手中的几百元崭新的钞票和大红聘书,一股道不清的复杂之情涌上心头。

蕉林遗梦

沿着营区外樗林缝中一条鸡肠小路往前拐个弯不远,便是挤满小山的成片香蕉林,那是铁蛋所在连队营区外的一道风景。

香蕉林是驻地村庄的,但樗林与香蕉林交接处的一簇葱茏青绿的芭蕉却是连队的地盘。因为,那儿有连队的一个地泉井,装自来水之前,一连的兵全跑这水井边来冲凉沐浴,就是如今连队有了自来水,不少兵们还是喜欢提个桶大老远跑来香蕉树窝围着的水井边来擦身,只为了这水井的甘冽沁凉,一天训练的疲劳叫这清冷井水一冲,顿时怡爽爽地舒透到心。

铁蛋便是爱到井边来洗身的那群兵中的一个。

与兵们所不同的是,铁蛋每天傍晚尽情地擦完身子后,并不急着回营房,总要一个人静坐在芭蕉林旁的一块青石上想心事。老连

含羞草

长说他当年还是在连队当兵时，芭蕉林就已经蓬蓬勃勃地狂旺起来。到今天，芭蕉林像豆芽般的，大大小小子子孙孙一发不可收拾，长长的扇叶指天画地肆无忌惮，独霸了一方天空，密织成一张酽绿撩人晾在空中的蕉网。静坐蕉林，听时大时小的风儿在蕉林里呜呜咽咽穿来贯去的，戏谑着杂乱的蕉叶摇头摆尾发出唰唰沙沙的响声，宛若聆听一曲远古筝乐，翩然入梦如痴如醉。

多少个血火夕阳的落暮，铁蛋坐在青石板上凝望天际的斜阳出神，伴杂着战友们从头上往全身哗啦啦倾泼到井边的水声，黑黑黄黄的裸体忘情地袒露在芭蕉林里。铁蛋喜欢听他们相互嬉闹的浪笑寻些开心，但无论如何，铁蛋自己总也乐不起来，铁蛋有太多太浓的愁绪。也难怪，当兵第三年了，曾经想学开车的强烈愿望也随着岁月的流逝几近消失，摆在自己面前的只剩下一条路——考军校。然而，这又是何等的无着无落，铁蛋担忧自己考不上，考不上不又得回那大山沟沟里去吃土坨坨，吃土坨坨那不等于白走了一段弯路，还不等于当几年兵兜了一个圈子？自己的一番雄心壮志不也变成笑柄遗落在儿时的伙伴中？

铁蛋打了一个激灵不敢再往下想，可是现实像一条链索纠缠着他不放，凭自己那破钵肚没有一丝底儿，听说连队的建制班长可以减些分，立了三等功以上的也能减些分，少数民族的也减分，他铁蛋一样都没沾上，真丧气。

铁蛋抬起头，四周一片阒寂，他这才发觉兵们早就洗完澡走了。芭蕉林里压来重重暮色，剩下自己一个人孤零零地沾着苍茫暮霭擦拭身子，喉头不时涌动着一股酸涩，四周则闪动着一袭哀悠悠的凄艳美，一阵阵与世隔绝之感袅娜着周身，铁蛋说不清自己缘何能适应这种苍凉岑寂，越静反而越解脱，他这么想。

铁蛋爱上了这眼地泉井，爱上了这片芭蕉林。这里的美景对于铁蛋来说太多了，看脚下延伸开来的挂满大把大把芭蕉的芭蕉树，看清澈见影的无波古井，看从蕉叶罅隙漏下的冷月清晖……这一切，对于铁蛋来说都是一种寄托，一份逃脱，一丝慰藉。

酣畅又忧伤之余，铁蛋决意每个早晨出操前也得上这蕉林来坐坐，到这儿来寻寻心情，或许早晨的蕉林、地泉井比想象中更多几分色彩，更能陶醉人的灵魂，更能洗濯肺腑的忧伤。

第一个早晨，铁蛋起得特别早，天还未破晓，他就踏着依稀的路影，钻过沉沉晨雾弥漫的樗林走近芭蕉林。朦胧中，他猛地发现地泉井旁有个人一丝不挂地在洗澡。铁蛋立在一丛芭蕉树后愣怔了半晌，周身毛发直竖，心里也惊乍乍的，以为自己碰见鬼了。他用力揉了揉昏聩的双眼，没错，是有一个人在洗澡。这时，天已渐爽亮，可以清晰地看见井旁氤氲着腾升的雾气，尤以从井中飙升的那股雾气最为浓烈涸酽，如画中仙人洞口飘浮的雾霭游云。洗澡的人看上去已逾花甲，矍铄朝气，恰似一沐浴的老神，远看老者，分明蘸着蒸腾的水雾在揉擦，手巾拧出的也全是蒸雾。

铁蛋来了兴趣，真奇怪！哪里来的老人，身体这般健壮，大清早上这儿来舀清泉洗澡，也真够狠的，换上别人，准以为是神经病呢。

铁蛋小心翼翼地走上前去跟老人打招呼时，老人正在穿衣提裤，尽管铁蛋只轻轻地叫了一声：老人家，您咋这么早？老人可着实吃了一惊，眨着疑惑的眼睛瞧着铁蛋，两双好奇的眼睛碰在一起，不约而同地笑了。

老人说他是北方人，干部家属，这两年来天不亮就起床跑步到这儿，然后洗泉水澡，天天如此，老人还称用这早晨的地泉水洗身会长寿。

铁蛋想知道老人是哪个干部的家属，但老人只是笑笑，岔开话题：你是连队的兵吧？铁蛋点了点头。

铁蛋自这天早晨偶遇老人后，似乎跟老人有说不完的话，打不住的兴趣。

看得出，老人也是一样，跟这位憨头憨脑又略带忧伤的小兵很投缘，无话不谈，觉得眼前这个兵很特别，同自己一样有些与众不同的味道，莫名地喜欢同铁蛋天南海北神聊。

这以后，一老一少两个人，几乎不用约定就一大早准时来到井边，和着井雾一同洗澡，然后一同坐在青石板上家事国事侃上一阵，等吹起床号时，铁蛋就回营出早操，老人也趋步返回。

又是一个大雾的早晨，铁蛋来到芭蕉林，照样用早晨的地泉水洗完澡后同老人坐在一起说笑。

谈兴正浓时，老人突然仰面倒在青石板上不省人事，铁蛋慌了手脚，连连呼喊老人家您怎么啦？任是他怎么呼喊，老人依然昏迷不醒。铁蛋一看情况不好，赶忙双手托起老人，奋力朝香蕉林外的公路上跌跌撞撞地冲去。

铁蛋拦车将老人送到就近的镇上医院，值班医生遽急起床对老人进行急救，同时吩咐铁蛋去办理住院手续。

铁蛋犯愁了，他们以为他是老人的亲属，可他什么也不是，身上又只几十块钱，只好把证件押给他们，先回连队去探明老人的家人再说。

连队也正在四处寻找铁蛋，听铁蛋红着脸道明原委，连长才消了气。

连队很快打听到，老人原来是余副师长的父亲，余副师长闻讯赶紧去了医院。

那年8月，铁蛋很顺利地考上了陆军学院。

岁月无情，转眼间又是仲冬岁尾，上面宣布的退伍名单上有铁蛋的名，当连长在全连军人大会上大声点到铁蛋的名时，他还在半梦半醒地回忆着发生在蕉林里、在地泉井边青石板上的那个故事，尽管铁蛋明知道过了今夜，那片蕉林那眼地泉井便不再属于他了，

/ 小 说 /

但他还是禁不住美滋滋意酣酣地走进了那个梦过多少次的故事之中。

枝外缘

师承志收到"母病速归"的电报后,急得暗泣,前几天父亲来信中还称母亲身体很好,怎的一下病了?也不知娘得的是啥病。家里抬脚就山山坎坎的,或许摔的跌的也有可能。

连长递给师承志一块面巾纸:男子汉的泪,有那么便宜?你这乱了方寸地一哭,把你娘的病给哭重了也说不准。说完从裤兜里掏出一张批好假的探家报告交给师承志。

师承志伤心痛彻,一路上落落寞寞失神不语,紧赶慢赶到家时已是乡村入夜掌灯时分。他老远就辨出夜色中关牛圈的爹,一袭平安的感觉朝自己涌来,就放开喉咙,有些激动地喊了一声:爹,我回来了。

爹闻声一转头,看见当兵两年的儿子回来了,喜上眉梢,忙掸了掸身上的灰尘快步迎了过来。

师承志一边从身上摘行李一边迫不及待地追问父亲:爹,娘患的啥病?

爹被儿子问得一头雾水:你娘好端端的,患啥病来着?

这当儿,娘闻声从屋里迎了出来,分明没有半丝病容。

嘘长问短之后,一家人谈话的焦点都落到那张电报上,纳闷不已。

爹说压根儿没给他拍过电报。师承志说这就怪了,哪个吃饱撑的发癫跟我开这种国际玩笑惊吓我,安的什么心?

165

含羞草

一家人晚饭后胡乱地左猜右忖,越琢磨越离谱。

师承志松了一口气,说娘你没病就万事大吉,我回来看看你们也不是坏事。

娘洗碗的手腾地在锅沿定住了,若有所思地记起什么来着一跺脚:莫非是镇上你那表舅母拍的,上个月她在咱这儿吃饭时说她大闺女跟承志挺般配的,要亲上加亲联姻,还说什么让承志回来一趟见个面,将亲事定了她心里踏实。我跟她解释,承志要满三年才能探家,部队上抓得紧,他又是班长。你表舅母倒认起真来,给我出主意讲编点儿理由要承志回来,我没有再搭她的腔,难道这电报是她拍的?

爹听到这儿,一个劲儿地埋怨:八成是她干的馊事,荒唐!

师承志也暗咒:表舅母咋恁损?都啥年代了,还来这一套,明儿个我倒真要过去瞧瞧你家那妞到底有几分姿色。

第二天,师承志与娘去镇上时,半路上撞着表舅母带着她的大闺女,表舅母眼尖嘴也快:姑姐,承志,果真是你们,我跟腊梅掂了一个银镯子,猜承志绝对到家了,这不,当场应验。言毕,朝腊梅使劲揉了一把:死丫头,还不快叫你表哥。

娘喷怨一通表舅母后无可奈何地摇了摇头。

表舅母的两个闺女一直在县城上学,去年腊梅高考落第就回到小镇待业,二姑娘红梅考上省城一所重点大学读书去了。除了儿时穿开裆裤那阵一起玩过几回,表兄妹长大后从未见过面。

承志先前以为表舅母的大闺女一定长得如花似玉水灵苗条的,没料到大表妹胖墩墩的难看死了,身体各部位一点儿都不对称。他鼻孔里止不住暗哼了一声:难怪这么泼缠,当我师承志是废品收购站的呀,想把这么个母夜叉推销给我,也不拿镜子照照,耍到老子头上来,看你怎么收场?想至此,就没好气地沉着脸闷不作声,任是腊梅在他面前忸怩作态地盘这问那,他就是不正眼去看她一眼,除哼哼哈哈地点头应付,绝不多答半个字。

师承志愀然不乐地随同母亲来到表舅母家。

表舅母抬头浪声叫过几句后,楼上才慢悠悠传来轻盈的高跟鞋叩地跫音。

下楼道来开门的姑娘十八九岁,宛若天仙,若出水芙蓉娴静端庄,身材、肤色、气质都是天生的极品无可挑剔,一头披肩乌发一袭白色连衣裙,手中还攥着一本书,浑身上下散发着浪漫气息。

门开处,表舅母冲姑娘嗔骂:鬼丫头,躲在楼上弄什么?暑假那么长还怕看不饱你那几本书。言罢,正要伸手给承志和她娘引见,承志和二姑娘红梅猛然间同时雀喜地惊叫起来:怎么是你?!

两家人一时愣怔住了。

红梅绘声绘色地将她回来时晕车,一名陌生男子趁机摸她的胸调戏她,她吓得恐叫,是师承志愤愤不平地教训了那下流男子一顿,又将自己的座位让给她,一路照顾她才顺利到家的经过一五一十地讲了出来。

大家一旁听得目瞪口呆心悬胆挂,缓不过神来。

表舅母高兴之余,冲红梅努了努嘴谑笑:看来娘给你选了个好姐夫,娘的眼光有水准呗!

腊梅喜滋滋地窥了承志一眼,一脸得意恣傲的神色,有些满足地咂了咂舌。

红梅脸一下红到脖子根,偷觑了承志一眼,羞涩涩地进书房去了。

师承志归队后心乱如麻若有所失,长这么大,心头还是第一回滋生这种说不清道不明、剪不断理还乱的酸涩,倒不是那天表舅母跟爹娘说要他同腊梅订婚、被他一口拒绝搞得表舅母很没面子,而是他有意无意中听表舅母说等红梅毕业后,不惜任何花费要替红梅

含羞草

找个省城里有身份的好人家。

承志整日郁郁寡欢，战友们拿来腊梅的信要他请客，他拆也不拆就点火烧着了，唬得战友们一个个睁大眼睛迷惑不解。

一天黄昏，师承志照例心事重重地在营房外香蕉林里烦躁不安地徘徊，这时通信员手拿一个包裹在林外大喊，他木木麻麻地走了过去，通信员本想吊一下他的胃口，看他爱搭不理怏然不悦，就冷了兴趣，干巴巴地对他说：书你也不要啦。

师承志忙一把夺了过来，包内果真是一本书，翻开扉页，一片枫叶掉落，他蓦地一惊，一行娟秀的字迹立时嵌入眼中：振作起来，你我的故事全在书中。——红梅。

红梅，是红梅寄来的，师承志被这意外的惊喜搅得乱怀失态，抱住通信员原地打圈。

通信员冷眼骂了他一声神经病！

红梅寄给他的是一本爱情小说《爱，在事业的风帆扬起之后》，书中写的是一对遭父母百般阻挠的恋人，各自暗暗约定奋力拼搏，终于双双获得事业的成功并结为连理的爱情故事。

花开花落几春秋，那天依然是黄昏，依然是在那片香蕉林里，战士们正在逼着当新郎的师承志连长和他的新娘子红梅表演《送书》的小品节目，不时有阵阵开怀大笑从香蕉林上空袅袅娜娜地荡漾开来，传出好远好远。

/ 小 说 /

兵　魂

新兵下老连队了。

分到一班的新兵中有一个浑身乌黑发亮、郁郁寡欢不多说笑、显得有些木讷的瘦高个。

一见面，班长谑笑着插科打诨：我说你这个新同志呀，我长这么大也没见过像你这般黑不溜秋的人，简直是一个"黑炭头"。

一旁的兵们纷纷哂笑得前仰后合。

日子一长，兵们都不喊他的真名邴宏，而是一口一个"黑炭头"，渐渐地，"黑炭头"这外号在连队叫开了。

黑炭头老实巴交的从不生气，兵们无聊之余，不时地寻他开心：喂，黑炭头，想不通你怎么也摊上"邴"这么个怪姓，师长也黑，也姓邴，可惜咱们当兵的都兴找老乡，不兴找同姓的，要不然，咱可不敢得罪你呀。

大家便哗地哄堂大笑。

邴宏顿时满脸通红，低头走到一边去了。

也有兵们怀疑过邴宏跟邴师长是不是有一点儿关系。但邴师长是山东淄博的，邴宏却是江苏常州人，籍贯上扯不到一起，明明白白地否定了兵们的猜想。

一般新兵下老连队后，天长日久，往往变得疲沓懒惰，黑炭头却不一样，黑炭头在连队什么都干，任劳任怨默不作声，厕所堵死了，排长分派值班的兵去疏通它，兵咽着怨气不情愿地去了，黑炭头先意承旨，早已浚通了堵死的厕所，一身脏水臭汗提着桶出来了。副业地种菜,兵们争着拿锹铲,班长说要带上浇水的工具,兵们相互睖眼磨蹭着推却,最后又是他黑炭头默然挑起一担粪桶走向菜地。晚上看电影,兵们都不愿值班,黑炭头又主动请缨留下值班,兵们竖起大拇指:你够哥儿们。就连晒衣场士兵们忘记收的衣服他也会赶在雨前帮你收回,战友们落得省了许多手脚和忧虑。个别油滑的兵还对他支这使那,黑炭头从不生气,逆来顺受犯而不校,也不觉得委屈,班里排里连里上上下下都认为黑炭头这兵不错,军事训练也拔尖,自然他成了连队第一个入党的新兵。

天底下还真有许多令人遗憾的事,譬如人们常说好人命不长,就冥冥之中应验到黑炭头身上。

8月,黑炭头随部队开到长江抗洪一线,黑炭头与兵们连扛带抢地一道火速搬运沙包,他中暑晕倒在堤上。

一处堤坝发生管涌,为查明管涌的具体位置,连队选了两名水性较好的兵下水探漏。这时,黑炭头刚好从昏迷中醒来,一看这情景,急得拔掉针头,军医没来得及拦阻,他就三步并作两步冲到连长面前,自告奋勇言辞恳切地对连长说:让我下去吧,我是在江边长大的。

连长一把推开黑炭头:你不要命啦,知不知道你现在患病?

不等连长说完,他就从班长手里一把夺过背包绳带,绑在自己的腰上强行下水,一连串的下水准备动作只在眨眼间内,令在场的官兵愕眉咋舌,挡也没挡得住,他就扑通一声跳入水中去了,连长赶紧命令官兵们做好一切应急保护措施。

不想水底漏洞突然崩大,一股强劲的漩涡暗流瞬间将他卷入涵洞中,水是堵住了,可黑炭头再也没有上来。

在黑炭头的骨灰安葬仪式上,成千上万的军民挥泪成河,赶来为黑炭头送行,邴师长声泪俱下地念着悼词。

原来黑炭头邴宏竟是邴师长的亲生儿子,十年前,邴师长怀着一种心愿将邴宏过继给他常州的无裔老战友——对越自卫反击战一等功臣邴林生。

官兵们听得惊呆了,一个个痛哭失声。

情短路更长

秋月如水,泼泻着山寨的旮旮旯旯。

月色下,庞坚挽着桂兰的手默默地走在绕寨的山路上,尽管两人脚步缓慢轻盈,也不时引来谁家的一二声狗猜,俄尔,又复归沉静。

庞坚和桂兰各自想着心事,不知不觉踱到山寨口的一片果林里。夜渐深,山村里的人睡得早,果林里阴骏骏的,可以感觉到每一个角落弥漫开来的侵肤山露,浓稠带寒的月光漏下一团一块朦胧混沌的光斑,落到这对恋人的肩上臂上。夜,显得更加阒然静谧极了。"兰儿,明天我就要走了,等着我,碰碰运气,码不准到部队上我还真能混出点儿名堂来。"庞坚一气说完这一番藏在心里的话时,浑身似乎轻松了许多。

"坚哥,你硬要去当兵,我也没辙,还是那句老话,到部队后,你瞧着没混头了就快些退伍,别耽搁了我。"桂兰羞答答地说完这话,就低头捏弄着一绺披洒在胸前的飘发。

庞坚有些动情地伸出粗大的手,顺势将一头雾鬟风鬟的兰儿揽在自己宽实的胸膛里:"兰儿,你就相信我好啦,不奔出个人模狗样的,我不回来见你。"

桂兰心里一惊:不到黄河心不死,看来坚哥决意要在部队里吊梁子了。想至此，桂兰就黯然神伤，眼角唰地滑出几滴泪来。

庞坚见状，慌忙从兰儿身上袖出手帕，轻盈地拭着兰儿的脸："好了好了，兰儿你别伤心，到时瞧着没有干头了我回来还不成？"

桂兰神情郁悒地点了点头。

日子就在雁来燕往的情书中缠缠绵绵地流逝了。

庞坚果然很争气，加上他又能吃苦，进步很快，到部队后不到一年就入了党还当了班长，庞坚喜不自禁，紧锣密鼓的复习之余常常支肘遐想：码不准真考上军校，我就跳出农门吃"国家粮"了，那是何等的好事！想至此，就劲头十足，每每支撑到深夜才合上书。

桂兰呢？桂兰怎的好多天没来信了？庞坚正心悬念吊之时，通信员送来了一封挂号信，是兰儿的。庞坚忙小心地剪开信封皮，兰儿的心语徒地滴淌出来：坚哥，我想跟村里的娟娟到广州去打工，挣些我们将来结婚的钱，不晓得你准不准我去……

庞坚吓了一跳，回信婉拒，说了一些诸如"到外头打工人生地不熟，会遇到好多麻烦事的，万一找不到工打还会受骗遭拐"一类连吓带劝的话，说你就算要打工，也得等过这两三年我有了着落再说。

桂兰来信就再也没提打工的事了。

8月，对于所有参加了这场跨越人生考试的农村兵来说，这是过得最不安宁的一个月，谁都既惧怕又眼巴巴地祈望着那揪心的时刻，偏偏这个月桂兰没有来一封信，庞坚更是急成了热锅里的泥鳅，他憋得快发疯了。

8月底，庞坚捏着汗苦苦守候来的是五雷轰顶的落榜消息，那一刻，他只觉得天旋地转脑袋嗡嗡作响。

完了，我彻底地完了。他碎心目送着考上军校的战友踏着欢送的锣鼓声登车而去。

庞坚被绝望悲哀裹缠着，痴步踏上出营区的公路。

/ 小　说 /

　　前方公路拐弯处有几个兵在比比画画地给一位身材窈窕的姑娘指路，庞坚抬眼之时，心头猝然掠过一阵窃喜：那不是桂兰吗？桂兰怎的事先也不打个招呼就千里迢迢地赶来？

　　桂兰抬脚间也看见了飞奔过来的庞坚，禁不住朝他大喊了一声坚哥，喊完一瞧刚刚向他们问路还未走远的兵，噗地涨红了脸，臊得低下头来。

　　兵们止不住偷瞧着桂兰窃笑。

　　桂兰来队，无异于一剂特效止痛药，暂时止住了庞坚心头的剧痛，弥合了那一条落榜创痕。

　　"兰儿，你咋想到这个时候来？恁长的日子也不写封信，可想死我。"庞坚眼圈倏地变红，鼻翼也跟着歙了几下，有些嗔怪也有些感动。

　　"坚哥，你不怪我吗，我没听你的，跟着娟娟已在广州的宏发制衣厂干了一个多月喽，这个时候到部队来，我想你考中了我就来送你，没中我就来陪你几天。刚才在路口时，你们连队的兵都说与我听了。坚哥你莫伤心，不中也罢，还有我哩，我到广州打上一年工，你也差不多该退伍了，到时我俩一块回家过日子也是路，为啥非得钻那牛角尖？"

　　庞坚无奈地叹了一口气，算是默认，心里却仍然一片茫然无助。

　　桂兰走后，庞坚古着脸像变了一个人似的，连往日的一点儿打球的爱好也消失了，老乡们来找他散心，他冷冷地说：这段时间你们最好别冲犯我，让我一个人静一静好不好？

　　庞坚认了死理，他决意找个安静些的地方去调养自己冗杂而灼痛的心情，消解那股烦躁，于是他找连长，要求到一里外的连队养猪场去。

　　连长批准了他的请求，还在会上表扬了他。

　　庞坚似乎寻到了一线寄托，他买来很多饲养生猪的科技书籍。

他有自己的打算，在这最后的一年时间内拿连队的猪做试验，学到一手养猪的绝活，退伍以后办个养猪场，就不信比不上在部队当一辈子兵，此处不留爷自有留爷处，手头有钱哪儿不神气？

庞坚在书本中和猪身上拼命地发泄着他的一肚愁懑，他恨，恨轮落到自己头上一切的不如意；他要投袂而起用现实向周围的人证明人家瞧不起的岗位他照样能干得惊天动地，他庞坚就是不屈服于命运。

接下来的日子，他精心地饲养着他建议购进的一百多头猪崽，连队干部虽说也支持他，但很明显，他们背过身也替庞坚悬着一颗心。

战友们经常看到庞坚隔三岔五往驻地一家大型养猪场和兽医站跑，散步时时不时地散到庞坚的猪圈瞧那一群群渐渐长得膘肥体壮的畜生。

半年后，连队养猪场在一次全师评比中得了第一，庞坚也因此出了名，还立了三等功。

这下，他坚定了自己的选择，又大胆地饲养了十多头母猪，到年底，母猪一下子产了一百多头猪崽，他成了大大小小三百多头猪的"猪营长"，连队干部彻底服了他，还派了两名战士给他当帮手。

年底的退伍名单上有庞坚，连长向团部挽留，团里就刷了他的名，但连长只说要庞坚再留一两年，把技术留给连队，除此之外并没有半句有关他命运的话，他倒无所谓，留就留吧，因为他还在心里盘算着再做几次有关生猪促膘、配种的试验，只要他研制的促膘配方一灵验，母猪高效优质产崽妙招一成功，他回家就可以大展身手了。

留队这事惹怒了桂兰，他答应年底退伍和她一块回老家结婚的，结果桂兰气冲冲地一个人回家去了。

他有些舍不得桂兰，连连去信向桂兰解释，桂兰就是赌气不回

/ 小　说 /

他的信，过完年后，桂兰又匆匆地去了广州打工。

庞坚依旧埋头试验着自己摸索出来的养猪方法，他把全部心血都投入到养猪中，也将高考落榜的忧伤与桂兰的疏远所带来的痛苦统统埋到内心深处，又是一年过去，他成了全师赫赫有名的"养猪大王"。

扎扎实实地干了五年，庞坚成功地试验出一套生猪从配种到促膘防病治病的绝招，了却了自己的心愿，他无所牵挂地嘘了一口气，准备退伍。

连队也没法再留他了，只是在上报退伍名单时又一次将他的情况反映到团里，团长听后来了兴趣，他的事就一直反映到师里，师长听说了庞坚的事后就毫不犹豫地找来师后勤部长吩咐：设法留住这个兵。

就这样，庞坚很顺利地转了志愿兵。

那天傍晚，庞坚收到一封父亲写来的家信，父亲在信中说，桂兰已跟广州一个财大气粗的老板结了婚，开着小车双双回来了一次，并拿出一万元钱，说她对不起坚哥，不能再等他了，这一万元就当她还坚哥的感情债吧……

读到这里，庞坚的眼眶里溢满了苦涩的泪水，孰得孰失，他对自己选择的路有些抱憾也有些惆怅。

含羞草

情缘风景线

那天早晨,武参谋提前上班到办公室去赶材料,看到文参谋桌上放着一封贴有纸花的信,细瞟了一眼,瞳光立时就愣怔住了。没想到自己弄巧成拙,把事情撂糟了,眼瞧着秀英的心扉向文参谋敞开,此时他只剩下无尽的懊悔与深深的幽怨。

秀英是半年前分到师医院来的医生,到医院报到的那天,几个帮卸行李的兵平白无故地连闪了几个趔趄,他们被身穿一袭素白连衣裙姑娘的美貌惊呆了,努嘴扯眼地嘀咕:军营里竟然有如此鲜活迷人的女医生,差不多可跟七仙女媲美。

秀英分下师医院那阵,正好武参谋患阑尾炎住院,秀英来病房给他换药时,他捺住一股躁动的欣喜,这当儿,武参谋觉得自己分明好端端的,哪儿也不痛。

秀英虽是刚毕业的医生,动作却不像一个生手,轻捷而利索,她换好药,冲走神的武参谋莞尔一笑,就带上房门。武参谋许久都回不过神来,直到临床一位拄拐杖的班长谑笑着提醒:"武参谋,人都走了,你咋个不留住,只好等下回喽。"他这才红着脸慌乱地掩饰:"看你说到哪去了,搭便瞧瞧呗。"武参谋嘴上这么说,肚子里还是挺不住煮饺子:下回她来换药时,要打听一下她,她刚毕业,那一半肯定还是空白。

第二天,秀英照例来给他换药,武参谋咬了咬舌尖努力装出开玩笑的神情迫不及待地问:"小姐,你好美!能查一下你的'户口'吗?"

/ 小　说 /

"没关系，你想问啥呀？中尉大哥。"

武参谋嚅了嚅唇："小姐老家在哪个地方？"

"荆州。"秀英答得很干脆。

"噢！咱们还是老乡哩。"

"这么说，你也是荆州的？"

"不错，本人是江陵的。"

"难怪我昨天听你说'搭便瞧瞧呗'那一句的荆腔味好浓。"

武参谋一怔，有些不好意思："咋让你听到了，原来小姐在门外还没走。"

秀英自知失态，脸上腾地飞上一片红晕："要让人不听，除非你莫说。"

言毕，两人目光碰在一起，秀兰慌得羞赧万分，过了半分钟，武参谋才慌乱地率先打破僵持："小姐，可不可以请你坐一会儿，他们刚好出去遛了，不要紧的。"

武参谋说完这话时有点儿后悔，怎么听都像恋人们暗示的话。想至此就越发觉得浑身的不自在。

秀英也一脸尴尬地坐在床边，秀英想：我这是怎么啦，像一只温驯的小羊羔，那么情愿听他的？

武参谋也发急：这算不算得上一见钟情？我怎么这般啰啰唆唆情不自禁的，真是英雄难过美人关！

这之后，两人的话就逐渐多了些，秀英有时不换药看病也到武参谋的病房来转一转，武参谋也时不时地以找老乡为由到秀英宿舍里坐一坐，彼此之间渐渐地厮熟了。

武参谋出院那天，文参谋开着车来接他，武参谋便眉飞色舞地给文参谋介绍了秀英。文参谋也是荆州老乡，细细一询问，原来文参谋家与秀英家只隔了两堵墙，言辞间显得更加贴近了，武参谋的

177

眉宇悄然掠过一丝懊恼不快，因为文参谋也和他一样还在放"单飞"。

文参谋倒没在意，虽然他从外形、气质上看来跟武参谋一样彪实精壮的，脸形也差不多，但文参谋见了漂亮姑娘往往手慌脚抖，比武参谋还要心乱神涩几分，好歹跟秀英是同一条街的正宗老乡，乡情乡音多少掩盖了他的局促。

自打秀英认识了文参谋后，她对武参谋的热情似乎减少了几分，每次武参谋去医院找她聊天时，秀英就多了几许矜持稳重，说话的分寸感也明显流露出来。而最令武参谋不能容忍的是秀英分明在有意无意回避跟他独处的时间，武参谋一到她房间，她也挺礼貌地倒茶切西瓜忙个不停，之后就朝隔壁喊："芝兰、丽丽，你们没事了吗？过来一起陪武参谋打打牌。"秀英对他不表现出过于亲热但也不疏远，在水一方缥缥缈缈，这可窘煞了他武参谋，好不容易遇上个如花似玉的美人儿，眼看着摆布不了她，梦中相思无可奈何。

秀英每回来武参谋宿舍小坐，也必邀了他一同去文参谋单身宿舍聊天。窝了一肚子妒醋之火的武参谋眼尖耳也灵，他敏感地观察到秀英在文参谋面前那种骤生的兴致和充分释放燃烧的天真，尤其她一进文参谋房间就帮着整理物什的主动，简直让他难以忍受。他甚至后悔当初缘何要将秀英介绍给文参谋认识。这下倒好，自己给自己过意不去，成全了人家糟蹋了自己，把自己弄成了一个被动的陪衬角色。

多少次，武参谋曾大胆地想过，要再不主动向秀英正式求爱，任事情发展下去，恐怕秀英会轮不到他，赶上秀英还未与文参谋进入情况，自己在相识相交时间上比文参谋略占上风的份儿上破釜沉舟，或许秀英正犹疑不决时会搭上他的主动，忍痛割舍文参谋。瞧你文参谋一副白面书生相有胆开尊口？你不开口，秀英一个女孩子家哪敢先开口,这样,不就急滩摆舟让我弯过来了?

武参谋跺一跺脚:不能再缄默下去了。

他趸起身转念又一想,不成,顿时泄了好不容易憋足的一口气,觉得还是不轻举妄动为好,万一秀英不接受自己的求爱,男子汉那有多难堪?哪有三两个月就确定关系的,这不在她面前暴露了自己小气、急躁的弱点,反而坚定了秀英爱文参谋的决心,千万不可大意失"荆州"。

就在武参谋焚心乱怀的关口上,文参谋刚巧到武汉出差去了。

武参谋想出了一条自认为能阻止秀英爱文参谋的妙计。

那天,秀英推着单车在门外叫武参谋,武参谋就开了门,秀英兴冲冲地问:"去文参谋那儿玩吗?武参谋。"

"文参谋不在家。"

"到哪儿去了?"

"武汉。"

武参谋刚招呼秀英坐下,这时门外适时来了一位打扮穿着很入时的姑娘敲武参谋的门:"武参谋,你知道他到哪去了?"

武参谋快步打开门,挤眉弄眼意味深长地笑笑:"他去武汉出差去了。"

"怎么不告诉我一声,武参谋,他大概什么时候回来?"

"月底,进来坐会儿呗。"

姑娘闪身进门,下意识地看看房里的秀英,点了一下头算是打了招呼,说你屋里有客人,我就不打扰了,改天再来。

姑娘走后,武参谋斜了秀英一眼,发现秀英眼露惊讶,他估摸秀英准会问他这是文参谋什么人。谁知秀英愣沉了一下并没有追问他,他反而有些昧心和不安起来。

文参谋回来后,第一个便是上武参谋这儿来,他们俩是老乡,又同一所军校毕业,分在同一个师的战勤科,玩得也还算默契。文

含羞草

参谋像往常一样跟他谈些出差途中的奇闻趣事,依然是那样谈笑风生诙谐入味。武参谋心里就极不自在,有一层幽缠的犯罪感,他为自己挖空心思请在驻地打工的一个亲戚故意在秀英出现时来找文参谋的场面感到自责,这也不是他武参谋的本质使然。也罢,事已至此,这见不得人的行径做了也就做了,还能招供认错不成?

武参谋在忐忑不安中笃定秀英在文参谋身上绝不会再有超过他的兴趣了,他压根儿也没料到文参谋出差回来不几天,事情就发展得如此违逆自己的意图。先是文参谋收到秀英这封贴满纸花的信后,脸上洋溢着喜不自禁的激动亢奋,再就是后来他憋闷了许多天后去师医院找秀英时,猛然发现秀英跟文参谋背靠背亲亲热热地坐在医院后山下一处丛林中有说有笑,凭感觉,秀英和文参谋已经公开关系了。武参谋是遁花园的甬道寻找到后山来的,这山脚花园他曾跟秀英她们几个来过多次。他在一棵大树后愣立了好一阵,酸涩忌懑啃舐着他的心,最终他叹了口气悄悄地离开了。

每天傍晚,武参谋干瞪着眼看秀英不声不响地去了文参谋的单身宿舍,再也没有叫武参谋同她一起去了,有时文参谋也带着秀英到他的房间里来坐坐,武参谋表面上装作若无其事的样子,内心却机阻不安千般不是滋味。他想文参谋一定从秀英口中获知那天"一位姑娘找他"的事,也肯定会问他,可是文参谋居然仿佛啥都不知道似的,没有半点儿戒心,俨然一切都没有发生过。

武参谋纳闷之余,既羞愧得自责不已又恼恨得懊悔不迭,一袭强烈的嫉妒失败之感氤氲着他的全身,挥之不去,他恨不得找个地窖藏身躲影。

命里有时终须有,命里无时莫强求,随缘吧!武参谋这么想着就打算搁下面子,回老家江陵,去见见那位文燕姑娘。为他的终身大事,家里多次来信催促他,他以为能等到秀英,故而一直拖着未给家人回信答复。

武参谋请了探亲假，急忙忙一路赶回老家江陵。

在亲戚的撮合下，武参谋如约见到了文燕姑娘。她在江陵一家事业单位上班，容貌是比不上秀英，气质倒也不差，有着深深自卑感的武参谋拿文燕姑娘与秀英仔细地对比起来。好多天来，他从文燕温柔素雅的气度、谈吐中觅到了一份正是秀英所缺乏的贤淑文静，看得出文燕对自己是小鸟依人柔情似水，被他翩翩男子汉风度所倾倒。失之东隅收之桑榆，看来缘分这东西可遇而不可求，武参谋从文燕身上获得一丝慰藉解脱，有些满足地笑了。

武参谋与文燕的关系急剧升温，一个月后，武参谋假满归队，两人相互都有一种如痴似醉难舍难分之感。

临走那天，文燕说你也该去荆州那边见见我父母，江陵跟荆州连在一城没隔多少路，今天我也特请了一天假陪你，我爸妈已准备好酒菜等着你。

武参谋略带惶恐地点着头，文燕说咱们的事我已跟爸妈都说了，他们没有什么异议，只不过非得我带你去给他们见见不可。

两人手挽着手在江汉路下了公共汽车，这时武参谋忽地想起了什么，眉梢拧起一道疙瘩对文燕道："我有一个姓文的战友家好像也是住在这条江汉路上。"

文燕来了兴趣："这么巧吗？叫什么名儿？听说我伯父的大恩也在你所在的那个惠州市当参谋，该不是我文伯仲表哥吧……"

"什么？文伯仲，你伯伯的儿子？"武参谋怀疑是不是自己听错了，连忙追问文燕。

文燕肯定地眨了眨眼皮。

咚的一声，武参谋脑袋不小心撞在楼道低矮的天花板上，文燕慌忙娇怜地嗔怪着伸手来抚摸他的头，武参谋撞得并不是很痛，但这一刻，他只觉得天旋地转胸闷气短。

微小说

提　前

袁野正准备和牌，突然手机叫了，是周哥打来的。"来了吗，都到齐了，快上菜了，就差你呢！"周哥说。袁野摆摆手："正在人民中路十字路口等红绿灯哩，马上就到。"

借刀杀人

14楼余家经常将带水拖把搁在空调外架上滤水，那水直落到13楼何家阳台，还不时被风斜吹到阳台晾的衣服上。于是，何家在某个深夜将一袋臭垃圾放在14楼余家对面马家门口。隔天，何家听到14楼马余两家大吵，马家破口大骂："不是你家丢的，难道是13楼、15楼人丢的吗？狗猪不如！"

灵　泛

临近下班时，尹主任接到老丁电话："尹主任，不好意思，我两个小的背着个书包在门外，等会儿你回家时，麻烦帮忙喊到你家去等，我有点儿急事晚一些才回。"正出办公室门准备回家的尹主任答："不巧，我正赶个材料，也要稍晚点儿才回。"一刻钟后，提前下班回到家的尹主任开门将邻居老丁两个孩子叫进屋去，然后拨通了老丁的电话："老丁啊，怕你家孩子在门外久等，我丢下手中加班的材料，已提前回到家中。放心，你两个小的在写作业哩！"

哑巴亏

　　胡平与黄丽经人介绍，两人热恋。一天晚上，黄丽开口："亲爱的，你交了十万首付那套房子地处偏僻，我看不如转让给我舅舅算了，正好离他近他又要买房，等我们结婚后，我这个房子去加个你的名字，怎么样？"胡平想想也是。一个月后，胡平黄丽分手，胡平索要那十万块钱，黄丽说："我前几天刚签了市中心天阙花园的购房合同，那笔钱一下拿不出，要么我这台十四万开了两年的车子抵给你，要么今后分期再还给你。"吃了哑巴亏的胡平忍了忍，选择了车子抵债。一日开到二手车行，方知这台出过事的抵债车子已不值钱了，车行评估结果：最高七万！

杂 文

吃什么与补什么

常有吃喝消遣者在饭局中开着彩色玩笑说"吃什么就补什么"。静下来细细一思量,觉得此话大有咀嚼的余地。

人是高等动物,吃五谷杂粮,食飞禽走兽,征服自然改造自然之余又统治自然,这是其他任何低等动物所不具备的功能。纵观古今历史,我们的祖先尝尽百草,在衣不遮体食不果腹的艰苦生存环境下,演绎出许多举世闻名的发明创造,他们"吃进去的是草,挤出来的是牛奶"。据史料记载,火药、印刷、造纸、指南针的发明创造者都是平民百姓,他们摄食粗茶淡饭却生出无穷智慧,他们的聪明脑袋绝不是吃山珍海味补出来的。相反,大凡富豪官宦,吃腻人间珍稀,却并未见补出罕见的聪明才智,成就惊世事业,倒是空养一具肥胖之膪在人间作威作福。

回头看眼前的世界,随着生活质量的提高,吃,已不再是充饥填肚维持简单生存的需要,由粗糙到精细,由择食单一到讲究营养搭配,由草率了事到细嚼慢咽,少数人甚至不惜破坏生态环境,猎杀濒临灭绝的野生动物来"加强营养",他们一顿饭吃上个千儿八百的并不稀罕,天上飞的、水中游的、地上爬的、森林跑的,皆在餐桌上交替而过,弥陀肚、肥胖症、高血压……种种富贵病都因补得太滥太过激而屡见不鲜,被高营养高蛋白刺激得发了体的人不得不又挖空心思投入大量的精力财力和时间来减肥缩体。

吃的已吃到胃,补的已补到位,还早过头了,然而,有一个最需要"补"的地方不但没有在丰富芜杂的摄食中得到应有的营养补充，反而越补越"瘦"，那就是人性，说通俗一点儿也就是人心。也许我们一些人从小到大从生到死，就一直没有间断过人性道德的营养，但就是"苦口不良药"，好的品德学不到，补了等于白补，或是压根儿就取反了营养抓错了药，病急乱投医，直至走火入魔，补出一身毒素和邪恶。

可见，对于时下一些人来说，什么营养都不缺，独缺完善人性的"另类营养"。按理讲，时代越进步，生活越好，人类的文明程度应该越高。吃穿住行丰富后，人性也更应该趋向善良纯洁。相反，近年来，由于一些人一味地注重低级味觉享乐而忽视提高生活质量的另一面，一味地注重单纯的物质和智力开发，没有在学校、单位、社会行业中摄食基本的"精神食粮"，补充必要的"道德营养"，嘴里肚里是吃饱吃好了，脑袋、心灵却是处于长期"供血不足"的半饥饿状态，这种重肚轻脑重口轻心，单纯为强壮身体需要而不为健康生理需要的摄食方式，得我们为之扼腕深思，痛定思痛！

换一种方式过年

觥筹交错，酩酊大醉，忙乎所以，暴饮暴食，这是不少人在春节少不了的传统过法。一年到头，难得个心情放松亲友都有闲约在一起的时候，喝杯酒，聊聊天，提兜礼物拜个年，今天你埋单，明天我做东，这都是交往之常道，无可厚非。

然而，凡事有度，过春节更有讲究，讲究质量、效果和心情的愉快指数。

以传统方式过年，对于相当一部分人来说，简直是一种累赘一件包袱，一种烦恼焦虑，甚至是一种伤害透支。一曰伤身，上桌怕酒，不喝不行，一端杯又刹不住手；二曰伤元，人在江湖，身不由己，除了亲友外，诸方人物都得打点周到，一年就那么一次最佳时机；三曰伤神，对于有头有脸的人而言，拜年或约聚时，要考虑关系，摸清人家动向，找准机会，甚至临场说些什么话，找哪些人作陪，都要从细节上思量忖度，掌握分寸；四曰伤脚，东颠西跑奔走，忙里忙外张罗，少不了的来来往往。结果呢？一个年过下来，身心不但没有得到休养、放松、调剂，反而累得腰膝酸软，疲惫不堪，特别是每每醉醒后的头昏脑涨四肢乏力，让人感觉过节如过关，说不清的苦与乐！

　　其实，过年的方式很多，过年的真正意义也不在于非一醉方休不可，你来我往时也不必太拘泥、奢华，情义在于长久，礼物不在轻重。再者，每个人都有自己的兴趣嗜好，有不同的品位和快乐源，凡事自己觉得乐在其中，身心俱得调理轻松，其乐无穷就够了，邀几友出游，适度饮酒言欢，一起包顿饺子、琴棋书画、歌舞节目闹年、户外运动都行。时下，更有善于在成功中寻找快乐，做事善于把握机会之人，趁春节期间大家心情普遍都不错的时候，展示自己的才艺，发展自己的业务，推销自己的杰作，等等这些，都可以通过春节这一媒介获得。

　　所以，一个懂得修身养性的人，过年纵酒和娱乐时讲究适度，善于在健康积极的文化生活中尽情地欢度春节，把握和谐的人际和浓郁的气氛，在沟通中不忘发展自己的业务技术，发挥自身特长优势，在积极创造中升华为人处世之道，制造属于自己的欢愉，新的一年打下良好的人际基础。一句话，只有用自己的方式过年，做些自己喜欢做的事，春节才能过得更有意义些。

/杂 文/

给孩子一些磨炼

就现在许多家庭的孩子而言,称少爷、公子、宝贝、千金等,一点儿也不夸张过分。大多数孩子不能独立完成诸如洗衣、做饭、清理卫生等家务事,尤其是长在城市里的宠儿爱女。遇到困难麻烦或伤害危险时,大多数孩子的第一反应是茫然哭泣,不知所措,抹着眼泪盼望父母亲出现,等待大人解危施救。娇生惯养磨平了他们的智慧,以至于紧急情况下拿不出主意自我脱困消愁,没有一点儿自救自理的独立生存能力,这让我回想起自己的孩童时代。60年代出生于农村的我,六岁时就学会了扯猪草,然后铡、煮,再佐拌饭馊米糠喂猪,大小家务事父母亲都放心地让我去做,他们则忙于生产队抓工分直至后来分田到户的大量劳作。小小的我,自然是父母亲眼中的"全劳力",成了家务和放牛等杂事的一把好手。细想起来,我今天遇事临险不惊、处困不忧、豁达乐观、勤俭节约、吃苦耐劳、珍惜和知足等一些好品质的形成,多亏了小时候父母亲的放"权"、放"任",得益于童年时代"穷人孩子早当家"的经历和境遇。应该说,我在这种独立自主的磨难中成就了人生。

可以说,70年代是新一代孩子童年磨难逐渐稀少的一条分水线。随着衣食堪忧年代的远去,孩子成长的环境慢慢脱离了家务事和为柴米油盐折腰的困境,从小就没有历练和磨难,以至发展到90年代后的"掌上明珠"式惯着,这与现代孩子任性霸道、自理能力差、以我为中心等一些不良习性不无关系。

早年磨难环境的历练能成就人的坚忍顽强。磨难的境遇使人自立自强，迎难而上，笑对今后人生道路上的坎坎坷坷，正所谓"艰难困苦，玉汝而成""天将降大任于斯人，必先苦其心志，劳其筋骨"。相反，自幼于温室中长大的苗株，大多经不起人生的凄风苦雨，或懦弱浮躁，或优柔寡断，或患得患失，或自私自利。这话说来虽不绝对，却是放之四海而皆准的生存定律，正如前人所言"生于忧患，死于安乐"。

磨难是什么？磨难是开启成功大门的一把钥匙，一种人生历练，幼年磨难更是一种对生命的熏陶。通过对各种生活障碍的逾越，人会获得适应生存的抗击力、免疫力。许多人生的超越往往在磨难之后。现代家庭大都是一根独苗苗，衣食无忧的家庭环境，使得孩子无法经历到70年代前那种艰难困苦的岁月，不需要像70年代前的孩子那样，靠干体力活来获得基本的温饱生存。生活富足，加上家长们宝贝长宝贝短地宠爱，使许多孩子从小就过着一种衣来伸手饭来张口的贵族生活。家长会尽力去满足孩子的一切欲望，连一丁点儿家务都不让孩子参与，生怕累了苦了孩子，孩子不在身边时过多地担心。我注意到时下的学校门口，一到放学前一小时，一群群老人或父母亲老早就望眼欲穿地守候着，这样做实质上是害了孩子。一个个孩子，表面上健康，心性却是懦弱残缺的。一些孩子从小就不懂得为大人分忧，这样下去的结果往往事与愿违，望子成龙变成恨铁不成钢。家长处处护着宠着孩子，到头来误了害了孩子，孩子从小养成依赖的惰性后，慢慢变得柔心弱骨，经不起挫折。

给孩子一点儿磨难，给孩子一点儿独立自主的空间，孩子才学得会主宰人生，懂得珍惜，懂得苦与乐，懂得知足与幸福。我上小学二年级的女儿巫筱樱子还是从一年级起就学会并习惯了自己坐公交车或步行回家，从学校到家里有三公里路程，其实我上下班的路正好跟孩子重合，多半的时候我都可以开车顺路接送她，然而我没有那样做。2003年下半年，孩子一上小学，我就给孩子创造一切机会,让她学会自理自立,让她尽早获得自我生存能力,教会她识别公共汽车的种类、路次、路线,教她一些交通常识,教她乘坐公交车过程中要注意的一些安全知识和生活经验。例如:头手不要伸出窗外,车停稳后才能上下,不要理会陌生人搭讪,更不要接陌生人的东西,车上不要随意翻包内的零用钱,钥匙要时刻挂在胸口,遇到棘手或困难之事时,脑急心不急——赶紧想办法想窍门而内心不急躁,手脚急眼睛不急——处理事情时手脚麻利灵活但眼睛要注意观察,并教会女儿一些应急自救办法。带着女儿步行和坐了几回公交车后,我就给女儿放"单飞"了。

  起初,与天下家长们的心情一样,我也担心孩子会遇到意外不测什么的,但我几次跟踪,看到女儿敏捷的上下车身影,不与陌生人讲话,准确判断双向来车并快步横过人行道。有一次我下班早,心血来潮便想到再去全程跟踪一趟孩子,考证孩子到底记住了我的话没有。我在比肩继踵的站牌下看见孩子上了公交车,便不声不响地戴个墨镜悄悄地从后门挤上了2路公交车,找到位子的孩子抬头发现一弯腰驼背的老大爷也上了车,费劲地抓着扶手站在公交车过道上,她毫不犹豫地起身让座,就在我及许多乘客为女儿感动的时候,我又看见女儿推了一把身前座位上的一位女士,主动与人家搭话:"阿姨,您是小慧的妈妈吧,您还到我们家吃过饭呢。"女士一脸疑惑正要询问女儿樱子时,转头发现身旁装作若无其事的一个年轻人已经将手靠近了自己的手提包,好险!她反应过来后,惊得连忙将手提包收好,并将我女儿樱子拉到她的怀抱,跟孩子耳语着什么。带着责备眼光的我,此时才恍然大悟!这一刻,我发觉女儿在我不断给她制造的磨难中长大了,她的独立能力自理能力判别能力等,远非那些要家长接送的孩子可比。这事通过那位女士之口在学校传开,女儿的故事还上了学校的校报——《太阳花报》。在我不断制造的一些麻烦面前,今年七岁多的女儿,小小年纪就不一般地懂事、明理，爱运动爱劳动，勤思考善沟通，聪明活跃，机警灵敏，凡事爱盘根究底，喜欢自己动手解惑，做饭、搓衣、洗碗等家务，她都能独立完成，尽管不是那么利索便当。女儿一个人步行回家，路过菜市场买菜时，用甜甜的声音选菜砍价，那情景比我还内行，菜市场的摊主商贩们没有一个不摇头"就范"的。

樱子越来越强的自理能力表现在她为人处世的自觉行动上，从1997年樱子一出世开始，我们就采取以鼓励为主的教育方式，从不呵斥埋怨她，比如樱子学步时，我从不担心她摔跤什么的，只是按照室内地毯——室外草地——凹凸路面循序渐进的方式，搀扶一两次后，鼓励她自己去摸索，故而，樱子九个多月时就学会了走路。鼓励成了我们的教子习惯后，樱子对什么事都感到好奇，喜欢自己动手探个究竟，都不怕弄糟了像别的孩子一样挨打挨骂。这样的结果是樱子从小就养成了凡事爱问个子丑寅卯和爱劳动的好习惯，大人干什么，她总在一边双手支肘托腮瞧着，譬如四五岁时，她就常常搬个小凳看我炒菜做饭，问这问那的，还充当我的帮手，我给她介绍一些炒菜做饭的技巧，不厌其烦地教给她用电用煤气用压力锅时要注意的一些安全常识。小学一次教师节，下午放假，上午放学早，樱子早早就自己坐公共汽车回到家，将自己的校服洗了后，又淘米做饭，从冰箱里拿出豆角、肉、青菜，搬个小凳将菜洗干净、切碎、炒好。我们回到家时，瞧着樱子脸上小手抠摸出的一道道黑锅烟忍俊不禁。两个菜虽然一淡一咸，饭虽然烧煳了点儿，灶台上泼了些油盐酱醋，但我们对她竖起了大拇指，说味道不比爸妈做得差，还夸奖她主动替大人分忧，之后，再给她演示一下多少菜放多少油盐。做饭的时间火候，纠正她切菜的手法。这以后，每当她先一步回家，作业量不多时，总是主动做好饭，炒好一些简单的家常菜，虽然切菜炒菜时力度不够，但动作明显已经慢慢熟练了。

2002年秋天橘子熟了的季节，那时，樱子还在读学前班，有一次我带她到乡下一个朋友家去摘橘子，一般是我在树上摘，她在地上捡，在其中一棵较大的橘树底下，她抬头发现我头顶有一组四五个长在一块的橘子，又大又黄，煞是好看，要我先采下来。这当儿，我伸出的手顷刻又缩回来了，我跳下树，对她说："你不是喜欢爬树的吗？你上去摘，怎么样？"

她嘟了嘟小嘴："这树太高，我有点儿怕。"

我鼓励她："没关系，有爸爸，你什么都不用怕，爸爸最相信的就是你。"

说完，我重新给樱子演示了一遍爬树的技巧，并告诉她哪些技丫抓得，哪些抓不得，怎么借力，怎么利用手脚的合力，眼睛要注意枝叶间有可能藏着毛毛虫、蚂蚁一类的小动物。

说内心话，让樱子爬这么一棵高大的橘子树，我没有一点儿担忧是假的。但我一方面在鼓励她自己探索生活；另一方面，在辅助她爬上三四米高橘树的同时，我又悬着一颗心盯紧她在树上的身影，在树下我引导她伸手去摘那一组橘子的时候，张开双手做好以防万一的应急准备。

随着年龄的增大，樱子的生活变得越来越有规律，相对于同龄的孩子来比，饮食起居行学玩，哪一个方面樱子都让我们放心或是少操心，克制力超乎寻常，懂事早的她，按时起床后自己梳头，温牛奶，预习课文，晚上家庭作业做完后，小玩一会儿，或看动画碟，或做其他小儿游戏，或读课外书籍，九点钟开始练半小时琴后准时就寝，从不需要我们督促，多费口舌，她不光成绩优秀，期期是班里的三好生，而且在钢琴、舞蹈方面进步很快。

莫让孩子丢失了朴素

今天,朴素这种生活理念越来越被人们所淡忘,特别是生活在城市里的一些孩子,优裕的家庭生活环境,长辈们的百般呵护宠爱,造就了他们一味地追求安逸享乐、花钱大手大脚的拜金主义人生观,许多孩子小小年纪便学会了赶时髦新潮和盲目攀比,穿要新的,吃要好的,用要高档。朴素在他们眼中变成了寒碜土气、穷不溜秋甚至是低级趣味的代名词。

记得70年代读过《三根灯芯》一文,说的是毛主席在井冈山时享有三根灯芯的照明待遇,但常常伏案工作至深夜的他,为了革命事业为了战友们照明,自愿只用一根。《邓大姐的针线包》一文中写道,周总理的衣服破了烂了,他总舍不得丢,一次又一次地让夫人邓颖超用随身携带的针线包给他缝缝补补,以至于一件缀了好多补丁的衣服,周总理还穿在身上。除了外交场合,周总理的穿着一般都很朴素简单,他常告诫身边的工作人员,衣服只要不破不脏、整洁干净就好,艰苦朴素是我党一贯的光荣传统,不能丢。周总理的工资并不低,而他的钱大多花在公益慈善事业上,一生勤俭朴素,崇尚节约,从不奢侈浪费,先天下之忧而忧,后天下之乐而乐。

我经常耳闻目睹一些家长有意无意教孩子时,尽是一口"长大了要学会赚钱""有钱就什么都有了"等一类误导之言,言传身教处处都是金钱至上的观点熏陶,使孩子的思想天平从小就慢慢地朝着金钱与享乐倾斜。待到孩子养尊处优惯了,长大后就吃不得半点儿苦,过不得一天朴素日子,养成了一副好逸恶劳的劣性,只知道向家长们伸手要这个要那个,自己又不愿通过勤劳努力去创造生活,加之各家因生活水平上的差异,有些孩子的欲望一旦得不到满足时便去偷去抢,最终堕落成囚徒,父母们方噬脐莫及。

朴素绝不是寒酸俗气,恰恰相反,朴素刚好能培养孩子们适应艰苦环境的韧性,磨砺他们勤俭节约奋发向上的优良品德。古人云:生于忧患,死于安乐。说的也是朴素的价值所在,父母们应该明白,一个习惯了朴素生活的人,他才能适应各种困境和曲折的生活际遇,才会懂得珍惜,懂得知足常乐、随遇而安。

善待孩子的自尊

如今的家长们深深地体会到,孩子的自尊心是越来越强,个性越来越浓,说不得、骂不得,更打不得。讲多了,孩子当耳旁风,骂多了,孩子麻木不仁,伸手只能打跑孩子,将孩子逼向极端。特别是对于天性"调皮"的孩子,许多家长在管教上无所适从,伤透脑筋。说到底,孩子的逆反心理都是自尊心受伤所致。所以,家长们在平时说教时,要注意场合,注重方式,不能直挂云帆,一针见血,要委婉迂回,旁敲侧击,掌握分寸,点到为止。

有些善意的提醒或说服教育,在大人们看来没有什么好推敲的,也谈不上言重言轻和矮下了孩子的面子。一句很平常很普通的正常指点,在一些家长眼中,何须过多讲究琢磨,能伤到孩子哪儿去?大人们没有过细思考,站在孩子的角度,感受就不同了,话有轻重缓急和气氛场合之分。同样一句话,私下里孩子听起来顺耳,易于接受,但在有他人的公众场合,则变成逆耳的数落。说教方式过激时，还会起反作用，事与愿违，像一支射向孩子自尊的飞箭。这样的箭射多了，孩子心灵也就麻木了，习以为常，破罐子破摔，觉得什么都无所谓了，这就是时下许多家长感叹孩子不听招呼，轻言说教难以奏效的根由。

在管教孩子上，在对待孩子的自尊上，笔者也有失误的时候。记得有一次，我带着七岁的女儿巫筱樱子在外面与朋友们一起吃饭。大概是乡野土菜饭的习俗，上饭时，服务员用海碗（一碗可以装半斤米饭的那种）给每人盛了一碗。由于农家菜味道十足，女儿胃口大开，拿起筷子大口大口地扒着饭，对于体型已偏胖的女儿，我扳着脸孔出口就数落她：不能吃完，最少也得留下三分之一，你是女孩子，再胖就难看死了，这么一大碗，大人吃完都有点儿勉强，你一个小孩子家还在那里狼吞虎咽的！接着，我又当着朋友们的面，把孩子她妈如何通过增加摄食品种、少进多餐、粗精搭配来控制孩子饭量的做法一股脑儿端了出来。孩子瞪了我几眼后，生气地走到室外去了。这时，我才意识到当着众人的面随意说这些话，已经触及了孩子的自尊心，惹怒了孩子。接下来，也就怪不得孩子噘起了小嘴巴，还泪眼溟蒙地耍性子不肯跟我回去。

孩子对自尊相当敏感，自尊于孩子说来就像是一根琴弦，急了紧了容易断弦，松了软了则弹不出优美的音符曲调。维护孩子的自尊，要善于讲究说教的方式、时机、场合，直言不讳地言短揭丑，粗声大气地呵责斥骂，都极易直接伤害到孩子的自尊心。有他人在旁的公众场合，孩子遇委屈心情不好的时候，孩子学习的时候，家长们在指教时择言尤要慎重，讲究氛围避讳和轻重缓急，即时管教宜采用疏引、暗示、点拨、提醒等方式，或迂回曲折，或循循善诱，或和风细雨，或轻击锣鼓，时时注意呵护孩子的自尊心。同时要掌握好言传身教的分寸和表情语气送达的火候，让孩子在不知不觉中接受，在轻松谈笑中醒悟，切忌说教时的狂风暴雨、猛药攻心。

/ 杂 文 /

误导孩子令人忧

在我居住的大院里，茶余饭后与左邻右舍闲谈中听得最多的是年轻父母们对孩子的训诫：长大了要想方设法去赚钱，赚得到大钱就是有出息的孩子。家长教导孩子方面，整个院子都是众口一词的"要学会赚钱"。很多时候，我是睁大了双眼，对大人们的这种不回避无顾忌的言传身教感到愕然。

有时，我闲来无事，遇到类似的场面时也爱多管闲事，与一些同龄父母们当面鼓对面锣地争辩：要是大家都去赚钱，没有人静下心来搞科学研究搞发明创造，更没有人脚踏实地在各自不起眼的本职岗位上默默奉献，甚至连与人们吃穿住行密切相关的生活品也不愿去生产，去从事最基本的劳动创造，大家都撇开科学文化撇开普通劳动去赚钱，那这钱又从哪里去赚？

父母是孩子的第一任老师，父母的一言一行一举一动都深深地影响到孩子的一生，父母的思想也在潜移默化中熏染着孩子，烙印在孩子的心田。对孩子从小就灌输赚钱的思想，可以想象未来世界一定是个人人为了钱而不顾一切的世界。因为智商、机遇、经济环境等客观因素，也不可能人人都能赚到钱，孩子们又没有从小习惯学习文化科学知识，学习做小事做普通事。那样就更谈不上追求发展进步，追求远大理想无私奉献。那么，为了生存为了金钱，必定有一部分甚至更多孩子走向好逸恶劳甚至可能走向犯罪的歧途。这是每个真正疼爱自己孩子的父母所应知晓的浅显道理。

可怜天下父母心，爱孩子就应善于发现孩子的特点和聪明才智，成为孩子的良师益友，根据自己孩子的特点和聪明才智循循善诱，正确引导激发教育孩子走上为国家发展为人类进步的奋斗之路，成为有理想有文化有道德的国家栋梁之材，切莫把自己的孩子打造成金钱的牺牲品。

实际上，要知道为世界创造财富的同时，实则也在为自己创造财富。因为只有国家富强了人类进步了，才有自个儿赚钱发家的环境条件，这是一种不难理解的因果关系。

呵护孩子的棱角

大凡做家长的，都爱用"听不听话"这个标准来衡量孩子的优劣，听话的就是好崽，不听话就大伤脑筋。结果，在这种顺从式教育理念的支配下，孩子便逐渐变得百依百顺"听话"，不折不扣地服从。表面上看似乎家长有福气，孩子争了气，教育很成功，哪知道孩子长大后凡事没有主见，优柔寡断；遇事刻舟求剑，板板六十四；临阵胆怯恐慌，内心脆弱。成不了大器，担不了大事。这就是顺从式教育磨去了孩子棱角的根源所在。

不是说听话的孩子都不好，也不是说不听话的孩子就一定是块不琢的良玉。一般情况下，或曰大多时候，孩子是听话的，但有棱角（个性）的孩子不可能凡事都唯命是从，啥时都唯唯诺诺。当家长碰到孩子"不听话"的反常之举甚至是对抗时候，作为一个有责任心有爱心真正懂得孩子心灵的家长，对孩子表现出来的叛逆、抗争言行应慎重以待，绝不能不问青红皂白一味地呵斥，用家长的高压驯服、约束孩子，长此以往，慢慢就消灭了孩子独立思考的智慧棱角和直面世事的自理能力。

棱角是孩子一生成就的钥匙，是孩子成长的风帆。聪明的家长都晓得：不怕孩子有棱角，就怕孩子没主见。有棱角的孩子才会有自己的思想，有正确的判断，有遇事的随机应变，有临场的沉稳若定。尽管锋芒毕露的孩子有时候会遇到挫折、失败、反复，但只要孩子的棱角在，他就会在跌倒时重新站起，在挫折面前坚强面对。棱角是孩子一生中不可多得的搏击武器，有棱角的孩子遇事"逞能"逆反时，这时候要的是家长走进孩子的心灵深处，以童心度童心，以简单化复杂，以真善美消弭邪恶丑，与孩子一起分析纷繁，一同释解疑难，一块匡扶正义，帮孩子出主意，当参谋，辨别孩子的用心，鉴别人事的真伪，进而用自身的人生磨砺引导孩子的天真，将成人的心智告知孩子，如此，对孩子的棱角就起到了最佳的保健防护。

去年春末有一回久雨刚晴，正是空气拎得出水的潮湿季节，左邻右舍纷纷将自家的被子拿到外面晾晒。因为晚了一步，看到操坪上院子中到处晒满了被单衣物，一位邻居便在两棵小树间扯起了一条绳索，绳索负重受压后将两棵小树连杆带丫拉扯得快要折断的感觉。在院子中玩耍的未满八岁的樱子见此情景，双手叉在小腰间，冲晾被子的邻居理直气壮地提出异议："阿姨，你这样晾衣服不对，瞧小树都快被扯断了，你就忍心？"

笔者当时正在现场，一句"大人的事你也插嘴认起真来了"正准备冲口而出，转念一想，女儿说得对管得也对，如果我拦阻，是对女儿善良天性的更改。我不忍心拂逆孩子的执着，更不忍看葳蕤拔节的小树因为几床被子而拦腰折断，甚或从眼前消逝，于是赔着笑脸帮着女儿对邻居进行劝阻。邻居本不想搭理小孩子的话，但一瞧我也较真了，再想想我说的话也在理，便收起了被子绳索。

从这件小事上笔者认定：不能简单粗暴对待孩子的棱角，更不能压制打击孩子的棱角。因为孩子的棱角是生长在善良正直的天性之土壤上的。

来之不易的东西才美

有一位老农在冬天喂牛时,将牛不爱吃的一种干草放在牛须吃力仰头并轻微纵跃才够得着的项梁上。邻人不解地问:你怎么不将干草置于地上,这样牛就不必费那么大的劲去吃那些粗料,原本就是一些牛不喜欢的粗料,弄得牛那么费力做啥?老农答曰:正因为食料的来之不易,牛才拼命地去取食,你瞧,同样是一把干草秋,在他人牛栏内成了垫圈草,咱家的牛却吃得津津有味,一棵不剩。

现代家庭教育中普遍存在着这样一个误区,一个被家长们忽视和曲解了的误区,那就是孩子要什么就有什么,特别是在吃与穿上,由于经济水平的普遍改善,生活原料来源广泛,物美价廉,许多家长们尽力满足,生怕苦了亏了自己的孩子。粗的细的,主的辅的,零的散的,生的熟的,五花八门的食物买来给孩子吃;花的俏的,洋的土的,红的绿的,厚的薄的,五颜六色的衣服买来给孩子穿。有的家长甚至随意给孩子大把的零花钱,方便孩子日常之需,忽视了金钱在未成年人身上所发生的负面作用。

在一些家长们的教育理念中,孩子是独苗苗,再穷不能穷孩子,再苦不能苦下代,每种食物含有不同的营养成分,全面加强孩子营养有什么不好,给孩子穿好一点儿总不会错,吃的穿的玩的花的一样不少,关爱孩子,免得孩子在他人面前,在同龄伙伴面前显得什么都没吃过没穿过似的,一副馋涎欲滴的穷酸乞讨相,给孩子

/ 杂 文 /

心灵上带来不平衡，带来失落感，影响孩子的健康成长。结果，孩子是越带越娇，越变越有性子，越大自理能力越差。饭要哄着吃，新潮衣服吵着买，挑食、挑剔、自私、虚荣、脆弱、脾气大、乱花钱等毛病愈来愈多，愈来愈明显。孩子长大后吃不得丁点儿苦，经不起挫折，奢侈浪费各种缺陷习与性成，方隐约觉得可能是从小轻易满足孩子各种欲望所导致的船到江心补漏迟。

来之不易的东西才美，轻易得不到的东西才有价值，这个生活定理不光适用于孩子，对于我们每一个成年人来说，又何尝不是如此？一些家长肤浅而片面地认为，在吃穿玩乐上，尽力满足孩子，就是对孩子最好的爱；通过持续给予孩子幸福感，就是与孩子最好的沟通。孰料，这种轻易给予的教育方法适得其反，正好迁就溺爱了孩子，孩子自幼不用付出辛勤努力付出汗水代价，就能获得一切，一则不会懂得珍惜，大手大脚；二则怕苦怕累，好逸恶劳；三则依赖性强，独立能力差；四则盲目攀比，任性懦弱。正所谓生于忧患，死于安乐。这就是轻易满足孩子带来的直接危害。

生活中不轻易满足孩子，通过孩子勤奋学习与艰苦劳动的交换，才满足孩子一些所需所取，这是家长们在子女教育上必须注意的方法。让孩子正确认识付出与索取的关系，知足知乐，懂得珍惜和拥有，除因生存必需且力所不能及的衣食等需要外，可有可无的无关紧要的，或是附属的次要的，奢侈的享受的吃穿娱乐，在孩子的欲望面前当慎重给予。孩子欲望强烈时，可借鉴老农喂牛的可取之处，在孩子索取获得的过程中，制造一些悬念曲折，适当让孩子从事一些力所能及的劳动创造，将孩子所需转化为奖励等方式去满足孩子，使孩子自小明白劳动才有收获的深层意义，通过自己的劳动去交换价值，培养孩子爱劳动的意识和探索创造精神。

善为"芝麻小事"

上海一位出租车司机到虹桥机场去接生意,排了两个小时队,过来一位德国人,说要去龙柏新村。龙柏新村就在机场附近,仅能赚个不到两公里十块钱的起步价。而到机场排队的的哥,百分之百是冲机场入市区至少二十公里以上的"大单"来的,对这类起步价,大多都不屑一顾,甚至冷眼以待,讥讽拒载。那位的哥心里同样窝着火,但他转念一想,这不是顾客的错中,于是,一脸礼貌热情地招呼德国人上车。车到顾客住处,的哥提醒顾客:烟滑落在座位旁。而后又忙着帮顾客将行李卸车并搬上五楼。正待那位的哥发车欲走时,德国人快步下楼追了过来,说要继续租他的车去金山。金山是穿过大半个上海的"大单",的哥带着骤然惊喜的疑惑问:"为何刚才不说要一道去金山?"德国人答曰:"我本打算明天再去金山的,但冲你不冷遇我到龙柏新村的'小单',人又这般热情真诚,我不能错过坐你的车,所以临时决定去金山。"说罢,将全程来回差不多四百块钱的车费放到的哥手上:"不用找零了。"

事情显而易见,整个过程因为那位的哥热情周到而有了故事,最关键的是他不因"小单"(即小利)而拒载顾客,敷衍顾客。善小而为之,因而赢来顾客,赢来大利。

三国时刘备曾告诫刘禅:勿以恶小而为之,勿以善小而不为。说的是人要重视小事,要学会做小事,做好事,做平凡事。小事做得来,大事才做得好。同理:善于一点一滴从小事积累,善于赚小钱,不拒绝生活中每一张"小单",慎重对待每一张人生"小单",

不错过身边比比皆是的"小单",才会在一个一个"小单"的买卖中挖掘到"大单",才有可能在抓"小鱼"的过程中捉到"大鱼",在小市场的经营中获取到大市场。很多时候,"大鱼"就混杂在"小鱼"群中,有耐心诚心去捉"小鱼"的人,定然有机会捉到"大鱼"。

  在我们身边,有这么一些人,优越安逸的生存环境和充足丰盈的生活条件,供养了他们好高骛远、拈轻怕重、得过且过的惰性。小事不想做,大事又做不来;"小单"不想赚,"大单"又赚不到;小市场不想闯,大市场又闯不出。他们舍不得下苦功夫在本职工作中、在身边小事上拼搏进取,吃不得默默无闻长年累月之苦,耐不住"十年寒窗"滴水穿石之熬,心浮气躁虚荣浅薄,总是在异想天开中等待着"瓜熟蒂落",总是在浑浑噩噩中做着升官发财之梦,幻想自己总有一天会时来运转遇到"贵人"交到好运而飞黄腾达,对待日常生活中的一事一物,他们要么觉得琐碎繁缛无关痛痒,不屑为之,要么囫囵吞枣大大咧咧,抑或草率糊弄处处打马虎眼,认为小事卑贱轻微鸡零狗碎,看不出自己的成绩和效益,也屈就了自己的双手,辱没了自己的心血,因而,为不愿付出辛勤劳动的懒惰天性找到聊以自慰的搪塞理由。

  善小,就是当我们习惯于做那些看似微不足道的小事后,养成了在小事上任劳任怨、尽善尽美的秉性后,善大的基础条件也就具备了,把握善大的机会也就准而稳了。世界上没有哪一个叱咤风云打大仗的将军不是从打过无数次小仗过来的,也没有哪一个出人头地赚大钱的企业家不是由最初一分一厘的小利润开始的,成功往往属于脚踏实地的进取者。就像上面说到的那位上海的哥一样,珍惜小利,善待小利,注重小市场,才能创造到拿"大单"、成"大器"、拓大市场的机会。

商机在第三只眼中

美国著名商人菲勒的眼光与众不同。在孩童时代，他与伙伴们一起拾破烂，别的小朋友捡来破烂就卖掉，他对破烂总要掂量一番，变废为宝。一次，菲勒捡来一辆玩具车，他左折腾右捣弄，修的修，配的配，玩具车又完好如初。菲勒对来坐玩具车的小伙伴每人每次收零点五美分，一周后，赚回的钱居然又可以买一辆新车。

一批因为搬运不当而造成被多种染料浸泡的日本布匹，商家马上要扔到海里去。这个消息被菲勒得知后，他立即租来卡车，几番周折，将这批布料制成迷彩服，一夜之间就净赚十万美元。

菲勒瞧准了城郊的一块闲置空地，花十万美元将它买下。三年后，新建环城路穿过菲勒的那块空地，于是，十万美元的地皮升值为两千五百万美元。

临死前，菲勒在报上发布一条"愿意给失去亲人的朋友捎带口信到天堂，每条收费十美元"，这个看似荒唐的广告顿时掀起轩然大波。弥留之际，菲勒又不费吹灰之力地纯进十万美元。

菲勒说：每个人身边并不缺少财富，而是缺乏发现商机的第三只眼（见2004年第12期《读者》）。

在我们身边，常听一些人抱怨自己"不是经商这块料，先天不足后天贫乏，手头一没资金二无环境三缺路子四少经验，与经商有缘无分"。凡事总要等到他人摘星揽月尘埃落定，方幡然醒悟：原来多个心眼转个弯想想，动手试试，一切不就先知先觉顺理成章了吗？白白错过了伸手可及的赚钱商机！

从商需要胆大心细，眼光深邃，敢为人先，要用第三只眼来捕捉商机。在我们身边，商机无处不存，很多时候，商机如稍纵即逝的流云，无声无息地不断从我们身前身后流失，用一般的视觉和触角，总是看不见也摸不着，只有事事有心处处留意，极目远眺，眼光独到，才能透过现象看到本质，拨开迷雾见到青天。对于商机，光看到了悟到了不行，还得在综合分析各种市场环境因素和自身经营潜力的同时，拿出"第一个吃螃蟹"的探索勇气和毅然决然的态度，动手去试一试，用身去搏一搏，成功的概率跟锲而不舍的努力成正比，财富属于敢为人先而又执着坚毅的勇敢探索者。

　　第三只眼看事物，说的是商机也藏在心机中，对于生活中有形无形的风吹草动，都要通过心去感悟，心随物动，心随事融，梳理事物间千丝万缕的联系，从一事一物中去参透商机形成的轨迹、环境、气候，分析商机寄居的媒介类别，产生的成因规律，过滤商机的可操作性、操控性、实用性。

　　培养发现商机的敏锐洞察力，要学会于平常时从平常事中去识别判断，洞悉市场中蕴藏着的无限商机。有时，身边一些看似不起眼、与己无关、与本职本专业风马牛不相及的东西，或是自己不愿插手之事，都有可能暗藏商机，可遇亦可求，这就要求我们平时要注意关心身边一事一物的产生、发展、灭亡规律，善于剖析事物之间的内在关联，从不同角度看事物，用逆向思维找市场，商机便在转念一想灵机一动中折叠出来了。

　　任何时候，思考总有收获，行动总有所得，多想多试，敢想敢为，眼光便变得敏锐超前，获得商机的机会自然也多，偶然也就成必然。

常回头看看

春节一过,从我们的生活方式来看,标志着新的一年又开始了,每个人心中充满了憧憬,充满了追求和渴望。当我们又紧锣密鼓朝着下一征程的"码头车站"收锚起航时,不妨有心来个"常回头看看",或许能从渐成"城南旧事"之历练中拾零出不可多得的生活"罗盘",辨别出通向"终南山"的轻途捷路。

孔子曰:温故而知新。对于任何事物,有总结才有提高,这是一个亘古不变的真理。常回头看看,就是说要我们睁大一双慧眼,看出过去一年的不足,摸排教训,检索经验,提炼新套路,活跃新思维,悟出新窍门,从过去一年工作生活中淘滤出为人处世或改革发展创新的"真金",为新年度的计划目标任务的开展提供实践中的有益借鉴和启迪,也便于我们扬长避短,去伪存真,在新一轮发展中节省出效率低下的人力物力财力资源,提高工作生活质量。

常回头看看就是温故,最关键的是要从以往工作历程中找差距,特别是要从失败的事物中深查原因,分析利害优劣,透过现象看本质,从而知道什么是可为与不可为、肯定与否定、长处与短处、发扬与舍弃、剔除与保留、完善与删改、补充与修正,避虚就实地取舍以往工作中的精华与糟粕。

知己知彼,百战不殆。就企业来说,不光要求我们要熟悉自己、熟悉对手、熟悉市场、熟悉业务技术,要求我们洞悉眼前和将来的形势任务,更重要的一点也是要求我们要不断地积累能征善战的经验,我们对过去所做的一切努力,要有一番辩证的盖棺定论,常从善从过去的一事一物中去探究成功的定律规律,分析出成功与失败的原因,以指导今后的目标任务,指导改革发展,把握好未来。当我们在常回头看看中,从成败利钝、盛衰强弱、功过得失、陈旧裨益的迷雾中悟出经验教训,并将这些经验教训加以取舍提炼,升华为一种应对竞争应对挑战的理论,根据面临的形势和任务,灵活应用到今后的工作中,然后,再通过"常回头看看"加以修正完善,不断丰富不断提高,重新回到实践中加以检验并指导实践,如此反复。这样,我们就可以巧妙地绕开发展中的弯路栈道,避开前进中的障碍荆棘,四两拨千斤,以有限精力和有限投入换回高效的收益,创造出许多看似乎轻而易举的"奇迹"来!这就是常回头看看的结果,也就是温故后的知新。

新春伊始,当我们正在热血沸腾地摩拳擦掌,准备拼搏新的天地之时,特别是当我们在人生征程中遇到曲折而迷茫时,我们不妨常回头看看,或许我们就在吃这一"回头看"中而眼前一亮——原来"柳暗花明又一村"的光景就掩藏在这"回首一看"中!

有感于刹车坡道

京珠高速公路一进入广东韶关路段,由于受五岭山脉走势影响,凡是出现长坡道的地方,都有醒目的"刹车坡道"标志牌,车辆一旦制动失灵,司机无须紧张,只消往右打方向将车辆驶入预设的刹车坡道,顷刻便化险为夷。据悉,京珠广东韶关路段五六处刹车坡道,每年可预防因刹车失灵导致的车辆事故三十至四十起。

很明显,刹车坡道的设置,不失为减少道路交通事故的一剂良方，曲突徙薪，想问题棋高一着。别瞧一段简易的刹车坡道，却体现了广东道路交通部门服务于司机的一种超前意识。

讲服务，讲优质服务，在于突破表面与实际操作中"脱臼"的鸿沟。毫无疑问，超前服务意识和超前事实行动就是对优质服务的最好诠释。

讲优质服务，涉及对服务层次的剖析、正视、深入，优就优在"超前"二字上，服务对象没有想到的能提前为之想到，服务对象潜在的烦恼问题未暴露之时，能提前为之找到化解之法。

刹车坡道折射的是道路交通部门一种优质服务，是本职服务的延伸。近年来，企业优质服务层次也在随着竞争形势逐步提升，一单清、一台清、一次清、预约服务、上门服务、夜间服务、首问负责制、绿色通道等一系列服务体系的设立完善，莫不在升华企业优质服务理念，这是服务的硬件。值得一提的是，超前细致的优质服务还体现在服务的人性化、情感化这个软件上。多与用户交朋友，加强联络沟通，从与用户的交往中获取信息，先期摸索出用户当前的和潜在的各种需求，同时从对用户的点滴关爱式服务中感动用户，提高用户业务回应的忠诚度，从环境条件上为信息向市场的转化开好路。

加压也须讲艺术

近闻一些企业为了完成不切市场实际的年度生产目标，以便领导年终考核过关，将任务分解下达到每个员工头上，完不成就扣发员工工资奖金……

/ 杂 文 /

  时下，分解下达任务到职工个人头上，给全体职工加压，拿出工资、奖金与任务捆绑考核，促使职工们努力完成任务，是大多数单位在推动业务发展提升企业效益中千篇一律的惯用手法。在激烈市场竞争条件下，企业采取内部加压，采取目标激励办法迫使职工们全力以赴完成生产经营任务，这固然是企业生存发展中放之四海而皆准的经营策略之一。事实证明，这种办法也确实给企业创造了不菲的经营成果，激励着全体职工发挥各自的本领，挖掘出职工们的积极性和智能潜力，从一定程度上开创了企业业务发展的新局面，也获得了全员齐上的推动力，成效自然不可低估。

  通过压力获得动力，这其中有一个压力的转化过程，这个过程就是职工的思想动员过程。一味地施压是不能获得全部动力的，有时候，还会导致部分"反动力作用"。企业连续加压而未及时注重从思想上化压，充分调动他们的积极性，部分职工的个人潜能相反还被连环的任务阻断了，使得他们最终不得不采取"细水长流"等被动办法应对企业施压。

  由此可见，企业在业务发展上给职工加压时，要善于加压而又让职工感觉不到压力，区别对待不同岗位不同工种不同专业的职工，不能让职工脑海中存在将压力当成一种累赘和负担的思想，避免加压不当，导致水分、负面因素出现，避免加压刺激职工的逆反心理、对抗心理。要设法通过多种形式的思想转化，让全体职工知道企业目前所面临的困境，将企业困境主动化为自己的困境，与企业同呼吸共命运，自发、自觉、自动参与到共同为企业排忧解难的拼搏和竞争中。

  另一方面，加压还要恰到好处，也就是说企业分解任务时要量职工之力而行，考虑职工的承受能力，使得职工通过自己的努力后能够实现目标。要综合考虑市场潜力、个人潜能、业务前景等多种因素，适度、适中、适当，循序渐进，因地制宜，因事制宜，因人制宜，因时制宜。在企业里，每个职工所从事的工种、岗位有别，工作性质不同，完成任务的极限也不一样。如果企业分解任务时，不视每个人所从事专业的实际情况而定，给本职工作相对忙与相对闲的职工所分解的任务一样多，一个模子出坯，可能导致工作忙的职工更忙，甚至影响本职工作。而对工作闲的职工，则没有充分开发出他们可利用的时间和潜能，为企业创造价值。有时，有可能本职工作干得一般，但社交面广的职工能游刃有余，保存实力，而工作扎实但社交面窄的职工则被弄得焦头烂额穷于应付。

重提"三老四严"精神

新中国成立后不久，我国遭遇了一段物资匮乏的困难时期，比如各种油类皆依赖进口，称为"洋油"。以王进喜为首的大庆工人，响应毛泽东"自己动手，丰衣足食"的号召，在艰苦环境中白手创业，终于发现了我国第一油田——大庆油田。大庆人战胜困难靠的是"三老四严"精神，曾经一度，"三老四严"精神成为每一个共产党员拼搏奋斗的精神支柱。笔者以为，作为新时期的共产党员，特别是在当前全党开展保持共产党员先进性教育的特殊阶段，做一个合格共产党员，应该具有大庆人的"三老四严"精神，"三老四严"精神永远不会过时，不会成为过眼云烟。

说老实话，办老实事，做老实人。严格要求，严于律己，严肃认真，严谨扎实。"三老四严"精神说来简单做来难，为人处世始终保持这种精神更是难上难！人之初，性本善。可以这么说，"三老"精神是一个人与生俱来本来面目的体现，也是一种原生原态的精神品德，但随着年龄的增长和环境的不断变化，每个人便不同程度地学会了为人处世的精明圆滑，在不同人不同事物面前，装出不同的脸谱，变换着不同的味道，人为地将简单的事情复杂化，将真诚的沟通虚伪化，将美好的感情庸俗化。说老实话，办老实事，做老实人就是要求我们要还生活工作以原本，作为与普通老百姓不一样的先锋模范代表——共产党员，我们任何时候更应该带头说老实话，办老实事，做老实人。脚踏实地做事，坦坦荡荡为人，胸怀宽广，光明磊落，走自己的路，任他人去说。

作为一个有修养、有上进心、有责任感、富于正义的共产党员，毫无疑问，任何时候都要履行入党誓言。严格要求，严于律己，严肃认真，严谨扎实。不光要做到严于律己，不瞒心昧己，不损人利己，不放纵越轨，不违法乱纪，对子女亲属朋友同样要严格要求，管好自己的人，看好自己的门。严肃认真表现自己一丝不苟的工作态度，严谨扎实表现自己的工作作风。在这一点上，新时期的合格共产党员，应该是坚持真理正义原则立场，敢于同一切歪风邪气做坚决斗争的楷模，不明哲保身，不模棱两可，一身正气两袖清风，对照党员标准为人处世，自尊自爱自立自强，做一个高尚的人，一个脱离了低级趣味的人。

莫将"亲情"当"敌情"

近日，听一位朋友诉苦，余便将其原话奉送给读者，以谨之！
公婆刚来时，媳妇碍于丈夫一面，干巴巴地叫了一声爸妈，象征性不情愿地破例下了一次厨房。

没几天，媳妇照例将一应家务摊手推给丈夫，心里忖度开：都是你们一家人，没生我养过我，有什么理由服侍你们？买菜做饭洗衣，丈夫忙不过来活该，关我何事？谁让你去接公婆来的。门一关，媳妇躲进自己卧室里心安理得地打开电视。

婆婆看不惯，心下不快：这媳妇咋这么懒？哪有男人家招呼女人家的？城里的规矩难道跟咱乡下不一样？儿子也太惯着媳妇了。

婆婆想归想，初回跟媳妇相处，却又不好使唤媳妇，更不能给媳妇脸色，不平之气无处泄，只是一个劲儿地朝儿子发作：儿你真命苦，没有一点儿男人气，让我来吧，反正我闲着没事。说完，便一把夺下儿子手中的锅铲。

此后，买菜洗衣做饭……所有家务事，婆婆一个人全揽了，媳妇乐得图个干净清闲。

日子一长，媳妇不知怎么的，对婆婆的一举一动左瞧右瞧就是瞧不顺眼。看丈夫不哼不哈，便横挑鼻子竖挑眼，斜着眼常常无端指责婆婆：菜咸了，饭太稀了，这儿没扫干净，那儿没弄整洁。半夜里还不时朝丈夫发无名气，平静人家开始有了硝烟。终于，媳妇有一天在家里休息时，趁丈夫不在心一横，厚着脸皮冲公婆嚷道：你们还是回乡下去吧，我宁愿每个月寄点儿生活费给你们。

丈夫是闷葫芦挺怕事，斗不过媳妇，只得忍气吞声送走了也是忍气吞声的父母。

媳妇生孩子后，自作主张挺霸道地接来自己父母，固执地冲丈夫来个下马威，也算是解释：我爸妈来给咱们带孩子做家务，要不然请保姆得多花几百元冤枉钱还不带不好。

这之后，媳妇又陆续开了两个铺让给娘家来城里打工的姊妹住，媳妇见丈夫不敢多言，干脆叫娘家的姊妹一块儿共餐。尽管娘家人一大桌，旁人瞧了也不是滋味儿，媳妇心里却宽容得很：我的姊妹没有工作，在这儿打工够可怜的，凑合着过吧，谁让她们跟我

212

/杂 文/

同血缘！丈夫脸上越来越少了笑容，很多时候，饭也不回来吃了。媳妇看在眼里，知道丈夫心中烦自家人太多，就一不做二不休咬牙铁了心，数落丈夫：你不回来吃也罢，反正我每个月拿出四百元给我娘买菜，我弟妹都是自己凑钱来搭伙的。

丈夫鼻子一哼，暗自琢磨：羊毛出在羊身上，你家里人都是二三百元的打工一族，哪有钱凑来搭伙，此地无银三百两，明摆着吃我们的用我们的，还要假正经装检点。我父母亲在这里时，你鸡蛋里面挑骨头，找尽碴子将他们驱赶回乡下，如今接来你父母亲也罢，这还不算，你还不同我商量自作主张招引来你娘家一帮姊妹，搞得乌烟瘴气家不像个家。

自此以后，媳妇想我偏心就偏心，丈夫有气我不理你个茬，怎么着？自己娘家一干人在狭小的空间每天穿来插去的，媳妇全然不介意，将就着过，管他呢。

自个儿的父母亲摔烂了碗碰坏了物什，媳妇安慰道：妈，算啦，不要紧的，旧的不去新的不来。

丈夫瞅着同样一件事，媳妇对亲生父母和风拂面对婆婆却恶声粗气的，一旁感慨不已气愤有加。

婆婆在乡下久病不起，媳妇不闻不问，丈夫请好假欲回乡下看娘，媳妇私下诅咒：死了倒解脱，免得求医抓药加重生活负担。亲娘被病痛所困，媳妇急得跑了魂，亲手替娘熬药端水擦身喂饭，不惜花费买这个特效药那个神奇丸，连推拿按摩都学会了，生怕自己母亲有个三长两短，上班时间还在同事面前长吁短叹：我娘这病都是为我们熬的，不快些好转，我却不知如何好。

夫妻若是吵架了，媳妇便在娘面前哭哭啼啼的，像受了莫大委屈似的，岳父母便不问情由，瞪着一双充血的灯笼眼怒气冲冲地挡住女婿，不容置喙地指戳女婿：我女儿算是瞎了眼，找着你这种要权没权要钱没钱的人，受尽千般苦，现在给你添了香火你不知足，

213

你这猪狗不如的畜生,不好生善待我女儿,还让她无端受你这许多的窝囊气,你算什么东西?越骂越起劲,情到深处,还一把鼻涕一把眼泪地哭起来,岳父一旁则唾沫横飞斥骂不休。

夫妻双方都自农村走出来,夫妻双方父母都需要赡养负担,这是现代家庭的一个特例。在这样的家庭中,夫妻、婆媳、岳父母之间关系处理得好的也不是没有,一个共同的经验是:唯有夫妻双方站在平等的位置上,关爱彼此的父母,手掌手背都是肉,不厚此薄彼一碗水端平,遇事取得共识谅解沟通,不偏袒哪一方父母,有时候爱对方的父母要胜过爱自己父母,和睦相处,协力同心孝顺父母,多替老人想想,多替对方设身处地地想想,才能最大限度地融洽感情,理顺并不复杂的家庭关系。

养就韧性

一个人事业的成功,如果不是出于偶然的机会,绝对与韧性有关。"古之成大事者,不唯有超士之才,亦有坚忍不拔之志。"欧阳修少年时常常在半夜三更合书静坐解累;马克思在伦敦图书馆前石阶上坐读时双脚不断蹭地留下了深深印痕;鲁迅黄夜写作困倦时不停地抽烟,以冷水浸脸浇头,为的都是磨炼自己读书写作的韧性。

我们常说的以柔克刚中的柔指的就是韧性。有韧性才能突破极限,创造奇迹;有韧性才能弥补先天差距和后天不足;有韧性才能冲破阻力困难,迟早克刚削硬,成就追求的事业。持之以恒、滴水穿石、笨鸟先飞、铁杵磨成针,指的都是韧性,也就是我们说的恒心。

／杂 文／

  一个人没有韧性，就绝对不能成就事业。生活中有一部分人，有韧性，经多时研习，在某一领域也有一定的造诣，但因一生坎坷，时蹇命舛，遭逢变故；或因木秀于林风必摧之惹来打击陷害；或因缺少一点儿悟性离彼岸差一步之遥，最终未榜上有名，与成功失之交臂。但事实上，他们在主观上是成功的，那种不屈不挠直面困难直面人生的韧性是值得借鉴的。

  生活中也有一些人，心比天高，眼大肚浅，这也想干那也想试，东一锤西一凿，挖井水不出，磨墨墨不浓，浅尝辄止畏缩不前，他们没有耐心去精耕细作就想唾手收获，不是在养就自己的韧性上下功夫，不是咬牙砥砺，让自己在石缝上扎根在破崖中拔节练就坚挺，不是知难而进而是逢难而退，不是专心致志而是心神不定，做任何事都想来个一步登天，结果，欲速则不达，终因缺乏韧性而半途而废一事无成。

  五个手指有长短，人的聪明才智高低有异，际遇环境也千差万别，这并不是一个人事业成功的决定因素。相反，逆境成奇才，磨难出真知。爱迪生十岁前加减法都算不好却成了大发明家，匡衡凿壁偷光苦读成才……遍观古今中外有成就的人，大多都是于艰苦环境中靠韧性支撑而崛起的，他们都有一个共同的特点，那就是善于修炼韧性，善于时时处处磨砺自己的韧性毅力，从而能够突破极限，实现人生的超越。

"新龟兔赛跑"的启示

  在"新龟兔赛跑"故事中，龟兔第一轮赛跑时，由于兔子骄

215

傲，途中睡觉，结果，乌龟赢了。第二轮比赛中，兔子不敢再大意，赢了。第三轮开赛前，乌龟提出要按照自个儿选好的一条路线比赛，兔子不明真相，也压根儿不把乌龟放在眼中，说随你便。赛中，眼看兔子一路领先，快达终点时，遇到一条河，待到兔子沿河岸绕了一个大弯，找到一座桥，气喘吁吁地跑到终点时，乌龟早已在终点恭候多时了。第四轮比赛时，兔子与乌龟来了个优势互补的"双赢"战术，旱路上兔子驮着乌龟跑，碰到水路，乌龟便驮着兔子游，既节约能量又发挥出各自优势，最后，龟兔两个都是第一。

对于企业来说，市场竞争何尝不是一场"拉力赛"，而参与这场赛事的各路同行"诸侯"，本来各有各的优势和长处，他们也都欲利用自身的优势和长处率先占领市场"制高点"，圈定大片用户"阵地"；都欲利用自身的优势和长处压制对方，击败对手；都欲避开绕开自身的弱点，参与市场竞争，轻取市场成果。更有甚者，在这场抢占市场的"拉力赛"中，不是通过弥补缺陷完善自我来适应竞争，而是整出明明暗暗的"绊马索"来钳制对手，用不正当竞争手段来巧取豪夺顺手牵羊，欺行霸市浑水摸鱼，达到独家左右市场的目的。

相对于参与这场"赛事"同一行业的各个竞争成员来说，逞强好胜争创一流的初衷原本是积极向上的，市场竞争也处处大浪淘沙优胜劣汰。一般人却没有清醒地看到合作双赢优胜劣汰的两个方面：一是充分发挥自身优势；二是有机利用他人优势。

自身优势即企业不断革新创新来适应竞争，不断完善产品服务来树立自身品牌的结果。他人优势即企业本身因一时无法解决的技术，无法完善的功能，或是因财力物力、环境条件、市场定位等客观原因而无法与他人攀比，无法面面俱到的地方。这就要求企业在竞争中要正确认识自我、评价自我、完善自我，用一分为二的眼光去看同行，看市场，客观实在综合分析自身优与劣、强与弱，也全面分析他人的长处与短处，学会取长补短扬长避短，在竞合中实现双赢。对于自身的产品服务，一时无法尽善尽美的环节，还得学会与他人联手合作，利用他人的资源、技术、人才等优势，来弥补自身的薄弱之处，利用他人的"旱路功夫"来缩短自身重新开发产品或技术的历程，填补产品技术上的空白，节约重复设计开发带来的耗费，实现"跨越式发展""直线式发展"。

同理，另一方面，要正确认识竞争中的合作同样也是双向彼此的，互动互补的，善于取他人之长的同时，还得不吝与人之长，将自身先期开发出来的技术成果，或资源优势，出租给他人共享，提供给同行取用，用自身"水上功夫"承载他人"过河"，方能达到彼此交流技术资源的目的，达到减少耗费、节约时间、压缩投入、扩大产出的目的，既不造成资源技术闲置，又可给企业带来额外利润，实现"双赢互惠"，这也是"将欲取之必先予之"的道理所在，就像龟兔第四轮赛跑一样。

"买土豆"的几点启迪

布鲁诺与阿诺德受雇于同一家店铺，阿德诺薪水高，布鲁诺薪水低，后者一度不解。

一天早上，老板让布鲁诺上集市去看看有没有土豆。布鲁诺回来后告诉老板，整个集市只有一个农民推着一车土豆。老板问有多少，布鲁诺掉头又往集市跑，转回来告知老板，这车土豆总共有四十袋。老板再问价格是多少，布鲁诺再次赶往集市，第三趟才问到价格。

老板让人叫来阿德诺，同样叫他去集市上看土豆，阿德诺回来后，告诉老板，到现在为止，只有一个农民在卖一车土豆，总共四十袋，零买价格多少，趸买价格多少，土豆成色如何，并带回一个土豆给老板看，布鲁诺顿时释然。（见2004年3月5日《三湘都市报》）

在市场激烈竞争形势下，我们比较一下就可以发现，同一投资规模环境的同一类企业，经营观念和思路不同，市场份额和经营效益也不一样。就同一家企业中从事营销的员工来说，市场反应快不快、市场调查细不细、市场分析透不透、信息掌握全不全、营销手段灵不灵活等等，这些都是决定员工业绩大小的砝码。

无论是企业，还是企业中的员工，天时地利人和等先决条件固然重要，也就是我们平常谈到的运气机遇等偶然因素不可或缺，但撇开这些先天因素，锲而不舍的主观能动性和先人之智的创造性，举一反三的市场响应速度和见微知著的市场洞察力，才是最终取胜之法宝。

从"买土豆"故事中，我们每一个从事企业管理、市场经营和营销的员工，至少可以得出以下几点启迪：

一是经营观念要适应市场，经营方式策略要随着市场变化而变化，不能墨守成规，办事呆板机械，像驴拉磨一般。不能目光如豆，只见树木不见森林，如盲人摸象。

二是善于摸索套路，避己之短取人之长，变他人的教训为自己的经验，少走弯路和冤枉路，学会做"老生姜"。

三是处处细心，事事留心，时时有心，平时注意观察市场新变化，通晓用户新需求，掌握经营新信息，随机应变随时制宜，面对变幻莫测的市场风云，坐怀不乱，胸有甲兵。

四是对来自市场、用户方面的每条信息，不光要知其然知其所以然，还要知其相关然，知其过去现在将来然，应变策略才能百发百中。

业精于勤荒于嬉，行成于思毁于随。在市场经营中，我们需要勤，但不需要布鲁诺的那种"勤"，而是需要阿德诺那种轻车熟路触类旁通的"捷"；不能上树摘一枚"青果"，而要摇落一百枚"熟果"。如此，经营思路才不至于简单片面，应对策略才不至于盲目被动。

个性与市场

美国加州有一家"温度匙"生产企业，业务异常火爆。该企业原来由于产品单调雷同，加上资金少规模小，在激烈的市场竞争中曾几度濒临倒闭。一次，企业老板在街头彷徨时，偶然发现一抱婴母亲蹲在街边，一手拿着汤匙，一手端着刚从旁边商店里买的热牛奶，口中吹几下汤匙中的牛奶，再用舌尖小心翼翼舔舐几下汤匙，感受其中的温度。这位老板顿时来了灵感，回去后马上组织技术人员设计出匙把上带有温度显示的"温度匙"，这种匠心独具的个性汤匙一投放到市场，立刻受到广大用户特别是育儿母亲的青睐。从此，产品供不应求，这家企业成为加州最大的汤匙生产企业。

常听一些企业经营者感叹激烈竞争环境下，市场份额越来越少。一些从事服务性质的行业职工，对自己尽到了服务责任后，很多时候用户还是不理解不满意而感到茫然。其实查来找去，原因还在自身，答案也在自身，那就是所经营的产品业务，所从事的营销服务缺乏个性，不能独一无二，不能随时掌握到市场的新动态和特殊需求，不能敏锐号到用户内心深处的需求脉搏。说经营难，其实就是产品设计没有与市场开发严丝合缝；说服务难，其实就是服务模式没有与用户需求融为一体。一句话，产品服务在同一市场同一行业雷同的地方太多，照葫芦画瓢，一种成色，一个模式，质量类型外观形状功能数据等都停留在同一刻度上，没有创意，因而产品服务总是偏离市场需求俏点和焦点的轨道，自然形成不了大气候。

没有个性特点的产品，顶多算是翻版复制，无法在市场中抢手；没有个性特点的服务，顶多算是模仿抄袭，无法在用户中拔节；没有个性特点的设计思维，更是拾人涕唾，无异于鹦鹉学舌，跟着同行屁股转。经营管理上，思想陈旧闭塞，思路迟钝刻板，眼光短浅流俗，决策狭隘片面，直接影响到产品服务的个性。一个档次的产品服务，当然也就只能在同类产品服务中艰难竭蹶地平分秋色，这是被动平庸的经营服务，迟早逃脱不了被市场淘汰的厄运。

无论是产品设计生产，还是营销服务，都要适应时代，贴近市场，迎合用户。在产品各大功能用途上，在服务各个流程环节上，产销服务要一条龙衔接，尽量追求功能质地尽善尽美，细节无懈可击。特别要注重突出特点，张扬个性，在雷同中找差异，在一般中升华特色，让产品服务出于蓝而胜于蓝。不仅如此，还必须随时用超前目光和细心去发现市场需求的热点焦点，发现用户消费兴趣点兴奋点，适时推出用户想不到的服务，完善用户想不到的功能。像美国加州的那位汤匙生产老板，正是以他细心的新观察和新发现，设计出适合特定用户消费群，带有温度表显示的个性"温度匙"，使具有新功能的产品应市场运而生。这种功能突破普通汤匙局限的新产品，以其独特面目满足了独特用户群的独特需求，因而给企业带来独特效益。

/ 杂　文 /

四两拨千斤的应用

　　两位钓鱼高手在湖边钓鱼，不一会儿，湖边又来了一帮垂钓青年。性格内向的那位赶紧挪了个安静角落继续垂钓，性格开朗乐善好施的那位则放下手中的钓竿，笑呵呵地回答这帮请教于他的小伙子："要我教会你们钓鱼的技巧可以，但你们得答应我一个条件，就是每个人每钓十条鱼，要分给我一条，不够十条的可以不给。"小伙子们爽快地答应了。

　　结果，一天下来，独个儿垂钓的那位高手只钓到一桶鱼，而热情地将钓技传授给小伙子们的那位外向性格者，却轻而易举地获得一筐鱼。

　　同样的时间、地点，同样的钓技、机会，同样是一个人，却有两种截然不同的结果：一个在双赢中获得最大限度的效益，一个在单枪匹马中守着传统的无所突破的业绩。这就是四两拨千斤的奥妙所在。

　　对于企业来说，效益不仅仅局限于自身实力和员工努力。同等条件机遇和同一竞争环境，更多地方，更多时候，往往要注重于生产经营和销售服务策略，特别是企业在销售服务中，要更新观念，打破传统的自力更生市场观，善于借力出击，四两拨千斤，引导和依托自身之外的各种力量，来突破自身在经营服务中所不能达到的市场极限。

　　市场、用户、服务是效益，这是任何企业任何时候任何地方都在奋力追求的东西。然而，许多时候，一些潜在市场并不是企业本身所能直接触动的，这些潜在市场的"万能钥匙"就藏在企业之外的系统中。企业有自己的生产经营技术，有自己的销售服务网络，还得应用四两拨千斤的技巧，利用各种社会替代网络，辅助销售服务抽出"千枝万蔓"，使这些"枝蔓"遍布于市场的角角落落，进而获得意外的间接效益。

通过二级代理、多层服务来弥补企业手脚不及之外的市场份额，可以将节省的精力、资源，用于充实产品新功能开发等其他环节，用于组织新的销售服务。二级代理或是社会渠道代办企业产品技术，建立多渠道多形式的社会销售服务网络，有利于突破企业本身销售服务网络的局限，更好地利用社会网络错综复杂的社会关系，利用社会网络广泛参与的密集覆盖优势，更大范围地扩大销售服务面，获得更多的细枝末节市场。很显然，引导社会力量参与企业销售服务形成的市场合力，远比单枪匹马独立作战的效果要强。

一个企业是这样，一个人也是这样，这是处于市场竞争形势下企业提高销售服务效益的一种途径，就像时下牛奶连锁业推出的小区互动网代销点一样，优势不言而喻。

作为企业，生产经营、销售服务的任何环节，处处都有值得琢磨的地方。四两拨千斤，要善于结合自身实际和市场实践，在操作中加以糅合，提炼出一种灵活的本能反应，在悟性中形成一种条件反射的经营之道，摸索出特有的诸如渠道代办、销售代理、就近业务响应点一类形式的经营服务网络。因为，双赢可以使企业跻身于自身无法涉足的效益区。

/ 杂 文 /

市场拒绝"宰牛禁令"

　　清顺治帝掌朝时，有一年春耕，新疆的耕牛奇缺，告急文书传到朝廷，一位大臣认为这是因为新疆人嗜好吃牛肉，拿牛宰来吃而带来的直接反应。于是，顺治帝偏听了这位大臣的管见之言，下了一道"宰牛禁令"，快马告传新疆：凡是因吃牛肉而宰杀牛的，一律处死。"宰牛禁令"一传开，整个新疆地区果然没有人再敢宰牛了。可事实正好相反，新疆的耕牛非但没增，反而越来越少。因为新疆臣民们宰来吃的大多是菜牛、老牛，顺治这一灭杀民风习俗的禁令一下，臣民们自然是敢怒而不敢言，但臣民们愤怒之余，干脆连耕牛也不养了。后来，"宰牛禁令"一撤，新疆的耕牛才又逐渐多了起来。

　　由"宰牛禁令"联想到时下一些企业的经营者在开发市场、培育市场时，不考虑市场发展的客观规律，不立足用户消费需求的实际，不分析用户的消费能力和层次结构，不过问营销手段是否科学可行，一个坯子出窑，一个模式统套市场，片面地认为只要有"饵"，总可以钓到"鱼"。

　　市场经营者出台这样那样的营销举措，目的都是为了提高市场占有率，引导用户消费潮流。无论是活跃现有市场，还是开辟新的市场；无论是激发用户消费欲，还是吸引用户消费兴趣，都离不开一个客观事实——一切举措要以切合不同层次不同市场用户的消费能力和消费需求为出发点。

　　有一小区超市经理，在经营中发现自己批进的几种精致罐装奶粉销售量不大，按其他同类商品销售的曲线比例，按一般市场分析调查和预测推理，偌大一个小区，六百多户人家，奶粉销售额应该不亚于其他类型商品。于是，这位精明的经理反复琢磨顾客的消费需求，摸索适合顾客消费口味的营销支点。终于，他在对顾客饮食起居等生活习惯的攀谈走访中，在对顾客消费心理的观察分析中发现：小区的顾客注重夜生活，普遍睡得晚也起得晚，大多数都在离小区六公里以外的城中心区上班，早晨起床急，一个个来不及吃早餐，就饿着肚子匆匆忙忙赶往单位上班。

掌握到这些情况后，这位小区超市经理便重新对奶粉的味道和包装、品种进行市场定位，试着叾进了几批小包袋装奶粉，这些奶粉多是顾客们喜欢的那几种口味牌子，他逢人就介绍"上班之前兜一包，解决早餐不用愁"的方便快捷营养实惠，结果，奶粉销售量很快攀升。

这就是从顾客日常生活规律中找到的营销切入点，从顺应顾客消费心理特点，从顺应市场特有客观规律来定位的包装、广告。不同行业、不同群体、不同地方、不同单位、不同习俗、不同志趣的顾客，有其不同的消费规律、消费心理和消费趋势，就是同一块消费市场的顾客，不同季节的消费欲望不一，对不同消费品的消费需求和选择也不一。我们在制定营销措施时，不能无的放矢、千篇一律，营销中更不能郑人买履、生搬硬套，要尊重市场现实，观察市场供求变化规律，洞悉用户消费心理和消费趋势，根据不同用户群、不同消费阶段和不同消费需求来组织市场组织营销，实施有针对性的灵活营销。市场需要什么，需要多少，组织什么类别的"套餐"来启动市场、培育市场，设计什么样的优惠方式来引导消费刺激消费，等等，这些都需要根据市场气候和用户实际来"随行就市"，寻找最佳营销措施的组合，确定最佳营销方案，特殊市场则运用特殊策略，既不能搞"宰牛禁令"式的独断专行，也不能搞

"一刀切"式的整合营销,更不能"盲人摸象"主观臆定,而要具体情况具体分析,不脱离客观实际,在有序竞争的正当手段下经营市场,策略措施要紧紧围绕市场变化,围绕用户需求而不断地调整创新。如此,追求利润最大化才客观实在。

莫以成败论英雄

人们对事业对功名的追求不外乎三种态度:第一种是只问耕种不问收获,换句话说也就是只默默奉献而不过多地去计较得失;第二种是只图索取而不愿付出,或一味地投机取巧、巧赚名利;第三种是脚踏实地努力拼搏的同时也渴望功成名就后的春风得意。

实实在在地说,对以上几种人生态度,大多数人会毫不犹豫地选择第三种,但其中有一个不正常也是人们无法跨越的怪圈圈,困扰着我们自己也困扰着他人,那就是我们在事业上看自己看他人时常不假思索、不加区别地拿着狭隘的眼光默认"以成败论英雄"尺码定律。

靠投机取巧耍歪门邪道等手段赚取功名利禄的人姑且另当别论。一个人成功与否与特定环境条件和机遇基础等客观因素密不可分。遑论是谁,或仕途飙升或经商红火或专业精深,顺理成章成为各行各业风云人物,固然是英雄,这也是人们对其辛勤劳动和智慧代价的公认。

反过来说,生活中有许多人尽管也在事业的"八卦炉"中经历了日熬夜炼的痛楚,被烟熏火烤得千疮百孔,终因机遇擦身而过,付出了心血却因失败而被人们一句否认,拿这样的标准看人有失偏颇。

事实上，社会的角角落落有很多平凡而普通的人，他们都是真正为人类创造业绩的英雄，像默默无闻施教的教师，脚踏实地做工的工人，辛辛苦苦耕作的农民，哪个不是含辛茹苦一辈子，最终都汇入无名英雄的涓流。光环荣誉名利毕竟只有少数浪淘沙后出类拔萃的幸运儿才摘取得到。所以，我们要用一分为二的哲学观点去看一个人的奋斗历程，而不应该太关注结果，不能光以成败论英雄。

从某种意义上看，一个人只要对社会、家庭、国家、集体扎扎实实地尽到了责任和义务，毫无保留地充分燃烧自己，放出了光和热，其实就是一种伟大的壮举，就是英雄。

且说"正宗"

时下许多消费市场，"正宗"二字使用频率是相当高的，正宗西服、正宗羊毛衫、正宗山羊肉、正宗香酥鸭……不管是名副其实的地道正宗，还是名不副实的偷梁换柱；也不管是本地一脉相承的"美猴王"，还是外山移花接木的"六耳猕猴"，一律都是正宗的，原汁原味的，没有水货伪劣。

如果真有那么多正宗的东西，该值得消费者庆幸，尽管有时候价格上吃点儿亏倒也划算，消费得心安理得，毕竟是实实在在的正宗货嘛。但事实上，生活中随处可见的"正宗"按我的逻辑推理，大多是"此地无银三百两"的不打自招，说自己是正宗等于是在告诉他人我这里卖的是假货次品。不然，何用如此大肆标榜？正宗是很纯净的词语，被许多趋利忘义的商家滥用，上当受骗的消费者，对这些欺世盗名乱打正宗牌子的商家是深恶痛绝！

不是正宗说正宗的商家无非是抱着一种掩盖真实，在水货和次货上以"正宗"二字镀金来欺宰顾客。假正宗是利用顾客希望买到正宗货的消费心理来赚得较丰厚的利润。而顾客方面，正是由于自己判断真假的眼力差，很多时候被假正宗的东西所迷惑，心理上也缺少必要的防备，往往看不到本质，容易上当受骗。

可恨那些口口声声喊"正宗"，打着"童叟无欺"幌子招摇撞骗的奸商，为了一己之利渎亵正宗，捞取不义之财。

道德匮乏的商家总能都苟存着，无论执法机关抓得如何紧，他们也会钻空子。最关键的还是消费者自己要提高辨别力，受骗上当时要敢于与之较真。金猴奋起千钧棒，玉宇澄清万里埃。对于那些假正宗的商家，你越是忍气吞声息事宁人，他便越嚣张放肆飞扬跋扈，如果你理直气壮拿起法律和正义的金箍棒与之斗到底，他们就只有当过街老鼠的分儿。

毕竟，做贼的总是心虚。

给子孙后代留块净土

时下，因为环保意识不浓，常出现水土流失、动植物物种濒临灭绝等新闻。这是能被人们关注到的事情，而一些细枝末节却容易被人们忽略。譬如生活消耗中的资源浪费、不雅习惯导致的乱扔垃圾、随地吐痰、一次性用具大量生产推广、乱鸣喇叭、限制小排量汽车等，都是直接间接破坏了环境。

2005年下半年以来，中央政府发布一系列文件，严查官矿勾结、坚决治理整顿矿产开采业，将环境保护列为头等大事来抓。今年年初又对各地限制小排量汽车的做法明文禁止,这是政府在通过法治唤醒民众的环境保护意识。这些事,也是人民群众共同关注的生活大事,值得猛药攻心。笔者以为,树立长远的环境保护意识,不仅要在关闭非法采矿业、退耕还田、恢复植被、打击偷猎等关键环节浓墨重彩、铁面无私,尤其要大力倡导生活细节中的环保、举手投足间的环保、身边小事上的环保,唤醒全民全过程的环保意识。

　　生活中,节约能源、修旧利废、修身养性、遵章守纪、秩序井然、植树造林、以步代车、简单自然……触手之处,皆是环保。衣食住行的一些细枝末节之处,看似不足挂齿,其实都存在着环保的一面,也不需要太多的解释说明,关键是我们心中要树立事事讲环保、处处重环保的长远忧患意识、子孙后代生存意识,而不是竭泽而渔的自私短浅。

　　环境保护任重道远,关乎千秋万代!当我们涉足生活环境每一个角落空间的时候,当我们每每向大自然伸手索取的时候,是否心存尚未泯灭的环保良心和责任?是否时时刻刻感觉到下一代的生存危机?有时候,笔者觉得下一代的环保意识比我们这一代还来得浓!譬如笔者思路不畅时,总会将不满意的稿纸搓成一团往废纸篓丢。这时候,总要招来孩子一顿奚落:还经常教训我们小孩子,瞧你自个儿那德行!每到这时,我不禁惭愧却又感到欣慰,如果我们都能这样爱护环境、珍惜资源该有多好!

顺手之劳与顺手之推

　　禁不住一位朋友三番五次推荐,近日我买了个太阳能热水器,我问朋友："是不是你有提成？要不怎么帮商家当起说客来了。"朋友摇摇头，跟我说了这么一事：他家的太阳能热水器水压变小，在一个小区门口碰到摆摊设点的太阳能热水器售后免费检修服务人员，便叫过去给自己的太阳灶检修一下。谁知售后服务师傅一看，说这不是我们的产品，更不是从我们那儿买的。朋友一对牌子，果然如此。这时，维修师傅又对他说："虽然不是我们的产品，也可以免费给你检修一下，反正是顺手之劳。"

修太阳灶的师傅这一顺手之劳没有伤筋动骨，也没有亏损什么，却给朋友留下了服务无界限、热心助人无界限的美好印象。这么善良友好的师傅，这样完美的售后服务，还有什么可挑剔的？朋友很后悔当初买太阳能热水器时错误的选择，如今逢人就称道维修师傅他们这种产品的售后服务，给他们这种产品到处做免费广告。

时下，在同类产品的市场竞争中，许多人就是鼠目寸光目不见睫，不正当竞争手段五花八门，带有浓郁的自私自利色彩，有时不惜卑鄙下作，一边王婆卖瓜自吹自擂，一边恶毒诋毁他人产品服务，对自身产品服务之外的同行产品服务出现的纰漏，就不可能伸出爱心之手去扫那"瓦上霜"，去成人之美，巴不得人家的产品服务多出问题快出问题。一些人甚至干脆来个落井下石，借题发挥说三道四，好站在一边幸灾乐祸地看人家笑话，以此来对比自身产品服务的可贵，衬托自身产品服务的档次。至于说顺手之劳解人燃眉一类的"多此一举"，在同类产品服务竞争中，是不可能出现的。这是一种典型的狭隘庸俗，一种晦暗的小人心态。

顺手之劳看起来似乎帮了竞争对手的忙，似乎额上添毫徒劳无益，其结果正好相反。从一个人对同类异己产品服务顺手之劳的义举中，首先反映出一个人良好的素质，反射出一个人对待竞争的正确认识和健康心态。其次，透过一个人不计竞争的助人行为，可以看到他的背后一定是优秀的团队、优良的产品、优质的服务，正所谓一叶知秋，给人一种值得信赖的满足，一种名副其实的可靠。因而，于竞争中的产品服务来说，顺手之劳带来的是意外收获，而顺手之推带来的是无形自残。

做人与做事，何尝不是同样一个道理。生活中顺手之劳的地方很多，为人处世可以自扫"门前雪"，也可以多管"瓦上霜"。上街时看到盲人过马路扶一把，驾车时顺便给问询的外地人带个路，下雨了帮邻居收一收晒在外面的衣被，进出门问一问楼道间晃悠的陌生人，等等，这些看似不起眼的顺手之劳，对己对人都是关心帮助，都是积德行善，有时候甚至是解人危难，让人一辈子感激你。这些顺手之劳其实耽误不了你多少时间精力，也不破费你物力财力什么的，主要看一个人有不有心、存不存意，奉献多还是索取多，厚道大方还是自私小气，这才是顺手之劳的原动力。

顺手之劳实则就是一种高尚情操，一种积德行善，一种人生境界，常存这种人生境界，等于为自己为社会积累了一笔超然物外的精神财富。

用心做事与有心做人

一位朋友对我说："这个竞争年代的人真难做，活得好累，时时刻刻生活在防范与被防范中，特别像自己这号口拙舌钝之人，有时候宁愿低头做事，不愿抬头哄人。"

做事与做人是辩证统一的，从某种意义上讲，不善于做事的人一定不善于做人，不善于做人的人一定不善于做事。做事与做人有其必然内在的联系，做事的过程实则就是一个做人的过程，特别是那种涉及多个部门多个人沟通的"牵扯事",更能反映一个人为人处世上灵活的协调能力,与人和谐相处的凝聚能力。

从做人的角度上理解,一个人有良好的人际关系,善于团结人、赢取人,像甘草一样性温和百药,这个人做什么事首先就具备了先决条件——和谐共鸣的人际关系。这种关系,或曰艺术,可以给他带来办事上的高效率,圆满、快捷、灵活、周到。

多半时候,做人优于做事,做人在于有心。有心首先是关注一个人,其次是关爱一个人。关注人包括关注他的一言一行,关注他的喜怒哀乐,关注他的工作生活,关注他的成长进步,关注他的健康平安。在他失意的时候给予安慰,忧愁的时候给予开导,困难的时候给予帮助,消沉的时候给予鼓励,不幸的时候给予温暖,进步的时候给予祝愿,偏差的时候给予修正。这是一种人性的善良使然,是人与人之间沟通上一个最基本的共鸣点。对别人力所能及的关爱,回报同样是他人对你的关注与关爱。

海纳百川,有容乃大。做人的另一大学问是学会包容大度。人与人之间友善相处最大的障碍就是利益追求上的冲突和价值取向上的矛盾。这也是人与人之间沟通上致命的弱点。

淡泊名利、成人之美、礼让谦和、坦荡无私是一种境界,需要"拿得起放得下"的宽容大度和理性取舍。

说做事的过程是一个做人的过程,在于做事需要用心,也就是说需要脚踏实地、力争上游的稳重态度,尽自己最大努力将事情办得圆满高效,在人们眼中"像个做事的"。当事情涉及多个部门同事时,要处处谦虚谨慎细微周到,如此,才能发挥最佳协调优势,事情才能达到有声有色、皆大欢喜的效果。

所以,要学会在做事的过程中修炼人性,升华人性,切忌虚伪漂浮、急躁粗疏。

信念创造奇迹

中国工农红军战略大转移——长征，是军事史上震惊中外的奇迹。红军为了保存实力，突围北上。在国民党空中轰炸、地上围追堵截和雪山草地、瘴气饥饿的残酷环境前，红军用一年零四个月时间，靠两条腿走完两万五千里长征，平均每天行程六七十里。中外军事研究史无一例外将创造这个军事奇迹的原因归根于信念，坚定的共产主义信念武装了每一位红军，成就了红军长征这段千秋万代的光荣史。

坚定积极的理想信念（或曰信仰）是一种战无不胜的力量源泉，是奋斗的精神支柱，个体缺不得这种信念，团队离不开这种信念。共产主义理想信念以解放全人类、奉献牺牲、先人后己等精神为支柱，因而是一个放之四海而皆准的健康向上的信念，无论战争岁月还是和平年代，共产主义信念造就了一代又一代中华儿女前赴后继无私奉献不畏牺牲的伟大品质，坚定的共产主义信念在灵魂上武装了红军，才有了红军长征战胜雪山草地、小米加步枪扭转局势的千古史话，有了脚踏艰难困苦，为中国人民解放事业甘愿抛头颅洒热血的长征精神。

共产主义信念是永恒的唯一的共同信念，任何个体与组织，偏离了这种大公无私的理念信念，都是不良的私利化了的信念，甚至会给个人、家庭、集体、社会带来程度不同的危害。健康的理想是信念，不健康的理想是邪念。信念创造奇迹，邪念同样能创造"奇迹"，两者的区别是益与害、正与反、善与恶、白与黑。从历史的角度看，红军长征由于有了共产主义信念武装，尽管损失巨大，但正是这种损失和牺牲，换来了中国人民的解放事业；而国民党反动派持的是欺压百姓、争权夺利、统治中国的邪念，纵然拥有美式装备也是一败涂地。

长征精神是一种民族精神，和平年代一样需要这种长征精神，需要这种坚定的共产主义信念。孔繁森、牛玉儒等党员干部楷模，自始至终怀着为人民利益牺牲一切付出一切，不求回报不图索取的博大无私的共产主义信念。春蚕到死丝方尽，蜡炬成灰泪始干。尽管他们没有做出惊天动地的伟业，却以牺牲奉献精神名垂青史。

长征精神是中华民族的骄傲和财富。长征路上，红军将士将生存的希望留给他人，将危险和饥饿留给自己；为保护战友独闯沼泽，主动试毒；讲究民族团结，维护群众利益，并肩协作官兵一致；枪林弹雨连续作战冲锋在前不畏强敌不怕疲劳；流血流汗不流泪，掉皮掉肉不掉队等等。以牺牲奉献坚忍顽强为本的长征精神，以中国人民解放事业为己任的长征精神，是对共产主义信念的全面阐释。长征精神永不过时，一个人有了长征精神，有了坚定的共产主义信念，即使一生平凡，也高尚伟大。

关羽败走麦城谁之过？

《三国演义》第五十九回《走麦城》，说的是关羽没有听取王甫"须留重兵勇将镇守荆州"之言，举全力北取襄樊，致使荆州空虚，因而被东吴陆逊、吕蒙"白衣过江"之计骗了烽火台，赚得荆州。关羽丢了城池不算，还枉送了身家性命。历史上多将罪愆归咎于关羽"大意失荆州",言关羽骄傲自大、独断专横,还有虐待属下、用人不当等过错,这只是对关羽的一种误解。丢失荆州,关羽固然难逃干系,在荆州的战略防守部署上有一定的过错。笔者以为丢失荆州的本质过错当归到诸葛孔明的头上,丢失荆州,孔明至少要承担七成的过错。

当曹操听说刘备称帝汉中时,气得要立即发兵伐蜀。诸葛亮深知荆州在军事战略上的重要性,且又只有关羽一人镇守,在荆州离汉川千里之遥、又信息和救兵不能及时支援关羽的情况下,却令关羽孤军作战取襄樊,谓之"敲山震虎",使曹操不敢轻易出兵西川。此为诸葛亮之失误。

当初,刘备入川前,在讨论谁守荆州的问题上,诸葛亮明知关羽骄傲自大的脾性,却还是留下他守荆州。马超归顺刘备时,关羽非入川与之一决雌雄,诸葛亮一牍"马超算盖世英雄,但哪敢与公相提并论"便让关羽哑然失笑:知我者,军师也!按理讲,诸葛亮即算要留关羽守荆州,为稳妥起见,也应同时留下赵云、黄忠等共同镇守,而不应该让关羽一人首尾不顾。此为诸葛亮之失察。

诸葛亮令关羽发兵攻襄樊,既不派赵云、黄忠等大将接替关羽镇守荆州,同时接济关羽粮草,又不直接向襄樊加派援兵给关羽助力,关羽纵有三头六臂,也不能既保荆州不失,还保阵前不败。再者,蜀国就只汉中、荆州两地,又相隔千里,在当时仅靠快马的落后通信状况下,诸葛亮作为军师,让关羽孤军深入本不可取,还要智勇并不兼备兵力并不充足的关羽取襄阳、樊城、南阳等众多城池,此为诸葛亮之失算。

《三国演义》是小说,小说为刻画人物有其虚构一面。孔明不是神仙,肯定有错误的地方和失误的时候。如果以小说来品评历史和历史人物的话,笔者以为丢失荆州的板子应重打在诸葛孔明的屁股上。

/ 杂　文 /

说嫉妒

　　嫉妒之心，人皆有之。嫉妒在有修养的人身上是一种拼搏和进步的驱动力，但嫉妒生发在一些素质低劣的人身上就变了味儿，轻者表现在敌视、排斥他人，冷嘲热讽；重者则表现在对他人赘謷诋毁、攻击谩讦。

　　在我们身边，经常看到某人因工作好还能在报刊上玩文字游戏，而招致一些平庸生事之徒的中伤。某人因才华出众便遭到一些人白眼唾骂，让你领略一番出人头地的罪苦。这些人七嘴八舌谈是说非，其用心无非是嫉贤妒能，自己没本事不追求进步，却又害怕他人驾鹤远去，这种品质的人只配做虫，叫嫉妒虫，也有大、中、小之分。

　　大嫉妒虫。一般与才子学者进步人士同聚一个层次，甚至同在一间办公室，朝夕相处，低头不见抬头见，这种人胸无滴墨，道德匮乏，只会干一些人人都会干的工作，顶多算个吃喝拉撒功能俱全的"健康人"，他也有一定程度的智力水准，会用脑，要说他笨，那太冤枉，你看他牛皮吹得天衣无缝，马屁拍得山响，会说人话鬼话，成天想着升官发财之歪术，一遇到有真才实学的同事与他竞争某一个位置，人家给他造成威胁时，他的聪明才智便派上用场，打击陷害，拉帮结派，想方设法扳倒他人抬高自己，与此种歹毒的嫉妒虫共事最为可怕，令人防不胜防、胆战心惊。

　　中嫉妒虫。比起大号的，这种人算是小巫见大巫了，此号人寄生在同一单位的各个部门，虽没与你天天共处，干的工种也不一样,但他与你是同龄人,你有能耐,或者你工作出研究成果且大报小报发表文章,很受领导器重赏识,明摆着比他有出息,他就感到脸上无光还浑身不自在,便不服气,在单位的角角落落煽风点火,散布一些流言蜚语,颠倒黑白混淆视听,极力贬低你,以调节他心里的不平衡,达到不可告人的目的。

这小嫉妒虫就是生活在我们周围的一般同事、没有头衔的普通民众。如果闲暇你不跟他们一起无所事事,蹉跎岁月打牌聊天,他们不以为你业余写作忙碌什么的,一口咬定你恃才离群瞧不起他们,尽管你平时挺礼貌地跟他们打招呼,偶尔路上碰到也与他们侃上几句,一旦遇到民意测验一类的,他们便因你不合群而不投你那一票,你无语凝噎也没辙,有时因急事向他赊个账借个车帮打印些材料啥的,他更是找借口婉拒,弄得你尴尬无助。

嫉妒之心是人生来就有的,大可不必抱怨惶惑,有嫉妒和竞争才有发展的推动力,嫉妒只会逼得有才能有骨气的人更加争气拼杀奋发图强,对于那些嫉妒心极盛的嫉妒虫,唯有扬鞭策马努力追赶,不断丰腴知识和才干的羽翼,你才有机会成为别人眼中的优秀嫉妒者,永远立于不败之地,这是一条颠扑不破的真理。

因嫉妒而欲扳倒他人,你要付出惨痛的代价,至少,你来得不那么顺利。不信,你就试试看。

执着的善良可敬也可爱

这是一个普通的老人,普通得让一些人几乎忽略了他的存在;这是一个善良的老人,善良得让许多人为之感动;这是一个执着的老人，执着得让一些人觉得不可理喻；这是一个成天与垃圾打交道的人，住房里的乱和异味让一些人不敢靠近他。

然而，这只是我们从浅层次来看这位老人所产生的感受，如果我们走进老人的内心世界来看老人，就会觉得他可敬而可爱。

他在新中国成立初期读了高中，当过空军通信兵，可以说当时是军中骄子；他从军二十八年，为捍卫祖国领空贡献了青春；他担任过团政治处主任，可他从不炫耀，转业后也从没有要求组织给自己解决什么困难。这样的普通人不可爱吗？他的退休金足可以供两口子生活，儿女对他们也孝顺，可他说放羊就去放了几年羊，说捡破烂就去捡了十多年的破烂，收入全用在慈善事业上。这一切没有谁动员他去做，也没有跟谁签下责任状。这样的人不值得爱吗？他节约不是因为小气，而是出于对别人劳动的尊敬，这样的人不可敬吗？面对一个个与自己同样遭遇甚至生活更为凄苦的人，恻隐之心让他忍不住一次又一次地从自己的血汗钱中挤出一部分去接济他人，没有犹豫迟疑，没有"前半夜想自己后半夜想别人"的自私自利，虽然是杯水车薪，却是何等的泣血爱心，何等的人间真爱！

向需要帮助的弱势群体伸出援助之手，解人危难，救人灾祸，本应是人类的一种美德，一种天性，一种责任，生活中也确确实实有许多不图回报的大义热心人，对他人疾苦感同身受，在他人最需要帮助的时候，倾囊相助，竭尽所能，悬壶济世，为善最乐，没有谁提醒，也没有谁强求，他们用不同的资助形式，真诚的全盘爱心，诠释着人类的善良怜悯，至情至性，完全出于义无反顾不图回报的自愿、甘愿。然而，在我们有些人眼中，把帮助别人看成是一种负担，一种累赘，没有利润的无效付出，他们将人世之情同胞之爱完全商业化，能躲则躲，能避则避，你过得了与过不了与我何干？谁让你没本事命贱？再说这伸手救助又帮得了哪一个？在这种理念支配下，对于社会慈善事业，对于救人危难，有的人不屑一顾为富不仁，不怕他人怎么看，无动于衷就是狠而横；有的人出于压力、面子，"雷声大雨点小"，在适当的时候适当的场合，象征性地不情愿拿出那么一点点，走走形式，言行极为做作，对于他们来说，"热心"慈善可能还有另外的"意义"，有时好事做了生怕别人不知道，还要求张这个榜刻那个名；有的人则借口自己那一点儿薪水应付不过来，上有老下有小手头紧巴，恨不得一个钱掰成两个花。

真爱来不得半点儿做作和借口，完全发自内心源于最原始的善良天性，人之初性本善，善良、仁慈、直爽、厚道，这些天性我们从小就有，当然，一般意义上的自私天性从小也有。只是随着年龄增长，环境的改变，许多人变了，变得自私自利老于世故，善良仁慈在他们身上早已退化，幸运中的他们压根儿没有去想过别人的不幸，安乐中的他们尝不到别人的痛苦，顺境中的他们更无法体验到别人逆境中的遭遇。

生活还是节俭好

很多人认为，在生活水平已经蒸蒸日上的今天，没必要"紧手抠门""小气吝啬"， 没必要苦了自己，可以"大手大脚"地逍遥享受，奢侈一点儿浪费一点儿算不了什么，只要感觉浪漫大气就行。手中或大或小掌握着费用支配权的人，更是"崽卖爷田不心疼"，吃一半剩一半，暴殄天物。待遇上就高不就低，车选排量大的，穿挑名牌贵的，住超标大面积楼房，处处穷奢极欲花天酒地！

讲排场好面子炫富贵，手中掌握着"资源"的，生活条件充裕的，这些群体中有不少人就存在着爱攀比讲奢华的消费心理。在他们看来，吃好一点儿花多一点儿甚至浪费一点儿，算不了什么，有这个"资格条件"，有这个消费能力，就得财大气粗，显得尊贵独特，不同凡响。

节俭不分时代地方，不分阶层群体，节俭节约是人类的一种美德，艰苦朴素是我们党的优良传统。崇尚节俭于我们自己和子孙后代都是有益而无害的，奢侈的后果是资源的浪费，是灵魂的霉变，是人生观的脱臼。无论是可再生资源还是不可再生资源，我们今天节省一点儿，留给子孙后代就多一点儿，而且最关键的，是我们同时也将节俭的美德留给了子孙后代。

节俭是一份简单，节俭是一种品德，节俭是一道考验。吃宜粗茶淡饭，行当代步节能，衣能得体大方，住即朴实无华，如此节俭生活，活得轻松简单，没有那么繁琐，这有什么不好？节俭励志，一个时时讲究节俭的人，他的主要精力放在事业上，而不是吃喝玩乐；节俭养性，节俭让我们有一颗平常心而不是攀比心，让我们有一颗朴素心而不是享受心；节俭防变，它让我们从曾经一步一步的艰苦创业历程中，懂得珍惜，知足常乐，懂得气节境界而远离腐化堕落。

"成由勤俭败由奢""生于忧患，死于安乐""从俭入奢易，从奢入俭难""一粥一饭当思来之不易，半丝半缕恒念物力维艰""兴家犹如针挑土，败家好似浪淘沙"等等名言警句，无一不是告诫我们要崇尚节俭，方能细水长流，永葆本色。思想家潜夫说："不择手段地追求高级物质生活的人，他的思想品德，必然是低级的。"试看大大小小的腐败分子，都是最初从抛弃节俭朴素生活开始，贪图花天酒地纸醉金迷的奢靡享受，到头来毁灭了自己。

先天下之忧而忧，后天下之乐而乐。一个人心存节俭，才有可能忧天下思危难。当你富足的时候，当你春风得意的日子，别忘了节俭，别忘了在节俭中伸出你援助的双手，帮助普天下许许多多需要你拉一把的同胞，切莫做那为富不仁奢侈自私的势利小人。

让"雷锋精神"日常化

每年3月5日前后，许多地方单位团体都在自发组织学雷锋活动，上街打扫卫生、送医送药、照顾孤寡老人、维持公共秩序等，人们用不同的方式纪念、弘扬雷锋精神，这是值得称颂的。

助人为乐、见义勇为、奋不顾身、艰苦朴素、公而忘私、言行一致、先人后己……雷锋精神可以说囊括了人类所有的美德，不光是我们国家、民族的精神，也是全人类的共同精神财富。要不，美国等西方国家也不会认可，更不会将雷锋塑像、雷锋故事当楷模，当指南，放到图书馆、街头广场等公共场所。

学雷锋需要培养一种"日常精神""习惯精神""细节精神"。日常工作生活中，学雷锋要的是有心、恒心、细心。毛泽东说过"一个人做一件好事不难，难的是一辈子做好事"，说的是恒心；"世上无难事，只怕有心人"，说的是有心；"细心处处有黄金，不细心连棵花都养不活"，说的是细心。其实，雷锋精神每时每刻都存在于我们身边，遇到他人有困难的时候，主动伸出热情的双手；危难关头，挺身而出施救；忙不过来时，帮一把同事；力所能及关心公益事业；给老弱病残让个座什么的，我们都可以做到，问题是看我们能不能持之以恒，能不能将一举手一投足的爱心热心有心，变成工作生活中一种自觉行为、日常行为、习惯行为。

雷锋精神没有具体的量化标准，也不需要刻意而为，但为人处世需要自始至终的主动热情，需要长年累月的细心热心，需要坚持不懈的有心恒心。细心、热心、有心、恒心是雷锋精神日常化习惯化的先决条件。日常成习惯，习惯成自然。一个人好事做多了，自然形成了高尚的人格；一个人助人长久了，自然形成了闪光的品德。雷锋精神不是一阵子而是一辈子，不是一朝一夕而是一生一世。一点一滴积少成多就形成了习惯行为，一言一行日积月累就形成了日常行为。

"雷锋同志没户口，3月来了4月走"是雷锋精神没有日常化的写照，学雷锋如果不日常化习惯化，便成了一时头脑发热的形式和做作。"雷锋出差一千里，好事做了一火车！"雷锋走到哪学到哪好事做到哪，一辈子做好事，无私奉献直到牺牲！学习雷锋，像雷锋一样工作生活学习，将助人为乐日常化，将无私奉献习惯化，这才是修身养性的真谛所在！这才是积德行善的真实所在！

清明说孝

每年清明前夕，人流车流的繁忙度仅次于春节，在郊野、在乡村、在山冈，到处是噼里啪啦的鞭炮声，到处是荷锄拾揪的家族小分队，不惜长途跋涉，不管刮风下雨，大家都用同一种传统而古老的方式，纪念远去的亲人，在上坟的袅袅青烟中，祭祀出一份份沉甸甸的孝心。

千万经典，孝义为先。试看三三五五的上坟亲情队伍中，多少上坟吊祭者在父母亲有生之年，跪乳反哺，曾经小心翼翼侍奉老人，让老人九泉含笑？清明一滴雨，万千怀念泪！上坟添土，作为人们凭吊作古长辈、追忆已故父母的一种礼仪文化延续，一种孝心文化传承，值得弘扬！

生活中不乏一部分喜欢张扬面子的"孝子贤孙"，清明节里，除了车马劳顿、浓墨重彩地上坟祭祀，还不惜张罗"清明饭"，举办"清明奠"，在亲友面前热烈排场，彰示"孝心"永存！殊不知，到这个时候，庄重隆重也好，铺张破费也罢，毕竟只剩下形式意义上的孝。

孟子曰："人人亲其亲，长其长，而天下平。""孝子亲则子孝，钦于人则众钦。"孝心不是做给别人看的，而是存给自己的。孝心是一种默默无闻的德行，这种德行于老人来说，需要实在长久，需要看得见摸得着。施德布孝，即在老人有生之年，尽力而为地服侍照顾好他们，饮食起居无微不至，春夏秋冬嘘寒问暖，病痛之时端汤喂药，多陪他们说说话，多给他们捶捶背……孝顺就从这里开始，让老人实实在在感觉到，这才是生前之孝而不是事后之孝，这才是床头之孝而不是坟头之孝。

出入扶持须谨慎，朝夕伺候莫厌烦。孝心还是一种责任，一种义务，当你在老人生前，在老人床前，点点滴滴殷殷勤勤，手手脚脚臻臻至至，昏定晨省善始善终，默默无闻自始至终，尽到了做晚辈的责任义务，地道而不做作，真实而不虚伪，厚养薄送简祭，也就没有必要事后弥补、追悔！至于清明上坟，就近的，一抔土、一炷香、一弯膝足矣；隔山阻水的，或老人遗容前，或门前屋后，虔诚肃立，静默一刻，追昔抚今，加倍善待身边的亲人朋友，心诚则孝，心静则顺，如此尊老孝老，仁德有口皆碑！如此缅怀祭奠，老人英灵慰藉！

/ 杂 文 /

拿于成龙照照自己

于成龙（1617—1684），字北溟，号于山，山西永宁州（今山西省吕梁市方山县）人，清初名臣、循吏、廉吏。

清顺治十八年（1661），于成龙被任命为广西罗城县知县，因政绩突出一路擢升，先后任四川合州知州、湖广黄州府同知、黄州知府、武昌知府、福建按察使、福建布政使、福建巡抚、福建总督。康熙二十年（1681）入京觐见，深受康熙皇帝喜爱，升任江南江西总督兼兵部尚书、都察院右侍郎。康熙二十三年（1684），兼管江苏、安徽两地巡抚政事。不久便在任上去世，终年六十八岁。死后被康熙帝追赠为太子太保，赐谥"清端"。

于成龙四十五岁出仕，在二十三年的宦海生涯中，三次被举"卓异"（相当于现在的全国劳模），在历朝历代官吏中实属罕见！于成龙以卓著的政绩和廉洁的风范闻名朝野，深得百姓爱戴，被百姓叹称为"于青菜"，被康熙帝赞誉为"清官第一"，"要是我朝多几个于成龙，何愁天下不太平盛世"。

于成龙一生清廉有名。他每到一地，随身携带的食品就是萝卜白菜，在福建按察使任上，他顶着压力为上千个因禁海而被冤判死刑的无辜渔民翻案成功，欲与属下下馆子庆贺一下，一搜身上，手中却连吃一碗面条的碎银子都拿不出，已经煮好的面条只好不要了。在福建任职时，他的侄女过生日，家人增加了两个肉类荤菜，被他数落了一通。于成龙自己生活简朴，也不接受他人宴请，到两江总督赴任时，一身破旧便装下船，迎接他的地方官没有一个认得出他，还误将他们一行当成逃难的而嗤之以鼻。他更不参加两江都督赫里将军等地方官准备的接风宴，康熙二十年，因为他政绩卓著清廉闻名受到康熙皇帝接见并彻夜长谈，在入京觐见康熙皇帝前，属下给他做了一件新官服，他发了脾气，在众人的劝说下，才勉强接受大家意见。他死后一无所有，只有《于清端政书》八卷等著作传世。

　　行文至此，想必现在许多干部该感到汗颜了！虽说时代不同，历史已经进入小康社会，物阜民丰，我们不提倡天天穿旧衣餐餐吃青菜，从人体健康营养的角度，生命也需要各种营养支撑，这本不该褒贬，但现实中一些干部却忘了初心，吃讲究宾馆档次，穿讲究时髦新潮，住讲究面积地段，行讲究品牌排量。在他们眼中，当官就是要比别人高人一等，钱应该多，位应该高，身应该贵！不能与普通人一样，吃大众口味，穿朴实无华，住狭窄小房，行公交大巴。他们讲享受排场，讲前呼后拥，讲攀比刺激，背地里却比普通人还低级趣味，完全忘记了一个真正的共产党人应该先天下之忧而忧，后天下之乐而乐，全心全意为人民服务！

　　说于成龙是面镜子，不光因他的廉洁感天动地，还在于他的政绩惊世骇俗。他始终恪守在任一时造福一方的初衷，无论是任知县、知府，还是巡抚、总督，一直推行保甲还田，鼓励耕作减轻赋税，用恩威并施手段治理匪犯。每到一地，始终与贪赃枉法行为做坚决斗争，抽茧剥丝治理贪污腐败，不畏权贵压力为民申冤。在任直隶巡抚时，一次性就处决三品以下贪腐窝案官员数十人。在任两江总督期间，冒着个人安危将前任总督熊赐履无法完成的"火耗"窝案彻底查处，连皇上的亲外甥赫里将军也被先斩后奏。

　　某些总觉得自己原地不动患得患失，或是挪了动了但晚了亏了的干部，不妨拿于成龙照照自己的模样！

热血个性著人生

——黄福高散文随笔集《流年琐记》跋

"你不写这个跋,这本书我就不要跋!"好锋利见血的个性!

认准的事九头牛也拉不回!这就是黄福高个性的注脚。一个人行世做人靠什么?一个是诚信;另一个是个性。个性有正道与邪道之分,正道个性是干事创业的个性,是成就个人职业发展,对社会对人民有益的个性,需要出淤泥而不染迎难而上的勇气和韧性。黄福高在重重生活磨难的八卦炉中熬就了这种个性。小道理说大点儿,他的个性是个人进步、家庭进步、社会文明进步的个性。

有人说黄福高的个性还有点儿"偏急",我倒认为正是因为他有"偏急"的个性,才敢痴迷和冲刺人生的金字塔。你看,灵感一来,再大的事也得先放下,披衣起床也急,坐车赶路也急,喝酒品茶也急。冷夜寒晨,苦累压力,统统列队作陪!别打扰,记下来再雕,吐出来再琢,成形了,上稿了,获奖了,你才感慨:身边情事、生活趣事、工作怪事,当时咱怎么就没想到?没看到?没记到?

他的"偏急",是因为他要走出一条血性人生之路,他要用笔来烧烤世俗,解剖现实,晾晒人生。他始终在不断否定自我,用自己的有心+细心+勤奋+坚忍,来塑造自己的人生。"偏急"成就了一个令很多人喜欢和令一些人不喜欢的黄福高。

他痛恨趋炎附势,不媚俗、不唯上、不唯利、不趋富、不嫌贫,睁大眼睛,识别真伪,永远置身于芸芸众生,始终奔走于疾苦人生,常年穿梭于弱势群体。这样的为人处世之道有什么不好?对比一下，我也有个性，但没有他的韧性；我有野性，但没有他的血性；我有心性，但没有他的心境；我有心气，但没有他的心细，所以我在文学艺术创作这条路上有些颓废萎靡和半途而废！

他痛恨无情无义。记得2002年五一节前夕，我因肝脏手术住进了郴州市第一人民医院，黄福高在去长沙采访的列车上听到好友贺文平说起，立马途中在郴州下了车，急匆匆跑回良田乡下老家，将母亲养了多年的两只老母鸡一刀结果了，炖好端到医院。我当时正好在做术后换药、检查，他将鸡汤搁置于我病床的床头柜上，折转身又急着赶火车北上了。重情重义，仁至义尽，丰腴了他的个性。只要是他的真正朋友，这样的个性，谁不佩服谁不钟情？

他痛恨装模作样。写作之外，喝酒是他唯一嗜好，酒前话相逢，酒中争异同，酒后敞真胸，他的喜怒哀乐全在酒后。可他这酒不是谁都可以坐拢尽兴的。应酬之酒他喝而不醉，把握得恰到好处，一般人自然得不到他的真经，只有兄弟之酒他才会放开喝，而最佳的时机又是在他收笔之后，这时候就怕你眨眼皮打哈欠。三更五更，两碟花生米一盘卤鸭掌，外加一碗清椒嗦罗，只要你不怕老婆鬼催，他是不醉不罢休，难得糊涂，难得豪放，难得开怀。

有好几回，他回郴州老家来，每每，我却总在事后才得知，心下便嘀咕：人往高处走，水往低处流。这人多年以后有些个变化也难怪！听诸位好友一比画解释，我自知误会他老兄了，原来是怕破费我几个铜板，替我节省几块生活费来着！其实饭每天到哪儿都得吃，但就这么大个芝麻事，他也在设身处地替朋友掰指头儿！

黄福高算是一位跑满堂的作家，十八般文艺艺艺皆通，十六岁读高中便开始在《少年文艺》上发表诗作。1986年，二十岁出头就写出反映矿工生活让读者笑破肚皮的喜剧《岳母娘接郎崽》，获得湖南省冶金有色系统首届职工文艺创作一等奖。早在十多年前，又在被文学界称为"四小名旦"之一的文学专业期刊《滇池》及《广州文艺》《芳草》的重头位置，发表系列小说《子夜钟声》《春天与冬天的握手》《寡妇滩》等，让文学界的朋友们刮目相看。近几年来，虽然很少见到他的身影，我们却常常见到他在《人民日报》《光明日报》《羊城晚报》《文汇报》《中国青年报》《散文》等全国性报刊发表系列散文、言论、报告文学。这次大半年不见，他老兄又捧出两部长篇小说《N幽灵的N结局》《极权时代》，他的勤奋让我咋舌，自惭形秽躲暗处羞赧！读黄福高的作品，道上人一瞧标题就晓得他文字的分量。以我的观点，他的作品在文学创新上，无论是表现爱恨还是戳穿世俗等，是最具表现力的恰到好处的音符，是最有杀伤力的连环爆破的装药。看过黄福高作品的朋友，都有一种茅塞顿开的快感——合上的是向往，抖出的是诱惑，带走的是参悟，得到的是智慧。还有就是那些走到哪儿写到哪儿、蘸着黑血戳着骨髓、让人拍案叫绝的杂文，像鲜花般一年四季开满全国各大报刊，永不凋谢，百读不厌。

我一生不崇拜这星那星的，唯黄福高这样的个性我崇拜，尽管我成不了他。说实在话，有意无意中，我发觉自己还是有些向往和模仿他超凡脱俗的个性，练习他个性背后始终不懈的勤奋与坚忍，甚至酒风和从容。我想，这个性既是他一生的财富，文艺界的财富，也是他带给朋友们的财富。

有个性的作品一枝独秀奇花异放，有个性的人生柳暗花明与众不同，有个性的阅历下笔敏捷行文流水。读黄福高的作品，一定要带着强烈的个性，要用心去读，读出泪来，用泪去读，读出心来，用静去读，读出血来，用血去读，读出静来，直到最终读出灵魂来！读懂他傲寒向上逆风飞扬的个性，才算读懂一个真实的黄福高。

没有个性，就注定随波逐流；没有个性，就必定有角无棱；没有个性，就肯定平庸懦弱；没有个性，就铁定寄人篱下。所以，行文也好，做人也罢，想超凡脱俗，不妨学一学黄福高带血的个性！

含 羞 草

  我太了解黄福高，几十年来，不管是在矿山单位、党政机关当宣传干部，还是现在搞社会采访专业创作，他总是那么激情四射，那么从容淡定。我想到他必然定期出书，但没有想到他这次请我作跋，他开始不乐意请那些惯于哼哼呀呀的名人雅士了，所以我写了他的个性，附在书后，不知是否能让人欢心愉悦，也想用他的个性来洗濯一下我的灵魂！

诗歌

长相依

　　梧桐叶，枕边泪，梦到深处情难禁！落花时节露重，夜半与你长相依，长相依！常对苍穹暗许诺：一生只为你哭泣！合时欢来分时悲，放眼浮云千万里，千万里！化作蝶茧一起飞！一起飞！永不离！

溪　边

　　面对你的忧伤，往事历历在目，一头披发溪边坐，权寄倒影清流。轻扔石子起漪涟，惊扰鱼儿百千尾！说不完，比不尽，只想拥着你的——千般娇柔万般美！

泪　怨

　　如果我的眼里有泪，那是因为我在黑夜中，常常思念你。缘来的时候泪也来，缘尽的时候泪也尽，半生为你挥恨泪，只想换来枕边柔情的你。一阵叶浪风起兮，大江东去花纷飞，为何你不进入我的梦里？

你走了

　　秋叶飘零的季节，你走了，带着无限的忧伤惆怅，家在你眼中越来越遥远！我在你眼中越来越渺茫！情断了，缘尽了，尘灭了，一段故事从此有了主题歌。多年之后，当我们仅有擦身而过的时候，我想，那主题歌，早已变换了新的音符，留下的只是往事的厚重。

一　直

　　一直把你藏在心底，是因为激情不敢忤逆。曾经试着忘却你，风雨之后，总是无时不在想起，每天清晨醒来，一脸憔悴。给我一次机会，敢叫李杜醉不归！

灯下人家

　　晨来纷扰晚来悲，满目家事疮痍！苦盼灯下人家有祈，两手相拥妻女立，捧书对目相依偎。晚风拂，星星嬉，夜空倦鸟不归，一朝挡我自由飞，月牙儿也有恨泪！

不 如

  与你相逢风雨中,转眼秋来露重。常在梦中忆芳容,难去留,惊落桂花无重数!无重数!可叹晨来枕边泪,不如飞向露珠中。空等待,白皓首,一纸薄命傲寒冬。

但 愿

  南飞雁去哀鸣,庭前花落无声,烟波浩渺逐浪处,一帆水路孤奔。遥看洞庭八百里,天水相接落日分。紧摇橹,赶黄昏,苦追寻,又一程,但愿明朝不再分!

香花岭

  秋天约会香花岭,香花岭上花飘香。万花丛中寻知己,莫愁前路无知己,风雨之中苦寻觅。苦寻觅!一路坎坷空欢喜,独剩秋菊无人理,飞恨泪!

爱无期

　　三月登攀苏仙岭，苏仙岭上绿万顷，万绿丛中逢知己，漫漫前路烽烟起，世事迷！爱无期，有缘相知心自归，心自归。

留不住

　　好想时光倒流到，你给我一个家的年代。尽管每天，面对那无休无止的锅碗瓢盆，但我分明，从那叮咚作响的旋律中听出，每一个音符，其实是我们三口之家，和谐交响曲的永恒弹奏。还有每天黄昏楼下，那由远而近熟悉的脚步声，幻化了我心中那份无限陶醉。如今时过境已迁，不知不觉间，春去秋来已数载，那悠扬的旋律，已逐渐离我远去。我常在梦中苦苦思忆，却怎么也留不住，那曾经的心醉！

心灵犀

一步一脚印,一纸一酸辛!聚时喜来散时悲,泪锁恩怨千百回,千百回!爱与恨,苦与累,夜深人静空悲戚,空悲戚!如水月光透窗进,照着娇妻微鼻息,梦中似有倾诉泣,倾诉泣!魂念樱儿轻披衣,复拢罗纱瞧女急,果然枕飞又落被,幸有今世心灵犀!心灵犀!一生总在为你们,牵挂不尽!只想换我能夜夜,跟到你们的梦里。

灯下影

月中屋,灯下影,屋内贤妻引线撒娇,灯下爱女捧书偷笑。四十年来艰辛寻觅,身心早已疲惫。简单生活弥珍贵,富贵浮云抛九霄。为什么?为什么我的世界里——要有喧嚣?

不要问我

踏着今夜轻柔的晚风,一不小心,我走入你的世界匆匆。不要问我,为何总在克制,那激情热烈的相拥,因为人到中年后,我最害怕的,就是无缘无故带给你,一生伤重。

一剪梅

一剪梅，风雨洗，报得春来花自摧。春夏秋冬苦与累，樱呼娘亲我呼妻。犹忆当年病魔临，伤痛淹在泪花里。伴你一程路短，护理两周情长！山有幸，水流回，一生追求人憔悴，雾瘴散尽无归期。

误 入

常在梦中痴迷你的长发飘逸，醒来又记不起你的微微鼻息，不想走入你的世界让你受累，却又误入你的善良美丽！

爱的支流

自从你走出了大山，我就想得到你的全部，可是因为——你的世界有太多牵挂，爱便有了支流。自从你流入了红尘，我就想相伴你一路，可是因为——你的人生有太多起伏，爱便有了支流。飘叶嫁了你悲苦，落花随了你迷途！如果给我一服后悔药，我绝不让你的支流，破碎我可怜的梦。如果给我一碗醒酒汤，我绝不让你的支流，收走我伤心的泪流。

拂晓等你

　　说不完的是爱，道不尽的是情，下一个放飞愁苦的来回，我一定提早在拂晓前等你。人生本如一场戏，幕起幕落之处，换了天地。

晚　秋

　　来一壶晚秋，与你共话沧桑，虽然你我相逢中年，那份真爱，从一开始，就注定在冥冥之中。尽管多年以后，纵然千山万水，你我始终是天地间，永恒的生命牵挂。

始　终

　　柳月弯量山梢，人在月下影自跳。多少往事心头涌，不堪回首来时路。来时路，错又长，嗟叹之时又重阳。人生若梦梦醒空，终是始来始是终。岁月不老鬓悬秋，今夜桂花正浓。一任晚风洗胸膛。

/ 诗 歌 /

一路忧伤

几流流水来几道道弯，感情就在这弯里头浪。下川时梦断，越滩时情伤，千疮百孔结伴流，只为到头一聚首。千山万壑邂逅，风雨兼程缘续。分分合合情缱绻，一朝分手心凄苦！更有残花落水去，万劫不复成憾愁！

宁　愿

晴朗天气里，终于盼来心情一点明媚，如果上天注定，等待之后，最终还是要回到——秋雨无期。我宁愿选择，今天悲戚！

有你真好

有你真好，因为你点燃了我生命的辉煌。当大地熹微，你是我黎明时分的第一缕曙光。当夜色苍茫，你是我黑暗中的第一点星光。

风　筝

　　我是你天空中，那只断了线的风筝，被你牵着时，一身困惑。总在嗔怪你，限制了我的自由翱翔。好不容易挣脱你的手，却又在灰蒙蒙的雾霭中，迷失了自我。风起的日子，我的心在风中，飘了一程又一程，无根无系。雨生的季节，我的情在雨中，湿了一层又一层，瑟瑟发抖。于是我的眼中有了泪，只因为怀念你曾经的牵系，哪怕再度套紧在你手心里，我的明天也无怨无悔！

风飘忧伤

　　你是白天花香，只有晚上看到你，才有忧伤。这忧伤，是秋来风中的飘叶。因为飘叶存在，你才独立风中自由自在，任山中灵气，包裹那份美丽，于水的中央。

夜来枕边泪

　　秋去冬又来，时光如流水，心依旧在为你徘徊，不敢面对你多情的身影，因为害怕，你我相遇之后，彼此夜来枕边留下，无奈的眼泪！

思念的痕迹

没有你的日子里,我会努力克制自己的呃噎,尽管深秋的风,会吹干我脸上思念的痕迹,但对你无尽的向往,时时爆发于心底。

枉悲戚

昨夜严霜逼,枝头寒鸦号啼急!一枕秋尽冬来早,梦断霜雪空泪涕!空泪涕!一生唯努力,只想振翅飞。不惑之后话天意,妻女平安是福齐!枉悲戚!

未了缘

春花秋月时节,与你相约不期,湘南无限风光,全在梦中回味。怕只怕,浪漫漂萍无根系。来时欢,别时寒,只因一世未了缘。忍看梨花泪,滴滴落心里。

酬　勤

今晨春风徐徐，吹醒梦中疲惫。窗前花瓣飘落处，我心恻隐已寄。忍看早出暮归燕，栉风沐雨令我敬。喜温酒，等君回，人间正道是酬勤。

相遇三月

三月，你的行囊装满了柔情，走进我伤感的雨季。溪流为你引路，山风为你喝彩。面对我忧伤的目光，你伸出修长的手，一指车窗外缘分的天空，谁让那两片飘叶，在这个注定的时刻，不期而遇！

昨夜梦

昨夜梦，影相随，万点红樱枝头泣，只因苦雨湿了心。可怜多舛沧桑后，半生寻觅半生凄。一朝有缘守望，数妹长发到天明，无怨悔。擦身而过之后，换了天地。

今夜生情

今夜风轻,是因为怕吹散——我俩的梦。今夜月明,是因为树下——有两颗澎湃的心。原以为,前半生霜雪之后,归平静!哪承想,后半生睁眼闭眼处,周围全是你挑逗的身影。

缘分的注脚

花瓣飘落的时候,你是否感觉到春尽?枫叶飘零的日子,你是否感知到秋临?大江东去,往事如烟,逝去的若梦,留下的是谜。如果一切都需要结果,缘分是最好的注脚。

雾 化

四月的雨季好无奈!不只是因了四月的雨,潮湿了一颗飘零的心,更害怕,雨季积累的牵挂,雾化成一种,温柔的伤害。从此给我生命中,落下淅淅沥沥的无尽忏悔。

从这个季节开始

初夏来临,你如池塘中奔放的荷,探身泥泞艰辛,朝我火热盛开。为你感动一生,就从这个季节开始。每天清晨,你叶上的露珠,可能是我今生欠下的忧伤。数不清点滴,为你,也为我自己。

不 管

七月多情,用你的美丽与温柔,叩开了我生命的年轮。本能与诱惑,让我忍不住,伸出一只希望的手,在相遇中与你一试缘分。不管日后成为,知己、知心,还是知音。

温一壶感动下酒

你朝我走来,带着原野特有的芬芳。山风绾起你的长发,溪流摆动你的裙裾,旷野惊讶你的执着,白云喝彩你的热烈。于是,我不顾世俗的沟壑,温一壶感动下酒,让痴情在陶醉中,成之字形绽放。

我宁愿

　　有缘相识，如果换来的是无缘相知，我宁愿，一开始就不要，惊扰你的美丽。尽管我多情的心，会因你擦身而过，伤感在清明的雨季里，至少，我不会重复，一滴眼泪。

一笔怨悔

　　七月走远了，你的声音却朝我走近，缀满梦境的落英，一如磁性的忧伤，划开我对你——无限向往的情愫！看，起风了，那爱莲湖中，由近而远舒展开来的涟漪，正是我一笔写给你，今生今世，无法诉说清楚的层层怨悔。

涟　漪

　　与你相遇，不知道从哪刻起。好不容易平静的心，忍不住又绽开——朵朵醉人的涟漪。这涟漪开在梦境里，枕边总萦回着——你美丽的身影。这涟漪开在斜阳里，笔下总缠绵着——你迷人的声音。

思念如伤口

　　思念是什么？思念是一道被撕裂的伤口。为什么深秋的风，总在舔舐着我撕裂的伤口？因为我撕裂的伤口，一直固执地思念着你，不肯结疤，一生一世。

月光梦

　　如水月光，越过窗台，放肆地踏入——我思念你的梦境。在追逐你的小河边，我分明看见，你被月光绊倒——在柳条下的草丛中，又被晚风轻轻地扶起，再也不肯沐着月光，躺在我温和的臂弯里。你说夜色中有倦鸟的眼睛，更有数不清的小星星，在趁着月光偷窥。

长发韵

　　晨与暮的思念，缠绕在门前的石榴树上，开出一朵朵鲜红的花。你的清纯洁白，突破了我心灵深处，最后一层壁垒。有晚风拂来，不时绾起你的披肩长发，蓦然发现，那纵情穿越我白天黑夜的悸动，原来是你——飘进我梦里的长发！

我请求你

多想哭泣着走近，取代你一生的眼泪。多想弯着身唏嘘，取代你一生的委屈。如果上天注定花开无期，那么，我请求你，幸福时候忘却我，痛苦时候想起我。

你奔向远方

你奔向远方，行囊中一半是我塞下的惆怅。忘记告诉你，那惆怅没有根系。

你奔向远方，行囊中一半是你装入的向往。忘记提醒你，那向往也有艰辛。

与岁月分手

七月，如山的旋律优美，从远古的沉寂中走来，裹着厚重的沧桑，带着千年的承诺，卤点出你我，今天美丽的相约。如果给我一次表白，我愿化作你身边，一道永恒的光环，去兑现地老天荒，直到与岁月分手。

月夜相思

夜深深,却不能相伴你的纯真。情深深,却不能倾听你的心声。遇上你是我的缘,星月偷偷这般传。笑看长空淡云欢,梦断倦鸟酣。多少人间伤感泪,不为相思为哪般?

别后可有梦

白云悠悠千载,见证男女恨与爱,缘来时嫌快,缘尽时不再。忍看人间分与合,聚散一夜间!桃花飘落溪川里,东流水依旧。微风夜,月色浓,谁剪双影草丛中?别后可有梦?

莲台恨

赤夏天,赤心任妹晒,四十春秋等一爱,擦身而过天亦怪!七月有情天,又见莲荷开,风吹过,花叶摆,空扯独影上莲台,缘何妹不来?砌成此恨一生衰!莫等待,快过来,缘不再,莫等嫁衣秋后裁!

/ 诗　歌 /

一线情缘

　　一线情缘有没有？无语问苍穹。咫尺思念谁传送？你我阻夜空。回首来时路，曾经恩爱记忆中。莫道人生多变故，一把酸甜托晚风。尘已绝，心已死，早将爱恨埋千古！好雨知七月，平静心湖生潮事，做证有青松。一厢情愿寄辞赋，半生清醒半生糊。佳人若有意，相守誓如初。抬头望星月，星月躲云端，丈出缘后山边算，邂逅知音须尽欢，一生伴！

牵　挂

　　白云牵挂着蓝天，小溪牵挂着山川，我的眼泪牵挂着你，思念带我到梦里，梦中全是你身影，蜂歌蝶舞爱临近，爱临近。晚风牵挂着夜空，月亮牵挂着星星，我的呓语牵挂着你，激动带我到梦里，梦中全是你温馨，浪花飞溅一世情，一世情。羊群牵挂着草原，沙鸥牵挂着大海，我的祈祷牵挂着你，向往带我到梦里，梦中全是你叮咛，远行不忍心难静，心难静。

早倾情·山有约

夏怀幽梦早,晨钟惊飞鸟,露约草儿聊,我约佳人心儿跳,心儿跳!醒来披衣脚步急,意恐迟到惹妹恼,匆忙更怕路人笑!山中路,千万条,牵手人生何惧高,何惧高!沧桑岁月生爱恋,道情还是山中好。疾步换作慢步摇,踏遍青山山不老。转身晨风醉,得意有祈祷,今世若得妹怀抱,谁肯浮萍水上漂?也想化双蝶,生死心一条!

爱应表白

时光冲不淡太多悲哀,季节装不下太多等待,如果有爱,请及时表白。多年以后回首,就别再恨怪。浪花捎不动太多感怀,泪水带不走太多伤害,有缘请大胆开口,错过以后怨悔,就别再空猜。

如果·你我之间

如果上天注定,你我之间有缘无爱,绝望的我,宁愿被你去伤害。如果岁月注定,你我之间秋去春不来,失望的我,宁愿被你去掩埋。如果命运注定,你我之间没有安排,无望的我,宁愿被你来剪裁。

遗 愁

夜醉酒，真心露，柔情付水水难收。牵了妹的手，心头无限痛，千般向往埋下肚，夙愿顿时化泪流。花信年华留暗语，待字闺中等我求。一起飞花共起舞，说好百年不回头。重逢才知妹身世，早嫁人家我遗愁！

不忍·不愿

不忍我的梦，滑落在你的七月，不愿我的心，湮灭于你的潮汛。当真相被眼泪漂白，当真情被现实阻隔，亲爱的人，你可曾知道，没有根系的浮萍，却有流不完的恨泪！没有温情的怀抱，却有装不完的秋色！

长空月

思念倾泻，长空月断夜，淡云飞越千山时，心有千千结。飘叶邂逅晚风急，浪漫相思入夏夜。想迢遥，爱真切，无怨无悔把情写。一滴泪来魂也跌，撼动神仙化了铁！

月光漏思念

今夜如水月光浓，透过树叶缝隙，漏下星星点点思念。我沐浴着这思念，这思念便缠绵在我心尖。我踩踏着这思念，这思念便长眠在我身边。

莲荷夜约

莲荷夜，月微明，蛙声奏伴吱中情。初约心仪苏仙岭，心潮起伏难静平。一朝生爱恋，魂牵又梦萦。两头厮鬓说缱绻，四目相对依草坪。曲径挽手听蟋鸣，长空落月好美景。远山沉，星儿醉，仙人羡指双斜影。

好　想

好想，一个没有思念的季节，独自徘徊湖边，任湖风舔舐——尘封多年的伤感，了却一段情缘。好想，一个没有泪痕的夜晚，固执遥望山巅，任虚幻勾画——埋葬已久的爱恋，放飞错世尘念。

于　是

　　思念你，一如晚风思念皓月星空。惦记我，一如露珠惦记荒原草丛。每当黎明来临的时候，我的思念被悬挂在——山坳那棵老松上。每当太阳升起的时候，你的惦记被折叠在——庭院那口古井中。于是，不知道从哪一天起，我开始从灵魂深处牵挂你。一到黄昏，你的影子便斜靠在——我的歌声中。于是，不知道从哪天起，你开始从心灵尽头感应我，一到夜晚，我的影子便停泊在——你的梦中。

愁绪无人抚

　　单相思，夜痛楚，今日相遇百般苦！心有千千结，愁绪无人抚。辗转反侧枕相拥，一生独因你泣哭。卧床听雨雨斜窗，风吹梨花落，男儿情重伤更重。可怜柔情万种，空蘸思念入梦。早将痴心随花葬，不致满眼泪迷蒙。秋来了，雁去了，缘远了，残留哀鸣落风中。

东边日西边雨

　　曾经以为，我是你心灵的归依，方才明白，晚风吹来的，多半是你伤感的哭泣。也许我错在这个夏季，也许是这个夏季发生变异，我是真的无法抵挡，你的温柔美丽。今夜一不小心，我的热烈，又滑落在你的梦里。几回回痴情约你，你依然对我不睬不理。叹三更月朗星稀，笑一路寻寻觅觅。认准的人儿不放弃，铁石心肠也有泪。落花随，流水去，东边日，西边雨，为什么？我的付出无回应！为什么？你的眼神无助又惊悸！

云断秋·愁思

　　夏枯露来重，玉簟秋水寒。蹉跎岁月蚕食缘，万事到头始望穿。红尘相遇真不易，一生知音更难觅。情深义重看缱绻，恩断义绝见极端。落寞时分吊往事，伤感季节独凭栏。愁思寄水水东流，泪眼望云云断秋。无声雨，落不休，凡尘俗念何时丢？一醉若能解爱恨，气死殉情古梁祝！

道听途说

　　思维在想象你的瞬间，打了一个激灵，肚脐上顿时——落满了对你的思念！雨季还没有来临，心伞便慌慌张张地撑开了。忘记告诉你，这是我早上爬山时，从路边——那丝古怪的风口中得知的。

今夜雨

　　今夜雨神情怪怪的，他们一定窃了——我内心深处的某个秘密，所以，才如此肆无忌惮地——淋湿我的思念。拐过一个墙角，这雨又追过来了。我暗自忖度，难道他们真的看不惯，人世间的爱恨情仇？要对我的思念，赶尽杀绝吗？

夏雨的哭泣

　　今晨早起，拉开窗叶，听见夏雨的哭啼，哭声中隐隐夹杂着——哀怨的呃噎：恨死你，无情的风，滚开，越远越好，一辈子再也不要见到你！一个整夏，你在外面花天酒地，关我在屋里伤心啜泣！要不是万千生灵，窗外呼唤急，奴家也不至于，今天才与大地相依！

公　猫

　　一只浪荡的公猫耐不住寂寞，倏地蹿上屋脊，用前爪掀开一片瓦，色眯眯地瞧着餐桌边正在用膳的情人，干号。主人愤怒地跺脚詈骂，有种的，你就大摇大摆地——从正门进来，明媒正娶抬走我家小花，别一天到晚偷鸡摸狗的，尽干那些，见不得人的贱事！

问雨季

　　曾经想起，能不能试着放弃。明知道那是在自己骗自己，也要在夜深人静时，探一探心迹。星和月某年某日分离，这个消息谁会相信？爱你如痴如醉，我哪有残忍伤害的勇气？轻轻地问过雨伞，淅沥小雨，是不是我思念绵绵的眼泪？如果说几束月光能搜寻到，我内心深处的平静，为何睁眼闭眼之处，全是你缠绵销魂的倩影？夏天相遇，转眼秋天来临，我想我这辈子只有与你相依相偎，方解我万千愁绪无期。就算是风吹雨打，一生憔悴也无怨无悔！

/ 诗 歌 /

你奔向远方

　　你奔向远方，去追寻属于自己的天堂，一路上蓝天白云做伴，你不会太寂寞，当原野暮色苍茫的时候，远方的夜空，同样有璀璨的星星和月亮。

　　你奔向远方，去找寻属于自己的风光，一路上山川溪流歌唱，你不会太凄凉，当大海波梦荡漾的时候，远方的沙滩，同样有美丽的思念和向往。

　　你奔向远方，去搜寻属于自己的希望，一路上清风彩蝶曼舞，你不会太忧伤，当港湾轻雾弥漫的时候，远方的汽笛，同样有温馨的祈祷和嘱托。

思念是什么

　　思念是什么？思念是小雨的灵魂。早春二月，我沐着小雨，走向弯弯曲曲的田埂，风儿恣意吹来阵阵淅沥，滴落思念的琴声。

　　思念是什么？思念是弦月的种子。仲夏之夜，我披着月色，走向花叶碧天的荷塘，风儿甘愿吹来层层妩媚，留下思念的痛楚。

　　思念是什么？思念是浮云的眼泪。深秋时节，我牵着浮云，走向落叶沙沙的山麓，风儿纵情吹来团团凉意，飘飞思念的蒲公英。

　　思念是什么？思念是白雪的根系。寒冬腊月，我裹着白雪，走向萧萧瑟瑟的原野，风儿执着吹来片片低吟，覆盖思念的印记。

望南天

　　卷云帘,望南天,彩虹画断数炊烟。雨后喧嚣被浣洗,更净尘缘一纸间。南横五岭心牵念,人世有爱不羡仙。回首昨日山中事,四十沧桑聚一面。晚风编织湖水后,层层碧波洒潋滟。自古柳絮伴杨花,红豆相思早有言。一颗怦心跳日夜,睁眼闭眼妹容颜。晴和天气落霞重,三杯浊酒生暗恋。绝笔蘸泪吐忧伤,大地有知也哽咽。踩梦想,往山巅,谁寄思念到南边?

暂约中秋月

　　风清夜,对愁眠,梦里落花一片片。云遮雾断尘缘路,忧伤难禁泪涟涟。一生只求一份爱,缘何总是落霞天?真情驿封寄塞外,苏仙岭上遇新颜。趁着夏夜星未淡,斗胆表白心淡恬。暂约中秋月,有意莫迟延!

秋雨徘徊

　　相遇激情年代,却遭遇太遥远的相爱,既然这辈子——注定了,孤独天涯,注定了,对影自怜,何不将就着弯弯小路,和那些惆怅侘傺的落叶,一道秋雨徘徊!如果说路的尽头,分明遗落了——一丝牵念,那是大雁远去的残鸣,在心中做短暂旋回,并呈曲线澎湃。

冬 恋

　　有风的日子，你说这西北风好冷！可你哪曾知道，西北风也一样可以，吹来我深切的思恋。只是你关紧了那扇玻璃窗，你说好害怕，那呼呼作响的思恋。

　　飘雨的日子，你说这柳条雨好冰！可你哪曾读懂，柳条雨分明有意，夹裹着我绵绵的幽恨。只是你撑开了那柄花纸伞，你说好担心，那淅淅沥沥的幽恨。

　　飞雪的前夜，你说这羊尾雪好悠！可你哪曾吻透，羊尾雪本来故意，抖落了我凄凄的哀怨。只是你披扣了那件白风衣，你说总惧怵，那纷纷扬扬的哀怨。

　　于是在起风的昏暮，你用纤手，将我的行囊塞满了水果，我的人你快快走吧！你不能那么残忍地霸占着风儿，在我的心尖尖勾起浓浓的思恋。

　　于是在飘雨季节，你用两滴，将我的耳朵灌满了叮咛，我的人你快快走吧！你怎能如此无情地掬捧着雨滴，在我的脸红红揉搓皱皱的幽恨。

　　于是在飞雪的前夜，你用目光，将我的肌肤注射足依恋，我的人你快快走吧！你缘何恁般执拗地挽扣雪花，在我的手指间摩挲汩汩的哀怨。

牵　系

　　因为爸妈一次美丽的相遇,你来到了人间,带着亘古的约定。清风不时牵动你的裙角,白云尽情绾起你的乌发。你在妈妈的眼睛里蝶泳,有如天使。你在爸爸的眼睛里蛙潜,有如公主。小时候,你脚下奔跑的是醇厚的淘气。长大后,你手中剪出的是悠扬的旋律。平淡日子,你的笑声给爸妈带来陶醉。沧桑岁月,你的身影给爸妈送来安慰。春天的田野因为你的点缀而充满诗情画意。夏天的荷塘因为你的低吟而绽放千娇百媚。秋天的柿林因为你的漫步,而弯驮硕果累累。冬天的山冈因为你的静立而裸裎丰满秀美。我亲爱的孩子,你是爸妈永远的牵系!如果你需要,爸妈任何时候都会给足你信心和勇气,一生一世陪伴你,看着你为这个世界添上一笔笔精彩,描出一笔笔纤细!

秋展愁肠

　　独立山冈,看遍野秋色凝重。一叶飘零散忧伤,如烟往事起苍凉!起苍凉!四十年前逢苦世,一声啼哭雪花扬。也曾暗立男儿志,满腹经纶走四方。年少无知多磨难,浑然不知路漫长。心肃穆,展愁肠,世事诡异恨难当。冷眼观凡俗,劫后余生应重阳!应重阳!

爱的追忆

　　你从盛夏走来，一路苦苦寻觅，只为今生的归依——称心如意。露雾被你尝尽，月光被你踩碎。多少次醉后伤感，你眼角总残留着，抹不去的哭泣。多少回梦里唏嘘，你心中总颤抖着，挥不尽的呃噎。累了哭了聚了散了，如果是这样，你不要悲哀。漫漫长路少了梦中徘徊。如果是这样，你不要责怪，悠悠岁月少了思念萦怀。亲爱的，头上那一片白云，可否告知你？你的痴情早已被蓝天谱出爱的追忆。想你念你爱你恨你！恋你怨你亲你吻你！长夜忧愁寄黎明，枕边空弹泪！无尽等待，何时相依相偎？

我存长恨君存痛

　　向前走，请不要回头，回头就有悔恨！回头就有忧伤！叶落无声暗怀旧，秋风约雨天自凉。情万千，爱深重，不见帆影入眼眶。心头愁苦泪水种，一朝别离忍寒霜。说好归期月中秋，如血残阳破春梦！天涯路，哀怨中，我存长恨君存痛！

花开无期

　　亲爱的,尘世相遇本来就不容易,天长地久,要靠彼此珍惜。如果你心里,因我而泛起了一丝涟漪,如果你梦里,因我而浮起了一丝牵系,那么,请你的心灵,不要有什么顾忌。不要等到多年以后,为当初的一时错过,而空留回忆。为开始的一时慌乱,而空落侘傺。为起点的一时误会,而空怀花开无期。

难遇知音

　　杨柳风轻,一路低吟,九重云霄无愁忧,广袤长空笑鹞鹰。风雨苦寻觅,何处才歇停?昙花一现苦等待,人生最难遇知音。单相思,秋落英,明朝水路可静平?过眼云烟赌心仪,道是无情还有情。

/ 诗 歌 /

请不要

　　如果你心里，有放不下的顾忌，请不要在午夜的梦里，流淌思念的眼泪。如果你心里，有挥不去的愁绪，请不要在醒来的清晨，约会飘零的芦絮。生命中，自从有了一个你，每一分钟，多了一分莫名的陶醉。开怀的时候，眼前总绵绵不断地粼闪着，对你无限而甜蜜的回味。忧伤的日子，脑海总无缘无故地畅游着，对往事淅沥而痛楚的记忆。相遇以来，感觉有一串向往的音符在试图跨越咫尺天涯，最终还是，停泊在对面山坡上，那一片金色的柿林，一展丰姿绰约，和春风得意！

泪的约定

　　高山上的水，流淌着千年诺言，蓝天上的云，飞纵着一世情缘，刚刚离别而去的人，你可曾知道咫尺天涯，有一份淡淡的思念，化作一滴泪，约定在午夜的枕边。亲爱的，如果梦尽头的你，还踩着一毯浓稠的月光，你又何必将牵手时，那一抹矜持和依恋，锁进深闺？

半壶月光温梦

半壶月光温梦,人到中年忧伤重。忍看满天秋云,一事无成心也沉。八月情愫天,中秋风正浓。初识情浓一点痛,夜来相思随雨葬。聚散人生看炎凉,一朝别离总彷徨。旧时燕,志不同,带走向往一室空。沧桑染鬓添新白,风雨之后见彩虹。昨夜楼台中,一醉新人逢。如水柔情湿星月,黎明依恋散苍穹。桂花酒,夜来香,爱与恨,问上苍,南塔做媒可怨鸯?

将冬天交给你

你我相识于春天,直到夏天才偶尔记起。你我重逢于秋天,直到冬天才敞开心扉。一年时光悄然逝去,你没有爱的暗语,我没有旦旦信誓,一任花开花落叶飘苦雨。一丝灵性北风,穿过你的黑长发,在山野间,迷失了方向多日,今天,才吹过我的脸颊耳语。将冬天交给你,义无反顾无怨无悔。因为梅花开在百花之前,所以冬天排在春天之前。将冬天交给你,请你接生我因你,而怀了——一整个春夏秋冬的心事!

昨晚开始

昨晚开始，我的心里有了惦记。也许这份惦记，会陪伴我一生一世。昨晚开始，我的生命有了牵挂。也许这份牵挂，会因了你随风而逝。

半斗情缘

昨夜相遇，寒鸦啼秋去，飘絮醉挂相思树，一剪夜风迟。路坎坷，人愁苦，满腹忧伤瘦，半斗情缘嫁娶后。无痕星月囊中漏，数滴恨泪急。不怨天来不怨地，梳落白发成追忆。

走　近

你走近我的那一个瞬间，我渴望的目光，顿时逶迤在——你秀美的身影中，有一千个心愿陶醉！为我……

我走近你的那一个夜晚，你柔情的双手，不时蜿蜒在——我向往的素描中，有一万个理由痴迷！为你……

身影·声音

你的身影,在我眼前不停地跳跃,入夜,又粼闪在我的梦里水乡,相伴我从晨雾中醒来。你的声音,在我耳畔长久地回旋,黎明,又荡漾在我的南岭秋湖,牵引我从潮汐中靠岸。

冬天的相遇

冬天的一个浪漫日子,你带着明天的美好憧憬,一不小心,误入我敞开着的小木屋,向往一生永恒。一丝北风,在窗外对我讨价还价,冬天的相遇——不会太长久,折一枝红梅做个交换,可以不?我哑然失笑,小屋中已经有了珍藏。

呐 喊

又一个风鸣山林的日子,我缓步走进苏仙岭,任心情漫山遍野放牧,想给拾道游者们——一个偶然惊喜。然而,有几丝擦身而过的山林风,小声告诉我,你的声音已经苍老,还有,斜阳的浪漫,也在切割你身影的落寞。去绝顶放眼,望一望大自然吧,再呐喊几声,也许,没有山谷回音的时候,上苍会安排一个——美丽的相遇!

十里长裙

踏着漫天冬雾，我走进你的世界，越是看不清你的娇美，我越是奋力攀行。有林风告诉我，你是山溪的化身。一到冬天，常常拖着十里长裙，逶迤在我的梦里，我的梦呓是对你秀美娴静的——精彩记忆。

风儿不情愿

视野边缘的山林，飞来一只快乐的小鸟，羽毛洁美鸣声清脆。有风儿从原野一路吹来，恣意在我身边好奇游弋，末了，不情愿将小鸟那串，行云流水般的音符，洒落在我眼前，还有生命的情重！

重逢有期

岁月带不走相遇的美丽，风霜擦不去缘分的痕迹。别后生牵挂，梦里思念急。悄声问大地，重逢可有期？坐眺浮云遮往事，流水东去不复回。一粒情，种心里，忍看兄妹长相忆！

枝头百梅

　　季冬雪前雨,湘南情愫天。百梅枝头悄点卯,齐待春风一竞妍。北风夜,寒窗边,千山万水约静谧,万家灯火话缠绵。信步南塔岭,备觉心头喜。过眼云烟眨眼见,相遇红梅真不易。占一卦,烟雨醉,日后有缘成知己。

绝地思梅

　　梅是腊月红,情是今日浓。长天落日留不住,绝地遗恨人去空。昨日相遇急,一见如故甚投机,娓娓夜话呓香梦,呼呼北风落悲戚。一朝孑身怀旧事,日后相思行囊里。聚散皆缘缘亦老,数滴别泪各东西。心怅惘,眼迷离,忍望站台空泗涕,花蝶重逢可有期?

零星倒影

　　火热激情,因你的美丽温柔而燃烧。瞬间,又因你的遥远冷漠而湮灭。冬天孕育着春天的临盆日子,痛并快乐着。我渴望视野迷蒙,最终再也没有等到,你明眸皓齿的笑容。琴已焚,花已葬,夜半三更还零星梦来,你妩媚的倒影水中荡。

/ 诗 歌 /

我宁愿

　　你我相逢在冷雨初雪，分别时，却没有告诉我重逢的季节，匆匆脚步，踩碎了我刚刚开始的梦幻，阵阵思念，打开了我平静的窗户！多少回我旧地徘徊，还有那无尽的痴痴等待，我宁愿蜷缩在一个——被忽略的角落，让风霜冷雨戏谑，也要找到你——忘了带走的笑靥，抑或就地掩埋的少女情怀。孤零日子孤零泪，任忧伤满腹胀痛，任心结千转百回。我的目光总在憧憬，憧憬红梅白梅满枝开。我的灵魂总在向往，向往冬去春又来。

我多想

　　我多想，走进一片无人的原野，置身于梅花绽开的宁静，任往事挂满枝头，让梅下轻松的身心，不再忧伤。将劫难掩埋，相约天涯。我多想，跳入一潭清澈的溪水，荡游于山林孵化的淡泊，任思绪放牧壑峦，让水中洁净的生命，不再沧桑。将痛苦去鳞，一爱长留。

含羞草

你的传说

我的思念结满了你的传说,小河边梳妆的你,散发着阵阵幽香,万千鱼儿,争相游弋在你的倒影身旁,一梦长留。
我的思念结满了你的传说,山冈上奔跑的你,留住了缕缕阳光,片片彩云,固执停留在你的倩影裙旁,一睹芬芳。
我的思念结满了你的传说,小雨中撑伞的你,迷失了束束目光,朵朵浪花,欢快溅开在你的背影足旁,一路歌唱。

挽紧我的手

不要说你我因等待而相遇,不要说你我因相遇而等待,忧伤的旋律飘散在风中,是因为你的脚步没有停留。挽紧我的手,再也不要放松,一起信步春天的山麓,去蜂飞蝶舞的花丛中,寻找午夜的幽梦。去风轻叶静的竹林间,祈祷缘分的香泪。

急滩浪花

风拂面,步轻盈,三月临武行,花开一路好心情,杨柳剪笛音。信步入桃林,独有一枝新。踏遍红尘心事老,万水千山觅知音。一杯浊酒醉往事,夜来一梦醒时惊。天若有情月清冷,急滩浪花飞不尽。满腹忧伤事,借雨祭清明。

三月道春

南溪野渡,纸鸢飞天,风吹池水皱,满山花竞妍。抬脚似有蜂蝶绊,眨眼顿觉腾雾颠。竹林村姑嬉闹,巧手花袖采笋尖。溪涧浪花初恋,松林布谷缠绵。古亭两僧开拳煮酒,数家炊烟相约悠闲。庐寮外,古道边,鱼翔时,仙境现,三两蛙声不期而遇,诉说往事哽咽。三月桃花雨,一滴醉十年。

独影入梦

水涨长篙无伴,独影入梦孤寂,一排飞醉浪花里,两岸青山迷离。聚聚散散皆天意,有心原野寻芳觅迹。缘尽情灭喧嚣后,万事喜还悲!垂柳梳妆春尤短,水路搏击无期,试着重叠两身影,一世相依相偎。

母爱的时光

童年的时光,陶醉在妈妈的怀抱中。一声呓语,抖落妈妈手中的缝缝补补。门前柏树上飞来一群小鸟,吵醒了我的香梦。揉揉惺忪的双眼,又摸起床边的弹弓,伙伴们淘气的脚步,淹没了妈妈的叮嘱。啊,妈妈,能不能再给我一次,您温暖的拥抱?

少年的时光,牵挂在妈妈的唠叨中。一张奖状,舒展了妈妈额上的沟沟壑壑。村口石桥下停泊着一只小船,吸引了我的目光。荡开欢快的双桨,又扎进碧绿的水中,河滩上飞溅的浪花,打湿了妈妈的担忧。啊,妈妈,能不能再给我一次,您慈祥的笑容?

中年的时光,枕卧在妈妈的盼望中。一张车票,打乱了妈妈屋中的日日夜夜。山坳古庙中传来一阵木鱼声,穿透了我的行囊。掸掸身上的尘土,又哼起儿时的歌谣,妈妈远迎的身影,模糊了我的前方。啊,妈妈,能不能再给我一次,您操劳的奔忙?

缘分小路

　　阳春三月，随风南下，有蛙声从水田中涌出，失足在新翻的泥土上，一声叹息。不知不觉间，我踏上一条缘分小路，从临武回来，心境一落千丈，只有多情岁月，在一个劲儿地打捞。

伞　遇

　　草寮吐春，双燕衔泥，小巷伞遇，浪花齐醉烟波里，愁暂去，郊野杜鹃啼。筝舞天，心欲飞，水路陆路快聚。步轻盈，踏呢喃，一雨清明往事急，忧别离。

一梦淅沥

　　我有无尽的忧伤，想寄你倾诉。我有无边的思念，想止你泪流。如果说，三月的梨花四月飞，那是我忧伤的心碎。如果说，四月的小雨三月醉，那是我思念的堆积。关山断，迢遥恨，一梦怀淅沥。望凄迷，忆来回，守归期。

沁园秋·言志

一片黄叶飘飘然,莫非秋早临?转头时,万叶枝头正争宠,何言乾坤逆了?梦垂窗台星笑月,若是从头天地,长空岂任独宰?且看古往今来,春夏秋冬,多少成败得失,喜怒哀乐,轮回几度尽了然。只是空叹一腔凌云志,白了中年头。

暂 锁

三月邂逅早,尘世情未了,两地相思天不老,夜来佳人窗台笑,别后路迢迢。山水有约心儿跳,小雨花枝俏。去惆怅,添向往,四月武水正涨。暂锁沧桑泪,随风一帆放。

古 亭

静静地伫立山间,将结满痂痕的——沧桑身躯,默默地,置于岁月的手术刀下。与朝阳共舞,与落霞互悲,与晚风同醉。远离喧嚣尘俗,不食人间烟火,纵然瘦骨嶙峋奄奄一息,也自始至终缄口不言:痴男怨女的——悲欢离合,还有纷繁世事的——是非曲直。

思念湿了

　　日夜堆积的思念，梦里怎么也化不开。匆匆晾在窗台，来不及收拢，被三月小雨一遍遍打湿。从此，生命中因你——而弥漫开来的心疼，随相遇而醇，随相知而沉，随相爱而深。

相　思

　　相思风雨中，心总在为你湿漉，溪水一路欢腾跳跃，带去山情凝重。远方的爱人，你可曾梦到，我那一缕绵长的忧伤。相思午夜中，心总在为你激动，晚风一路步履匆匆，捎寄热泪浓稠。远方的爱人，你可曾摸到，我那一滴幽深的疼痛。

我从你梦中醒来

　　我从你梦中醒来，你用深情目光，极力挽留我的仓促，怕只怕我的影子，最终忘却在你的星空，只走出一身颤抖的迷惘。我从你梦中醒来，你用温柔双手，执着抚摸我的鲁莽，怕只怕我的灵魂，最终深陷在你的胸膛，只走出一身落魄的凄凉。

四月成忆

南下坪石,西折黄沙,一六拜母两行泪,武水留恋已晚霞。四月情重心亦重,思念停泊在邝家。知心话一路,长夜结牵挂。九曲野道百里急,鹊桥改期月七夕。追忆难断,憾恨难展。心有灵犀,长梦相伴。爱过后,无悔怨,嫁娶随那东流水,归宿缘。

为 你

一天一点爱恋,为你而哽咽。一天一点思念,为你而失眠。相爱在梅雨季节,潮湿的心总也拧不干。如果能让我化作——薄雾轻烟,抑或唐宋诗篇,宁愿一生一世,为你而缠绵,亘古不变!

月光下的相思

　　月光下的相思随风飞扬,我的心一刻不停地为你疼痛。相聚时候爱意浓浓,分离日子一片迷茫。长夜难眠,黑暗中你的影子到处晃动,黎明时分落满了忧伤惆怅。亲爱的,为何你给我幸福过后,却又要走出我的梦乡?

　　月光下的相思随云流淌,我的心一刻不停地为你跳动。孤独时候柔肠寸断,远行日子激情相拥。漫长等待,风雨中你的影子到处飘动,灯火时分点燃了去意彷徨。亲爱的,为何你给我幻想过后,却又要走出我的水乡?

相拥千年

　　你的影子,栖息在我思念的枝头,再也没有忧愁。你的影子,攀附在我怀旧的床头,再也没有徘徊。想你之切,彻夜难眠爱你之烈,焦灼难言。恨不飞临你身边,相拥千年。

我依然

你，始终在我眼中，一路春风，吹绿了你的美梦。尽管天各一方，我依然期待，旧地相逢。

你，始终在我心中，一杯浊酒，绽开了你的笑容。尽管人生忙碌，我依然守候，桃园情重。

相思笛

有缘相遇情生梦，无梦本无情，夜夜牵挂到黎明，月下相思笛还惊。眼角残泪新旋律，谁来笛安慰？笛里声声不忍听，浑是断肠音。

夜深深

夜深深，思念如泉涌，你不在身边，空留下伤痛。夜深深，回忆如潮涌，你不在枕边，空落下泪蒙。夜深深，情话如晚风，你不在琴边，空合下沉重。

泪筛武水

窗户打开，我的渴望淌出来，云雾散开，我的向往露出来，静静的思念，被早晨第一抹朝霞编排。千般忧伤，谁来拆解？半江武水被泪筛，长夜过后，只有我的心，依然在苦苦等待。

遇上你

遇上你，匆匆分手，又匆匆重逢，你的脚步奔忙，踩碎了我的忧伤。一路风雨兼程，岁月早已习惯了惆怅，小河边青石板上，是谁遗失了迷惘？又将结局挂在村口的老松上，历尽沧桑，无力埋葬。

遇上你，匆匆分手，又匆匆重逢，你的香吻浓郁，融化了我的凄凉。一路跌跌撞撞，生命早已麻木了向往，小河边旧舢板上，是谁温热了月光？又将诺言叠在山边的悬崖上，落满青苔，去意彷徨。

我的眼泪

　　我的眼泪飞到你的梦里，一窗夜色开满了悠悠往事，想找一片宁静的山冈，放牧原始冲动。狂舞一江春水，让初恋缠绵的浪花，尽情相拥！将山盟海誓塞进你的行囊，问问天，今朝泪别，何日我们再相逢？

　　我的眼泪飞到你的梦里，一床思念结满了唐床月光，想挽一缕温柔的晚风，寄送情话正浓。轻弹一塘池水，让初夜潮湿的蛙声，纵情歌唱。将万千祝愿塞进你的目光，问问地，长亭相送，何日我们再聚首？

/ 诗 歌 /

三月故乡天

　　三月天，故乡梦缠绵，拉着你的手，漫步垂柳轻烟，爬满青藤的拱桥下，有一条无人摆渡的小船，被你我同时看见，你奔向河边，踏醒了岁月的青苔，我奔向河边，摇开了童年的诗篇。河面水花溅，河底鱼万千，你趴在船舷，又颤抖着依偎在我身边，三五村姑捣衣声起，一船情话正酽。啊，故乡的小雨点，你总是给我数不清的——往返流连！

　　三月天，故乡雨缠绵，拉着你的手，漫步竹林不见，落满竹叶的古庙边，有一条无人牵挂的小溪，被你我同时发现，你奔向溪边，踩乱了远古的预言，我奔向溪边，翻开了童年的页面。溪流载落花，溪水已哽咽，你趴在溪沿，又微笑着醉倒在我身边，三五杜鹃爱恋声起，相拥情话正甜。啊，故乡的小山崖，你总是给我数不尽的——日夜怀念！

爱的空港

　　武水相遇的时候，你的眼神充满了惊慌，羞涩脚步拖长了月光。采一截夜半钟声，敲醒你守望的山高路长，引一串窈窕水漂，缝补你等待已久的百孔千疮。怨岁月锋芒，肢解了我的向往，拆散了我的梦想，到头来，只剩下一屋子凌乱的——落寞忧伤。不要问我，为什么梅雨季节里，总是不让你心灵的疲惫，驶入那一片爱的空港。

迢 遥

你我千山万水迢遥,牵手无尽等待,长路那头,望不断你身影缥缈。绵绵思念,问一问浪花可曾知道。静静的,找一片竹林倾诉,对你,杂乱如麻的牵肠挂肚——无涯。每一个风雨交加的夜晚,我都在用祝福与你热烈拥抱!

十里情

云淡风轻,郴江水暖迎知音,柳絮扬花低吟,千里之外长相忆。一杯薄酒一缕情,对饮往事到如今。半醉之时话古亭,静听松涛初鸣,十里清泉抚琴,诉说尘缘殷殷。

半沓相思

初识三月桃花红,雨湿两地梦,邀白云,过山冈,百里加急情重。薄雾之中牵手,来回几度相拥。昨日送你话匆匆,五月爱恋又浓。一壶茶,坐草丛,半沓相思寄长空。

/ 诗 歌 /

爱的平衡

  风吹来的时候,你站在风中,因为等待;雨飘过的日子,你站在雨中,因为诺言。再一次决定,离开,只有离开,我才能破坏这,爱的平衡。

忍

  与你相逢春天,忧伤夜绵绵,一直在忍耐中折叠爱恋。忍住思念,是因为害怕失眠;忍住激动,是因为害怕哽咽;忍住相见,是因为害怕诺言。放眼碧水蓝天,想找回往日的静谧轻便,转头间,才发现漫山遍野,到处是你妩媚的笑靥,还有脚下沉甸甸的步履如铅,和心中湿漉漉的情话缠绵,生命从此牵挂无限。

孤独的灯

  告诉我,要怎样才能与你天长地久?你是天上的下凡仙女,与我静夜忘情爱恋,鸡鸣时分,却又要匆匆离去。不要丢下我一盏孤独的灯,我不愿在黎明的晨风中,忧伤地熄灭。

独 自

没有准备的爱,是否真的注定,只有半个来回?相遇飘零,平静的心已不再平静,不能失去你,也不能想象你,有朝一日,缘尽后的悄然离去,留下我独自,怎样的孤零苦楚。从此后,我对人间爱恨,只剩下伤痛后的麻木冷漠。

渴 望

我渴望别离时的叮咛。别离时的叮咛,让我夜来回味。我渴望相见时的激情。相见时的激情,让我爱起涟漪。我渴望春天里的泥泞。春天里的泥泞,让我雨后心醉,也让你滑倒——在我结实的臂弯里,一生淅沥。

说 美

今天美,是因为你我成为知己,明天美,是因为你我矢志不移;今生美,是因为你我彼此珍惜,来世美,是因为你我双栖双飞;白天美,是因为你我时刻惦记,晚上美,是因为你我爱已沉醉!

/ 诗 歌 /

勿忘我

勿忘我,一浮萍,千涛落尽苦伶仃,夜半披寒衣,约谁明月心?一壶浊酒尽,独醉鸳鸯亭。挥泪涕,空皓首,何处觅知音?

何 苦

薄暮长河,晚风静,人忧伤,往事空断肠。临水楼台倚孤独,一身无处不沧桑。远天流云释聚散,古寺钟声三两,断言尘世炊烟袅袅。前路后路事若何,何苦篱下恨愁歌?

爱的终结

曾经,你有一双多情的双瞳,总是在午夜醒来后,静静地梳理着我的沧桑。从窗外透进来的水样月光,你当作镜子,攥在手中。幸福过后便以为,你的温柔习惯了我的胸膛,一俟掌灯夜重,会准时栖息在我的肩膀。殊不知岁月绵长,散淡了昨日的向往。今夜阵阵惆怅,在忍耐与磨蹭中,我挣扎着披衣起床,脚步踉跄,去寻找你的天堂。夜鸟惊飞处,才发现你的爱,早已自缢在旷野的树上,放任与放纵,在婚姻的三尺白绫尽头,打了个冤屈的死结。

你从南边来

你从南边来,行囊中装满了山水之梦。第一站选择湘南,是因为古城埋藏着——一份远朝的未了的牵挂。你用执着,揭开七月火热的封条,带我走进一片缤纷的原始森林。

你从南边来,笑靥中溢出了希望之梦。第二站选择衡山,是因为南岳生长着——一种千年的断肠的相思。你用虔诚,撩开夜晚醉人的羞赧,带我走进一片碧翠的缘分草地。

半窗等待

想用我的热烈奔放,穿透你妩媚的笑容,想用我的主动大方,剥开你神秘的脸庞。相逢在盛夏这个季节,你赶千里日月,脚步匆匆,送来一缕清新的风,那份情不单是为了我,惊喜之后,我有了一丝心头凝重,推开半窗等待,风雨夜蒙蒙!

千里来郴

千里来郴,看好友,伴新婚,夜雨只为有情人。岁月蹉跎吊旧事,南塔岭上草木深。今日相遇急,明朝重逢无期,聚散本是人常事,何用伤别离?我欲乘风而去,一夏长相忆,愁又起,莫悲戚!

请你留下来

　　山也长，水也长，山水路茫茫。不求天上宫阙堂皇，只要人间一湾港。弱肩担坎坷，历尽尘世沧桑。天涯海角苦寻觅，何处是故乡？如果你是一只无家的燕子，请你留下来，双栖双飞才不会凄凉。

　　风也狂，雨也狂，风雨起苍茫。不求来世天长地久，只愿今生情深意长。汽笛催行囊，尝尽离别忧伤。冬去春来步沉重，谁指点方向？如果你是一只受伤的燕子，请你留下来，相亲相爱才不会绝望。

夜深深

　　夜深深，谁将欲佳人？独影入梦，空了枕边魂。辗转反侧忆往事，明夕又伤神。岁月随水逝，万劫不复存，心意沉，望浮云。

含羞草

缘的孕育

熟悉你的每一个笑容，我们在一见如故中，撩开心胸。熟悉你的每一个举动，我们在似曾相识中，风雨重逢。你从山那边奔来，走过了百转九十九曲，一路浪花悠悠。我从山这边绕来，淌过了千回八十一沟，一路向往飞流。多年以前有个约定，轮回到六月十九，我们各自在沧桑之后，完成第一胎缘的孕育。

午夜寻医

因你袅娜着——一阵阵无名慌乱，正好被今夜的快雨湿淋。多想雨下个不停，多想夜纠缠不清，慢慢地剪断我那一蔓，朝你爬来的脆弱痴情。遇上你，向往淅沥，伤痛也淅沥，最担心缘分的逃离。也许对于我，惆怅已经肢解了希望，彷徨根本娶不起娇媚。这个季节过后，没有谁知道——我心中的怆凄。唯有我自己，偷偷地选择在午夜，缓缓寻医，缓缓祭祀。

/ 诗 歌 /

思念兑换

思念经过漫长等待,终于兑换成一张南下的火车票!马上就要见到你,心早已先飞!激动日子,分分秒秒皆可贵,幸福时刻,点点滴滴应珍惜!

在初秋怀上你

这个夏季重诺言,在撮合你我相遇后,没有悄然离去,临别时,将一棚绿茵茵的思念藤蔓,牵给秋天。于是,一俟掌灯时分,你在我腹中,便不再安分。阵阵胎动,让我在微微隐痛中,不时折腾出幸福的朦胧。在初秋怀上你,我记住了这个季节。预产期在来年五月,孟夏分娩,我一定带你湖亭深处,橹荷莲,这是缘分的巧妙编排。有你笑靥,我的向往不再冬眠。有你相伴,我的生命不再冬天。

爱的相拥

　　幸福时刻何其短，孤独岁月何其长！相逢匆匆，等待重重。夜来忧伤，随水东流。一直在渴望着，两影风动……摘几缕皎洁的月色，别在你如瀑的长发上，在雾鬟风鬓的感叹中，吱吱分蘖。一起摇动甜蜜的双桨，让清澈湖水，不时荡漾出一波接一波——爱的相拥。

双重牵系

　　相逢在夏末秋初，一开始就注定，与你花叶并蒂。两个季节双重牵系，在午夜的静谧里，悄悄攀越你羞涩的樊篱，再拉紧你的惊悸，沿着秋天的丰满情意，一直蜿蜒到来年，溪清山翠。

弦　断

　　花落春，夜遇急，聚散无准备，秋水湮嫁娶。此一去，百千里，缘尽情灭后，往事成追忆。弦断残枝背，重逢已无期，空泪涕！

/ 诗 歌 /

不要在春天说再见

  我的旧爱，已经在冷雨中断弦。一直在渴望着，来年你我牵手，漫步垂柳轻烟，还有轻烟中，你无限地往返流连。不要在春天说再见，我已经在落花中，等了你多天！不要在秋天说梦魇，我已经在飘零中，求了你数年。

爱的雨季

  今晚没有你的消息，心灵无法在夜色中安宁。沉沉惦记，迷失在千百种猜测尽头，找不到攀附的归依。二藤相逢，满藤相约，没有一刻不想你。是不是，明晨醒来后，你的匆匆神色，已经感应？是不是，秋天相遇后，爱的绵绵雨季，已经来临？

路的尽头

  不忍看那一轮明月，十五年前普照沧桑，十五年后洒落彷徨。往事是醉人的酒，现实是破碎的梦，路的尽头，也是缘分的尽头。心死之后，只剩下几缕老弱的晚风，在缓慢收拾这残留的痛。

有你真好

　　渴望与向往，诗化了我一回回等待，有缘岁月弥足珍贵，一分钟都值得珍惜。有情季节备觉新奇，一秒钟也值得回味。留恋今天，是因为今天相遇。憧憬明天，是因为明天相依。有你真好，除了你什么都可以不要！

我梦中走向垂柳边

　　微风拂，花竞妍，阳春三月蜂蝶天，蜂蝶天，我梦中走向垂柳边，小河弯往事，草堤话流年。外婆手中的小竹鞭，一路追到拱桥不见，留下潭面小涡旋。啊，故乡，童年，小船……你带给我一生一世的怀念！

　　草芊芊，水涟涟，梅雨季节起炊烟，起炊烟，我梦中走向垂柳边，河水荡倩影，木槌捣初恋，小芳辫梢的蝴蝶结，一路歌声时隐时现，留下羞涩桃林前。啊，故乡，少年，梯田……你带给我一生一世的眷恋！

十月寄情

十月,本是收获的金秋,我却在这个季节里播种。播种万语千言,是为了来年,收获你幸福的依恋。播种往返流连,是为了春天,采摘你醉人的笑颜。播种梦萦魂牵,是为了雨季,停泊你羞涩的缠绵。与你相遇,长夜难眠!不要问我的执着,在你沉默的枝头,自作多情地绽放一程后,是否会结出热烈的果实。我宁愿相信,守候过后的空灵。不要问我的真诚,在你忧愁的窗前,自言自语地告白一番后,是否会爬出旺盛的连理。我宁愿医治,等待之后的伤心。

那一夜

那一夜,不是因为山路滑溜,我没有机会,牵你伸给我的手。那一夜,不是因为前路坎坷,找不到理由,与你近距离接触。胸有绵绵爱,点滴都值得珍藏。心有千千结,故事便感动上苍。南塔岭上的晚风,一直在偷窥我俩,潺流激情相拥。深秋九月的夜露,一直在勾勒我俩,放牧原野冲动。生命中有你,我的未来,在天与地之间,作百世莲荷怒放。一路上有你,我的愿望,在山与水之间,作千年烟波漾荡。

我　愿

　　潺潺小溪里的浪花,是我奔流不息的痴情,一直在寻找,你梳妆的倒影,哪怕是千年一回,我也不顾身心疲惫。啊,亲爱的人儿亲爱的你,如果你明天降临,我愿化作你脸上,一滴美丽的眼泪!
　　弯弯山道上的晚秋,是我愁肠难展的低吟,一直在等待,你踏歌的轻盈,哪怕是万山落尽,我也不惜独守宁静。啊,亲爱的人儿亲爱的你,如果你明天远行,我愿化作你身后,一串神奇的脚印!

情倾月亮湾

　　如水思念,总在指间流淌,凌乱了我的日日夜夜。好不容易,积攒多年的沉默与沉稳,在你跳跃的影动中,从此不再。小路那头,飘散开来的笑声,在月亮湾的山峦涧水间,弹秋飞溅。

早晨起来

早晨起来,浓雾化不开,思念化不开,对你一腔无限爱恋,被你梦中,伸出被窝的双手惯坏,在昨夜三更,大胆地爬上,你为我开启的窗台。从此后,你少女的矜持与腼腆,随风怒放在,我早已按捺不住的胸怀。从此后,我的前路绕过了死海,我的明天没有了阴霾。

独立山林·寒秋

独立山林,寒秋冷雨急,满眼萧瑟凄凉景,处处弥惶惊,新泪随风起。爱到中途云烟迷,山盟海誓殒绝壁,忠诚被凌欺,往事不堪忆,弯道孤旅回。半生憾恨挥不去,醒来万念灰,人憔悴。心意沉时遇芳人,知音难觅誓相随,风雨人生路,一诺永谨记,嗔怒皆娇媚,唯愿共连理,春夏秋冬年复岁,一世存感激。和云鬲,重比翼。

一嫁千年

　　我的忧伤，是落到你头上的淅沥小雨，快快撑开那柄花纸伞，隔开我无缘无故带给你，丝状的潮湿。舀一勺初冬的绵绵薄暮，再清洗一下，你身后留下的，那串跳跃脚印。放开陈旧顾虑，让岁月的厚重，给你的朴实无华，和窈窕多姿，牵线做媒，撮合我多年的等待，一嫁千年。

新月起重阳

　　一段小路荒凉，蒺藜布满荆途，我从小路上走过，落满一身痕伤。一段岁月沧桑，坎坷布满旅途，我在岁月中穿过，空添一肚凄怆。关山断，去意徨，往事不堪回首，两眼泪迷惘。咫尺天涯应犹在，只是秋枝败。落水残花葬流后，新月起重阳。兰亭夜，望苍穹，莫道爱恨双断肠。

春在岁岁年年

　　昨夜小河边，人间二月天，妹赤双脚戏水，长发倒影美如仙。清丽歌声起，引来鱼万千。桥下小舟静，岸堤双燕忘缠绵。轻扔石子醉潋滟，妹心羞涩我胸前。山也烟，水也烟，浣洗季节爱无限，悄声呢喃拥紧你，春在岁岁年年。

小桥下的思念

　　小桥下的思念，流淌着千年热恋，河湾告诉我，潺潺吟唱的旋律，正述说着相遇情怀。你是那顽皮的小浪花，跳跃在，我为你永恒的五根视线。没有约定，只有誓言，你带着少女的期待，与我手挽着手，一世恩爱。

　　小桥下的思念，奔腾着百世牵连，河滩告诉我，日夜叮咚的舞步，正编织着美好未来！你是那欢快的小涡旋，依偎在，我为你敞开的宽大胸怀。没有停歇，只有蜿蜒，你带着少女的纯洁，与我心连着心，一世缠绵。

你我之间

　　我跌倒在，一个凋零的秋季，猝不及防。无助之时，你朝我走来，带着十月菊花笑靥，用你的温柔与热烈，将我轻轻扶起。从此以后，你我之间，注定了一生默契，在风雨之中，因缘分同醉，因约定痴迷，因牵手美丽。

我从你梦中醒来

　　我从你梦中醒来，湖边水一直荡漾到床沿。我从你梦中醒来，花边裙一直拖曳到窗前。我从你梦中醒来，相思泪一直滑落在枕边。风涩了，雨苦了，雪累了，为什么——我的思念你还没有收到？为什么——我的心事你还没有明了？

昨夜凝重

　　昨夜，你踏着月光，走进我的水乡。昨夜，你展着长袖，舞进我的垄上。昨夜，你噙着泪花，倒在我的胸膛。就这样，一直凝重到黎明。天边的星辰，也迟迟不愿离去，为你的痴怨惆怅，为你的忧伤彷徨，为你的执着徜徉。

/ 诗 歌 /

这个冬季

　　北风烈，残雪霁，万木劫后伤痕累，满目萧疏里，这个冬季无恨泪。跌宕人生正凄迷，龙山湖畔起爱意。成败得失皆此彼，一舟远天际。便江北望新佳丽，旧别离，一剪寒梅报喜。来春无忧虑，燕子多情回。从此咫尺天涯路，百里牵挂无期，望朝暮，思念急。

昨日开始

　　早春心情，昨日开始，残冬快去，雪已霁，北风疾，脚步急，枝头红梅报喜，新年新事新人近，相逢会有时。漫漫人生路，风雨兼程逆境里。一段情远去，往事莫再提，休回忆。今晨早起为谁动？信步湖边觅梦迹。怀涟漪，难平静，存遥想，听晨钟，寄向往，爱深重。岁月相同人不同，只等三月杜鹃红，牵溪流，踏情歌，上山冈，挽九截野藤，采一世心愿，看云起云涌，与蜂蝶一同起舞，生死醉卧长亭中。

风雪夜

　　山麓静谧,皑皑无垠,几束冷月凄清,寒灯误照风雪夜,遍野丛林尽醉。望长亭飘絮,思念生处,细数野狐孤鸣,断续声中存爱恋,谁道残冬无情?卧听窗外风又起,雪不停,梅踏寻,我心已早寄,只待燕子回犀灵,桥头相拥而泣,聚散两殷殷。

湖　边

　　昨夜半梦半醒间,枕边尽是你的,杨柳轻烟。双影一篮说爱恋,湖边小浪浅,千种相思拆开寄,一展愁肠百年。

春满龙山湖

　　今夜蛙声渐浓,互道沧桑话相逢,岸堤垂柳轻舞,龙山湖水初潮涌。晨起湖边踏旧步,丝丝春风问路,牧童短笛奏,吹醒二月湾里舟。湖畔小姑歌静谧,几家炊烟青翠,朝雾钩挂枝梢里。新叶齐,花蕾急,蜂儿蝶儿喜。更有野蒺藜,歪身探脑伏坎尾,调戏采蕨妮。谁家燕子湖上飞,早衔泥,烟雨迷。

月色衣裳

　　昨日的爱恨,早已经尘封,今日的新遇,值得去珍重。不想余生再有苦,不愿前路再反复,静静徘徊龙山湖,去寻找,磨难后的粼粼故事。伸伸手,摸摸那新柳丝丝,身上却落满,月光漏下的一束束相思。啊,亲爱的人亲亲的你,今夜开始,如果你愿长留于我梦中,请让我祭过湖风的双手,为你披上缀满星光的,月色衣裳。

龙山湖夜语

　　二月春来早,心事如芽草。午夜里,湖风起,阵阵蛙声对白后,无限爱恋丛生了。龙山湖上好静谧,千层细浪正呢喃,你我两地梦呓。牵手湖边柳树下,说好今生相遇,风风雨雨相偎依。记得去年初相识,悲悲喜喜两行泪,相逢甜苦总忆起,历历往事急,难舍取,也凄美,亦真亦幻心儿醉,从此后,前路崎岖不停息,野舟随,浓情意,倍珍惜!

三月记忆

烟雨淅沥，往事依稀，丝丝春风徐徐，吹拂三月记忆，故乡雨幕拴不住，一条涨水的小溪，山路弯弯浪花飞。木桥一座又一座，连着村村寨寨串串恋依；炊烟一缕又一缕，飘着家家户户绵绵乡情。望不尽的山花蓓蕾，采不尽的野蕨小笋，走在溪间小路上，烟雨中不时相遇到，擦身而过的花骨伞朵朵迷离，路后路前好远好远了，山歌情歌还有余音袅美，留下丝丝回味。啊，故乡……烟雨……还有烟雨中相遇的点点滴滴，尽管已经离开你的怀抱多年，却总也走不出你三月的记忆！

桃林遐想

踩一段石板路回眸，采几朵浪花微微笑，轻轻撩开三月的雨幕，我慢慢走进山脚下，那片小桃林。记得那天的情景，你拉着我的手，桃林前停住了脚印，要我背着你进桃林，再在桃林深处听风吟，我俩依恋着宁静，放纵了颤抖的心灵。悠悠往事悠悠情，小桥流水悄悄地听，滴滴桃花雨，如诉如泣如知音。清晨我独自漫步桃林，花前抬头问飘零，谁藏在我的梦幻春季里？谁拾到我的爱恋枕黎明？

/ 诗 歌 /

反 复

　　惊蛰晨色舞浓，春分暮色凝重，我在晨色中蘸墨，长绘暮色百十种。袅袅的炊烟，静静的山冈，浓雾延伸着那段小路，一直通向，你曾经走过的那段时光。几缕不安分的晚风，翻出屋檐下那本尘封的琴谱，错弹往事旋律叮咚。几个遗漏的忧伤音符，夹杂在夜雨中滑落，凄凄楚楚，满怀新仇旧恨无重数，在小溪中慢慢流向远方。相思依旧，恩怨依旧，每回聚聚散散过后，不同的，只是溟蒙泪水，在终点与起点之间反复。

抒 愁

　　孤烟直，雨空裁，荒冢怎把经纬埋？空怀一肚霄云志，相伴黄土与棺材。青山依旧在，只是容颜改，碧水东流远天外，未饮愁满杯。知音绝，前路迷，相遇过后皆别离，春华秋实晚来急，也凄美，悲悲悲！

谁懒起

晴和天气，细浪心情，风声叶声耳鬓，燕儿抖双飞。侧身婆姨多甜吒，一床春梦刚断脐，肚咕叽。母唤三番也懒起，花被一角早落地，微微鼻息还娇滴，笑容醉！

独醉半山腰

五月传喜报，女儿进步真不小，采一片夏荷微微笑，摘一溜晨风心儿跳哇跳。快步南塔眼远眺，五岭因我女儿娇。一朝箭上弦，何止弯弓射大雕？蟾宫折桂只迟早，只迟早！亭守候，人未老，借一缕花香温浊酒，独醉半山腰！

你·寄仁军

弯弯山道林深，挡不住你坚忍。茫茫水路渊横，拦不住你刚韧。一路苦旅，你蜿蜒曲折，脱颖而出。尽管全身，还残留着，昨日的不少伤痕，抹一把前额，汗水濡湿的累发，你酸楚无奈的笑容，依旧纯真，一如当年，初识你时，跋涉的激奋。风正起，只为吹拂你，万里鹏程。站在疲惫的新起点，眺望天云，纵然前路风尘滚滚，你只相信，多年以后，皇天不负有心人。

/ 诗 歌 /

你长大了

　　清晨早起,与一道久违的微风,相遇在寂静的山冈,方知道你的祝福,早就守候在,我天天独步的,那条小路尽头。这一刻,我忽然发现,你长大了。任是枝头小鸟,怎样争吵不休,也猜不出,你懂事的年轮。清晨早起,与几滴热心的露珠,邂逅在荒芜的草地,才知道你的问候,早已呓语在,我夜夜踽行的,那座小桥中央。这一刻,我忽然发现,你长大了。纵然小溪浪花,怎样奔腾跳跃,也追不上,你进步的足迹。

叹息草

　　昨日水中倒影双双,天路正中央,二十指轻弹湖面粼粼,绵绵情话微荡漾,云低柳舞风,燕翔拢,人间情爱渐浓。一石失手起波浪,水底鱼儿散恐慌,妹悲伤,远行云贵也心重!一山一隔阻,一步一彷徨,更有一株叹息草,夜来辗转悔冲动。数稀星,望苍穹,恨不飞身丽江东。恩怨过后可聚首?从此千里伴雨中。弦已断,空挽留,一肚愁言与苦水,失去之后思拥有。织茧网,度惶惑,春花落尽泪成行。

回来吧，我的魂游

没有你的日子，心不时在怅惘抽搐，最终迷失在，山野丛林里头，见不到日光，找不到方向。总在无尽地回忆，来时弯弯山路。总在莫名地思念，昨日点点笑容。每到夜深人静，千万种孤独，千万把钩矛，将我的五脏六腑，连同一颗心的忧郁，烧烤在夏日的痛悔里，呼唤不休。原来你在我生命中，如此沉重，如此汹涌。回来吧——我的燕子，回来吧——我的魂游。

其实你不用去远方

山静水茫，飞云载忧伤，远天上。望不断，一鹭孤鸣数鹭翔，惊羽落凄怆。初荷五月粽飘香，柔情馅中藏。千般叮咛，断桥头，长相送。狂风起，蒺藜扬，失口语痴狂，云雨撞，幡然悔悟，心伤痛。汽笛一声肠已断，同是共藤苦瓜秧，生死愿同床。寻觅依旧，等待依旧，其实你不用去远方。

/ 诗 歌 /

昨日太匆匆

今又深秋，飘叶勾伤痛。一树缘飞尽，中年葬迷途，断愁忧。昨日太匆匆，来不及伸手摸一摸，爱女小脸庞。昨日太匆匆，来不及回头看一看，爱女小闺阁。愤然一声往事去，难了结，数载屈辱冷雨长。残枝空舞风，牵挂无重数。梦女夜，寄祝福，枕边丝丝叹息，心中潺潺思念，飘摇人生说父爱，佛前一愿求，此时不流眼泪何时流？

登高思女

登高思女，不老松旁重回首，轻风淡雾舔犊，往事如烟消逝，看黄鹤一去不复返，听天边长雁哀鸣。静立山冈梳旧雨，为谁空锁，一肚心事到暮年？思女情不禁，肝肠寸断一滴泪，四十四年恩与怨，一事无成唯女成，山绵绵，水涟涟，白云生处，梦萦魂牵。

今夕又何年

寒露霜降天，桂花惊落已数遍，念女心切切，眼切切，却是共城难相见。风一叶，惆怅添，道是晚秋劫。南塔步沉意沉沉，前路何其舛。几回回倚亭望南天，唤山前，咫尺苦泪咽，血肉牵，伤惦念。层林本染暮色重，更堪萧疏野雨烟。香雪桥头拾梦，六角坝前忆旧，倦鸟悲鸣处，今夕又何年？

我走了

我走了，是因为你长大了。在我生命的长河中，你那一双天使翅膀，不时扑腾起，虹样浪花，打湿了东江悠长的，翠屏山水画。静静地，裁一尺三月小雨，为你的梦想，添一件衣裳。

我走了，是因为你长大了。在我守候的小路上，你那一串美丽脚印，不时绽开来，诗样年华，染红了莽山传奇的，千年云雾茶！悄悄地，采一束十月菊香，为你的翱翔，抹一圈佛光。

问？愿！

落叶初上，风雨过后无痕伤。三更思女，五更推帘窗，放进一缕南塔雾，问我女儿可安康？

星子月光，峥嵘岁月困惑长。昨夜掖被，今朝望断肠，愿做一滴东海水，渡我樱儿远重洋！

/ 诗 歌 /

背上樱儿回故乡

　　山绵长，水绵长，背上樱儿回故乡，故乡在山乡。淡淡的轻雾锁楠竹，弯弯的小路蜂蝶忙，还有那树上的野柿香，喜坏了樱儿累坏了我，步步满行囊。啊，故乡，你是一根开遍思念的野芍藤，一直牵到我的远方。

　　山绵长，水绵长，背上樱儿回故乡，故乡在水乡。静静的拱桥跨旧事，轻轻的小桨划沧桑，还有那河边的小鱼虾，吸引了樱儿忙坏了我，串串柳条长。啊，故乡，你是一条飞溅浪花的小溪河，一直连到我的梦乡。

十五岁的等待

——为女儿樱子十四岁而作

　　又一个初冬，你牵着五岭逶迤的缰绳，越过一道童话的年轮，停泊在我祝福的那片白云之上。雄鹰等了你十五年，邀你一起翱翔天外天，去采摘月亮中那株桂树上，千载一结的果子。溪流约了你十五年，拉你一起奔向大海边，去拾取阳光下那片沙滩中，世纪一遇的贝壳。从此后，每天晚上，你梦中的笑容，开满向往；从此后，每天清晨，你踏露的脚步，走向辉煌。

莫　朝

　　莫朝湖边，走秋叶，枝头满初冬，一影雨中人已去，路匆匆！
莫朝山冈，踏往事，崖边落初霜，一夜飞雪梅早开，路重重！

劫后余生——四十五岁随感

　　山前夕阳在望，山后往事如云，四十五年弹指间，谁家炊烟意沉沉？生来陷素贫，苦乐年华孑然身。旧时飞燕绝中年，断崖壁道坎坷伸。今时月，湖边遇，清光贫色难去寒，空添一道景，劫后披余生，权且伴红尘。遥忆年少痴狂，西丽湖畔踏歌声，广阔天地，任我挥戈跃马，怕只怕，赍志而殁乱石坟。冬晨惊梦醒来迟，风未停，雨未歇，红伞花伞走纷纭，茫茫人海路，何方庙宇求正神。

深　冬

　　夜阑静，灯凄清，风伴舞，雨抚琴，门前杨树上，最后几片枯叶湿淋淋，冬至一跺足，残枝远飘零。屋檐下几声寒号鸟悲鸣，透窗而入，揿灭了梦的温馨。山冈上狗尾草，冻得抬不起头，苦熬到黎明，一批批全倒在深冬的手术刀下，遍野呻吟。

残 泪

昨夜阁楼梦，我心披沉重。菊花数瓣散风中，往事皆成空。小路尽头，且看飘雨正浓，红衣花伞匆匆。世间本净土，无欲无求何来愁？始始也终终，繁华过后，拂尘蒙。东去情天恨海，残泪送。

偶 然

你我在偶然中相遇，又在偶然中散去，相识时留下的那一抹抹淡淡的美丽，常常被一年一度的春分拾起，分蘖成一瓣瓣微微拂动的惦记，只有等待到午夜的梦里，才敢偷偷地翻出来，静静叹息，然后又深深地埋在芳香的泥土里。多想告诉你，初识你时，那一份偶然的惊喜，早已发芽在羞涩的季节，于江河水涨时独自陶醉，只因为匆匆脚步，还有那匆匆时光，迟迟不愿在跌宕起伏的曲折旅程中，寄送那一爿爿向往已久的情意。

谷雨初识

谷雨断雨季，初识急，夜惊喜，一灯刚上数风随，原野枝静立。三生迟约微微醉，隐隐枝头蓓蕾，旧事新事越春回，一齐奔夏季，重赶今世莲荷集。可有期？风雨之后，骤生涟漪，孤灯独影梦相陪。溪岸三更，飘瓣落叶相遇，浣衣声入窟，数鱼惊叹山西美。一鱼跃出微波里，为萍聚。古亭裙雾浓浓淡淡，码头汽笛稀稀怨怨，望尽一舟北去。愁来上阁楼，唏嘘温茶几许，品等待，几盅刚润喉，一肚迷惘问谁去？何日君再来，聚散两依依！

我在晚风中接你

你来了，在谷雨的那个晚上，我在晚风中接你，也在晚风中等你，守候你千百年来，一直没有绿叶相伴，起伏连绵的原野故事。有星星在占卜，问询你的花蕾，可否最终开在，我眺望的枝头，风雨无阻。今夜，没有人知道，你行色匆匆，是因为，我苦苦的渴望，分娩在，你奔波的行囊。今夜，没有谁看懂，你酒兴渐浓，是因为，我隐隐的惊慌，闪烁在，你呓语的夜空。

/ 诗 歌 /

千年珍藏

别后旷日时长,一丝忧伤月上,湘南初孕心慌,北望重逢渺茫,如果湘水东流,何苦留下念想?昨日芳姿笑容,一遇千年珍藏。

五月也悲哀

你的脚步,匆匆走来,一踏乱三载,微风起时,静不再,一湖波澜早产,柔肠断肠无奈,五月也悲哀。

你的影子,虚虚幻幻,一晃生长叹,夜雨浓时,化不开,一床梦话出塞,推窗关窗乱怀,聚散真不该。

你的笑容,水中月亮,一石粼粼光,孤帆远时,情可在?一泪垄上等待,山前山后徘徊,牵挂到天外。

今晨早起

　　今晨早起，幽梦滑落一地，门前榕树上，一对鹊儿报喜。踩着青苔，你我牵手，走过河堤，又坐在小桥流水旁，轻声呢喃。一生为你感动不已，暗暗地时刻提醒自己：早晚虔诚供奉，我一路艰难地苦苦寻觅。

　　今晨早起，思念滑落一地，屋后竹林里，雨雾连成一体。撑着小伞，你我携手，穿过巷尾，又蹲在河边石板上，浣洗裙衣。一生为你激动不已，悄悄地时刻告诫自己：爱你小心翼翼，我一帆风雨的最后归依。

雨夜情

　　雨夜空中，有我弯弯的相思，你朝我走来，一脸笑容，迟来相逢，三两蛙声渐浓。

　　雨夜梦中，有我轻轻的相拥，你朝我挥手，一脸从容，十里长亭，滴滴泪珠相送。

　　雨夜伞中，有我声声的珍重，你要我等待，一脸倦容，风雨兼程，种种牵挂心痛。

你走后

你走后，我心抑郁，运城雁城迢遥路，重影迷惘风雷动，一肚失落寄岭上，夜夜惆怅为谁向东流？

你走后，我魂北游，长吁短叹苦追求，平静湖面系空舟，辗转反侧人瘦削，对此不抛眼泪也无由！

你的影子

倒一段时光露天放，你的灵性水中央，披起往事，坐舟上，抚你留下的模样。风乍起，一波心事微荡漾，你的影子，在我孤单的湖面上，摇摇晃晃。

采一束月光袖中藏，你的皎洁醉山冈，丢下行囊，沿垄上，寻你留下的芳踪。愁暂去，一片淡云轻起舞，你的影子，在我宁静的原野上，越拉越长。

内流河

你是一条内流河，一不小心，从我的视野中消失，好担心下一年，你又在我的生命中，春来水涨，然后，再一次，在夏日消失……

我和你

我渴望站台，为你而等待；我渴望轮回，为你的归期；我渴望夜里，为你起梦呓。于是，一听见汽笛，我的眼前，总是掠过一趟趟惊喜；于是，一看见燕飞，我的心头，总是闪现一幕幕希冀；于是，一梦见小溪，我的脚丫，总是光着一双双惦记。

我来了，你却走了；我远了，你却哭了；我醉了，你却醒了。

心欲静而你不止，天欲晴而你不停，花欲落而你不惊。

小溪情

  我的心爱王仙岭，王仙岭上白云飞，千载白云来相聚，一朵白云下凡来，山前山后不歇停，相逢五月无约定，一句爱叮咛，寻觅到如今。我欲随她去修行，又恐生来薄命，怕只怕，弯弯山路布荆棘，伤了平静心。
  我的心爱小溪边，小溪边沿水花飞，湿脚水花送温馨，一朵水花留倩影，溪流淙淙无伴奏，弹响五月梁祝音，一声多保重，相思入梦。我欲伴她去飘零，又恐壁峭岩密，怕只怕，迢遥水路无藤蔓，断了初识情。

清晨醒来

  我的系舟水梦，从小满那天起，沿着你羞涩的湖边，荡漾开来，一波接一波，马不停蹄，陆续赶往接你的站台。清晨醒来，爬上王仙岭求佛，刚出庙门，又抬起头，试问山前，风尘仆仆的南天云，你何时远方回来？都闰四月了，心依旧早出晚归，忐忑急切，在微微慌乱中，苦苦地眺望和等待。

我在午夜醒来

　　无奈的岁月，漫长的等待，我踩着思念的青苔，滑倒在夜夜守望你的河边。鱼儿游动我的幽怨，微波荡起我的感怀，粼粼月光光，陪着我长吁短叹，梦里梦外泪涟涟。阵阵煎熬过后，我在午夜醒来，问苍穹，你何时归来？

　　悠闲的淡烟，寂静的山冈，我牵着缠绵的晚风，迷失在夜夜守候你的林边，倦鸟呓泄我的心事，松涛私语我的痴情，满天小星星，跟着我回忆别离，山前山后步沉沉，阵阵伤痛过后，我在午夜醒来，问大地，你何时回来？

你在那年去了远方

　　你在那年去了远方，带着我的幽怨离开故乡。你说你为了生活奔忙，留下我守着孤独到天亮。多少回我凭栏眺望，多少回我倚窗叹息，一直到月光淡了，一直到星星稀了，我擦一擦眼角溢出的泪滴，为什么？你依然没有消息。

　　你在那年去了远方，带着我的思念离开故乡。你说你为了未来奔忙，留下我守着诺言到天亮。多少回我路口徘徊，多少回我站台等待，一直到行人疏了，一直到汽笛远了，我抹一抹额前滑落的雨滴，为什么？你依然没有消息。

这一条小路

　　这一条小路爱茫茫,青石板上啊嵌呀么嵌苍凉,想起往日心事重,曾经我牵着你的手,抚着你的长发拨心弦,笑声满山冈。采一枝山花别在你头上,又喊来轻轻回音,与你百年相拥。

　　这一条小路情茫茫,两边枝叶呀挂呀么挂凄凉,想起往日旧事重,曾经我牵着你的手,搂着你的娇羞跳晚风,舞步满山冈。裁一束斜阳别在你裙上,又借来静静流溪,与你千年依旧。

我在约定的季节等你

　　心儿扑腾扑腾地跳个不停,门儿吱呀吱呀地开个不停,静夜的无奈,漫长的等待,流水年华一直在期望的山头张望,日出日落,花开花落。我在约定的季节等你,无怨无悔,坚定不移。无论何时何地,别忘了我的情意,无论风里雨里,别忘了你的归期。我的明天盘在你的发里,我的梦儿装在你的行李,不要让我等得太久太久!我在约定的季节等你,生死相依,不离不弃。无论早出晚归,别忘了我的惦记,无论忙里闲里,别忘了你的身体。我的选择揣在你的怀里,我的嘱托斜在你的影里,不要让我等得太累太累!

我是你村边那条小河

　　我是你村边那条小河，日夜围着你流淌，哗啦啦的河水哟，白天为你洗头梳妆，晚上为你尽情歌唱。随手摸一块青青的鹅卵石，那上面全是你羞涩的模样。春天里来河面上浪花香，你的笑声在河面上荡漾；夏天里来河水中鱼虾藏，你的脚丫在河水里轻晃；秋天里来河两岸野果黄，你的影子在河两岸摇晃；冬天里来河滩上飞雪霜，你的眼睛在河滩上张望。啊，小芳，我看着你长大走出故乡，你陪着我细语留下惆怅。

　　我是你村边那条小河，日夜围着你流淌，哗啦啦的河水哟，白天为你洗头梳妆，晚上为你尽情歌唱。随手折一截长长的河边柳，那上面全是你深情的目光。春天里来河面上燕成双，你的琴声在河面上飞翔；夏天里来河水中清凉凉，你的身子在河水中酒酿；秋天里来河两岸稻千浪，你的足迹在河两岸奔忙；冬天里来河滩上雾茫茫，你的梦儿在河滩上起航。啊，小芳，我看着你长大奔向远方，你陪着我老来落下沧桑。

穿堂风

　　那一年深秋来了穿堂风，我的爱飘散在风中，说不清谁对谁错，道不明谁轻谁重，从前的山盟海誓，一路的美好时光，转头之间化作人去楼空。缘已尽，曲已终，分手时候，没有一声淡淡的相送，只剩下一脸陌生的笑容，消失在寂静的胡同。

　　那一年深秋来了穿堂风，我的家飘散在风中，分不出是雨是泪，看不清是伤是痛，从前的恩恩爱爱，一路的同甘共苦，转头之间化作两眼迷蒙。怨也罢，恨也罢，分手时候，没有一下轻轻地挥手，只剩下一脸牵强的笑容，消失在午夜的梦中。

你几时归

　　初次相遇的时候,风急雨也急,知心话儿还没有来得及,你就挥挥手与我别离。这一去落伤悲,这一去千万里,山水迢遥梦儿飞,辗转反侧相思累,最害怕长夜醒来,窗外淅沥又雨季。听一听蛙鸣,翻一翻日记,屋前花儿落了两回,燕子去了又飞回,望穿秋水苦苦等你,问一问河边小舟,你几时归?

　　初次相遇的时候,人急步也急,知心话儿还没有来得及,你就挥挥手与我别离。这一去添愁绪,这一去长相忆,禅院钟声心潮起,几杯浊酒对影醉,最害怕长夜醒来,窗前月色进屋里。看一看星稀,翻一翻日历,门前溪水涨了两回,雁儿去了又飞回,望断天涯苦苦等你,问一问村边土地,你几时归?

思念故乡

　　我常常在夜深人静的时候思念故乡，那是我生长的地方，弯弯的山路弯弯的小河，遍地青石板，满坡映山红，粽叶编出圆斗笠，竹排划出好时光。掌灯时分最难忘，桥头询问的是爹爹，河边呼唤的是亲娘，风筝放到山口上，儿时伙伴一帮帮。说故乡，唱故乡，何时我才能回到你身旁？

　　我常常在月上中天的时候思念故乡，那是我成长的地方，弯弯的村庄弯弯的月光，一屋纯乡音，两杯唠家常，衣槌捣出少女美，炊烟飘起糯米香。出门时分最难忘，灶前叮嘱的是爹爹，村口长送的是亲娘，山歌赛到田埂上，一支竹笛牧牛羊。说故乡，唱故乡，何时我才能回到你身旁？

问　月

　　长空淡云闲处飘悠，数十春秋等待依旧。古月今人对影问路，何处是我一生归宿？

秋水湖面

我们相遇在深秋,又在深秋里分手,往事如风,回忆如梦。你踏着缘分的细浪,与我手拉着手,在旖旎的湖面上摇晃。小小木桨缓缓地划,知心话儿细细地讲。你说这一辈子跟我到天涯海角,一路上有你陪伴,我不会寂寞;我说这一生中拥你山高水长,一路上有我呵护,你不会惊慌。时光啊时光你静静地流淌,湖水呀湖水你微微地荡漾,生死鸳鸯一双双,轻弹着细细的水花,在宽阔的湖面上飞翔,飞翔。今天我又来到相遇的地方,湖面又深秋,湖水上却没有留下你迷人的笑容。谁的温柔经不起秋风?谁的缠绵一伞消失秋雨中?丢下我在悲寒的秋水湖面上,苦苦寻找你当初莲一样纯洁的模样。

守候你的归期

自从春天别离,我就天天数着你的归期。踱过那片草地,想起你我相依,走过那片森林,不敢再去回忆。一个人河边徘徊,一个人桥头叹息,一个人静坐蛙声里。多想悄悄地告诉你,我与春天的小雨一道,淅淅沥沥,那是我在守候你的归期。

自从秋天别离,我就夜夜数着你的归期。划开那只竹筏,想起你我陶醉,看着河湾浣洗,心中无限涟漪。一个人早起山顶,一个人穿过竹林,一个人躺倒飘叶里。多想悄悄地告诉你,我与秋天的小溪一道,焦焦虑虑,那是我在守候你的归期。

/ 诗 歌 /

爱如云烟

我们相遇一年前,就在你家的湖边,一片莲荷舞水面,渔舟唱月过,柳条奏夜弦,你我牵手生爱恋。情绵绵,意绵绵,我一路寻来,你一生等待,看那迟开的并蒂莲,花儿更娇艳。静静地抚着你的发,轻轻地吻着你的脸,这一刻,我感慨万千,是谁让我们萍水相逢,是谁让我们沧海桑田?

我们相遇十月天,正是初冬霜蔓延,一对倦鸟枝头现,小村暮色重,忧伤卷炊烟,你我分手对无言。泪涟涟,雨涟涟,我一梦醒来,你一帆天外,看那孤独的灯火夜,睹物空怀念。默默地想着你的好,慢慢地陪着你变老,这一刻,我一肚哽咽,是谁让我们星夜离别,是谁让我们往事如烟?

预 兆

清晨起来早,郊外走两遭,不知道为什么,心头鹿儿跳,山花掩面笑。左猜右猜还是没猜到,到底何事生预兆?最后是你在远方告诉我,买了明天的返程票。

清晨起来早,河边走两遭,不知道为什么,枝头鹊儿闹,浪花偷着笑。东猜西猜还是没猜到,到底何方起预兆?最后是你在他乡告诉我,接站时别忘了带几个你喜爱吃的大山桃。

野蒺藜

　　一年前我俩穿过那山坡，山坡上有棵山桃树，累累的山桃满坡儿香，乐坏了我来乐坏了你。你在树下望着我，指指山桃指指我，爬上桃树我心花儿放，这个时刻我一辈子难忘！十个桃儿熟五双，甜蜜的果儿我先摘哪一个？一伸手，两为难，树上几条野蒺藜，长长的蒺藜尖尖的刺，缠住我来缠住了你。爱就像那大山桃，家就像那山桃树，家的枝头结满了爱，爱的果实因家起。你还要我做那野蒺藜，守着爱来护着家，一年四季要宠着你，一生一世要守着你。

青石板路

　　一条青石板路弯弯曲曲，古老又苍凉，长年累月放歌山涧上。一条青石板路跌跌撞撞，幽深还绵长，风风雨雨来回山川上。你是这边的山冈，我是那边的山冈，原本你我遥遥相望，是这条青石板路，架起你我心连心的桥梁，是这条青石板路，牵起你我梦与梦的衣裳。你是这头的溪流，我是那头的溪流，是这条青石板路，让我们萍水相逢，一起走过坎坎坷坷，是这条青石板路，让我们源远流长，一起走过失失落落。

你的模样

　　一个镜子一把梳，你的模样梳镜中，一湾河水一个桎，你的模样桎水中，一张木床一个枕，你的模样枕梦中。我时常，生想象，想象你清风般的模样，曳地长裙飘过来，我的心里着了慌。山泉边，桃林旁，歌声一波又一浪，穿过田野穿垄上，一生穿透我胸膛。
　　一片池塘一片荷，你的模样荷中央，一架葡萄一把扇，你的模样夜来香，一支木桨一叶舟，你的模样停水乡。我时常，生想象，想象你出嫁时的模样，纤纤巧手伸过来，你的泪水盈满眶。走张村，过柳庄，大红喜字贴嫁妆，小姑门前来张望，扶进屋去拜花堂。

请你猜

　　一季花被埋，聚散成一堆，静静的天空静静的云彩，嗨嗨你过来你过来，有个梦儿请你猜。村边柳树下，蝴蝶一对对，山边坡地上，一群群牛羊逍遥又自在。你依偎在我胸怀，遥望远天外。忽然一声惊雷响，大雨哗哗落下来，打湿了你的情，打湿了我的爱。
　　一树春不再，炊烟散无奈，静静的村庄静静的雾霭，嗨嗨你过来你过来，有桩心事请你猜。河边木桥下，鱼儿一对对，路边池塘里，一曲曲蛙声争着上莲台。你牵过一条竹排，叫我早划开。忽然一阵狂风起，河水呼呼漫过来，淹没了你的情，淹没了我的爱。

半瓣落叶半瓣花

  我走在暮色的垄上,脚步沉重,看远山近山灰蒙空蒙,多少悲欢心头涌。你我也曾在这里挥泪相送,你我也曾在这里久别重逢。左边的丛林特别静,躺在那里可以听得见你的心音;右边的溪水特别清,捧在手里可以倒出你的柔情。可如今,你为什么离我远去?任那凄凄小雨,追打着半瓣落叶,枝头留不住,飘落风中。

  我走在暮色的岗上,思绪沉重,听长空雁叫忧缠愁绕,多少离合一错中。你我也曾在这里信誓种种,你我也曾在这里留下影踪。那边的小路特别幽,踩着弯曲可以感觉到幸福浓郁;这边的山果特别红,甜透心里的味道你永远不懂。可如今,你为什么离我远去?任那冷冷小雨,追打着半瓣残花,枝头留不住,飘落风中。

/ 诗 歌 /

你快回来

　　初次相遇的时候，你就匆匆提起行囊，选择了千里之外，好在雨季还没有到来。撒一把思念到云海，想让那昨夜星辰来灌溉，反复告诉自己要耐心等待，不要把伤感挂满了无辜的窗台。当三月桃花盛开，当四月春光不再，记得你曾经答应过我，不会让我一个人无限期在约定的湖水边独自徘徊。你说过候鸟南飞你东来，哪怕是残叶衰败，哪怕是冰雪覆盖，你也要与我一起从容笑对。你快回来，你快回来，趁着这风筝未断线。你快回来，你快回来，趁着这痴情未掩埋。买了车票就告诉我，好早些去接你的站台。

不要再离开

　　真情在午夜绽开，朝着你浪迹的山外。谁家男人鼾声越窗台？谁家媳妇香梦出屋来？一天月色无人采，一天星子无人摘，千呼万唤在心海，悲欢离合任老天安排。习惯了三更五更时分对你诉说情怀，常常捧着你的照片发呆。一叠吻，一缕爱，一阵私语一声哀，你在他乡可曾知道？我夜夜深潜，深潜在你给我的那句诺言中出不来。春去春常在，花谢花会开，你的归期越近，我的心潮越澎湃。两年漫长相思路，期待你奔波疲惫的身影将结局打开，一生一世再也不让你风里去雨里来。嗨——嗨，你可曾听明白，谁让我俩今生今世相遇又相爱。

爱上了山花爱上了你

　　春二三月踏归期,风光无限美,牵着你的手,扬鞭心似飞,山路弯弯云依依,溪水欢歌问我去哪里。蜂飞蝶舞,阳光明媚,一花一叶人陶醉。那天起,你最美,爱上了山花爱上了你,何须荣华,何须富贵,一生中有你有惦记,大姐二姐快去做准备,莫忘了铺开今夜的鸳鸯被。

　　春二三月回故里,风光无限美,捧着你的脸,鱼虾痴了迷,水路急急浪花飞,鸟声清脆问我去哪里。野藤缠衣,涧深林密,串串回声勾记忆。那天起,你最美,爱上了山花爱上了你,不求天长,不求地久,一生中有你有依偎,小姑小嫂快叫爹娘回,好让邻里乡亲今夜醉不归。

/ 诗 歌 /

雨 心

　　雨有一颗心,那是一颗淅淅沥沥的心,纯纯又静静。雨心惦记着苍茫大地,只为世间万物苏醒。雨心牵挂着苍茫大地,只为人间季节分明。雨的心最晶莹,若是你午夜披衣来聆听,点点滴滴全都是爱抚音。雨心忧伤时如诉如泣,那是目送你的千里远行。雨心破碎时如丝如缕,那是因为你杳无音信。

　　雨有一颗心,那是一颗缠缠绵绵的心,细语也低吟。雨心滋润着苍茫大地,只为原野泥土清新。雨心哺乳着苍茫大地,只为山川更加美丽。雨的心真性情,若是你清早起床来聆听,飘飘洒洒全都是心灵犀。雨心痴情时字字句句,那是相遇你一生知音。雨心怨恨时彻夜不停,那是因为你忘了约定。

故乡好月光

　　夜来思故乡，思念那好山好水好地方，还有那一天的好月光，夜夜照亮着美丽的小村庄，照亮着依偎在村庄的小河床，弯弯曲曲地一路欢快流淌。小桥旁，月光初上，那是母亲慈祥的张望。山坡上，月光徜徉，那是父亲宽阔的肩膀。屋前屋后果飘香，蟋蟀把歌唱。窗前的心上人儿叫小芳，就着月光正梳妆，等得我门外心慌慌，喊一声妹妹哟你快些儿出闺房，好让那粼粼月光光，将你的倩影来拉长，再牵到河面上微荡漾。

　　夜来思故乡，思念那梦中向往的地方，还有那枝头的好月光，夜夜点亮着宁静的小村庄，点亮着编织在村庄的小荷塘，热热烈烈地对空火样开放。田野上，月光水样，那是母亲温暖的胸膛。竹林边，月光如浪，那是父亲琴声的悠扬。山前山后题空旷，轻烟入画廊。河边的心上人儿叫小芳，趁着月光洗衣裳，等得我树下心惶惶，问一声妹妹哟你要不要我帮忙？好让那灵灵月光光，将我俩俪影结成双，再引到池塘中轻摇晃。

/ 诗 歌 /

古井序

　　喜欢你的神秘,喜欢你的韵味,喜欢你春夏秋冬深沉奇伟,喜欢你世世代代无怨无悔。看那入村的山脚下,几株古柏高大又苍翠,在它们默默无闻的守望里,是你的朴实无比。井水喝出了小伙们的憨厚壮实,也滋润着姑娘们的俊俏美丽。墨绿青苔在我眼中长出鲜嫩的根系,涓涓清泉在我脚下流出绵长的情意。山外飘洒着苍茫风雨,山村肃穆着你的静谧。你的深邃你的睿智,养育了儿女们的自强不息,也刻出了血性的父辈祖辈。小桥悠悠悠着你的气息,山路弯弯弯着你的四季,无论我走到海角走到天涯,也走不出你的思念你的记忆。

远　望

　　自从你去了远方,我的窗台就多了远望。夜幕降临的时候,思念凭栏而上,一声叹息一滴泪,一声呼唤一个你,想你念你添愁绪,爱的固执乱心底。对面楼台灯微明,是否有人与我一样远望你?南山月下披淡妆,悠扬琴声传四方,晚归的夜鸟你轻轻啼,有家有爱就有归期,还有一天如水月色在陪伴着你。

　　自从你去了远方,我的门前就多了远望。晨雾弥漫的时候,思念风生水起,一段回忆一杯醉,一笔一画一个你,想你念你心似飞,爱的急切等不及。河面小舟劈雾迷,是否有人与我一样远望你?晨风一路吹涟漪,旧事远去莫重提,远方的爱人你静静听,有根有系就有花期,还有一个痴心的人儿在等着你。

拱桥序

　　我翻出年少时残缺的日记,有你一页古老斑驳的痕迹,没有人读得懂你的历史,没有谁说得出你的神秘。我翻出思乡时开启的愁绪,有你一件爬满青藤的风衣,没有水流得出你的吸引,没有路绕得出你的魔力。父亲曾经在桥头相送,一路上反复叮咛,回头时,只剩下一点点背影。母亲曾经在桥头接过我无数回,看不够我的远行,摸不够我的飘零。

　　拱桥哇拱桥,你听惯了父老乡亲多少关切问询,也看惯了十里八乡多少男女深情。一对对新人从你身上抬过,唢呐吹奏出你的祝福声声。一排排雁阵从你长空掠过,季节拗不过你的缄默沉沉。拱桥哇拱桥,你是遥远小村永久的证人,也是遥远小村永恒的灵魂。

　　拱桥哇拱桥,你品味了村里村外多少简单生活,也叠满了世世代代多少悲欢离合。一回回风雨从你身上飘过,岁月弹奏出你的乡情滚滚。一只只燕子从你水边掠过,翅膀飞剪出你的守望虔诚。拱桥哇拱桥,你是美丽小村沧桑的老人,也是美丽小村心灵的叩问。

新二月

　　二月相遇时，半年爱恨已远去。新时新月新开始，新人新梦新小雨，展不开愁肠放不下你。乱怀岁月悄来临，心难静，情难禁，轻声细语呼唤你，一阵春风拂堤，几点落红飘憔悴。欲罢不能，问天问地，谁能与我同醉？

失眠人

　　前世今生，聚散天注定，萍水相逢，一湖涟漪为谁？咫尺天涯人未远，夜半心慌到天明，二月早生情，辗转反侧，哀叹一声泪数滴，不该千山万水寻觅，苦了失眠人！

静夜愁苦

　　窗外，一弯新月如钩，窗内，几丝愁苦喋喋。淡淡游云缥缈，几声倦鸟梦呓，静夜花正俏，早春相思数枝，袅袅爱恋渐浓，枕边却空人，这情景，谁能入睡，又不早醒来？

你不理

屋寂寂,灯寂寂,一个你,不回音,无限联想,点点滴滴,亘心里,亦疑亦虑。萍水之后,喜喜悲悲,同是伤痕累累,一路苦寻觅。七月话天意,荷并蒂,如果相逢无灵犀,聚散又何必?为什么?为什么我的牵挂你不理?

黎明恨泪

昨夜,北风如刀,刮开我十年前的伤口,有脚步声从雪夜走过,咔嚓咔嚓,踩出一串串罪恶的承诺。相遇,不过是一场游戏,没有谁会珍惜百年千年。短暂梦呓,换来的只是黎明两滴恨泪。

夜访柴上小村

多情东江雾,几时入山中?缠树缠藤缠岭峰,听胎动。所以千年一恋,从此牵挂万千重,柴上小村正梦。水路叠山路,入苇丛,过山风,垄上桃香正浓,夜来蛙鸣倦鸟,不忍敲门问农。柴扉开朴实,灯火掌处对双瞳,不松手,盛情熔,一婶一叔俩妪翁,久朦胧,何时再来柴上?访慈踪,望仙松。再不追云赶月,坐看山坳长天,愁绪舒展,修竹裙摆舞动,枝头落日红。

又住东江湖

　　早上轻烟无波逐，大东江，处女图，渔舟泊晨唱，空飞三二公白鹭，何处知音求？宣纸画笔搁浆上，处处可展轴。谁料想，昨夜风雨翻江浪，雷轰电闪惊梦中。五月照旧愁，只在微风私窃处，路转复何求，江渚上。白廊小镇旧事多，水湾逢渔姑。曾几度，悔不扯尺多情雾，锁我当初相思中，还是江堤柳，却不晨曦中，任是挥挥手。空湖空语空山鹿，愣是眼迷蒙。

家乡有条汨罗江

　　家乡有条汨罗江，千年河水说沧桑。日夜流，日夜唱，屈子江心为国忧。年年五月龙舟会，香粽江中丢，红色土地育英雄，平江起义风云榜。河水中的鱼虾哟，你们千万莫打扰了诗人的梦。

　　家乡有条汨罗江，千年河水写篇章。日夜谱，日夜奏，江水画出盘石洲。美丽平江添锦绣，源有石寨牛，幕阜福寿连云山，风景胜地新旅游。河水中的鱼虾哟，你们千万莫打湿了诗人的图。

小村午夜

三五朵夜来香,趁着此起彼伏鼾声的间隙,偷偷地开绽。就在刚才,两只飞走的夜鸟,最终没能等到,这一刻的到来。几声梦呓,嘀咕着往事,从未关实的窗台缝沟中溜出,猴急一般钻进树林中。一名夜行人,匆匆走在,狗吠满地的鹅卵石上,踩烂了仅有的两缕月色。至少两片被晚风吹落的樟叶,跌跌撞撞一路瞎猜,池塘中那朵最高的莲荷,一定伸着懒腰。石板下的山蛙,谁都疲惫极了,至少今夜,再也不想,做那见不得人的媾和了。一天夜色,任由薄雾打家劫舍。

你从白土出发

你从白土出发,与连云山晨雾肩并肩,行囊中装满父老乡亲的嘱托,梦开始的地方,埋藏着山高水长,三十年前那杯相逢浊酒,醉后品出一丝七彩月光。你从黄金出发,与汨罗江源水手挽手,脚步中踩着峰回路转的惊喜,藤开始的地方,牵扯着垄上沧桑,三十年前那段战友时光,忆来多了些他乡惆怅。

/ 诗 歌 /

赶　路

淡云野童弯道，郎中疾步上桥。

瑶岗晚思

落霞残阳映孤城，风扬断续笛声，如诉如泣剪帆去，不忍郴江暮窗人。瑶岗仙上望远，岁月流逝如飞云。老松林，旧古道，枝头倦鸟爱深沉。往事齐聚山坳，踩倒芦花一春。挤石径，罩溪奔，惊蛙群。

雨夜心

今夜风雨飘摇，我的爱人你可好？你在家中招呼老小，我在祖国边陲站岗放哨，只为你那梦中甜蜜的微笑。池塘随风舞落的花瓣，是我隔着夜空寄给你的信梢。拆开夜幕的封口，我的思念你可明了？窗外淅淅沥沥春意闹，你可知道我的告白天荒地老。

你给我最多

　　故乡的那条小道上车辙痕最多；故乡的那条小溪边捣衣声最多；故乡的山山岭岭父亲的足印最多；故乡的田野垄上母亲的身影最多。如今我又回到了故乡，车辙痕已远去尘封空荡，捣衣声已消失落下空蒙。徘徊在山山岭岭踟蹰在田野垄上，多想多想再听一听父亲的足音，多想多想再亲一亲母亲的身影。胸中一阵阵酸楚眼中一阵阵忧伤，不知不觉两行泪水已模糊了往事模糊了村庄。啊！生我养我的双亲父母，你给我最多留给我无限念想！你爱我最深带给我永远惆怅！

母 亲

　　每一次回家，村口的榕树下，你早就迎风伫立，久久地眺望远方。我的回程是你最幸福的慰藉，你说什么都不需要，就想抚摸着我的脸多看我几眼，你说什么都不重要，就想搓洗着我的衣多听我呢喃。

　　每一次别离，深夜的灶台前，你还在忙忙碌碌，默默地煎着蒿糍。我的行程是你最沉默的苍老，你说什么都不担心，就怕我饥饿不知冷暖不知添衣，你说什么都不忧虑，就怕我行程急切忘了你的叮咛。

　　我长大了，你却变老了，我成家了，你却孤单了。我像你当年依依不舍送我那样送女儿去远方了，你却在一个很冷很冷的冬天走了，永远地走了！

我不要

　　昨夜醒来，你的笑容残留枕边。万千约定，如今只在梦里出现。曾经的山盟海誓，不过是风花雪月。多少次缠绵，透支了爱的春天。多少次惦念，悬空了爱的箴言。当听到你说厌倦了等待，当听到你说我的问候不值得留恋，我知道分手时候迟早会出现。

　　情灭了，请让我再道一声珍重！缘尽了，请让我再说一声再见！我不要多年以后的泪水涟涟，我不要多年以后的梦里缠绵。

不要再来到我的梦里

　　昨夜你又来到我的梦里，是不是因为哭泣？是不是因为忏悔？如果说梦是心灵感应，如果说梦是一段未了情，怨只怨，当初你对我不好好珍惜。既然已经选择分手，又何必梦里相聚？求求你，别后的日子不要再把我想起。

　　昨夜你又来到我的梦里，是不是因为迷离？是不是因为惦记？如果说梦是幽蓝回忆，如果说梦是一段故事会，怪只怪，当初你对我不好好珍惜。既然已经选择分手，又何必梦里相聚？求求你，别后的日子不要再把我想起。

水漂漂

　　小时候常常在河边水漂漂，一片片小石头，像一片片旋转的向往，捎着妈妈的鼓励，载着姐姐的笑容，剪过水面，剪出一漂漂童年的水样年华。

　　小时候常常在河边水漂漂，一串串小浪花，像一串串飞跑的脚印，弹着妈妈捣衣的旋律，踏着姐姐轻柔的歌声，掠过河面，掠过一段段童年的快乐时光。

　　今天，我默默地回到小山村，默默地站在小河边，手中的小石片儿，你为什么这么沉这么重？没有了妈妈的旋律，没有了姐姐的音符，光光的水漂漂，再也奏不出幸福的小浪花，静静的小河边，到头来只剩下我的泪花花。

石拱桥

　　故乡有座古老的石拱桥,桥边爬满了青藤,爬满了往事。我常常在桥下的小河里嬉戏,鹅卵石,小鱼虾,还有那小潭中扎出的浪花花,一回回,一次次,石拱桥在母亲的声声呼唤中落下静谧。啊!故乡的石拱桥,你是我怀念母亲的深深回忆。

　　故乡有座古老的石拱桥,桥边长满了青苔,长满了故事。我常常在桥头的槐树下陶醉,连环画,小蜻蜓,还有那路边采摘的野菊花,一回回,一次次,石拱桥在父亲的声声呵斥中渐渐远去。啊!故乡的石拱桥,你是我怀念父亲的沉沉字句。

婚　慨

结婚复离婚,一纸薄命运。
寻觅千般苦,总落善良人。

一　叶

长天落日红,山樵晚歌垄。
岗前枯草乱,一叶葬冢中。

悔 情

一段缘远去,三声雁哀鸣。
早知今日事,何必当初情。

悲

河弯爱漩回,一排秋水急。
半盅悲短暂,半盅祭凄离。

欢

枝头鸟双栖,林间人欢喜。
长忆南塔夜,点滴皆美丽。

离

清晨一滴露,昨夜万山泣。
牵手情缘重,分手泪湿衣。

合

两叶飞东西,擦身也凄美。
合时无约定,别后爱无期。

心　死

恨时一滴泪,爱时千般苦。
秋来叶落尽,别后心已死。

无瓣花

雨打无瓣花,落泊风飞沙。
一生多磨难,死后无牵挂。

相　逢

一生清苦心,难遇知音情。
红尘往事悔,相逢恩仇泯。

清明雨景

山上雾不消,阵阵细雨浇。
君看清明景,朵朵炊烟飘。

大禹愿

长篙撑逆水,硬骨傲风雨。
少年唯努力,日后方大禹。

残冬读春

霜重情更重,夜深露还深。
心中存燕子,残冬也读春。

愁　怨

相逢风雨中,愁怨万千重。
孤星红烛泪,独影守空蒙。

咏 梅

无伴独芬芳，岁寒苦野中。
败叶葬冬后，一枝剪春风。

随风雨

临武萍水遇，心事怀脐处。
尘缘散尽后，一瓣随风雨。

一 瓣

空怀大鹏志，愁绪挥不去。
湘南寄俗尘，一瓣吊风雨。

落日红·登王仙岭

长天落日红，远山传暮钟。
登高踩苍野，斜影挂老松。

前　缘

前缘迟来多，做证有莲荷。
多年心本静，因你起风波。

重阳品秋

重阳孤雁啼，回声泪湿衣。
一叶秋落尽，满山秃枝悲。

山静一盅

山静看云秋，成败皆水流。
世间千愁苦，一盅饮喜忧。

别时无约

冬夜寒霜密，佳人已云贵。
别时无约定，午夜思念醉。

残花恨泪

残花枉飘零,往事湿淋淋。
夜半一滴泪,挥恨到黎明。

莫再错

岁月释蹉跎,成败皆因果。
一湖龙山水,微微荡坎坷。

秋夜慰·感复爱女

飘叶落苦根,磨难独自吞。
秋风冷雨夜,一女慰平生。

枫叶语

初识春夏秋冬近,一片枫叶万山静。
来年杜鹃争俏时,君添好景我添鬓。

露 重

窗外露重逢深秋，夜半钟声渔火收。
有缘无分梦白至，无缘有分泪空流。

星 缘

万颗繁星闹夜空，总有两颗撞击中。
皓月嫦娥忧伤处，谁与对饮九月风？

石潭忆

你我漫步石潭边，四五春秋转瞬间。
厮磨耳鬓求一隅，不羡鸳鸯不羡仙。

再遇难

屋内常对照中弹，屋外常等妻女还。
弦断音绝悲戚处，一朝分别再遇难。

榕树忆

今日重逢已深秋,半是喜来半是忧。
遥忆当年榕树下,痴情揉皱终未邮。

梨花情

对饮之时酒做媒,一朝分别梨花衰。
常叹梁祝化蝶处,点点滴滴入梦来。

思 君

轻烟围胸雾做裙,雨中走来有情人。
相遇之后种下苦,落花时节静思君。

不了情

三生石上不了情,千般恩怨理不清。
蝶茧一化千滴泪,古今爱恨谁来评?

风雨读妻

回首往事两眼悲,风雨数载颠簸里。
葡萄架下为谁叹,落魄之时有我妻。

夜知音

一天清月照人寰,夜曲本是山风弹。
半生寻觅半生苦,知音一遇何其难。

初夏之后

与你相遇初夏中,余音入梦情意浓。
沧桑划破不惑后,洗尽凡尘等重逢。

子归啼

夜来月光窗帘挤,枕边空洒相思泪。
苏仙岭上有约定,只盼来春子归啼。

梦里芭蕉

赠言哪有无言美,戴月披星相拥归。
天上人间道不尽,雨打芭蕉入梦里。

一梦醒来

与你相约盛夏中,一梦醒来人去空。
沧桑划破不惑后,洗尽凡尘盼重逢。

如烟往事

一惊四十把旧怀,岁月早将缘分埋。
别后东流水未返,如烟往事入梦来。

转头之间

昨日又上苏仙岭,身在登山心在你。
多情被佛笑破后,转头之间见血泪!

/ 诗 歌 /

月下情侣

夜色斑斓月正圆,有情人儿话不完。
两影叠作一影处,葡萄架下漏呢喃。

深秋咏

眼前深秋桂正浓,少年美梦早成空。
多少人间悲喜泪,化作云烟随晚风。

游子回

一园桂花对月开,灯火阑珊晚风来。
游子归家心似箭,只盼对饮畅开怀。

何 必

落花本是人间美,有情却被无情戏。
可恨一江东流水,无爱无怨又何必?

北望南岳

是缘是梦三月天,相遇之后梦缠绵。
落花飞嫁流水后,北望南岳生思念。

半壶月光

与妹重逢山岭中,浪漫夕阳斜古松。
一线情缘寄长夜,半壶月光半壶梦。

不 忍

汽笛一声妹远去,从此天涯传呓语。
不忍别离不忍送,空留怀念该怨谁?

相思愁

如烟往事挂阁楼,凄风苦雨不相投。
聚散随缘存爱恨,空挺一肚相思愁。

爱的参悟

不惑之年话沧桑，一路寻觅千苦尝。
中年才知爱与恨，多情总被无情伤。

爱亦难

相见时难爱亦难，不启朱唇心更烦。
别后深秋浓雾里，只见露重不见山。

夜 醉

盛夏时节逢知己，夜醉荷塘月色美。
衷肠诉尽无回音，多情伤在噩梦里。

千种祈愿

风雨荷月为情迷，痴心孕梦破晨黎。
千种祈愿一滴泪，衷肠诉尽音不回。

浮　萍

妹行远方把梦寻，关山隔阻两浮萍。
醉卧三月桃花雨，落瓣飘零到天明。

枝头思念

一剪思念挂枝头，晚风误作风筝摇。
可怜七月初七夜，倦鸟归来不见巢。

花　怨

夜半梨花初试翅，撞落池边三更雨。
揽手惊醒桃花梦，方知夫君从戎去。

一枝红杏

一枝红杏夜半开，早起路人喜心怀。
筐箩未卖急转回，只恐花儿被人采。

秋夜雨

三更秋风五更雨，淋皱一顷池塘水，
醒听滴答漏雨声，误作夜风戏窗纸。

枉度阴

尸居余气枉度阴，窗前杨树几时新。
梦里呓语常发誓，醒来依旧泪濡巾。

端午即景

五月黎明酣正糊，野童吵嚷入小屋。
抬脚绊落井边露，家家门项挂菖蒲。

晚　秋

三更鸡鸣风乍起，秋叶飘零二三里。
拂晓出门多采撷，莫听孤雁哀声凄。

忆故乡

数回梦里回故乡,双亲接到弯柳庄。
醉醒披衣望寒月,小村可落畅月霜。

重阳登高

蹉跎四十登重阳,纵目苍山自凄凉。
常对日月空许诺,醉后方觉叶又黄。

月光星子

红尘有爱九曲回,一生寻觅半生悲。
可怜九月初八夜,月光星子不相随。

月下逢友

落月屋梁逢新友,灯火阑珊月煮酒。
蹉跎岁月话中年,踏遍星光寄愁忧。

空沸腾

春收落花秋收恨,长夜忧伤到五更。
一生寻觅存风雨,半壶月光空沸腾。

黎明泪

又见南雁飞空中,岁月无情落迷蒙。
长夜伤痕黎明泪,残月孤星伴秋风。

月照中秋

南塔八月生思念,又见蜂蝶约秋恋。
相逢本就情缘重,月照中秋夜缠绵。

一腹忧伤

卧听秋风梦轻盈,昨夜南塔又落英。
风雨人生苦寻觅,一腹忧伤挂黎明。

别后云烟

秋来露重心更沉,残留思念梦中存。
可叹芸花过眼急,别后云烟不识君。

煮月光

又是一年桂花香,岁月蹉跎秋来凉。
趁着夜静心未老,满腹忧愁煮月光。

半生飘零

半生飘零半生凄,月光入梦散晨曦。
一弧彩虹断往事,聚散无期梦依依。

落花流水

爱恨情仇撒古今,一朝相遇梦轻盈。
聚散随缘生惆怅,落花流水归海滨。

一尺月光

一尺月光一尺情,八月独饮醉兰亭。
今夜若断明朝事,何来忧伤嫁落英。

激情过后

未来明知泪空蒙,心静孤飞暂轻松。
秋去冬来一点憾,激情过后已北风。

一醉野林

昨夜相逢风正浓,不惑人生落空蒙。
三杯若能释往事,宁愿一醉野林中。

爱恨一锁

昨日相识已寒秋,回首往事泪花流。
今朝若断明日事,爱恨一锁天尽头。

畅月夜遇

畅月初识夜做媒,北风捎寄情缘来。
霜雪佐证心未老,残冬过尽梅先开。

二月天

落梅流水对春眠,有缘相约浣溪边。
今夜更尽一杯酒,酡颜诉与二月天。

黎明泪

少小立志去戍边,风风雨雨二十年。
叶尽方知秋夏事,一梦黎明泪涟涟。

黎明笑

昨夜相思乱胸怀,大漠飞雪入梦来。
谁与对饮黎明笑,一剪梅花叩窗台。

媒妁夜

一面之缘友谊开,雪花迟舞雨乱怀。
长忆湘南媒妁夜,数梅腊月报春来。

相逢雨浓

昨日萍水相逢中,一声祝福雨正浓。
酒逢知己未开饮,今日人去已楼空。

夜半一花

一面之缘春发芽,残冬送别半盏茶。
凄风苦雨折枝后,夜半一花落谁家?

半夜雨起

半夜雨起梦落帷,身心不融两别离。
异地相思诉尽后,檐下无风已试飞。

谁与同醉

三月十九桃李天,万山妩媚花竞妍。
相逢路上媒为舞,谁与同醉对愁眠?

夏 遇

盛夏时节逢知己,夜醉荷塘月色美。
星霭散尽不知归,衷肠诉尽诗词里。

梨花泪

昨日相遇心已醉,旧愁去了新愁继。
相思浓淡题雨后,清明遍洒梨花泪。

不尽相思

霞云倒影双乱怀,春风早将缘分裁。
桃花煮酒饮三月,不尽相思滚滚来。

葬　歌

长夜难眠恨绵绵，遇人不淑怨先前。
早知今日绝情事，宁择殊途展翅天。

折皱一恨

相思苦涩三更咽，静夜怀愁梦连绵。
关山野水断肠路，折皱一恨压枕边。

莽　山

百里莽山数溪牵，幽林怪石共绵芊。
入山几度崖边走，出山犹似出梦甸。

相逢七月

相逢七月惊喜中，满庭初秋情意浓。
败叶挥去心头恨，半生寻觅存空蒙。

一枝思念

半樽浊酒秋风送,别后孤烟起伤痛。
男儿情深愁更深,一枝思念霜露重。

空思念

六月缘来生爱恋,咫尺天涯难相见。
望断云烟觅愁苦,八月桂花空思念。

夜半一梅

三更飞雪越窗台,无尽相思北风裁。
便江寻觅千般苦,夜半一梅逆风开。

谁未归

朝来牵挂暮沉西,柳絮扬花落弯堤。
龙山湖水微荡漾,夜鸟三声谁未归。

不尽情缘

夜半三更睡意无,源源相思满小屋。
一朝咫尺天涯路,不尽情缘载反复。

鹏　程

十载坎坷心气沉,苦酒孤灯谁平分。
一朝展翅九天外,鹏程何止万里云。

十月思女

十月尽头思女急,一声婴啼指血滴。
菊黄叶黄不入梦,牵挂折叠晨里曦。

微风涟漪

三月樱花雨后开,去年今日乱胸怀。
如今漫步重逢路,微风涟漪入梦来。

挽　留

南塔今夜梳淡妆，落花有意影中藏。
枝头一声挽留后，明朝何忍去远方。

归　期

岁月轮回相思急，望断垄上白云飞。
五更一梦醒来早，轻推窗叶数归期。

野渡孤烟

昨夜飞花情初试，一丝惊慌被婉拒。
早起郊外吹寒笛，野渡孤烟双固执。

枝头独蕾

唐宋月光展愁肠，衡山北望爱沧桑。
枝头独蕾空呓语，未伤嫦娥先自伤。

望 断

郴江五月飞花柳，北燕何时抚愁忧。
一叶小舟为谁尽，望断天边瀚际流。

一竿残阳

古松老寺对沧桑，初弦断落孤崖旁。
空山愁绪谁独剪，一竿残阳晚庙堂。

无 题

落花惊白鹭，老庄飘残烟。
尽峡轻舟急，空山鸟语欢。

水上轻功·操作冲锋舟

东江湖上数飞舟，劈波斩浪落霞收。
备战危难救水火，黢黑全身也无由。

水上天兵·应急救援训练

千顷潋滟弹古今,湖上落日晚舟行。
渔乡夜话新鲜事,白廓水域练天兵。

东江夜雨

又到仲夏汛期时,东江排浪网飞鱼。
昨夜风雨止不住,竖条斜条穿珍珠。

桃　嫂

花肚围腰早桃新,轻声呼唤子弟兵。
军民鱼水折秤上,十斤故作四五斤。

河舟品夜

河边踩夜烟,碗中新愁添,
一壶郴江月,浪情摇舟边。

春　思

二月雾把愁来缠，独榻空衾对夜酸。
春雨一篇肠寸断，斜斜思念织湘南。

水乡相送

轻烟薄雾水乡，
皓月当空与你相拥，
小船摇来两橹伤痛，
柳条微风入梦。
荷花夜，
蛙声浓，
不忍别离低语中。
此一去，
关山重，
千愁万愁独倚风。
长亭自语，
泪垄上，
一伞望断春秋冬，
思念常寄送，
化蝶蜂，
逐花丛，
何日再重逢？